De pers over David Baldacci

'Als het gaat om actie, is Baldacci een van de besten.' – NU.NL

'Baldacci slaagt erin een mooie spanningsboog op te bouwen.'
– VN'S DETECTIVE & THRILLERGIDS

'Dit is weer een boek in de beroemde stijl van David Baldacci. Vanaf het begin loopt het verhaal en de spanning die er direct in zit dwingt je tot doorlezen.'
– CULTUUR-NIEUWS.NL

'De auteur heeft zijn naam gevestigd als schrijver van uitstekende thrillers. Ook nu weer slaagt hij erin een spannende intrige te verweven met overtuigende menselijke karakters.' – NBD BIBLION

'Als lezer heb je de eerste paar hoofdstukken het idee dat je geen boek leest, maar een film aan het bekijken bent. Baldacci schrijft heel begrijpelijk en bovenal spannend. Liefhebbers van de boeken van Baldacci komen met *De provocatie* opnieuw helemaal aan hun trekken.' – LEESFANATEN.NL

'Baldacci is een ster in het oproepen van complottheorieën. Het knappe is dat hoe vergezocht deze ook zijn, hij de waarheid zo weet te gebruiken dat het allemaal heel echt wordt.' – AUTO REVIEW

Van dezelfde auteur

Het recht van de macht
Op eigen gezag
Duister lot
Vuil spel
Onder druk
In het hart
Nachtreizigers
De laatste man
Onbewaakt ogenblik
De samenzwering
Het uur van de zonde
De verzamelaars
Geniaal geheim
De verraders
Niets dan de waarheid
De rechtvaardigen
Familieverraad
In het geheim
Verlos ons van het kwaad
Rechteloos
De zesde man
Die zomer
De provocatie

David Baldacci

Onschuldig

A.W. Bruna Fictie

Oorspronkelijke titel
The Innocent

Published by arrangement with Lennart Sane Agency AB.
Vertaling
Hugo Kuipers & Jolanda te Lindert
Omslagbeeld
Arcangel Images
Omslagontwerp
Studio Jan de Boer

ISBN 978 94 005 0113 3
NUR 332

MIX
Papier van verantwoorde herkomst
FSC® C013683
FSC
www.fsc.org

Dit boek is gedrukt op papier dat het keurmerk van de Forest Stewardship Council (FSC®) mag dragen. Bij dit papier is het zeker dat de productie niet tot bosvernietiging heeft geleid. Een flink deel van de grondstof is afkomstig uit bossen en plantages die worden beheerd volgens de regels van FSC. Van het andere deel van de grondstof is vastgesteld dat hiervoor geen houtkap in de laatste resten waardevol bos heeft plaatsgevonden. Daarom mag dit papier het FSC Mixed Sources label dragen. Voor dit boek is het FSC-gecertificeerde Munkenprint gebruikt. Dit papier is 100% chloor- en zwavelvrij gebleekt en wordt geleverd door Arctic Paper Munkedals AB, Zweden.

Voor Mitch Hoffman,
mijn redacteur en, nog
belangrijker, mijn vriend.

• 1 •

Will Robie had tijdens de korte vlucht van Dublin naar Edinburgh goed op alle passagiers gelet en was er vrij zeker van dat er in het vliegtuig drieënvijftig toeristen en zestien Schotten zaten die naar huis terugkeerden.

Robie was geen Schot en ook geen toerist.

Het vliegtuig deed er zevenenveertig minuten over om eerst de Ierse Zee en toen een groot stuk van Schotland over te steken. De taxirit vanaf het vliegveld kostte nog eens een kwartier van zijn leven. Hij logeerde niet in het Balmoral Hotel of het Scotsman of een van de andere vermaarde hotels in de eeuwenoude stad, maar had een kamer op de tweede verdieping van een gebouw met een vuile voorgevel, negen minuten heuvelopwaarts vanuit het stadscentrum. Hij kreeg zijn sleutel en betaalde contant voor één nacht. Hij droeg zijn kleine koffer naar de kamer en ging op het bed zitten. Het piepte onder zijn gewicht en zakte meer dan vijf centimeter in.

Een piepend, inzakkend bed – dat kreeg je als je zo'n goedkope kamer huurde. Robie was een meter tweeëntachtig en woog tachtig kilo. Hij bezat een compact stel spieren dat het meer van snelheid en uithoudingsvermogen moest hebben dan van pure kracht. Zijn neus was een keer gebroken geweest doordat hij een fout had gemaakt. Hij had hem nooit laten rechtzetten, want die fout wilde hij nooit meer vergeten. Een van zijn kiezen was vals. Dat was tegelijk met de gebroken neus gebeurd. Zijn haar was van nature donker en hij had er een hele bos van, ware het niet dat Robie het liever ongeveer een centimeter langer droeg dan de stekeltjeskop van een marinier. Hij had scherpe gelaatstrekken, maar zorgde dat die snel werden vergeten door nooit iemand in de ogen te kijken.

Hij had tatoeages op een arm en ook op zijn rug. Een daarvan stelde een grote tand van een witte haai voor. De andere was een rode veeg die eruitzag als een vlammende bliksemschicht. Ze camoufleerden doeltreffend oude littekens die slecht waren geheeld. En ze hadden allebei betekenis voor hem. De beschadigde huid was een uitdaging geweest voor de man die de tattoos bij Robie had gezet, maar het resultaat was bevredigend.

Robie was negenendertig en zou de volgende dag veertig worden. Hij was niet naar Schotland gekomen om die persoonlijke mijlpaal te vieren. Hij was hier gekomen om te werken. Van de driehonderdvijfenzestig dagen in een jaar werkte hij ongeveer de helft, inclusief de reizen die hij daarvoor moest maken.

Robie keek naar de kamer. Die was klein, adequaat, onopgesmukt, strategisch gelegen. Hij had niet veel nodig. Hij had niet veel bezittingen en nog minder behoeften.

Hij stond op, liep naar het raam en drukte zijn gezicht tegen de koele ruit. De hemel was somber. Zo ging het vaak in Schotland. Doorgaans werd in Edinburgh een volle dag zon door de inwoners dankbaar en met verbijstering begroet.

Ver links van hem stond Holyrood Palace, de officiële Schotse residentie van de koningin. Hij kon het paleis vanuit de kamer niet zien. Een heel eind naar rechts stond Edinburgh Castle. Dat gehavende, oude gebouw kon hij ook niet zien, maar hij wist precies waar het was.

Hij keek op zijn horloge. Nog acht uur te gaan.

Uren later maakte zijn inwendige klok hem wakker. Hij verliet zijn kamer en liep naar Princes Street. Hij kwam langs het majestueuze Balmoral Hotel, dat zo kenmerkend was voor het stadscentrum.

Hij bestelde een lichte maaltijd en dronk er een glas kraanwater bij, en nam niets van de grote verzameling stouts die op een bord boven de bar werd aangeboden. Onder het eten keek hij een tijdje naar een straatartiest die op een eenwieler met slagersmessen jongleerde en het publiek vergastte op grappige verhalen die hij met een aangedikt Schots accent vertelde. En dan was er een man die zich had uitgedost als de onzichtbare man die voorbijgangers aanbood om voor twee pond met hem op de foto te gaan.

Na zijn maaltijd kuierde hij naar Edinburgh Castle. Hij kon het vanuit de verte al zien. Het was groot en indrukwekkend en niet één keer met geweld ingenomen, alleen door list.

Hij klom naar het hoogste punt van het kasteel en keek uit over de sombere Schotse hoofdstad. Hij streek met zijn hand over kanonnen die nooit meer een schot zouden lossen. Hij liep naar links en keek naar de onmetelijke zee, die Edinburgh eeuwen geleden tot zo'n belangrijke havenstad had gemaakt, toen het een komen en gaan was van schepen die hun vracht losten en nieuwe lading innamen. Hij strekte zijn stijve ledematen, voelde iets kraken en daarna een plop in zijn linkerschouder.

Veertig jaar.

Morgen.

Maar dan moest hij de volgende ochtend wel zien te halen.

Hij keek op zijn horloge.

Nog drie uur.

Hij verliet het kasteel en liep een zijstraat in.

Hij zocht zijn toevlucht onder een terrasluifel voor een plotselinge koude regenbui en dronk een kop koffie.

Later kwam hij langs een bord voor de spookrondleiding door het ondergrondse Edinburgh, uitsluitend voor volwassenen, die pas plaatsvond als het helemaal donker was. Het was bijna tijd. Robie had elke stap, elke bocht, elke beweging die hij moest maken uit zijn hoofd geleerd.

Om in leven te blijven.

Zoals altijd moest hij maar hopen dat het genoeg was.

Want Will Robie wilde niet doodgaan in Edinburgh.

Even later kwam hij een man tegen die hem toeknikte. Het was maar een heel kleine hoofdbeweging, niets meer dan dat. Toen was de man weg en Robie stapte door de deuropening waaruit de man was gekomen. Hij deed de deur achter zich op slot en versnelde zijn pas. Zijn schoenen hadden rubberen zolen. Ze maakten geen geluid op de stenen vloer. Na tweehonderd meter zag hij de deur aan de rechterkant. Die maakte hij open. Aan een haakje hing een oude monnikspij. Hij trok hem aan en zette de kap op. Daar lagen nog meer dingen voor hem klaar. Allemaal noodzakelijk.

Handschoenen.

Een nachtbril.

Een recorder.

Een Glock-pistool met geluiddemper.

En een mes.

Hij wachtte en keek elke vijf minuten op zijn horloge. Zijn horloge liep tot op de seconde gelijk met dat van iemand anders.

Hij opende een volgende deur, liep naar beneden, kwam bij een rooster in de vloer, lichtte het op en roetsjte omlaag langs een paar ijzeren stangen die in de steen waren aangebracht. Hij kwam geluidloos op de vloer neer, bewoog zich naar links, telde zijn passen. Boven hem was Edinburgh. Tenminste, het 'nieuwe' gedeelte.

Hij was nu in het ondergrondse Edinburgh, het territorium van spoken en rondleidingen. Daar bevonden zich onder andere de gewelven onder South Bridge en gedeelten van het oude Edinburgh, zoals Mary King's Close. Hij glipte door de donkere gangen van natuursteen en baksteen en kon met zijn krachtige nachtbril alles scherp zien. Aan de muren hingen op min of meer regelmatige afstand van elkaar elektrische lampen. Maar evengoed was het hier beneden nog heel donker.

Hij kon de stemmen van de doden om hem heen bijna horen. Volgens plaatselijke overleveringen zou de pest in de zeventiende eeuw vooral de verarmde delen van de stad – zoals Mary King's Close – zwaar hebben getroffen. Om verspreiding van de ziekte te voorkomen zou de gemeente de mensen daar voorgoed hebben ingemetseld. Robie wist niet of het al of niet waar was, maar

het zou hem niet verbazen als het wel zo was. Soms gingen beschavingen zo met bedreigingen om, of ze nu echt of ingebeeld waren. Ze metselden ze in. Het was wij of zij. De sterksten overleven. Jij sterft opdat ik kan leven.
Hij keek op zijn horloge.
Nog tien minuten.
Hij liep langzamer, paste zijn tempo aan om enkele seconden eerder aan te komen. Voor alle zekerheid.
Hij hoorde hen voordat hij hen zag.
Het waren er vijf, de gids niet meegerekend. De man en zijn lijfwachten.
Ze zouden gewapend zijn. Ze zouden er klaar voor zijn. De lijfwachten zouden denken dat dit de ideale plaats voor een hinderlaag was.
Ze hadden gelijk.
Het was dom van de man om hier te komen.
Dat was het.
Het moest wel een heel aantrekkelijk lokkertje zijn.
En dat was het.
Het was zo gigantisch dat het volkomen bullshit was. Maar de man was er toch, want hij wist niet beter. Waardoor Robie zich afvroeg hoe gevaarlijk de man werkelijk was. Maar dat ging hem niet aan.
Nog vier minuten te gaan.

•2•

Robie ging een laatste bocht om. Hij hoorde de gids praten. De man draaide zijn uit het hoofd geleerde verhaal af met een mysterieuze, spookachtige stem. Melodrama verkoopt goed, dacht Robie. En trouwens, die unieke stem was van essentieel belang voor zijn plannen van vanavond.

Verderop was een bocht naar rechts. De rondleiding was op weg daarheen. Robie ook, maar dan vanuit tegengestelde richting.

De timing luisterde zo nauw dat hij beslist geen fout mocht maken.

Robie telde zijn passen. Hij wist dat de gids hetzelfde deed. Ze hadden zelfs met de lengte van hun passen geoefend om ze precies op elkaar af te stemmen. Zeven seconden later kwam de gids, die even lang was als Robie, hetzelfde postuur had en net zo'n pij droeg, de hoek om, niet meer dan vijf stappen voor het groepje van de rondleiding uit. Hij had een zaklantaarn in zijn hand. Dat was het enige wat Robie niet kon nadoen, want hij moest zijn handen natuurlijk vrij hebben. De gids sloeg links af en verdween in een in de rotswand uitgehouwen spleet die naar een andere ruimte met een andere uitgang leidde.

Zodra hij dat zag, draaide Robie zich snel om en keerde hij zijn rug toe naar de groep mannen die even later de hoek om zou komen. Hij bewoog zijn hand naar de recorder die aan de riem onder zijn pij hing en zette hem aan. De dramatische stem van de gids bulderde door de gang en zette het verhaal voort dat hij even had onderbroken toen hij de hoek om ging.

Robie had er een hekel aan om met zijn rug naar mensen toegekeerd te staan, maar in dit geval kon het niet anders. De mannen hadden zaklantaarns. Als hij zijn gezicht naar hen toe draaide, zouden ze zien dat hij niet de gids was. Dat hij niet het woord deed. Dat hij een nachtbril op had. De stem dreunde door. Hij liep een eindje door.

Minderde vaart. Ze haalden hem in. Hun lichten gleden over zijn rug. Hij hoorde hen ademhalen. Rook hun geur. Zweet, reukwater, de knoflook die ze in hun maaltijd hadden gehad. Hun laatste maaltijd.

Of de mijne; dat hangt ervan af hoe het gaat.

Het was zover. Hij draaide zich om.

Met een diepe messteek schakelde hij de voorste man uit. Die viel op de vloer en drukte met zijn hand op zijn opengesneden organen. Robie schoot de tweede man in het gezicht. Het geluid van het gedempte schot klonk als een harde

klap. Het weerkaatste tegen de rotswanden en vermengde zich met de kreten van de stervende mannen.
Nu kwamen de anderen in actie, maar het waren geen echte professionals. Zij aasden op zwakke, incapabele mensen. Robie was geen van beide. Er waren er nog drie over, maar van slechts twee van hen kon hij moeilijkheden verwachten. Robie wierp het mes en de punt eindigde in de borst van de derde man. Die viel neer met een nagenoeg in tweeën gespleten hart. De man achter hem vuurde, maar Robie had zich al verplaatst terwijl hij de derde man als schild gebruikte. De kogel sloeg in de rotswand in. Een deel bleef in de wand steken, een ander deel ketste terug en boorde zich in de wand ertegenover. De man vuurde een tweede en derde keer, maar hij miste zijn doel omdat zijn subtiele motoriek werd aangetast door een hoogopgelopen adrenalinegehalte, zodat hij niet goed kon richten. Hij schoot wanhopig zijn hele magazijn lukraak leeg. Kogels sloegen in de harde rotswanden in. Een ervan trof na het terugketsen de eerste man in zijn hoofd. Die kogel doodde hem niet, want de man was al doodgebloed en doden konden geen twee keer sterven. De vijfde man had zich met zijn handen boven zijn hoofd op de harde vloer geworpen.
Robie had het allemaal gezien. Hij liet zich op de vloer vallen en schoot één keer in het voorhoofd van man nummer vier. Zo noemde hij hen. Nummers. Mannen zonder gezicht. Gemakkelijker te doden.
Nummer vijf was nu de enige die nog over was.
Nummer vijf was de enige reden waarom Will Robie die dag naar Edinburgh was gevlogen. De anderen waren bijzaak, in het grote plan waren ze van geen enkel belang.
Nummer vijf stond op en deed een stap achteruit toen Robie overeind kwam. Nummer vijf had geen wapen. Dat had hij niet nodig gevonden. Wapens waren beneden zijn waardigheid. Ongetwijfeld dacht hij daar nu heel anders over.
Hij smeekte. Hij jammerde. Hij zou betalen. Zoveel als hij wilde. Toen het pistool op hem werd gericht, ging hij over op bedreigingen. Hoe belangrijk hij wel niet was. Hoe machtig zijn vrienden wel niet waren. Wat hij met Robie zou doen. Hoe slecht het met Robie zou aflopen. Met hem en zijn hele familie.
Robie luisterde er niet naar. Hij had het allemaal al eerder gehoord.
Hij schoot twee keer.
De rechter- en linkerkant van de hersenen. Altijd dodelijk. En deze avond ook.
Nummer vijf viel met zijn gezicht op de stenen vloer en slingerde met zijn laatste ademtocht een scheldwoord naar Robies hoofd dat ze geen van beiden verstonden.
Robie draaide zich om en liep door dezelfde spleet in de rotswand als de gids.

Schotland had hem niet gedood.
Daar was hij dankbaar voor.

Na de moord op die vijf mannen sliep Robie als een roos.
Hij werd om zes uur wakker en ontbeet in een cafetaria verderop.
Later liep hij naar het Waverley Station naast het Balmoral Hotel en nam daar de trein naar Londen. Ruim vier uur later arriveerde hij op King's Cross Station en nam een taxi naar vliegveld Heathrow. Later die middag steeg de 777 van British Airways op. Met lichte tegenwind landde het vliegtuig zeven uur later op vliegveld Dulles bij Washington. In Schotland was het bewolkt en koud geweest, maar hier, aan de oostkust van Amerika, was het warm en droog. De zon was al een heel eind naar de westelijke horizon gezakt. In de loop van de warme dag waren er wolken ontstaan, maar er zou geen onweer van komen, want er zat geen vocht in de lucht. Moeder Natuur kon alleen maar dreigen.
Voor de terminal van het vliegveld stond een auto op hem te wachten. Een anonieme auto.
Een zwarte SUV.
Een nummerbord van de overheid.
Hij stapte in, maakte zijn gordel vast en pakte een *The Washington Post* op die op de stoel naast hem lag. Hij vertelde de chauffeur niet waar hij heen wilde. Dat wist hij wel.
Er was verrassend weinig verkeer op de Dulles Toll Road.
Robies telefoon trilde. Hij keek naar het scherm.
Eén woord: *Gefeliciteerd.*
Hij stopte de telefoon weer in de zak van zijn jasje.
'Gefeliciteerd' was het verkeerde woord, vond hij. 'Bedankt' zou ook het verkeerde woord zijn. Eigenlijk wist hij niet wat het goede woord was als iemand vijf mensen had gedood.
Misschien was er geen goed woord. Misschien kon je maar beter zwijgen.
Hij kwam bij een gebouw in een zijstraat van Chain Bridge Road in het noorden van Virginia. Er zou geen debriefing worden gehouden. Het was beter om niets vast te leggen. Als het tot een onderzoek kwam, zou niemand gegevens vinden, want die waren er niet.
Maar als het misging, zou Robie er alleen voor staan.
Hij liep naar een kantoorruimte die niet officieel van hem was maar waar hij soms gebruik van maakte. Hoewel het laat was, waren er in het gebouw nog mensen aan het werk. Ze praatten niet tegen Robie. Ze keken niet eens naar hem. Hij wist dat ze geen idee hadden van wat hij deed, maar wel wisten dat ze geen contact met hem moesten zoeken.

Hij ging aan een bureau zitten, drukte op een paar toetsen van de computer, verstuurde een paar mailtjes en staarde uit een raam dat niet echt een raam was. Het was alleen maar een kast met gesimuleerd zonlicht, want een echt raam was enkel een gat waar anderen doorheen konden komen.

Een uur later kwam er een dikke man in een gekreukt pak met een deegwitte huid binnen. Ze begroetten elkaar niet. De dikzak legde een USB-stick voor Robie op het bureau neer. Toen draaide hij zich om en liep weg. Robie keek naar het zilverkleurige voorwerp. De volgende opdracht lag al klaar. De laatste jaren waren ze elkaar steeds sneller opgevolgd.

Robie stopte de USB-stick in zijn zak en ging weg. Ditmaal reed hij zelf, in een Audi die in de aangrenzende garage geparkeerd stond. Het voelde comfortabel aan toen hij achter het stuur ging zitten. Hij had de Audi al vier jaar. Hij reed ermee langs de controlepost. De bewaker keurde hem ook geen blik waardig.

De onzichtbare man in Edinburgh. Robie wist precies hoe dat voelde.

Zodra hij op de openbare weg was, schakelde hij en meerderde vaart.

Zijn telefoon trilde opnieuw. Hij keek op het scherm.

Gefeliciteerd met je verjaardag.

Hij kon er niet om glimlachen. Het enige wat hij deed, was de telefoon op de stoel naast hem laten vallen en gas geven.

Er zouden geen taart en geen kaarsjes zijn.

Onder het rijden dacht Robie aan de ondergrondse tunnel in Edinburgh. Vier van de dode mannen waren lijfwachten, harde, wanhopige mannen die naar verluidt in de afgelopen vijf jaar minstens vijftig mensen hadden vermoord, onder wie een aantal kinderen. De vijfde man, met de twee gaten in zijn hoofd, was Carlos Rivera, handelaar in heroïne en tieners voor prostitutie. Hij was immens rijk en zogenaamd op vakantie in Schotland geweest. Robie wist echter dat Rivera in werkelijkheid naar Edinburgh was gekomen om op hoog niveau met een Russische misdaadtsaar te bespreken hoe ze hun zakelijke belangen konden combineren. Zelfs misdadigers mochten graag globaliseren.

Robie had opdracht gekregen Rivera te doden, maar niet vanwege diens drugs- en mensenhandel. Rivera moest sterven omdat de Verenigde Staten hadden gehoord dat hij van plan was met behulp van hoge generaals uit het Mexicaanse leger een coup in Mexico te plegen. De regering die daaruit zou voortkomen, zou geen vriend van de Verenigde Staten zijn geweest, en dus moest daar een stokje voor worden gestoken. De bijeenkomst met de Russische misdaadtsaar was in scène gezet, een lokkertje. Er was geen tsaar en ook geen ontmoeting. De lastige Mexicaanse generaals waren ook dood, vermoord door mannen als Robie.

Nadat Robie was thuisgekomen, liep hij twee uur door de donkere straten. Hij waagde zich bij de rivier en keek naar de koplampen die aan de kant van Victoria door de duisternis priemden. Over het kalme oppervlak van de Potomac gleed een politieboot voorbij.

Hij keek naar de morsige, maanloze hemel; een taart zonder kaarsen.

Gefeliciteerd met jezelf.

•3•

Het was drie uur 's nachts.
Will Robie was al twee uur wakker. Voor de missie die op de USB-stick werd beschreven moest hij een heel stuk verder reizen dan Edinburgh. Het doelwit was eveneens een goed bewaakte man met meer geld dan principes. Robie had bijna een maand aan het project gewerkt. Er zaten veel haken en ogen aan en de foutmarge was zelfs nog kleiner dan bij Rivera. De zware voorbereidingen hadden hun tol van Robie geëist. Hij kon niet slapen. Hij at ook niet veel.
Maar nu probeerde hij zich te ontspannen. Hij zat in het keukentje van zijn appartement, dat zich in een goede wijk bevond, met veel schitterende huizen. Robies appartementengebouw hoorde daar niet bij. Het was oud en functioneel ontworpen, met lawaaierige buizen, vreemde geuren en versleten vloerbedekking. Het werd bevolkt door allerlei verschillende hardwerkende mensen, voor het merendeel nog jong. Ze verlieten elke morgen de flat om verspreid over de stad uit te zwermen naar advocatenkantoren, accountantsfirma's en investeringsbedrijven.
Sommigen hadden voor een baan in de publieke sector gekozen en gingen met de metro, bus, fiets of zelfs te voet naar de grote overheidsgebouwen van diensten als de FBI, de IRS en de Federal Reserve.
Robie kende niet iedereen, al kwam hij ze allemaal weleens tegen. Hij was over ieder van hen geïnformeerd. Ze leefden allemaal op zichzelf, in beslag genomen door hun carrière, hun ambities. Robie leefde ook op zichzelf. Hij bereidde zich voor op het volgende karwei. Hij stampte de details in zijn hoofd, want dat was de enige manier om het te kunnen overleven.
Hij stond op en keek uit het raam naar de straat, waar maar één auto voorbijkwam. Robie reisde nu al zo'n twaalf jaar de hele wereld over. En overal waar hij kwam, ging er iemand dood. Hij wist niet meer hoe de mensen heetten wier leven hij had beëindigd. Als hij die mensen doodde, waren hun namen voor hem niet van belang, en dat waren ze nu ook niet.
De man die vóór Robie die functie had uitgeoefend, had in een uitzonderlijke drukke tijd bij Robies clandestiene dienst moeten opereren. Shane Connors had in eenzelfde tijdsbestek bijna dertig procent meer mensen vermoord dan Robie. Connors was een goede, bekwame mentor geweest voor de man die hem zou opvolgen. Na zijn 'pensionering' had Connors een kantoorbaan gekregen. Robie had de afgelopen vijf jaar weinig contact met hem gehad. Maar

er waren niet veel mensen voor wie Robie meer respect had. En bij de gedachte aan Connors stond Robie ook even stil bij zijn eigen pensionering. Hij had nog wel een aantal jaren te gaan, maar uiteindelijk zou het ervan komen.

Als ik het overleef.

Je moest jong zijn, wilde je Robies werk kunnen doen. Zelfs nu hij veertig was, wist Robie dat hij het niet nog eens twaalf jaar aankon. Zijn vaardigheden zouden te veel slijten. Op een dag zou een van zijn doelwitten beter zijn dan hij. Dan zou hij sterven.

En toen dacht hij weer aan Shane Connors, die achter zijn bureau zat.

Robie bedacht dat dat in zekere zin gelijkstond aan de dood, maar dan noemde je het gewoon anders.

Hij liep naar de voordeur en drukte zijn oog tegen het kijkgaatje. Hij kende weliswaar geen van zijn buren persoonlijk, maar dat betekende niet dat hij niet nieuwsgierig naar ze was. Hij was zelfs héél nieuwsgierig. Het was niet zo moeilijk te bedenken waarom.

Hun leven was normáál.

Dat van Robie niet.

Alleen door te zien hoe ze hun dagelijks leven leidden kon hij voorkomen dat hij het contact met de realiteit verloor.

Hij had er zelfs over gedacht met sommigen van hen aan te pappen. Dat zou hem niet alleen een goede dekmantel geven – een poging om in zijn omgeving op te gaan – maar hem ook beter voorbereiden op de tijd dat hij met dit werk op zou houden. De tijd dat hij min of meer een normaal leven zou leiden.

Toen keerden zijn gedachten onvermijdelijk terug naar de naderende missie.

Nog één trip.

Nog één moord.

Het zou moeilijk zijn, maar dat was het altijd.

Hij zou met gemak zelf het loodje kunnen leggen.

Maar dat was altijd zo.

Het was een vreemde manier om je leven te leiden, wist hij.

Maar het was zíjn manier.

•4•

Die dag had de Costa del Sol zijn naam eer aangedaan.
Robie droeg een strogele hoed met smalle rand, een wit T-shirt, een blauw jasje, een verbleekte spijkerbroek en sandalen. Er zat een stoppelbaard van drie dagen op zijn gebruinde gezicht. Hij was op vakantie, tenminste, daar leek het op.
Robie stapte op de kolossale veerboot om de Straat van Gibraltar over te steken. Hij keek achterom naar de bergen langs de ruige, indrukwekkende Spaanse kust. De combinatie van die hoge rotsen en de blauwe Middellandse Zee was fascinerend. Hij keek er even naar, wendde zich toen af en was het beeld meteen weer vergeten. Hij had andere dingen aan zijn hoofd.
De snelle veerboot was op weg naar Marokko. Hij deinde en schommelde als een metronoom toen hij de haven van Tarifa verliet om koers te zetten naar Tanger. Zodra hij vaart had gemaakt en in open water kwam, gleed hij soepeltjes door de golven. De buik van de veerboot was volgestouwd met auto's, bussen en trucks met opleggers. De rest zat stampvol passagiers die aten, in een speelhal videogames speelden en karrenvrachten taxfree sigaretten en parfum kochten.
Robie zat op zijn stoel en genoot van het uitzicht, of deed tenminste alsof. De zeestraat was maar vijftien kilometer breed en de overtocht zou niet langer dan veertig minuten duren. Niet veel tijd om over iets na te denken. Hij keek beurtelings van de Middellandse Zee naar de andere passagiers. Het waren vooral toeristen die maar al te graag wilden geuren met het feit dat ze in Afrika waren geweest, al wist Robie dat Marokko heel anders was dan de voorstelling die de meeste mensen van Afrika hadden.
In Tanger verliet hij de veerboot. Er stonden bussen, taxi's en toeristengidsen op de massa's te wachten. Robie liet ze allemaal links liggen en verliet de haven te voet. Hij kwam in de hoofdstraten van de stad en werd meteen belaagd door venters, bedelaars en winkeliers. Kinderen trokken aan zijn jasje en vroegen om geld. Hij keek strak omlaag en liep door.
Hij liep over de drukke kruidenmarkt. In een hoek stapte hij bijna op een oude vrouw die blijkbaar in slaap was gevallen met in haar armen een paar broden die ze te koop aanbood. Zo was het waarschijnlijk haar hele leven geweest, dacht Robie. Die hoek van de markt en een paar broden die ze te koop had. Haar kleren waren vuil, wat ook gold voor haar huid. Ze was zacht en mollig, maar ondervoed, zoals vaak het geval was. Hij bukte zich en stopte wat muntjes

in haar hand. Ze sloot haar knokige vingers eromheen.

Ze bedankte hem in haar taal. Hij zei 'Graag gedaan' in de zijne. Op de een of andere manier begrepen ze de woordenwisseling allebei.

Hij liep in een hoger tempo door, en als hij een trap moest nemen, pakte hij twee of drie treden tegelijk. Hij kwam langs slangenbezweerders die exotisch gekleurde en van hun giftanden ontdane slangen om de hals van door de zon verbrande toeristen legden. Ze wilden die slangen vervolgens pas weghalen als ze vijf euro in hun handen kregen gedrukt.

Lucratieve handel, dacht Robie.

Zijn bestemming was een kamer boven een restaurant dat onvervalst plaatselijk voedsel beloofde. Het was een toeristenval, wist hij. Het eten was doodgewoon, het bier lauw en de bediening was ongeïnteresseerd. De busgidsen brachten er nietsvermoedende mensen naartoe en gingen dan vliegensvlug ergens anders een veel lekkerdere maaltijd scoren.

Hij liep de trap op, opende de deur van de kamer met de sleutel die hij eerder had gekregen en deed de deur achter zich op slot. Hij keek om zich heen. Bed, stoel, raam. Alles wat hij nodig had.

Hij legde zijn hoed op het bed, wierp een blik uit het raam en keek op zijn horloge. Het was elf uur 's ochtends, plaatselijke tijd.

De USB-stick was allang vernietigd. Het plan was helemaal uitgedacht en de verschillende stappen waren geoefend in een nagebootste setting ergens in de Verenigde Staten, een exact duplicaat van de omgeving waar hij zijn doelwit moest treffen. Nu hoefde hij alleen nog maar te wachten, en dat was het moeilijkste van alles.

Hij ging op het bed zitten en masseerde zijn hals om na de lange reis per vliegtuig en boot zijn verkrampte spieren wat soepeler te maken. Ditmaal was het doelwit geen idioot zoals Rivera. Het was een behoedzaam man met professionele lijfwachten die niet lukraak met kogels zouden sproeien. Deze klus zou een hardere dobber worden, althans, dat verwachtte hij.

Robie had niets uit Spanje meegenomen, want om op de veerboot te komen moest hij langs de douane. Als de Spaanse autoriteiten een vuurwapen in zijn tas hadden gevonden, zouden de poppen aan het dansen zijn geweest. Maar in Tanger zou alles aanwezig zijn wat hij nodig had.

Hij trok zijn jasje uit, ging weer op het bed liggen, en liet de van buiten komende warmte over zich heen komen waardoor hij slaperig werd. Hij sloot zijn ogen in de wetenschap dat hij ze over vier uur weer open zou doen. Toen hij in slaap viel, stierven de straatgeluiden weg. Na bijna vier uur werd hij wakker en was de dag op zijn warmst. Hij veegde zweet van zijn gezicht, liep weer naar het raam en keek naar buiten. Hij zag grote toeristenbussen door straten manoeu-

vreren die nooit bestemd waren voor zoiets groots en logs. Op de trottoirs wemelde het van de mensen, stadsbewoners en toeristen.
Hij wachtte nog een uur en verliet toen zijn kamer. Op straat liep hij in looppas naar het oosten. Binnen enkele seconden ging hij op in de drukte van de oude stad. Hij zou de spullen ophalen die hij nodig had en dan verdergaan. Dat alles was bestemd voor de missie. Hij was in zevenendertig landen geweest, maar had nog nooit een enkel souvenir gekocht.
Zeven uur later was het al tamelijk donker. Robie liep vanuit het westen naar een groot, grimmig complex. Op zijn rug droeg hij een stevige kist en een plunjezak met daarin water, een plaskolf en proviand. Hij was niet van plan om in de komende drie dagen te vertrekken. Hij keek om zich heen en nam de geuren van het derdewereldland in zich op. De lucht was zwaar van dreigende regen. Daar zat hij niet mee. Dit klusje moest hij binnenshuis opknappen.
Hij keek op zijn horloge en hoorde hem dichterbij komen. Hij dook weg achter een groep vaten. De truck reed langs hem heen en kwam tot stilstand. Hij benaderde hem van achteren. Drie stappen later zat hij eronder en hield hij zich vast aan metaal dat vanaf de onderkant naar buiten stak. De truck reed door en bleef opnieuw staan. Er klonk een langdurig, gierend geluid van metaal op metaal. Hij ging weer met zo'n harde schok rijden dat Robie bijna zijn greep op het metaal verloor.
Vijftien meter verder stopte de truck opnieuw. Portieren gingen open, voeten sprongen op de grond. De portieren klapten dicht. Voetstappen verwijderden zich. Opnieuw dat gierende geluid. Toen klikten zware sloten dicht. Het werd stil, afgezien van de voetstappen van de bewakers die in elk geval de komende drie dagen dag en nacht langs de rand van het terrein zouden patrouilleren.
Robie mikte het zo uit dat hij onder de truck vandaan was en wegrende op het moment dat de gierende geluiden ophielden. Het complex was nu technisch gesproken veilig en wel afgesloten. Dit was voor Robie de enige kans om binnen te komen. Missie volbracht, althans, dit deel ervan.
Hij nam de trap met drie treden tegelijk; de stevige kist sloeg tegen zijn rug.
Nu kwam de race tegen de klok.
Hij kwam boven, pakte de dwarsbalk vast en slingerde als een aap hand over hand naar de plek die hij in gedachten had. Daar zwaaide hij naar links en daarna naar rechts en maakte toen zijn sprong.
Hij kwam bijna geluidloos op metaal terecht en rende door naar een plek vijfentwintig meter verderop, een van de donkerste hoeken van het complex.
Na dit alles had hij nog vijf seconden over.
De lichten gingen uit en het alarm werd ingeschakeld. De binnenruimte werd meteen doorkruist door energiestralen die voor het blote oog onzichtbaar wa-

ren. Wanneer ook maar iets levends door die stralen heen liep, zou het alarm gaan gillen. Alle betrapte indringers werden geëxecuteerd. Zo ging dat hier in z'n werk.
Robie ging op zijn rug liggen, met zijn gezicht naar het plafond.
Nu moest hij drie dagen wachten. Tweeënzeventig uur.
Het leek wel alsof zijn hele leven uit niets anders bestond dan één onafgebroken aftelprocedure.

5

Het was tijd.
De gebedskleedjes kwamen tevoorschijn. Knieën zakten op de grond, alle hoofden werden naar het oosten gekeerd en zakten omlaag tot bij de knieën. Monden gingen open en de vertrouwde woorden werden opgezegd.
Mekka lag op vierduizend kilometer afstand, ongeveer vijf uur vliegen.
Voor de mensen op de kleedjes was die stad veel dichterbij.
Toen de gebeden waren opgezegd en de religieuze plichten waren vervuld, werden de kleedjes weer opgerold en opgeborgen. Allah werd ook weggestopt, en wel in het achterhoofd van de volgelingen.
Het was te vroeg om te eten, maar niet te vroeg voor drank.
Er waren plaatsen in Tanger waar je die kon krijgen, of islamieten nu wel of niet mochten drinken.
De twintig mannen brachten een bezoek aan zo'n gelegenheid. Ze liepen niet door de straten, maar reden in een stoet van Hummers. De bepantsering van de Hummers voldeed aan Amerikaanse militaire normen en was bestand tegen alle kogels en de meeste raketaanvallen. Net als de bussen leken deze voertuigen veel te groot voor de smalle straten. De man om wie het ging zat in de derde Hummer, zodat hij aan de voor- en achterkant gedekt werd.
De man heette Khalid bin Talal. Het was een Saoedische prins. Een neef van de koning. Dankzij die connectie genoot hij respect in bijna alle hoeken van de islamitische en christelijke wereld.
Hij kwam niet erg vaak naar Tanger. Vanavond was hij hier om zaken te doen. De volgende morgen wilde hij in alle vroegte met zijn privéjet vertrekken, die meer dan honderd miljoen dollar had gekost. Voor bijna iedereen een onthutsend bedrag, maar nog niet één procent van wat hij netto waard was. De Saoedi's waren nauwe bondgenoten van het westen in het algemeen en de Amerikanen in het bijzonder, in elk geval voor het oog van de wereld. Een stabiele toevoer van olie zorgde voor goede vriendschappen. In de wereld draaide het om snelheid, en mannen uit een woestijnland waar bijna niets wilde groeien konden zich vliegtuigen van negen cijfers voor de komma permitteren.
Deze Saoedische prins was echter niet zo'n vriend. Talal haatte het westen. En bovenal haatte hij de Amerikanen. Het was gevaarlijk om openlijk zo'n standpunt in te nemen tegen de enige overgebleven supermogendheid van de wereld. Talal werd verdacht van de foltering van en moord op vier Amerikaanse militai-

ren die uit een club in Londen waren ontvoerd. Omdat er niets kon worden bewezen, had de zaak voor de prins geen gevolgen gehad. Hij werd ook verdacht van de financiering van drie terroristische aanvallen in twee verschillende landen, aanvallen die tot de dood van meer dan honderd mensen hadden geleid, onder wie tien Amerikanen. Ook in dat geval kon er niets worden bewezen en volgden er geen repercussies.
Maar door dat alles was Talal uiteindelijk op een lijst beland. En nu zou hij zijn positie op die lijst moeten bekopen, met de volledige zegen van de Saoedische leiders. Hij was eenvoudigweg te lastig en ambitieus geworden om hem te laten leven.
De mensen die hij hier zou ontmoeten, hadden ook een hekel aan het westen en de Amerikanen. Ze hadden veel met Talal gemeen en stelden zich een wereld voor waarin de stars-and-stripes niet haantje-de-voorste waren. Op de bijeenkomst zouden ze bespreken hoe ze zo'n wereld tot stand konden brengen. Die bijeenkomst was een goed bewaard geheim.
Ze hadden de fout gemaakt dat het goed bewaarde geheim op een gegeven moment geen geheim meer was.
Je kwam de club binnen via een metalen deur met een cijfercode. Talals voorste lijfwacht toetste de tiencijferige code in, die dagelijks werd veranderd. De vijftien centimeter dikke, hydraulische deur viel met een klap achter hen dicht. Op strategische punten waren bomvrije wanden aangebracht. Het gebouw werd omringd door gewapende bewakers. Dit was een aanzienlijke beveiliging voor de paar mensen die het zich konden veroorloven.
De prins en zijn gezelschap zaten aan een grote ronde tafel in een afgezette ruimte op een verhoogd, teakhouten platform dat door gordijnen werd afgeschermd. De prins hield zijn omgeving nauwlettend in de gaten; zijn blik ging voortdurend heen en weer. Hij had twee moordaanslagen overleefd, één door een neef en één door de Fransen. De neef was dood, evenals de beste huurmoordenaar van Frankrijk.
Talal vertrouwde niemand. Hij wist dat de Amerikanen niet ver achter zouden blijven, nu hun Franse bondgenoot had gefaald. Zijn bewakers waren grondig doorgelicht en vormden een trouwe, hechte groep die geen buitenstaanders duldde. Er kwamen nooit blanken, donker gekleurden of latino's bij hem in de buurt. Hij was gewapend. Hij kon goed schieten. Zelfs binnenshuis hield hij zijn gespiegelde zonnebril op. Niemand kon zien waar hij naar keek. De glazen van die bril waren ook speciaal ontworpen. Door hun vergrotende werking kon hij dingen zien die voor het blote oog onzichtbaar bleven. Maar hij had geen ogen in zijn achterhoofd.
De in uniform gestoken ober kwam niet met drankjes naar hem toe maar

bracht alleen servetten. De prins bracht zijn eigen glazen en drank mee, want hij was niet van plan zich te laten vergiftigen. Hij schonk zijn Bombay Sapphire in en voegde de tonic eraan toe. Hij nam een slokje, liet zijn blik ronddwalen terwijl zijn gedachten voor een deel al bij de ophanden zijnde bijeenkomst waren. Hij was op alle onvoorziene gebeurtenissen voorbereid.
Maar niet op een vergrote prostaat.
Een ergernis waar zelfs hij met al zijn rijkdom niets tegen kon beginnen. Hij moest nog altijd zelf pissen.
Zijn mannen keken of de toiletten die via één enkele deur toegankelijk waren vrij waren van vijanden of explosieven. Een assistent veegde de wastafel, toiletpot en de muren van het hokje af met een antibacteriële spray. Vorstelijke miljardairs maken niet vaak gebruik van urinoirs.
Talal liep naar het ontsmette hokje en deed met behulp van een zakdoek de deur achter zich op de grendel. Voordat hij naar de club ging, had hij zijn gewaden al uitgetrokken. Hij droeg een maatkostuum van tienduizend Britse ponden. Hij had vijftig van zulke pakken en wist niet meer waar ze allemaal waren, want ze waren verspreid over zijn vele huizen op de wereld. Hij had nooit met een lijntoestel gevlogen, zelfs niet toen hij jong was. In elk van zijn huizen had hij de beschikking over een legertje bedienden. Hij logeerde alleen in de allerbeste hotels en huurde dan hele verdiepingen af om op weg naar zijn kamer geen gewone mensen te hoeven tegenkomen. Hij werd met een colonne of een helikopter vervoerd. Mensen die zo rijk waren als hij zaten niet in het verkeer. De luxe waarmee hij zich omringde, was bijna onvoorstelbaar. En dat kwam hem goed uit, want in zijn ogen was hij anders dan alle andere mensen.
Ik ben beter. Veel beter.
Maar evengoed moest hij zelf zijn rits lostrekken om zijn persoonlijke zaken af te handelen, net als iedere andere man, rijk of arm. Hij keek naar de muur tegenover hem, de graffiti en schuttingtaal die daarop geschreven stonden. Ten slotte wendde hij zich vol walging af. Hier was de westerse invloed aan het werk geweest, daar was hij van overtuigd. In de westerse wereld mochten vrouwen autorijden, stemmen, buitenshuis werken en zich kleden als hoeren. Daardoor ging de wereld naar de verdommenis. Zelfs in zijn land mochten vrouwen tegenwoordig stemmen en andere dingen doen die eigenlijk alleen aan mannen waren voorbehouden. De koning was krankzinnig, en erger nog, een marionet van het westen.
Hij drukte met zijn schoenzool op de pedaal om het toilet te laten doorspoelen, trok de rits van zijn broek dicht en maakte de deur van het hokje open. Hij waste zijn handen en bekeek zichzelf in de spiegel. Een vijftigjarige man keek naar hem terug: grijze baard, een buikje. Hij was ruim twaalf miljard dollar

waard, waarmee hij op nummer zesenzestig stond op de lijst van *Forbes*-magazine. Met zijn gedegen zakelijk inzicht en met behulp van internationale connecties had hij zijn oliegeld in veel winstgevende activiteiten geïnvesteerd. Op de *Forbes*-lijst stond hij tussen een Russische oligarch die na de val van de Sovjet-Unie gangsterpraktijken had toegepast om voor een habbekrats staatsbezittingen in handen te krijgen, en een technokoning van in de twintig wiens bedrijf nog nooit een stuiver winst had gemaakt.

Hij verliet de toiletten en liep naar de tafel terug, geëscorteerd door zijn bewakers, die zich in een ruitvormig patroon om hem heen hadden opgesteld. Die tactiek had hij overgenomen van de Amerikaanse Secret Service. Zijn lijfarts reisde met hem mee, zoals ook bij de Amerikaanse president het geval is. Waarom zou je de machtigste man van de wereld niet naar de kroon steken? dacht hij.

Hij vond zichzelf overigens net zo belangrijk als de Amerikaanse president. Sterker nog, hij zou graag diens plaats willen innemen als leider van de vrije wereld – al zou de wereld lang niet meer zo vrij zijn als hij de scepter zwaaide, om te beginnen met de vrouwen.

Na de drankjes gingen ze voor hun diner naar een restaurant dat helemaal was afgehuurd, zodat de prins in alle rust kon dineren zonder bang te hoeven zijn dat vreemden hem zouden storen. Daarna trok hij zijn gewaden weer aan en keerde terug naar zijn jet, die in een beveiligde hangar op een particuliere jetpark buiten de stad stond. De Hummers reden langs de open deuren van de hangar en stopten voor het immense straalvliegtuig. Terwijl de meeste vliegtuigen wit waren, was dit toestel helemaal zwart. De prins hield van die kleur. Zwart, vond hij, was mannelijk en krachtig en bevatte een tastbaar element van gevaar.

Net als hij.

De hangardeuren gingen dicht voordat hij uit de Hummer was gestapt.

Met de deuren dicht kon niemand vanuit de hangaropening met een langeafstandsgeweer op hem schieten.

Hij liep de trap op en hijgde een beetje toen hij boven kwam.

De hangardeuren zouden pas weer opengaan als het vliegtuig gereed was om op te stijgen.

De bijeenkomst zou in het vliegtuig in de hangar worden gehouden, en zou één uur duren. De prins zou de leiding hebben.

Hij was het gewend om de leiding te hebben.

Daar zou nu gauw een eind aan komen.

6

Er stonden twee bewakers onder aan de trap van de jet. De rest van de beveiliging bevond zich in het vliegtuig en omringde degene die het doelwit van een aanslag zou kunnen zijn. De deur van het vliegtuig zat dicht en op slot. Het was net een kluis. Een heel dure kluis. Maar zoals alle kluizen had ook deze zijn zwakke punten.

De prins zat aan het midden van de tafel in de grootste ruimte van de cabine. Het interieur was volledig door hemzelf ontworpen. In het vliegtuig was bijna zevenhonderd vierkante meter marmer en exotisch hout verwerkt, er waren oosterse tapijten, verfijnde schilderijen en sculpturen van allang dode kunstenaars die in musea te zien waren, die hij op een hoogte van twaalfduizend meter en met een snelheid van achthonderd kilometer per uur kon bewonderen. Talal was een man die zijn geld kwistig uitgaf en van zijn rijkdom genoot.

Hij keek de tafel rond. Er waren twee bezoekers. Een van hen was een Rus, de ander een Palestijn. Een onwaarschijnlijke combinatie, maar dat intrigeerde de prins.

Ze hadden toegezegd dat ze voor een schappelijke prijs iets tot stand konden brengen wat bijna iedereen, ook de prins, voor onmogelijk zou hebben gehouden.

De prins schraapte zijn keel. 'Weet u zeker dat u dit kunt doen?' vroeg hij vol ongeloof.

De Rus, een grote man met een volle baard en een kaal hoofd, waardoor hij eruitzag als een peer en het leek alsof hij uit balans was, knikte langzaam maar resoluut.

De prins zei: 'Ik ben nieuwsgierig hoe u dat dan voor elkaar krijgt, want ik heb gehoord dat het volkomen zinloos is om het te proberen.'

'Een ketting is zo sterk als de zwakste schakel.' Dat kwam van de Palestijn. Hij was een kleine man, maar had een nog vollere baard dan de Rus. Ze waren als een sleepboot en een slagschip, maar het was duidelijk dat de kleine man de leider van de beide partners was.

'En wat is de zwakste schakel?'

'Eén persoon. Maar die persoon bevindt zich naast degene op wie u het hebt voorzien. Wij hebben die persoon in onze macht.'

'Ik zie niet hoe dat mogelijk is,' zei de prins.

'Het is niet alleen mogelijk. Het is een feit.'

'Maar evengoed – hoe zit het met de toegang tot wapens?'
'De persoon heeft uit hoofde van zijn functie toegang tot het noodzakelijke wapen.'
'En hoe krijgt u zo iemand in uw macht?'
'Dat detail doet er niet toe.'
'Voor mij wel. Die persoon moet bereid zijn te sterven. Dat kan niet anders.'
De Palestijn knikte. 'Aan die voorwaarde wordt voldaan.'
'Waarom? Westerlingen doen daar niet aan.'
'Ik heb niet gezegd dat die persoon een westerling is.'
'Een infiltrant?'
'Er is tientallen jaren aan gewerkt.'
'Waarom?'
'Waarom doet een mens iets? Hij gelooft in bepaalde dingen en moet stappen zetten om die dingen te realiseren.'
De prins leunde achterover. Hij was geboeid.
De Palestijn zei: 'De plannen zijn klaar, maar zoals u weet, vergt zoiets grote bedragen. Een deel daarvan zit in de afhandeling achteraf. Onze persoon is voorlopig veilig, maar dat kan gauw veranderen. Er zijn overal ogen en oren. Hoe langer we wachten, des te groter is de kans dat de missie faalt voordat ze de kans heeft gekregen te slagen.'
De prins streek met zijn vingers over het weelderige houtsnijwerk van de tafel en keek uit het raam. De ramen waren extra groot, want hij hield ervan om vanaf zijn hoge zitplaats naar buiten te kijken.
De geluidloze kogel trof hem recht in zijn voorhoofd en explodeerde in zijn hersenen. Hij viel achterover tegen zijn leren rugleuning en gleed toen langzaam op de vloer. Hersenmaterie, bloed en stukjes bot en weefsel spatten op het eens zo fraaie interieur van het vliegtuig.
De Rus sprong overeind, maar had geen wapen. Dat was bij de deur in beslag genomen. De Palestijn zat als verlamd op zijn stoel.
De bewakers kwamen in actie. Een van hen wees naar het verbrijzelde vliegtuigraam. 'Buiten!'
Ze renden naar de deur.
De twee bewakers buiten het vliegtuig hadden hun wapens getrokken en schoten in de richting van de plek waar het dodelijke schot vandaan was gekomen. De kogels vlogen Robie om de oren. Hij mikte en schoot terug. De eerste bewaker viel met een fatale kogel in zijn hoofd neer. De tweede volgde even later met een kogel door het hart.
Vanaf zijn hoge positie richtte Robie de loop van zijn geweer op de deur van het vliegtuig. Hij joeg vijf kogels door het midden en vernielde daarmee het me-

chanisme om de deur open te maken. Toen draaide hij zich snel om en schoot door het cockpitraam en in het besturingsmechanisme van het vliegtuig. De grote vogel zou voorlopig aan de grond gekluisterd zijn. Voor zijn missie was het gunstig dat kogelvrij materiaal te dik en zwaar was voor vliegtuigen. Daardoor was dit toestel een kluis van honderd miljoen dollar met een enorme achilleshiel.
Toen had hij het moorden achter de rug.
Nu kwam het moeilijkste.
De aftocht.
Hij balanceerde over de metalen balk tot hij bij een muur aan de achterkant van de hangar kwam. Hij duwde het raam open, maakte zijn kabel aan de ring vast die hij daar de vorige avond had bevestigd, en zeilde langs de muur. Zijn voeten kwamen op het asfalt en hij rende naar het oosten, weg van de hangar en de dode prins. Hij beklom een hek en liet zich aan de andere kant vallen. Achter zich hoorde hij schoten. Lichtstralen sneden door de duisternis. Er werd zijn kant op geschoten, allemaal ver naast. Hij wist dat daar verandering in kon komen.
De auto kwam in volle vaart aanrijden. Robie gooide zijn spullen op de achterbank, sprong erin en nog voor dat zijn portier dicht was, reed de auto al weg. Robie keek niet naar de bestuurder en die keek niet naar hem. De wagen reed slechts een paar kilometer de buitenwijken van Tanger in en stopte toen. Robie glipte eruit, dook een steegje in, liep honderdvijftig meter door en kwam op een pleintje. Daar stond een blauwe Fiat. Hij ging achter het stuur zitten, griste de sleutels van achter de zonneklep vandaan en startte de motor. Hij trapte het gaspedaal in en verliet het pleintje. Vijf minuten later naderde hij het centrum van Tanger. Hij reed naar de andere kant van de stad en parkeerde de auto in de haven. Hij maakte de kofferbak open en haalde er een kleine tas met kleren en andere benodigdheden uit, inclusief reisdocumenten en plaatselijke valuta.
Hij nam niet de snelle veerboot naar Spanje terug, die hij op de heenweg had genomen, maar de langzame boot van Tanger naar Barcelona. Die deed er vierentwintig uur over om van Barcelona naar Tanger te komen en in tegengestelde richting drie uur langer.
Zijn opdrachtgever had in plaats van een enkele zitplaats een driepersoonshut voor hem geboekt. Die zocht hij op, hij zette zijn tas weg, deed zijn deur op slot en ging op het bed liggen. Een paar minuten later voer de boot de haven uit.
Robie vond dat wel logisch. Niemand zou verwachten dat een moordenaar zou willen ontsnappen met een boot die er een hele dag over deed om op zijn bestemming aan te komen. Ze zouden de vliegvelden, de snelle veerboten, de snelwegen en de treinstations controleren, maar niet een logge oude badkuip

die er zevenentwintig uur over deed om de oversteek van een paar honderd kilometer over de Middellandse Zee te maken. Hij zou zelfs pas over twee dagen arriveren, want het liep tegen middernacht.
Robie had een langeafstandsmicrofoon bij zich waarmee hij het gesprek van de prins en de twee andere mannen in het vliegtuig had kunnen volgen. Toegang tot wapens. Tientallen jaren aan gewerkt. Grote bedragen voor de afhandeling achteraf. Daar moest gevolg aan gegeven worden, maar dat was niet zijn taak. Hij had zijn taak volbracht. Hij zou verslag uitbrengen en anderen zouden het nu overnemen. Hij was er zeker van dat zelfs de Saoedische koninklijke familie blij zou zijn dat een van hun zwarte schapen uit de weg was geruimd. In hun officiële verklaring zou zo'n gewelddaad worden veroordeeld. Ze zouden een volledig onderzoek eisen. Ze zouden zich laten gelden, klagen en tekeergaan. Er zouden gespannen diplomatieke berichten worden uitgewisseld. Maar in de privésfeer zouden ze toosten op degenen die de moord op hun geweten hadden. Met andere woorden: ze zouden toosten op de Amerikanen.
Het was een vlekkeloze operatie geweest. Robie had de prins in zijn vizier gehad vanaf het moment dat de man uit zijn SUV was gestapt. Hij had hem toen al kunnen uitschakelen, maar hij had gewacht tot de prins en zijn bewakers in het vliegtuig waren. Als de bewakers in het vliegtuig opgesloten zaten, had hij meer tijd om weg te komen. Hij had de prins ongeveer een halve minuut uit het oog verloren nadat die in het vliegtuig was gestapt, maar had hem weer gezien toen hij door het middenpad liep en aan de tafel ging zitten.
Robie had op het hoofd van Talal gemikt, al was dat een lastiger schot, want hij had iets door zijn vizier gezien. Toen de prins zich in zijn stoel naar voren had gebogen, had Robie de riemen onder de gewaden van de man gezien. Hij droeg een kogelvrij vest. Maar dat droeg je niet om je hoofd.
Robie had drie dagen en nachten van zijn leven op zijn hoge schuilplaats doorgebracht. Hij had in een kolf geplast en energierepen gegeten, en intussen op zijn doelwit gewacht in een gebouw dat officieel volledig afgesloten en volkomen veilig was.
Nu was de prins dood.
Zijn plannen zouden tegelijk met hem sterven.
Will Robie deed zijn ogen dicht en sliep, terwijl de boot tijdens zijn langzame vaart zachtjes op het kalme water van de Middellandse Zee deinde.

•7•

Deze missie was anders.
Dit was dicht bij huis.
Zo dichtbij dat het thuis wás.
Sinds Tanger en de dood van Khalid bin Talal waren er bijna drie maanden verstreken. Het was kouder geworden, de lucht een beetje grijzer. Robie had in die tijd niemand gedood. Het was niets voor hem om zo lang inactief te zijn, maar hij vond het niet erg. Hij wandelde, las boeken, ging uit eten, maakte een paar reizen zonder dat er iemand hoefde te sterven. Met andere woorden: hij gedroeg zich normaal.
Maar toen was die USB-stick weer opgedoken en kwam er een einde aan het normale gedrag van Robie, hij moest zijn wapen weer tevoorschijn halen. De missie was hem twee dagen geleden opgedragen. Hij had niet veel tijd om zich voor te bereiden, maar de missie had prioriteit, vertelde de USB-stick hem. En als de USB-stick sprak, kwam Robie in actie.
Met een kop koffie in zijn hand ging hij in een stoel in zijn huiskamer zitten. Het was vroeg in de morgen en hij was al uren op. Nu zijn volgende missie dichterbij kwam, kon hij slecht slapen. Zo was het altijd geweest. Hij was niet nerveus, maar werd steeds meer in beslag genomen door wat er ging gebeuren. Als hij wakker was, werkte een deel van zijn hersenen voortdurend aan het plan. Het vond fouten en zorgde voor een oplossing. Dat lukte niet als hij sliep.
In zijn vrije tijd had hij zich aan zijn eerdere plan gehouden om meer onder de mensen te komen en had zelfs een uitnodiging geaccepteerd voor een feestje in het appartement van een van zijn buren op de tweede verdieping. Er waren maar een stuk of tien mensen geweest, van wie sommigen ook in het gebouw woonden. De buurman had Robie aan een aantal vrienden van hem voorgesteld, maar Robies aandacht werd algauw stilletjes naar een jonge vrouw in het bijzonder getrokken.
Ze woonde nog niet zo lang in het gebouw, maar vertrok al om vier uur 's ochtends op haar fiets naar het Witte Huis. Robie wist waar ze werkte, want hij had een briefing over haar gekregen. Hij wist dat ze zo vroeg naar haar werk ging, want hij had vaak door zijn kijkgaatje naar haar gekeken.
Ze was veel jonger dan Robie, en ze was mooi en intelligent, tenminste, voor zover hij kon nagaan. Ze hadden een paar keer oogcontact gemaakt. Robie had het gevoel dat ze even weinig vrienden had als hij. Hij had ook het gevoel dat ze

het niet erg zou vinden als hij een praatje met haar zou maken. Ze droeg een korte, zwarte rok en een witte blouse. Haar haar was in een staart weggebonden. Ze had een glas in haar hand en zo nu en dan keek ze Robies kant uit. Dan glimlachte ze, maar ze wendde haar blik weer af om verder te praten met iemand die Robie niet herkende.
Robie had er verscheidene keren over gedacht haar aan te spreken, maar hij was van het feestje weggegaan zonder dat te doen. Bij zijn vertrek had hij naar haar achteromgekeken. Ze lachte om een opmerking die iemand maakte, maar ze keek niet in zijn richting. Waarschijnlijk maar goed ook, dacht hij. Want echt, het had toch helemaal geen zin?
Robie stond op en keek uit het raam.
Het was nu herfst. De bladeren in het park veranderden van kleur. De avonden waren kil. Soms heerste de zomerse vochtigheid nog, maar daar waren de scherpe kantjes aanzienlijk van afgesleten. Het weer was niet slecht voor een stad die op een moeras was gebouwd – en in de ogen van veel mensen, in elk geval het deel van de stad waar de beroepspolitici zaten, nog steeds een moeras was.
In de weinige tijd die hij ter beschikking had gehad, had Robie zijn verkenningen afgerond. De doorloop, in dit geval logistiek ingewikkelder, was achter de rug.
En toch stond het hem niet aan.
Maar daar ging hij niet over.
Robie hoefde in dit geval geen vliegtuig of trein te pakken. Maar het doel was ook anders. En niet in gunstige zin.
Soms stuurden ze hem op mensen af die een bedreiging voor de wereld vormden, zoals Rivera of Talal. En andere keren werd hij alleen maar op een probleem afgestuurd.
Je kon het noemen hoe je het wilde, maar uiteindelijk kwam het allemaal op hetzelfde neer. Zijn opdrachtgever besloot wie van de levenden als doelwit in aanmerking kwamen. En dan was het aan mannen als Robie om een eind aan dat leven te maken.
Daar werd de wereld beter van, zo rechtvaardigden ze zichzelf.
Zoals wanneer je het sterkste leger ter wereld inzette tegen een krankzinnige uit het Midden-Oosten. Dan stond de militaire overwinning van het begin af vast, maar kon je niet helemaal voorspellen wat er na de overwinning gebeurde. Het was een steeds veranderende chaos waaraan niet te ontkomen viel.
Je zat in een val die je zelf had gezet.
De dienst waarvoor Robie werkte, had een duidelijk beleid ten aanzien van agenten die tijdens een missie werden betrapt. Ze zouden ontkennen dat Robie zelfs maar voor de Verenigde Staten werkte. Er zouden geen stappen worden gezet om

hem te redden. Het was het tegenovergestelde van de mantra die voor de Amerikaanse mariniers gold: in Robies wereld was iedereen aan zichzelf overgeleverd.
Daarom bedacht Robie voor elke missie een extra vluchtplan dat alleen voor hem bekend was, voor het geval de operatie misging. Hij had dat back-upplan nooit hoeven gebruiken, want er was bij hem nog nooit een missie mislukt. Nog niet. De volgende dag was gewoon een volgende dag waarop iets mis kon gaan.
Shane Connors had Robie dat geleerd. Hij had Robie verteld dat hij zijn reserveplan een keer in Libië had moeten gebruiken, toen de operatie in het honderd was gelopen, al was dat niet zijn schuld geweest.
'Jij bent daar de enige die echt naar jou omkijkt, Will,' had Connors tegen hem gezegd. Dat advies was Robie al die jaren bijgebleven. Hij zou het niet vergeten.
Robie keek naar het appartement. Hij woonde daar nu vier jaar, en meestal met plezier. Er waren restaurants op loopafstand. Het was een interessante omgeving, met veel opmerkelijke winkels die geen deel uitmaakten van de landelijke eenheidsworstketens. Robie ging vaak uit eten. Hij mocht graag op een terrasje zitten en naar de mensen kijken. In zekere zin maakte hij een studie van de mensheid. Daarom leefde hij nog. Hij kon mensen inschatten, vaak nadat hij maar even naar ze had gekeken. Het was geen natuurtalent. Het was een vaardigheid die hij in de loop van de tijd had opgebouwd, zoals dat met de meeste nuttige vaardigheden het geval was.
In het souterrain van zijn appartementengebouw bevond zich een fitnessruimte, waar hij vaak ging trainen. Hij trainde zijn spieren, verbeterde zijn motorische vaardigheden, oefende technieken die geoefend moesten worden. Hij was de enige die ooit in die ruimte te vinden was. Om met wapens en andere noodzakelijke hulpmiddelen uit zijn vak te oefenen ging hij naar andere plaatsen. Daar werkte hij met andere mensen samen.
In de loop van zijn veertig jaren was het er niet gemakkelijker op geworden.
Hij bewoog zijn hals heen en weer en werd beloond met een bevredigend plopgeluid.
In de hal hoorde hij een deur open- en dichtgaan. Hij liep naar zijn kijkgaatje en zag de vrouw met haar fiets lopen. Ze was de vrouw van het feest, de vrouw die in het Witte Huis werkte. Soms ging ze in een spijkerbroek naar haar werk. Waarschijnlijk trok ze haar nette werkkleding aan als ze daar aankwam. Ze verliet 's ochtends altijd als eerste het gebouw, tenzij Robie om de een of andere reden al was vertrokken.
A. Lambert.
Die naam stond op de brievenbus beneden. Hij wist dat die A de eerste letter van Annie was. Dat had hij gehoord toen hij zijn briefing over haar kreeg.
Op zijn eigen brievenbus stond alleen *Robie*. Geen voorletter. Hij wist niet of

mensen dat vreemd vonden of niet. Waarschijnlijk niet.
Ze was achter in de twintig, lang en slank en met lang blond haar. Toen ze daar pas was komen wonen, had hij haar een keer in een korte broek gezien. Ze had een beetje X-benen, maar haar gezicht had een fijne structuur. Ze had ook een moedervlek onder haar rechterwenkbrauw. Hij had haar in de hal horen praten met een andere huurder, die een hekel aan de huidige regering had. Ze had hem scherp en deskundig van repliek gediend. Robie was onder de indruk geweest. De laatste tijd noemde hij haar in gedachten 'A'.
Robie ging bij de deur vandaan toen ze met haar fiets in de lift verdween. Hij liep naar een ander raam dat over de straat uitkeek. Even later verliet ze het gebouw. Ze hing haar rugzak om, sprong op haar fiets en was weg. Hij keek haar na toen ze de hoek om was en de reflecterende stroken op haar rugzak en helm uit het zicht waren verdwenen.
Volgende halte: 1600 Pennsylvania Avenue.
Het was halfvijf 's ochtends.
Hij wendde zich van het raam af en keek naar zijn huiskamer. Wanneer iemand zijn appartement zou doorzoeken, kon die nergens aan zien wat voor werk hij deed. Hij had een officiële functie die op alle niveaus zou worden bevestigd mocht iemand ernaar informeren. Maar evengoed was zijn appartement onopvallend en bevatte het bijna niets persoonlijks. Zo had hij het het liefst, liever dan dat anderen een verleden voor hem creëerden, bijvoorbeeld door foto's neer te zetten van mensen die je niet eens kende en die voor je familie of vrienden moesten doorgaan. Het was standaardprocedure om te laten zien dat je hobby's had, door tennisrackets of ski's, een postzegelverzameling of muziekinstrument te etaleren. Hij had dat alles van de hand gewezen. Hij had een bed, een paar stoelen, wat boeken die hij echt had gelezen, lampen, tafels, een plek om te eten, een douche en een toilet.
Hij pakte de optrekstang vast die hij boven de deuropening naar zijn slaapkamer had bevestigd en trok zich vlug twintig keer op. Het was goed om te voelen hoe zijn spieren in beweging kwamen en met relatief veel gemak zijn gewicht optrokken. Daarmee gaf hij de meeste twintigers het nakijken. Zijn kracht en motorische vaardigheden waren nog uitstekend. Toch was hij nu veertig en natuurlijk niet meer degene die hij vroeger was. Hij kon alleen maar hopen dat zijn toegenomen ervaring in het veld zou opwegen tegen de onvermijdelijke aantasting van zijn vaardigheden en fysieke kracht.
Hij ging op het bed liggen, maar trok het dekbed niet over zich heen. Hij hield het appartement koud. Hij moest slapen.
De komende nacht zou hij het druk hebben.
En het zou ánders zijn.

8

Robie was in de fitnessruimte onder in zijn appartementengebouw. Het was bijna negen uur 's avonds, maar voor de bewoners was de ruimte dag en nacht beschikbaar. Je had alleen je sleutelkaart nodig. In één opzicht zat er geen enkele variatie in Robies fitnessgewoonten: hij deed nooit dezelfde oefening twee keer achter elkaar. Hij concentreerde zich niet louter op kracht, uithoudingsvermogen, flexibiliteit, balans, coördinatie of lenigheid, maar liet alles aan bod komen. Elke oefening die hij deed, vereiste minstens twee van die elementen, en soms allemaal.

Hij hing ondersteboven aan de optrekstang, deed buikspieroefeningen en werkte met een zware oefenbal aan zijn schuine spieren. Het Amerikaanse leger had een functioneel fitnessprogramma ontworpen dat nabootste wat soldaten in het veld deden en een beroep deed op de spieren en vaardigheden die je op het slagveld nodig had.

Robie ging van dezelfde principes uit en werkte aan zaken die hij nodig had om het in zijn vak te overleven. Duwen, stoten, explosieve bewegingen vanuit zijn kuiten naar boven. Hij zorgde dat alles samenwerkte. Hij werkte tegelijk met zijn boven- en zijn onderlichaam en stuwde zijn kern tot aan het breekpunt. Hij had een gespierd postuur, maar trok nooit zijn shirt uit. Niemand zou hem ooit met zijn sixpack zien paraderen, tenzij dat voor een missie noodzakelijk was.

Hij deed een halfuur yoga, tot hij drijfnat van het zweet was. Hij had zich hoog aan de optrekstang opgetrokken waar hij roerloos hing, toen de deur openging. A. Lambert keek naar hem.

Ze glimlachte niet, knikte hem niet eens toe. Ze deed de deur achter zich dicht, liep naar een hoek en ging met gekruiste benen op een oefenmat zitten. Robie bleef nog dertig seconden aan de stang hangen, al deed hij dat niet om indruk op haar te maken, want ze keek niet eens naar hem. Hij deed het omdat hij zijn lichaam over een grens wilde duwen. Anders zou hij alleen maar zijn tijd verspillen.

Hij liet los en sprong soepel op de vloer. Hij pakte zijn handdoek en veegde zijn gezicht af.

'Volgens mij ben jij de enige die deze ruimte gebruikt.'

Hij liet de handdoek omlaagglijden en zag dat ze nu wel naar hem keek.

Ze droeg een spijkerbroek en een wit T-shirt. Het shirt en de broek zaten strak.

Daar kon je nergens een wapen in kwijt. Robie keek daar altijd eerst naar, of het nu een man of een vrouw was, jong of oud.
'Jij bent er,' zei hij.
'Niet om te trainen,' zei ze.
'Waarvoor dan?'
'Het was een zware dag op kantoor. Ik wil even chillen.'
Hij keek de kleine, slecht verlichte ruimte rond. Het rook er naar schimmel en oud zweet.
'Er zijn vast wel leukere plaatsen om te chillen,' zei hij.
'Ik verwachtte niet dat hier nog iemand zou zijn,' zei ze.
'Behalve mij misschien. Je zei net dat je wist dat ik hier vaak kwam.'
Ze zei: 'Ik zei dat alleen omdat ik je hier vanavond zag. Ik heb je hier nooit eerder gezien, en ook niemand anders.'
Hij wist het antwoord, maar stelde de vraag toch: 'Dus een zware dag op kantoor. Waar werk je?'
'Het Witte Huis.'
'Indrukwekkend.'
'Op sommige dagen voelt het bepaald niet indrukwekkend aan. En jij?'
'Beleggingen.'
'Werk je voor zo'n grote firma?'
'Nee, voor mezelf. Altijd al gedaan.'
Robie sloeg de handdoek om zijn schouders. 'Nou, ik ga maar eens. Dan kun je in alle rust chillen.' Maar eigenlijk wilde hij nog niet weg. Misschien had ze dat in de gaten. Ze stond op en zei: 'Ik ben Annie. Annie Lambert.'
'Hallo, Annie Lambert.'
Ze gaven elkaar een hand. Ze had lange, soepele vingers die verrassend sterk waren.
'Heb jij een naam?' vroeg ze.
'Robie.'
'Voornaam of achternaam?'
'Achternaam. Hij staat op de brievenbus.'
'En je voornaam?'
'Will.'
'Dat was moeilijker dan nodig.' Ze glimlachte.
Hij grijnsde onwillekeurig terug. 'Ik ben niet de meest extraverte man die je ooit zult ontmoeten.'
'Maar ik zag je laatst op een feestje op de tweede verdieping.'
'Dat doe ik niet vaak. Het was lang geleden dat ik een mojito heb gedronken.'
'Voor mij ook.'

'Misschien kunnen we samen een keer wat gaan drinken.' Robie had geen idee waarom hij haar hardop uitnodigde.
'Oké,' zei ze nonchalant. 'Lijkt me leuk.'
'Nou, dag dan maar,' zei Robie. 'Geniet van het chillen.'
Hij deed de deur achter zich dicht en nam de lift naar zijn eigen verdieping.
Hij pleegde meteen een telefoontje. Eigenlijk wilde hij dat niet, maar hij moest van elk contact melding maken. Robie geloofde niet dat hij zich over Annie Lambert zorgen hoefde te maken, maar de regels waren duidelijk. Er zou een nader onderzoek naar Annie Lambert worden ingesteld. Als daar iets uitkwam, zou Robie op de hoogte worden gebracht en zouden er de nodige stappen worden ondernomen.
In zijn keuken vroeg Robie zich af of hij dat telefoontje wel had moeten plegen. Hij kon nooit meer ergens op een normale manier naar kijken. Iemand die vriendelijk tegen hem was, vormde een mogelijke bedreiging. Het moest worden gemeld. Een vrouw die ging 'chillen' en hallo tegen hem zei, moest gemeld worden.
Ik leef in een wereld die in de verste verte niet meer normaal is. Als die al ooit normaal is geweest. Maar zo zal het niet altijd blijven. De dienst verbiedt je niet om met iemand wat te gaan drinken.
Dus misschien zou hij dat wel doen ook. Ooit. Hij liep zijn gebouw uit en stak de straat over. Het flatgebouw dat daar stond, keek uit op het zijne, en daar ging het hem om. Op de derde verdieping stond een appartement leeg en Robie had daar een sleutel van. Hij ging het appartement binnen en liep direct naar de hoek van de voorkamer. Daar stond een van de beste telescopen ter wereld. Hij schakelde hem in en richtte hem op zijn eigen gebouw. Hij verstelde de schijven, stemde het apparaat precies af totdat een bepaald deel van zijn gebouw in zicht kwam.
Zijn verdieping, drie deuren verder in de hal. Er brandde licht en de zonwering was tot driekwart opgetrokken. Hij wachtte. Tien minuten. Twintig minuten. Het maakte voor Robie allemaal niets uit.
Annie Lamberts deur ging open en dicht. Ze liep door de gang. Langzaam draaide hij de telescoop met haar bewegingen mee. Ze ging naar de keuken, maakte de koelkast open en pakte er een cola light uit. Met zijn telescoop kon hij het etiket goed lezen. Ze draaide haar heup en duwde de koelkast ermee dicht. Ze schonk een half glas cola in en vulde de andere helft bij met rum die ze uit een kast boven de kookplaat pakte.
Ze liep door de gang van haar appartement. Voordat ze bij haar slaapkamer kwam, maakte ze de rits van haar spijkerbroek los, trok hem uit en gooide hem in een wasmand. Ze zette haar drankje op de vloer en trok haar shirt over haar

hoofd. Ze droeg roze ondergoed. Ze was niet het type voor een string; haar achterste werd volledig bedekt door het broekje.

Robie had dat niet gezien. Hij had zijn telescoop uitgezet toen ze de rits van haar broek losmaakte. Het ding kostte bijna vijftigduizend dollar. Daarmee hoefde hij niet zo nodig vrouwelijk schoon te beloeren.

Robie keerde naar zijn gebouw terug en nam de lift naar de bovenste verdieping.

Een afgesloten deur leidde naar het dak. Het slot leverde hem geen problemen op. Robie nam een korte trap naar het dak. Hij waagde zich bij de rand en keek uit over de stad.

Washington D.C. keek naar hem terug.

Bij avond was het een schitterende stad. De monumenten zagen er in het licht van schijnwerpers prachtig uit. In Robies beleving was Washington de enige stad in de Verenigde Staten die de grote steden van Europa echt naar de kroon kon steken als het ging om de verlichting van monumenten en overheidsgebouwen.

Maar het was ook een stad vol geheimen.

Robie en mensen zoals hij maakten deel uit van die geheimen.

Robie ging met zijn rug naar de muur van het gebouw zitten en keek naar boven.

A. Lambert was nu officieel Annie Lambert geworden. Dat wist hij al uit het briefingdocument, maar het was iets anders om het uit haar eigen mond te horen.

En hij had melding van haar gemaakt, waarschijnlijk alleen maar omdat ze vriendelijk was geweest.

Een zware dag op kantoor. Een plek om te chillen.

Robie kon zich daar wel iets bij voorstellen. Hij had ook weleens zware dagen op kantoor. Hij kon ook wel een plek gebruiken om te chillen.

Maar die zou er nooit komen.

Hij nam een douche en trok schone kleren aan. Toen pepte hij zich op. Het was tijd om aan het werk te gaan.

•9•

Het zoveelste pleeggezin waar ze niet wilde zijn. Hoeveel waren het er nu? Vijf? Zes? Tien? Ze nam aan dat het er eigenlijk niet toe deed.
Ze luisterde naar het geschreeuw dat van beneden kwam in het halfvrijstaande huis dat ze nu drie weken haar thuis had genoemd. De man en de vrouw die beneden tegen elkaar schreeuwden, waren haar pleegouders. Dat was meer dan belachelijk, dacht ze. Het was misdadig. Zíj waren misdadig. Ze haalden het ene na het andere pleegkind in huis dat vervolgens moest zakkenrollen en drugs dealen.
Dat zakkenrollen en dealen had ze geweigerd. Dit zou dus haar laatste nacht in dit huis worden. Ze had haar schamele bezittingen al in haar rugzak gestopt. Haar slaapkamer deelde ze met twee andere pleegkinderen. Die waren allebei jonger dan zij en ze vond het erg dat ze hen moest achterlaten.
Ze ging op het bed zitten en zei: 'Ik ga hulp voor jullie halen. Ik ga maatschappelijk werk vertellen wat hier gebeurt. Oké? Dan komen ze jullie hier weghalen.'
'Kun je ons niet meenemen, Julie?' vroeg het meisje in tranen.
'Ik wou dat het kon, maar dat gaat niet. Maar ik haal jullie hier weg, dat beloof ik.'
De jongen zei: 'Ze geloven je vast niet.'
'Dat doen ze wel. Ik heb bewijs.'
Ze knuffelde hen beiden, zette het raam open, klom naar buiten, liet zich langs de regenpijp naar het platte dak van de carport zakken, klom daarvandaan langs een paal omlaag, landde op de grond en rende weg de duisternis in.
Ze had maar één gedachte.
Ik ga naar huis.
Dat 'huis' was ook halfvrijstaand en nog kleiner dan de woning die ze zojuist had verlaten. Ze nam de metro en een bus en ging verder lopen. Onderweg haalde ze een envelop tevoorschijn, liep de trap van een groot bakstenen overheidsgebouw op en schoof de envelop door de brievenbus in de deur. De brief was geadresseerd aan de vrouw die het pleeggezin voor haar en de twee kinderen had geregeld. Ze was een aardige vrouw, ze bedoelde het goed, maar werd overstelpt door kinderen die blijkbaar niemand wilde hebben. In de envelop zat een geheugenkaart met foto's waarop het echtpaar de pleegkinderen misbruikte, zich aan duidelijk illegale activiteiten overgaf en stoned op de bank zat,

met crackpijpen en pillen in het zicht. Als dat niet goed genoeg is, dacht ze, dan weet ik het ook niet meer.

Een uur later kwam ze bij het huis aan. Ze liep niet naar de voordeur, maar deed wat ze altijd had gedaan als ze zo laat thuiskwam. Ze gebruikte een sleutel die ze in haar schoen had om via de achterdeur naar binnen te gaan. Ze wilde licht aandoen, maar er gebeurde niets. Dat verbaasde haar niet. Het betekende alleen dat de elektriciteit was afgesloten omdat de rekening niet was betaald. Ze liep op de tast langs de muren en gebruikte het maanlicht dat door de ramen naar binnen viel om naar haar kamer op de eerste verdieping te gaan.

Haar kamer was niet veranderd. Het was een troep, maar het was háár troep. Een gitaar, bladmuziek, boeken, kleren, tijdschriften – overal lag wel iets. Er lag een matras op de vloer dat als haar bed fungeerde, maar daar lag zoveel rommel op dat het bijna aan het zicht werd onttrokken. Ze dacht dat haar ouders haar kamer niet hadden opgeruimd omdat ze wisten dat ze terug zou komen.

Ze hadden problemen. En niet zo'n beetje ook.

De meeste mensen zouden hen als pathetische, verslaafde losers beschouwen.

Maar het waren haar ouders. Ze hielden van haar.

En zij hield van hen.

Ze wilde voor hen zorgen.

Ze was pas veertien, maar fungeerde vaak als de vader en moeder, en haar ouders waren vaak de kinderen. Ze waren haar verantwoordelijkheid, niet andersom. Maar dat gaf niet.

Ze zouden nu slapen, wist ze. Hopelijk waren ze niet stoned.

Eigenlijk ging het al wat beter. Haar vader had al twee hele maanden een lucratief baantje op een laadplatform. Haar moeder werkte als serveerster in een restaurant waar een fooi van twee dollar eerder uitzondering dan regel was. Het was waar dat haar ouders verslaafd waren en bezig waren om af te kicken, maar ze stonden elke dag op om naar hun werk te gaan. Het kwam alleen door de drugsproblemen en hun verblijf in de gevangenis dat de gemeente hen zo nu en dan ongeschikt vond om voor haar te zorgen.

Daarom was ze naar een pleeggezin verbannen.

Maar dat ging mooi niet door. Nu was ze thuis.

Ze pakte het papiertje in haar jaszak vast. Het was een briefje van haar moeder. Het was naar haar school gestuurd en daar op kantoor achtergelaten. Haar ouders waren van plan te verhuizen en ergens anders opnieuw te beginnen. En natuurlijk wilden ze dat hun enig kind met hen meeging. Julie was in lange tijd niet zo opgewonden geweest.

Ze ging naar hun slaapkamer aan de andere kant van de gang om bij hen te kijken, maar daar was niemand. Hun bed was net als het hare een matras op de vloer. Maar de kamer was niet rommelig. Haar moeder had opgeruimd. Kleren waren opgeborgen, zij het in manden. Ze hadden geen dressoirs of kleerkasten. Julie ging op het bed zitten en pakte een foto van hen drieën die aan de muur hing. Ze kon hem in het donker niet zo goed zien, maar ze wist precies wie erop stonden.

Haar moeder was lang en dun. Haar vader was kleiner en nog magerder. Ze zagen er ongezond uit en dat waren ze ook. Jaren van drugsgebruik hadden blijvende littekens achtergelaten: chronische kwalen, een aanmerkelijk kortere levensverwachting. Toch waren ze altijd lief voor haar geweest. Ze hadden haar nooit mishandeld. Hadden altijd zo goed als ze konden voor haar gezorgd. Ze hadden haar te eten gegeven, ervoor gezorgd dat ze het warm had en veilig was – opnieuw: zo goed als ze konden. Ze hadden hun problemen nooit mee naar huis genomen. Als ze slechte dingen deden, deden ze dat buitenshuis. Dat stelde Julie op prijs. En telkens wanneer ze weer in de pleegzorg terechtkwam, hadden ze hun best gedaan om haar terug te krijgen.

Ze hing de foto weer aan de muur en haalde het briefje tevoorschijn dat haar moeder naar haar school had gestuurd. Ze las het opnieuw. De instructies waren duidelijk. Ze was opgewonden. Dit zou het begin van iets geweldigs kunnen zijn. Alleen zij drieën in een nieuw leven op een heel andere plaats. Het enige wat haar dwarszat was het reserveplan dat haar moeder in het briefje had beschreven, voor het geval ze om de een of andere reden niet met hun dochter in contact konden komen. Er had geld bij het briefje gezeten. Dat geld was bestemd voor het reserveplan. Nou, er was geen reden waarom haar ouders geen contact met haar konden leggen. Ze nam aan dat ze de volgende morgen zouden vertrekken.

Ze wilde naar de deur lopen om naar haar kamer terug te keren en de bezittingen bij elkaar te zoeken die ze niet naar het pleeggezin had meegenomen.

En toen bleef ze staan.

Er waren geluiden. Dat verraste haar niet zo erg, want haar ouders hielden er soms een merkwaardig dagritme op na. Blijkbaar kwamen ze nu thuis.

Het geluid dat ze daarna hoorde, verdreef al haar andere gedachten.

Het was een mannenstem. Niet van haar vader.

Het was een harde stem. Kwaad. De stem vroeg haar vader wat hij wist. Hoeveel hem was verteld.

Ze hoorde haar vader jammeren alsof hij pijn leed.

Toen hoorde Julie de koortsachtige stem van haar moeder. Ze vroeg de persoon hen met rust te laten.

Bevend sloop Julie de trap af.

Ze had geen mobiele telefoon, anders zou ze de politie hebben gebeld. Er was

geen vaste telefoon in huis. Die konden haar ouders zich niet veroorloven.
Toen ze het schot hoorde, verstijfde ze en rende ze de trap af. Beneden zag ze haar vader in het donker onderuitgezakt tegen de muur zitten. Een man hield een pistool op hem gericht. Op de borst van haar vader zat een donkere vlek die steeds groter werd. Zijn gezicht was asgrauw. Hij viel op de vloer. Zijn armen maaiden in het rond en gooiden een lamp om.
De man met het pistool draaide zich om en zag haar. Hij richtte het pistool op haar.
'Nee!' gilde haar moeder. 'Zij weet nergens van.'
Hoewel ze nog geen vijftig kilo woog, sloeg ze tegen de achterkant van de benen van de man. Hij zakte met een kreet van pijn op de vloer en zijn pistool vloog buiten bereik.
'Rennen, liefje, rennen!' schreeuwde haar moeder.
'Mam!' riep ze terug. 'Mam, wat is...'
Haar moeder schreeuwde opnieuw: 'Rennen! Nu!'
Ze draaide zich om en rende de trap weer op. Op datzelfde moment draaide de man zich om en stompte haar moeder verpletterend op het hoofd.
Julie bereikte haar kamer, pakte haar rugzak, rende naar het raam en greep een metalen raamwerk vast waarover iemand lang geleden klimop had laten groeien. Ze klom zo vlug naar beneden dat ze haar greep verloor en de laatste twee meter viel. Ze stond op, hing haar rugzak om en rende weg.
Enkele seconden later klonk er een tweede schot uit het huis.
Toen de schutter naar buiten rende, was de tiener al uit het zicht verdwenen.
Maar hij bleef staan luisteren. Het geluid van voetstappen drong tot hem door.
Met weloverwogen stappen liep hij naar het westen.

•10•

De vrouw liep naar haar auto. Waarschijnlijk dacht ze aan een heleboel andere dingen toen ze haar aktetas op de achterbank van haar Toyota legde, vlak naast de kinderstoeltjes. Een drukke baan, het moederschap, het huishouden – de lijst ging eindeloos door, zoals bij veel vrouwen.
Ze droeg een zwart confectiemantelpakje dat ze in de opruiming had gekocht, zoals met het meeste van haar kleren het geval was. Het was een beetje groezelig na een lange dag en er zat slijtage op haar hakken. Ze was niet rijk, maar het werk dat ze deed was belangrijk voor haar land. Dat was de compensatie voor een salaris dat lager was dan wat ze in het bedrijfsleven had kunnen verdienen.
Ze was midden dertig, een meter tweeënzeventig, na haar laatste zwangerschap ruim vijftien kilo te zwaar en had geen tijd om daar iets aan te doen. Ze had twee kinderen, die drie en nog geen jaar oud waren. Ze lag midden in een scheiding. Zij en haar aanstaande ex-man hadden op dat moment co-ouderschap over de kinderen. De ene week bij haar en de andere week bij hem. Ze wilde de volledige voogdij, maar dat was moeilijk te combineren met het werk dat ze deed.
Die avond waren haar werktijden anders dan anders. Ze moest nog naar één adres voordat ze naar huis ging. Toen ze wegreed, gingen er allerlei problemen op haar werk door haar hoofd, in combinatie met de eisen die twee drukke kinderen aan haar stelden. Ze kwam niet meer aan zichzelf toe. Maar dat gebeurde nu eenmaal als je moeder werd, dacht ze.

Robie keek op naar het appartementengebouw van vijf verdiepingen. Het zag er net zo uit als dat van hem. Oud en vervallen. Daar stond tegenover dat hij in een mooie wijk van de hoofdstad woonde. Dit was daarentegen een deel van Washington dat veel te lijden had gehad van veel gewelddadige criminaliteit. Niettemin was deze buurt veiliger aan het worden. Je kon hier je kinderen grootbrengen zonder al te bang te hoeven zijn dat ze onderweg van school naar huis werden doodgeschoten doordat ze in een vuurgevecht van rivaliserende drugsbendes terechtkwamen.
Hier was geen portier. De buitendeur zat op slot en je had een pasje nodig om binnen te komen. Dat had hij. Er waren geen bewakingscamera's. Die kostten geld. De mensen die hier woonden, konden zich geen camera's veroorloven. Of een portier.

Robie was van bazen van drugskartels naar Saoedische prinsen gegaan, en nu dit. Het dossier over het doelwit van deze nacht was nogal mager. Een donkere vrouw van vijfendertig. Hij had haar foto en haar adres. Er was hem niet verteld waarom ze deze nacht moest sterven, behalve dat ze banden met een terroristische organisatie onderhield. Als Robie haar een etiket zou moeten opplakken, zou hij haar waarschijnlijk in de categorie 'problemen' plaatsen die zijn opdrachtgever soms gebruikte om iemands dood te rechtvaardigen. Hij kon zich niet voorstellen dat iemand die hier woonde een bedreiging voor de wereld vormde. Meestal woonden zulke mensen op chiquere adressen, of anders hielden ze zich schuil in een land dat geen uitleveringsverdrag met de Verenigde Staten had. Aan de andere kant waren leden van terroristencellen erop getraind in de samenleving op te gaan. Blijkbaar was zij ook zo iemand. Hoe dan ook, de reden waarom ze moest sterven, ging hem eigenlijk niet aan.

Hij keek op zijn horloge. Het gebouw was helemaal opgesplitst in koopappartementen, maar daarvan was nog niet de helft bewoond. Nadat de financiële crisis had toegeslagen, was vijftig procent van de mensen hier door de bank uit hun flat gezet. Nog eens tien procent was zijn baan kwijtgeraakt en had ook moeten vertrekken. De vrouw woonde op de derde verdieping. Ze huurde de plek en zou zich nooit de hypotheek voor zo'n appartement kunnen permitteren, ook niet voor een appartement dat door de bank in beslag was genomen. Er woonden maar twee andere mensen op die verdieping, een oude vrouw die blind en doof was, en een bewaker die nachtdienst had en op dat moment vijfentwintig kilometer van huis was. De appartementen boven en onder de vrouw stonden ook leeg.

Hij bewoog zijn hals heen en weer en hoorde het plopgeluid. Hij zette zijn capuchon op.

Het plan was klaar. Hij hoefde niet meer op een knop te drukken. De raket was van brandstof voorzien en de lancering was al begonnen.

Hij keek op zijn horloge. Zijn verkenner had haar uren geleden in haar eentje het gebouw zien binnengaan, een boodschappentas in de ene en een aktetas in de andere hand. Ze had er vermoeid uitgezien, had de spotter tegen Robie gezegd. Dat betekende dat ze er nog goed uitzag in vergelijking met wat er zou komen.

Op zulke momenten vroeg Robie zich af wat hij met de rest van zijn leven zou doen. Hij vond het geen probleem drugsbaronnen of rijke, megalomane woestijnsjeiks te vermoorden. Maar deze nacht had Robie een probleem. Hij stak zijn hand – hij droeg handschoenen – in zijn zak en voelde aan zijn wapen. Meestal vond hij het geruststellend om zijn wapen aan te raken.

Deze avond niet.

Ze zou in bed liggen. Het was donker in haar appartement. Op dit uur zou ze slapen.
In elk geval zou ze niets voelen. Hij zou ervoor zorgen dat ze op slag dood was. Het leven zou doorgaan zonder haar. Rijk of arm, belangrijk of niet, het leven ging altijd door. Hij zou over de brandtrap vertrekken. Die kwam uit op een steegje, zoals bij veel van deze gebouwen. Om drie uur die nacht zou hij weer thuis zijn. Net op tijd om nog te gaan slapen.
En te vergeten dat dit ooit gebeurd was.
Alsof ik dat kan.

•11•

Robie haalde de kaart door de lezer en de deur ging met een klik open. Hij trok zijn capuchon strakker om zijn hoofd. De gangen waren slecht verlicht. Tl-buizen knetterden en flikkerden. De vloerbedekking was vuil en hier en daar opgekruld. De verf op de muren bladderde af.
Hij maakte de deur van het trappenhuis open en liep naar boven. Er kwamen kookgeuren uit verschillende appartementen, en dat allemaal bij elkaar rook niet bepaald aangenaam. Hij telde de verdiepingen. Op de derde verliet hij het trappenhuis en deed de deur achter zich dicht.
Deze gang zag er precies zo uit als die op de begane grond.
Hij moest bij nummer 304 zijn.
De blinde en dove vrouw woonde aan de linkerkant aan het eind van de gang. De afwezige bewaker woonde op 311. De deur van 304 zat op het nachtslot; waarschijnlijk had Robies doelwit dat die avond gedaan. Het was hem opgevallen dat de meeste andere deuren een eenvoudig slot hadden. Dat nachtslot betekende dat ze aan haar veiligheid dacht. Toch deed hij er niet meer dan dertig seconden over om met twee dunne stukjes metaal het slot open te krijgen.
Hij deed de deur achter zich dicht, zette zijn nachtbril op en keek de kleine huiskamer in. Er zat een nachtlampje in een stopcontact dat een beetje licht gaf. Het maakte niet uit. Robie had de plattegrond van het appartement gekregen en alle relevante details uit zijn hoofd geleerd.
Hij sloot zijn vingers om het pistool in zijn zak; de geluiddemper zat al op de loop. Daar hoefde hij geen tijd aan te verspillen.
In een hoek van de kamer zag hij een ronde tafel van spaanplaat. Daar stond een laptop op en er lagen stapels papieren. De vrouw had blijkbaar haar werk mee naar huis genomen. Er stonden boeken in een klein kastje. Er was geen vloerbedekking; er lagen alleen versleten kleden.
In een hoek stond een opvouwbare kinderbox. Op twee van de muren waren stukken vouwpapier vastgeplakt. Ze vormden stilistische figuren: kinderen en een houterige vrouw met slordig haar. In kinderlijke letters stonden daar het woord 'ik' en het woord 'mama' met een primitieve tekening van een hart ertussen. In een hoek lag ook een berg speelgoed.
Robie bleef even staan.
Ik ben hier om een jonge moeder te doden. De USB-stick zei niets over kinderen.

Toen hoorde hij een stem in zijn headset.
'Je had al in de slaapkamer moeten zijn.'
Dat was ook anders dan andere keren. Hij droeg een klein cameraatje dat livebeelden doorgaf, en een oortje waardoor zijn begeleider hem kon aansporen zijn werk beter te doen.
Robie liep de kamer door en bleef bij de dichte deur van de slaapkamer staan. Hij hield zijn oor even tegen het goedkope hout en hoorde wat hij verwachtte: diepe ademhaling, zacht gesnurk.
Hij pakte de knop vast, duwde de deur open en stapte de slaapkamer in.
Het bed stond tegen het raam. Vlak daarnaast bevond zich de brandtrap. In veel opzichten was dit veel te gemakkelijk, als een goed verlichte filmset die alleen nog maar wachtte tot de acteurs een belangrijke scène opvoerden.
Het was donker in de kamer, maar toch kon hij haar op het tweepersoonsbed zien liggen. Haar dikke lichaam vormde een grote bult onder het dekbed. Een groot deel van haar gewicht zat in haar heupen en billen. Robie wist dat het moeite zou kosten om haar lijk op de brancard te tillen als ze officieel dood verklaard was. De politie zou op zoek gaan naar aanwijzingen, maar die zouden er niet zijn. Meestal ruimde Robie zijn kogels op, maar deze nacht gebruikte hij dumdumkogels, die waarschijnlijk in haar zouden blijven steken. En in dat geval zou de patholoog-anatoom ze vinden. Maar ze zouden nooit het pistool vinden dat bij die kogels paste.
Hij haalde de Glock uit zijn zak en liep naar voren. Als je er zeker van wilde zijn dat het met één schot lukte, was er een aantal plaatsen waar je dat voor elkaar kon krijgen.
Omdat je bij een schot van heel dichtbij altijd bloed en weefsel over je heen gespat kreeg, had Robie ervoor gekozen om op ruim een meter afstand te schieten. Hij zou een keer in het hart schieten en voor alle zekerheid ook in de aorta, die zo breed was als een tuinslang en recht naar het hart omhoog leidde. Er zat nog van alles voor de aorta, maar als je wist waar je moest schieten en dat vanuit de juiste hoek deed, zou door het schot die tuinslang gegarandeerd openscheuren. Het zou gaan bloeden als een tierelier. En als de kogels toch nog door haar heen gingen, zouden ze waarschijnlijk in de matras terechtkomen.
Snel, netjes.
Hij liep naar de voorkant van het bed en bracht het pistool omhoog. Ze lag plat op haar rug. Hij richtte op haar hart. In plaats van zijn doelwit zag hij heel even het speelgoed voor zich, en de box, en de tekening met 'ik'-hartje-'mama'. Hij schudde zijn hoofd. Concentreerde zich opnieuw. De tekening kwam weer bij hem opzetten. Hij schudde opnieuw zijn hoofd. En...

Robie schrok een beetje toen hij het bultje naast haar zag. Een hoofd met kroeshaar dat naar buiten stak. Het had onder het dekbed verscholen gelegen.
Hij haalde de trekker niet over.
In zijn oor zei de stem: 'Schiet.'

•12•

Robie schoot niet. Maar hij moest een geluid hebben gemaakt.
Het hoofd met het kroeshaar bewoog. Toen ging de kleine bult rechtop zitten.
De jongen wreef over zijn ogen, gaapte, deed zijn ogen open en keek recht naar Robie die daar stond, zijn pistool gericht op de moeder van de jongen.
'Schiet,' zei de stem. 'Schiet op haar!'
Robie schoot niet.
'Mammie,' zei de jongen angstig, zonder zijn blik van Robie weg te nemen.
'Schiet,' zei de stem. 'Nu.'
De man klonk hysterisch. Robie kon de stem niet met een gezicht in verband brengen, want hij had zijn begeleider nooit persoonlijk ontmoet. Dat was standaardprocedure bij de dienst. Niemand mocht iemand anders kunnen identificeren.
'Mammie?' de kleine jongen begon te huilen.
'Schiet het kind ook neer,' zei de begeleider. 'Nu.'
Robie kon schieten en maken dat hij wegkwam. Kogels in de borst. Een grote borst, een kleine borst. Eén dumdumkogel in het kind was genoeg om alles van binnen kapot te maken. Het kind zou geen schijn van kans maken.
'Schiet nu,' zei de stem.
Robie schoot niet.
De vrouw kwam in beweging.
'Mammie?' Haar zoon duwde met zijn vingers tegen haar aan, maar bleef naar Robie kijken. De tranen rolden over zijn smalle wangen. Hij beefde.
Ze werd langzaam wakker. 'Ja, schatje?' zei ze met een slaperige stem. 'Je bent veilig, schatje, het was maar een nachtmerrie. Je bent veilig bij mammie. Je hoeft nergens bang voor te zijn.'
'Mammie?'
Hij trok aan haar nachthemd.
'Oké, schatje, oké. Mammie is wakker.'
Ze zag Robie. En verstijfde, zij het maar even. Toen trok ze haar kind achter zich.
Ze gilde.
Robie legde zijn vinger op zijn lippen.
Ze gilde opnieuw.
'Schiet ze neer,' zei de begeleider koortsachtig.
'Stil, of ik schiet,' zei Robie tegen haar.

Ze hield niet op met gillen.
Hij schoot een kogel in het kussen naast haar. De vulling vloog naar buiten, en de kogel veranderde door de matrasveren van richting en boorde zich in de vloer onder het bed.
Ze hield op met gillen.
'Dood haar,' bulderde de begeleider in Robies oor.
'Stil,' zei Robie tegen de vrouw.
Ze snikte en omhelsde haar zoon. 'Alsjeblieft, meneer, alsjeblieft, doe ons geen kwaad.'
'Wees nou maar stil,' zei Robie. De begeleider schreeuwde nog altijd in zijn oor. Als de man in de kamer was geweest, zou Robie de klootzak hebben neergeschoten om hem tot zwijgen te brengen.
'Neem wat je wilt,' mompelde de vrouw, 'maar doe ons alsjeblieft geen kwaad. Doe mijn kleintje geen kwaad.'
Ze draaide zich om en sloeg haar armen om haar zoon heen. Ze tilde hem op, zodat hun gezichten naar elkaar toe gekeerd waren. Hij hield op met huilen en raakte het gezicht van zijn moeder aan.
Robie besefte iets. Zijn maag trok zich samen.
De begeleider schreeuwde niet meer. In het dopje in zijn oor heerste alleen maar stilte.
Dat had hij eerder moeten beseffen.
Robie dook naar voren.
De vrouw, die dacht dat hij hen wilde aanvallen, gilde opnieuw.
De ruit vloog aan scherven.
Robie zag de geweerkogel door het hoofd van de jongen en vervolgens door dat van zijn moeder gaan. Beiden waren op slag dood. Het was een benijdenswaardig schot van een benijdenswaardig goede schutter. Maar dat dacht Robie niet. De ogen van de vrouw waren op Robie gericht geweest toen er een eind aan haar leven kwam. Ze keek verrast. Moeder en zoon vielen samen opzij. Ze had haar armen nog om hem heen. Het leek zelfs wel of ze haar armen na haar dood strakker om haar levenloze kind trok.
Robie stond daar maar. Hij had zijn pistool laten zakken. Hij keek uit het raam.
De reserveschutter was ergens buiten en had de kamer blijkbaar goed in het vizier.
Robie kwam instinctief in actie. Hij dook omlaag en rolde bij het raam vandaan. Op de vloer zag hij nog iets wat hij niet had verwacht.
Op de vloer naast het bed lag een reiswiegje. Daarin lag een tweede kind te slapen.

'Shit,' mompelde Robie.

Hij schoof op zijn buik naar voren.

Zijn oordopje kwam tot leven. 'Ga het appartement uit,' beval zijn begeleider hem. 'Via de brandtrap.'

'Val dood,' zei Robie. Hij rukte het dopje en het cameraatje los, zette ze uit en stopte ze in zijn zak.

Hij pakte de reiswieg en trok hem naar zich toe. Hij verwachtte een tweede schot, maar was niet van plan om voor de schutter als schietschijf te spelen. En de man die het dodelijke schot had gelost, zou pas schieten als hij zekerheid had, wist Robie. Hij had zelf weleens ergens in het donker door een vizier gekeken.

Hij ging bij het raam vandaan en bleef met het reiswiegje achter zich staan. Het was alsof hij een grote halter droeg. Hij moest het gebouw uit, maar het lag voor de hand dat Robie niet op de geplande manier naar buiten kon gaan. Hij keek naar de deur. Hij moest eerst iets pakken voordat hij wegging.

Hij liep met het kind de slaapkamer uit en scheen met een penlight door de huiskamer. Hij zag de handtas van de vrouw. Hij zette de reiswieg neer, keek in de handtas en haalde er het rijbewijs van de vrouw uit. Hij maakte er een foto van met zijn telefoon. Vervolgens fotografeerde hij haar ID. Een ID van haar werk bij de overheid.

Wat...? Dat stond niet op de USB-stick.

Ten slotte zag hij het blauwe voorwerp dat voor een deel verborgen lag onder een stapel papieren. Hij pakte het.

Een Amerikaans paspoort.

Hij maakte foto's van alle pagina's waarop de landen te zien waren waar ze heen was gereisd. Hij stopte het rijbewijs, de identiteitskaart en het paspoort terug en pakte de reiswieg op.

Hij maakte de voordeur van het appartement open en keek naar beide kanten de gang af.

Hij kwam het appartement uit en was vier grote stappen later in het trappenhuis. Hij rende een trap af. De plattegrond van het gebouw ging bliksemsnel door zijn hoofd. Hij had alle appartementen, alle bewoners, alle mogelijkheden in zijn hoofd geprent. Maar nooit om te doen wat hij nu deed: ontsnappen aan zijn eigen mensen.

Nummer 207. Een moeder met drie kinderen, herinnerde hij zich. Hij liep er vlug heen, zo snel dat zijn voeten de versleten vloerbedekking nauwelijks raakten.

Wonder boven wonder sliep het kleintje door. Robie had nog niet goed naar het kind gekeken sinds hij het had opgepakt. Hij keek er nu naar.

Het haar was even kroezig als dat van zijn dode broer. Robie wist dat het kind zich die broer niet zou herinneren. En zijn moeder ook niet. Het leven was soms niet gewoon onredelijk, maar onvoorstelbaar tragisch.
Hij zette de reiswieg voor 207 neer. Robie klopte drie keer op de deur. Hij keek niet om. Als iemand in een ander appartement naar buiten keek, zou die alleen zijn rug zien. Hij klopte nog een keer aan en keek weer naar de baby, die zich begon te roeren. Hij hoorde iemand naar de deur komen, en toen was Robie weg.
Het kind zou die nacht overleven.
Robie was er vrij zeker van dat je dat niet van hemzelf kon zeggen.

•13•

Robie ging nog een trap af naar de eerste verdieping. Hij kon twee dingen doen.

De achterkant van het gebouw was uitgesloten. Daar was de scherpschutter. Het feit dat zijn begeleider had gewild dat hij via de brandtrap wegging, vertelde Robie alles wat hij moest weten. Als hij zo dom was om te proberen daarlangs naar buiten te gaan, zou hij beloond worden met een kogel in zijn hoofd. De voorkant van het gebouw was om ongeveer dezelfde reden uitgesloten. Goed verlicht, één buitendeur – hij kon net zo goed een schietschijf op zijn hoofd tekenen, want over een minuut zou het ondersteuningsteam op het toneel verschijnen om de rommel op te ruimen. Dus bleven de twee zijkanten van het gebouw over. Dat waren twee mogelijkheden, en Robie moest kiezen. En snel ook.

Onder het lopen dacht hij na: 101 of 116. Het eerste appartement was aan de linkerkant van het gebouw, het tweede aan de rechterkant. De schutter aan de achterkant van het gebouw kon naar links of rechts gaan en dan zowel de achterkant als een zijkant onder schot nemen.

Dus links of rechts?

Robie liep door, dacht na.

De begeleider zou de schutter helpen, hem vertellen waar hij dacht dat Robie heen zou gaan. Links of rechts? Robie probeerde zich de omgeving voor de geest te halen. Er was dit appartementengebouw. Het steegje erachter. Een blok met kleine bedrijven, benzinestation, winkels. Aan de andere kant nog een appartementengebouw dat er leeg had uitgezien toen Robie daar eerder op verkenning was gegaan. Daar moest de schutter zitten. Hij kon alleen van daaruit het appartement goed onder schot nemen. En als het gebouw leegstond, had de schutter alle ruimte om van positie te veranderen en zijn geweer op Robie te richten.

Dus wat wordt het? Links of rechts?

Zijn oorspronkelijke doelwit, 304, had zich dichter bij de linkerkant van het gebouw bevonden. De begeleider zou kunnen denken dat Robie die richting uit zou gaan omdat hij al dichter bij die kant was. De begeleider wist niet dat Robie naar de tweede verdieping was gegaan om het andere kind weg te brengen en daarna naar nog een lagere verdieping zou afdalen. Aan de andere kant zou de begeleider wel beseffen dat Robie naar beneden moest gaan. Hij had niets bij zich om langs de zijkant van het gebouw te kunnen abseilen.

Robie dacht daar goed over na. Hij stelde zich voor dat de schutter zijn positie naar zijn rechterkant – Robies linkerkant – verplaatste. De man zou zijn statief neerzetten, zijn vizier opnieuw instellen en wachten tot Robie tevoorschijn kwam.

Maar Robie was nog niet tevoorschijn gekomen, terwijl snelheid toch van essentieel belang was. De schutter zou daar rekening mee houden. Robie, wist hij, zou proberen hem te slim af te zijn: de ene kant op als hij de andere kant verwachtte. Dus naar rechts in plaats van links. Dat zou verklaren dat er tot nu toe zoveel tijd was verstreken. De schutter wist niets van dat tweede kind.

Op het schaakbord in zijn hoofd zag Robie nu voor zich dat de schutter naar links ging, dus rechts van Robie.

De tijd om na te denken was voorbij.

Hij rende door de gang naar de linkerkant van het gebouw.

Nummer 101 stond leeg. Door de bank in beslag genomen. Soms kwamen uit grote economische rampen kleine persoonlijke wonderen voort. Tien seconden later was hij binnen. De appartementen hadden allemaal dezelfde indeling. Hij had geen licht nodig om zijn weg te vinden, ook niet zijn nachtbril. Hij kwam in de slaapkamer aan de achterkant, maakte het raam open en klom naar buiten.

Hij pakte de vensterbank vast, keek naar beneden, schatte de afstand in en liet los.

Drie meter lager viel hij op de grond en rolde weg om de val te breken. Evengoed voelde hij pijn in zijn rechterenkel. Hij wachtte tot hij door een kogel werd geraakt.

Dat gebeurde niet. Hij had goed geraden. Hij rende schuin bij het gebouw vandaan, verborg zich enkele ogenblikken achter een vuilcontainer en oriënteerde zich op de nieuwe omgeving. Toen sprong hij alweer overeind, klom over een hek en vijf seconden later sprintte hij de straat door.

Waarschijnlijk hadden ze hem het gebouw niet uit zien gaan, anders was hij al dood geweest. Maar ze moesten inmiddels weten dat hij was ontkomen. Er zou een team naar hem op zoek zijn. Systematisch. Robie kende de procedures. Alleen moest hij ze nu te slim af zijn.

Zolang hij dit werk al deed, had Robie geweten dat zoiets als vannacht zich kon voordoen. Niet heel waarschijnlijk, maar wel iets waarmee hij rekening moest houden. Zoals altijd wanneer hij een missie ondernam, had hij nu ook een reserveplan voor zijn aftocht. Dat plan trad nu in werking. Shane Connors advies werd nu eindelijk realiteit.

'Jij bent daar de enige die echt naar jou omkijkt, Will.'

Hij liep nog tien straten verder. Zijn bestemming lag ergens voor hem. Hij keek op zijn horloge. Nog twintig minuten, als het schema niet was veranderd.
Het nieuwe busbedrijf Outta Here Bus had een oud Trailways-busstation in de buurt van Capitol Hill overgenomen. Het bedrijf had blijkbaar niet veel startkapitaal en het station leek nog steeds gesloten. De bussen van het bedrijf die daar geparkeerd stonden, zagen er niet naar uit alsof ze zelfs maar door een routinematige inspectie heen zouden komen. Dit zou bepaald geen comfortabele reis worden.
Robie had met een valse naam een kaartje gereserveerd voor een bus die over twintig minuten vertrok. De reis ging naar New York. Hij betaalde het kaartje contant. Zodra hij in New York was, zou hij tot de tweede stap van zijn reserveplan overgaan, die inhield dat hij het land verliet. Hij was van plan de afstand tussen hemzelf en zijn eigen mensen zo groot mogelijk te maken.
Hij wachtte bij het busstation. Het was daar beslist niet veilig, niet om twee uur 's nachts, maar het was er veel veiliger dan op de plaats die Robie net had verlaten. Met straatcriminelen wist hij wel raad. Professionele moordenaars met scherpschuttersgeweren vormden een veel groter gevaar.
Hij keek naar de andere mensen die op de bus naar New York wachtten en telde vijfendertig passagiers, inclusief hemzelf. Omdat de bus plaats had voor bijna twee keer zoveel personen, zou hij extra ruimte hebben. Iedereen mocht zijn eigen plaats uitzoeken en hij zou zijn best doen om uit de buurt van de anderen te gaan zitten. De meeste mensen hadden tassen, kussens en rugzakken. Robie had niets, alleen zijn nachtkijker, zijn miniatuurcamera en zijn Glock-pistool in een ritszak aan de binnenkant van zijn sweater met capuchon.
Hij liet zijn blik weer over de rij mensen gaan en zag dat de meesten arm waren. Het waren arbeiders, of anders mensen die pech hadden gehad. Het was een voor de hand liggende veronderstelling. Hun kleren waren oud en kapot; hun jassen waren versleten; ze keken vermoeid, verslagen uit hun ogen. Zelfs de meeste arme mensen zouden waarschijnlijk niet vrijwillig midden in de nacht naar New York rijden in een gammele bus waarbij je je eigen kussen moest meebrengen.
De bus reed met een wijde boog het parkeerterrein op en kwam met piepende, roestige remmen bij de halte tot stilstand. Ze gingen in de rij staan. Toen zag Robie haar. Hij had al gezien dat ze een van de vijfendertig passagiers was, maar nu bleef zijn blik op haar rusten.
Ze was jong. Misschien twaalf, misschien nog niet eens een tiener. Ze was klein en mager en droeg een verbleekte spijkerbroek met gaten in de knieën, een shirt met lange mouwen en een donkerblauwe skiparka zonder mouwen. Ze had vuile, versleten tennisschoenen en donker, weerbarstig haar dat in een strakke

staart naar achteren was getrokken. Ze had een rugzak in haar hand en keek strak naar de grond. Blijkbaar haalde ze diep adem, en Robie zag dat er op haar hand en knieën viezigheid zat.
Robie zag geen klein rechthoekig voorwerp in een van haar spijkerbroekzakken. Alle tieners hadden een mobiele telefoon, zeker de meisjes. Maar in tegenstelling tot de meeste tieners had ze hem misschien in de zak van haar jack. Nou ja, het ging hem ook niet aan.
Hij keek om zich heen, maar zag niemand die haar vader of moeder kon zijn.
Hij schuifelde in de rij naar voren. Het was niet helemaal uitgesloten dat ze hem in de smiezen kregen voordat de bus vertrok. Hij hield het pistool in zijn zak stevig vast en bleef naar de grond kijken.
Eenmaal in de bus schuifelde hij naar achteren. Hij was de laatste die instapte, en de meeste mensen waren meer naar voren gaan zitten. Hij zat op de laatste rij, bij het toilet. Er zat niemand anders in die rij. Hij ging bij het raam zitten. Daar kon hij onzichtbaar blijven terwijl hij alleen maar door de opening tussen de twee stoelen vóór hem hoefde te kijken om iedereen te kunnen zien komen. De ramen waren getint. Dat zou elke poging om van buitenaf op hem te schieten frustreren.
Het tienermeisje zat drie rijen voor hem aan de andere kant van het middenpad.
Robie keek op toen vlak voordat de chauffeur het portier sloot nog een man de bus in stapte. Hij liet zijn kaartje zien en liep naar achteren. Toen hij het meisje naderde, keek hij de andere kant op. Dat was passagier nummer zesendertig, de allerlaatste die aan boord ging.
Robie liet zich lager op zijn stoel zakken en trok zijn capuchon strakker om zijn gezicht. Hij pakte het pistool in zijn zak vast en duwde de loop omhoog en naar voren, zodat het wapen gericht was op de plaats waar de man langs moest als hij in Robies richting bleef lopen. Robie moest ervan uitgaan dat ze op de een of andere manier achter zijn reserveplan waren gekomen en de man hadden gestuurd om het karwei af te maken.
Maar de man bleef een rij achter het tienermeisje staan en nam recht achter haar plaats. Robies hand ontspande enigszins op zijn pistool, maar hij bleef door de opening tussen de stoelen naar de man kijken.
Het meisje stond op en legde haar rugzak in het rek. Toen ze op haar tenen ging staan om dat te doen, schoof haar shirt omhoog en zag Robie dat ze een tatoeage op haar middel had.
De bus zette zich met knarsende versnellingen in beweging en de chauffeur reed door de straat naar de snelweg die hem naar New York zou brengen. Er was op dit nachtelijk uur maar weinig verkeer. De gebouwen waren donker.

Het zou nog een paar uur duren voordat de stad wakker werd. Washington was in dat opzicht niet als New York. De stad slíép – maar stond ook vroeg op.
Robie keek naar de man. Die was even groot en even oud als Robie. Hij had geen bagage. Hij droeg een zwarte broek en een grijs jasje. Robie keek naar de handen van de man. Hij droeg handschoenen. Robie keek naar zijn eigen handschoenen en keek toen naar buiten. Zo koud was het niet. Hij zag de man op de hendel drukken om zijn stoel een beetje naar achteren te laten kantelen. Hij ging er eens goed voor zitten.
Maar Robies instinct gaf hem in dat het niet voor lang zou zijn.
Die man zat niet in de bus om eenvoudigweg naar New York te gaan.

•14•

Professionele moordenaars waren een apart slag mensen.
Dat dacht Robie terwijl de bus over de weg reed. De ophanging van het voertuig was een ramp en de rit was dat dus ook. Ze zouden het nog driehonderd kilometer moeten uithouden, maar daar lette Robie niet op. Hij keek tussen de twee stoelen door, keek, wachtte.
Als je met een missie bezig was, lette je op dingen die aan andere mensen voorbijgingen. Bijvoorbeeld toegangs- en uitgangspunten. Je moest altijd minstens twee van beide hebben. Schietlijnen, posities van waaruit anderen jou konden aanvallen. Je zocht naar tegenstanders zonder de indruk te wekken dat je dat deed. Je probeerde de bedoelingen van mensen te doorgronden door op lichaamstaal te letten. Je liet nooit blijken dat je op iemand lette.
Robie bracht dat alles nu in praktijk. En het had helemaal niets te maken met de situatie waarin hij verkeerde. Zeker, er zaten mensen achter hem aan, maar je kon er vergif op innemen dat er ook iemand achter het meisje aan zat. En Robie wist nu dat hij niet de enige professionele moordenaar in die bus was.
Hij keek naar de tweede.
Hij haalde de Glock uit zijn zak.
Het meisje zat te lezen. Robie kon niet zien wat ze las, maar het was een pocket. Ze was erin verdiept en had geen oog meer voor haar omgeving. Dat was niet goed. Jonge mensen vormden een gemakkelijke prooi. Jonge mensen gingen helemaal op in het schermpje van hun telefoon. Met hun duimen drukten ze op toetsen, verzonden belangrijke berichten, zoals hun Facebook-status, de kleur van hun ondergoed die dag, meisjesproblemen, problemen met hun haar, sportuitslagen, het volgende feestje. Ze hadden ook altijd dopjes in hun oren. Met die bulderende muziek konden ze niets horen tot het roofdier toesloeg. En dan was het te laat.
Een gemakkelijke prooi. En ze wisten het niet eens.
Robie richtte tussen de opening tussen de stoelen door.
De andere man leunde op zijn stoel naar voren.
Ze waren nog maar een paar minuten onderweg en reden nu door een nog meer vervallen deel van de stad.
Er zat niemand naast het meisje bij het raam. Er zat ook niemand naast haar aan de andere kant van het gangpad. De dichtstbijzijnde persoon was een oude

vrouw die al in slaap was gevallen. De meeste passagiers waren gaan slapen, al waren ze nog geen kilometer onderweg.

Robie wist hoe hij het zou doen. Hoofd en hals. Een ruk naar rechts, een ruk naar links, de methode die je bij de mariniers leerde. Omdat het doelwit een kind was, had je geen wapen nodig, en op die manier vloeide er ook geen bloed. De meeste mensen stierven geluidloos. Het kwam niet tot een melodramatische sterfscène. Mensen hielden gewoon op met ademhalen. Ze gorgelden, stuiptrekten, en dan deden ze niets meer. Mensen in de buurt merkten er niets van. Maar ja, mensen merkten nooit iets.

De man spande zijn spieren.

Het meisje verplaatste haar boek een beetje om het licht van het plafondlampje beter op de bladzijde te laten vallen.

Robie boog zich naar voren. Hij keek naar zijn pistool. De geluiddemper zat er zo strak op als het maar kon, maar in zo'n besloten ruimte als de bus bestond er niets zoiets als een gedempt schot. Hij zou later wel zien hoe hij het uitlegde. Hij had die nacht twee mensen zien sterven, onder wie een klein jongetje. Hij was niet van plan daar drie van te maken.

De man liet zijn gewicht op de ballen van zijn voeten rusten. Hij bracht zijn handen omhoog, hield ze in een bepaalde stand.

Ruk naar links, ruk naar rechts, dacht Robie. Hoofd naar links, hals naar rechts.

Krak.

Ruk. Ruk.

Dood meisje.

Maar niet deze keer.

•15•

Robie kon uit weinig veel aflezen. Maar er gebeurde nu iets wat hij totaal niet had verwacht.
De man schreeuwde het uit.
Robie zou ook hebben geschreeuwd, want pepperspray prikte verschrikkelijk als het in je ogen kwam.
Het meisje had haar pocket nog vast en keek naar dezelfde bladzijde. Ze had zich niet eens omgedraaid. Ze had de spray gewoon over haar schouder gericht en haar belager recht in zijn gezicht gespoten.
Maar de man bewoog zich nog steeds naar voren, al bleef hij schreeuwen en met een van zijn handen naar zijn ogen graaien. Met de andere hand greep hij de hals van het meisje vast, maar ongeveer op datzelfde moment kwam Robies pistool op het hoofd van de man neer, zodat hij in elkaar zakte en op de vloer van de bus viel.
Het meisje keek om naar Robie, en de meeste andere passagiers, wakker geworden, keken naar hen. Toen ging hun blik naar de gevallen man. Een oude vrouw in een dikke gele jas begon te gillen. De chauffeur stopte, zette de bus in de parkeerstand, draaide zich om naar Robie, die daar stond, en riep: 'Hé!'
Uit de manier waarop hij dat zei en de blik in zijn ogen leidde Robie af dat de chauffeur hem als de bron van het probleem zag. De chauffeur, een zwaargebouwde, donkere man van een jaar of vijftig, stond op en liep door het gangpad. Toen hij Robies pistool zag, bleef hij staan en hield hij zijn handen voor zich.
Dezelfde oude vrouw gilde weer en greep haar eigen jas vast.
'Wat moet je, verdomme?' riep de chauffeur naar Robie.
Robie keek naar de bewusteloze man. 'Hij viel het meisje aan. Ik hield hem tegen.'
Hij keek het meisje aan om steun bij haar te zoeken. Ze zei niets.
'Wil je het ze vertellen?' drong Robie aan.
Ze zei niets.
'Hij probeerde je te vermoorden. Je spoot pepperspray in zijn gezicht.'
Robie stak zijn hand uit, en voordat ze hem kon tegenhouden, had hij het busje uit haar hand gerukt en hield hij het omhoog.
'Pepperspray,' zei hij.
De aandacht van de andere passagiers was nu op het meisje gericht.
Ze keek naar hen terug, absoluut niet uit het veld geslagen.
'Wat is er aan de hand?' vroeg de chauffeur.

Robie zei: 'Die kerel viel het meisje aan. Ze spoot pepperspray in zijn gezicht en ik schakelde hem uit toen hij niet ophield.'
'En waarom hebt u een pistool?' vroeg de chauffeur.
'Ik heb er een vergunning voor.'
In de verte hoorde Robie sirenes.
Gingen ze naar de twee doden in het appartementengebouw?
De man op de vloer kreunde en begon te bewegen. Robie zette zijn voet op zijn rug. 'Liggen blijven,' beval hij. Hij keek de chauffeur weer aan. 'Bel de politie maar.' Hij wendde zich tot het meisje. 'Heb je daar een probleem mee?'
Nu stond het meisje op. Ze pakte haar rugzak uit het rek, hing hem aan haar schouders en liep door het gangpad naar de chauffeur toe.
De chauffeur stak zijn handen weer op. 'Je mag niet uitstappen, miss.'
Ze haalde iets uit haar jasje en hield het voor de man. Vanaf de plaats waar hij stond, achter het meisje, kon Robie niet zien wat het was. De chauffeur trok zich meteen met een doodsbang gezicht terug. De oude vrouw gilde weer.
Robie knielde neer en gebruikte de riem van de gevallen man om zijn handen en enkels achter zijn rug aan elkaar te binden, zodat de man zich totaal niet kon verroeren. Daarna liep hij achter het meisje aan door het gangpad. Toen hij langs de chauffeur kwam, zei hij: 'Bel de politie.'
'Wie bent u?' riep de chauffeur Robie na.
Robie gaf geen antwoord, want dat kon hij de man moeilijk vertellen.
Het meisje had de hendel overgehaald om het portier van de bus open te maken en stapte uit.
Robie kwam bij haar toen ze op straat stond.
'Wat heb je hem laten zien?' vroeg hij.
Ze draaide zich om en hield een granaat omhoog.
Robie knipperde niet met zijn ogen. 'Die is van plastic.'
'Nou, blijkbaar wist hij dat niet.'
Dat waren de eerste woorden die ze had gezegd. Haar stem was lager dan Robie zou hebben verwacht. Volwassener. Ze liepen bij de bus vandaan.
'Wie ben je?' vroeg Robie.
Ze liep door. De sirenes kwamen dichterbij en stierven weg.
'Waarom wilde die man je vermoorden?'
Ze voerde haar tempo op, liep voor hem uit.
Ze kwamen aan de overkant van de straat. Ze glipte tussen twee geparkeerde auto's door. Robie deed dat ook. Ze liep vlug verder. Hij ging ook vlugger lopen en pakte haar arm vast. 'Hé, ik praat tegen je.'
Hij kreeg geen antwoord.
De explosie sloeg hen beiden tegen de grond.

•16•

Robie kwam het eerst bij. Hij wist niet hoe lang hij buiten westen was geweest, maar het kon niet erg lang zijn geweest. Er was geen politie, geen enkele agent. Niets dan hemzelf en een bus die was weggevaagd. Hij keek naar het karkas van brandend metaal dat ooit een groot vervoermiddel was en dacht dat net als wanneer een vliegtuig van grote hoogte met de neus omlaag neerstortte, er geen overlevenden konden zijn.

Dit deel van Washington was op dit nachtelijke uur verlaten. Er woonde daar niemand. De enige mensen die kwamen aanlopen om te kijken wat er was gebeurd, waren daklozen.

Robie zag een oude man, gekleed in een rafelige spijkerbroek en een shirt dat zwart was geworden door het leven op straat, uit zijn onderkomen van karton en vuilniszakken in een portiek de straat op strompelen. De man keek naar het immense vuur dat ooit een bus met passagiers was geweest en riep tussen zijn rottende tanden door: 'Hé, heeft iemand wat lekkers voor op de barbecue?'

Robie stond langzaam op. Hij was gekneusd en had overal pijn, en dat zou de volgende morgen nog erger zijn. Hij keek om naar het meisje en zag haar drie meter verderop.

Ze lag naast een geparkeerde Saturn waarvan de zijramen door de explosie waren weggeslagen. Robie liep vlug naar haar toe en draaide haar voorzichtig om. Hij nam haar pols, voelde hartslag en slaakte een zucht van verlichting. Hij onderzocht haar. Geen bloed, een paar schrammen op haar gezicht, waarmee ze op het ruwe wegdek terecht was gekomen. Ze zou het wel overleven.

Even later deed ze haar ogen open.

Robie keek naar de granaat, die ze nog in haar hand had.

'Heb je soms een echte in de bus achtergelaten?'

Ze ging langzaam zitten en keek naar de verwoeste bus.

Robie verwachtte dat die aanblik iets bij haar zou losmaken, maar ze zei niets.

'Iemand wil je heel graag dood hebben,' zei hij. 'Enig idee waarom?'

Ze stond op, zag haar rugzak in de buurt liggen, pakte hem op, klopte het stof eraf en hing hem aan een van haar schouders. Ze keek naar Robie op, die boven haar uit torende.

'Waar is je pistool?' vroeg ze.

Dat verraste hem. Hij wist niet waar zijn pistool was gebleven. Hij keek om zich heen, hurkte neer en keek onder een paar geparkeerde auto's. Er was een afvoerput. Misschien was het pistool daarin gevallen toen hij ondersteboven werd gegooid.

'Ik zou hem maar gaan zoeken, als ik jou was.'

Hij keek haar aan. Ze sloeg hem op een paar meter afstand gade.

'Waarom?'

'Omdat je het waarschijnlijk nodig zult hebben.'

'Waarom?' vroeg hij opnieuw.

'Omdat je met mij bent gezien.'

Hij stond op. Hij hoorde sirenes. Iemand had eindelijk de politie gebeld, want het geluid zwol aan. Ze kwamen hun kant op. De dakloze danste nu om het vuur van de bus heen en schreeuwde dat hij verdomme hotdogs wilde.

'En wat is daar zo bijzonder aan?' vroeg Robie.

Ze keek naar de verwoeste bus. 'Ben je achterlijk of zo?'

Hij gaf het zoeken naar zijn pistool op en liep naar haar toe.

'Je moet naar de politie gaan,' zei Robie. 'Die kan je beschermen.'

'Ja hoor.'

'Denk je dan van niet?'

'Als ik jou was, zou ik maken dat ik wegkwam.'

Robie zei: 'Er is niemand meer in die bus die de politie kan vertellen wat er gebeurd is.'

'Wat denk jij dat er gebeurd is?' vroeg ze.

'Meer dan dertig mensen zijn omgekomen in die bus, onder wie een man die jou probeerde te vermoorden.'

'Dat is jouw theorie. Wat is je bewijs?'

'Het bewijs is in die bus te vinden. Een deel ervan. De rest zit vermoedelijk in jouw hoofd.'

'Nogmaals: jóúw theorie.'

Ze draaide zich om en begon weg te lopen.

Robie keek haar even na. 'Je kunt dit niet in je eentje,' zei hij. 'Je hebt het al verprutst, of je bent verlinkt.'

Ze draaide zich om. 'Wat bedoel je?' Voor het eerst klonk ze geïnteresseerd.

'Ze zijn je al naar de bus gevolgd of ze stonden daar op je te wachten. In het laatste geval was het doorgestoken kaart. Ze wisten dingen van tevoren. Ze wisten van de bus, de tijd, alles. Dus je hebt het verprutst en je bent gevolgd, of anders heeft iemand die je vertrouwde je verraden. Het is één van tweeën.'

Ze keek over zijn schouder naar de brandende massa metaal en vlees.

Hij vroeg: 'Hoe kreeg je die man in de bus in de gaten? Volgens mij zat hij op een plaats waar hij je gemakkelijk kon doden.'

'De weerspiegeling in mijn raam. Getint glas, plafondlichtjes, buiten donker – dan heb je een spiegel. Elementaire wetenschap.'
'Je zat een boek te lezen.'
'Ik deed alsof ik een boek las. Ik zag dat die man achter me ging zitten. Hij liep drie lege rijen voorbij. Dat zette me aan het denken. Bovendien had ik hem zien instappen. Hij wilde voorkomen dat ik hem zag.'
'Dus je zou hem hebben herkend?'
'Misschien.'
'Ik zat ook achter jou.'
'Te ver om iets tegen me te kunnen beginnen.'
'Dus je hield mij ook in de gaten?'
Ze haalde haar schouders op. 'Je went eraan om op zulke dingen te letten.'
'Dus hij volgde je naar de bus. Zat hij achter je aan? Ik zie dat je handen en knieën vuil zijn. Zo te zien heb je een val gemaakt voordat je in de bus stapte.'
Ze keek naar haar knieën, maar gaf hem geen antwoord.
Robie zei: 'Evengoed kun je dit niet in je eentje.'
'Ja, dat zei je al. Wat stel je voor?'
'Als je niet naar de politie gaat, kun je met mij meekomen.'
Ze ging een stap achteruit. 'Met jou? Waarheen?'
'Ergens waar het veiliger is dan hier.'
Ze nam hem met een ijzige blik op. 'Waarom blijf jij niet hier om met de politie te praten?'
Hij keek haar aan en luisterde naar de sirenes, die onbehaaglijk dichterbij kwamen.
Ze zei: 'Heeft het iets te maken met dat pistool en het feit dat je midden in de nacht in die bus zat?' Ze keek nog wat beter naar hem. 'Je lijkt me niet het type, weet je.'
'Wat bedoel je?'
'Je ziet er niet uit alsof je midden in de nacht in een gammele bus moet zitten om in New York te komen. Dat gold ook voor de man die achter me zat. Dat was zijn andere fout. Je moet je kleden voor de rol die je wilt spelen.'
'Als je in je eentje verder wilt, moet je dat zelf weten. Je kunt ze vast nog wel een paar uur bij je vandaan houden. Maar dan is het met je gedaan.'
Ze keek nog eens over zijn schouder naar de brandende ravage.
'Ik wilde niet dat er nog meer mensen doodgingen,' zei ze.
'Nog meer mensen? Wie is er dan al doodgegaan?'
Robie had het gevoel dat ze zo in tranen kon uitbarsten, maar ze zei: 'Wie ben je eigenlijk?'
'Iemand die op iets is gestuit en daar niet voor weg wil lopen.'

'Ik vertrouw jou niet, ik vertrouw niemand.'
'Dat kan ik je niet kwalijk nemen. Dat zou ik ook niet doen.'
'Waar wil je heen?'
'Naar een veilige plek, zoals ik al zei.'
'Ik weet niet of er zo'n plek bestaat,' zei ze met een stem die voor het eerst als die van een kind klonk. Bang.
'Ik ook niet,' zei Robie.

17

Robie had niet alleen een ontsnappingsplan voor het geval er iets misging wanneer hij een missie ondernam. Hij had ook een huis dat hij als schuilplaats kon gebruiken. Nu hij iemand bij zich had, koos hij voor plan C.

Jammer genoeg begon plan C al aardig ingewikkeld te worden.

Robie keek naar het eind van het steegje. Hij had zijn nachtbril opgezet. Het was maar een glimp, maar het liet hem niet los, want hij wist dat het belangrijk was: licht dat op het vizier van een geweer viel.

Hij zette de nachtbril af, trok zich in de schaduw terug en keek het meisje aan.

'Hoe heet je?'

'Waarom?'

'Dan weet ik hoe ik je moet noemen. Het hoeft niet je echte naam te zijn,' voegde hij eraan toe.

Ze aarzelde. 'Julie.'

'Oké, Julie. Noem mij maar Will.'

'Is dat je echte naam?'

'Is Julie jóúw echte naam?'

Ze zweeg en keek langs hem in de duisternis. Ze hadden ongeveer tien straten gelopen, zo ver dat het geluid van de sirenes alleen nog in de verte te horen was. Ze had nog niet besloten of ze met hem mee zou gaan. Door zich om te draaien en samen weg te lopen waren ze stilzwijgend overeengekomen dat ze de plaats van de explosie zouden verlaten.

Robie kon zich wel een voorstelling maken van de drukte die rondom de bus zou ontstaan. De nooddiensten zouden proberen vast te stellen waardoor de explosie was veroorzaakt. Een defect in de benzinetank? Of een terreuraanslag? Toen dacht hij weer aan die glimp die hij had opgevangen.

'Er is daar iemand,' zei hij zachtjes tegen Julie.

'Waar?' vroeg ze.

Robie wees over zijn schouder en bekeek haar intussen nog eens goed. 'Zit er misschien een zendertje op je? Want ik ben er goed in om weg te komen, en ze zijn ons nu wel heel snel op het spoor.'

'Misschien zijn ze beter dan jij.'

'Laten we hopen van niet. Een zendertje? Bijvoorbeeld je mobieltje? Ik zag er niet een in je zak. Maar heb je er een? En staat je gps-chip aan?'

'Ik heb geen mobieltje,' antwoordde ze.

'Alle kinderen hebben er toch een?'
'Niet allemaal,' zei ze stijfjes. 'En ik ben geen kind.'
'Hoe oud ben je?'
'Hoe oud ben jíj?'
'Veertig.'
'Dat is heel oud.'
'Geloof me: ik weet hoe het voelt. Hoe oud?'
Ze aarzelde weer. 'Mag ik liegen?' vroeg ze. 'Net als met mijn naam?'
'Ja. Maar als je zegt dat je boven de twintig bent, zal ik je waarschijnlijk niet geloven.'
'Veertien.'
'Oké.'
Hij keek in de richting vanwaar ze gekomen waren. Hij had sterk het gevoel dat ze niet meer die kant op moesten gaan.
'Wat zag je waardoor je dacht dat daar iemand was?' vroeg ze.
'Een weerspiegeling, net als jij in het raam van de bus zag.'
'Het zou iedereen kunnen zijn.'
'Een weerspiegeling van een geweervizier. Dat komt niet zo heel vaak voor.'
'O.'
Robie keek naar de muren aan weerskanten van hen. Toen keek hij omhoog.
'Heb je hoogtevrees?'
'Nee,' zei ze vlug, misschien een beetje te vlug. Hij liep naar een puincontainer in het steegje en rommelde erin. Ten slotte haalde hij er wat stukken touw uit en knoopte die vlug aan elkaar. Er lag ook een stuk multiplex in de container. Hij legde dat als een platform op een hoek van de container waarop ze konden staan.
'Maak je rugzak stevig vast.'
'Waarom?'
'Doe nou maar.'
Ze trok de riemen strak en keek hem afwachtend aan.
'Wat gaan we doen?'
'Klimmen.'
Robie tilde haar op, zette haar op het multiplex en hees zichzelf er ook op.
'Wat nu?'
'Zoals ik al zei: we gaan klimmen.'
Ze keek omhoog naar de bakstenen muur van het gebouw.
'Kun je dit echt?'
'Daar komen we wel achter.' Hij maakte een gebaar. 'Kom. Je moet op mijn schouders gaan staan.' Hij wees omhoog. 'Daar mikken we op.'

Hij bedoelde een brandtrap die een heel eind boven de straat in een hoek omhoogstond.
'Ik denk nict dat ik erbij kan.'
'We kunnen het proberen. Hou je benen stijf.'
Hij tilde haar op zijn schouders, pakte haar enkels vast en stuwde haar omhoog. Zelfs wanneer ze haar armen helemaal uitstrekte, kwam ze nog zo'n dertig centimeter tekort. Hij zette haar weer neer.
Robie nam het touw dat hij uit de container had gehaald en gooide het omhoog over de onderste sport van de ladder. Hij pakte het uiteinde vast, maakte een lus en trok het andere eind erdoorheen. Hij pakte het touw vast en klom vlug naar de ladder, waarna hij het touw losliet en het uiteinde naar haar omlaag liet zakken.
'Ik ben niet zo goed in touwklimmen,' zei ze aarzelend. 'Ik had een onvoldoende voor gym.'
'Dat hoef je ook niet te zijn. Bind het touw om de riemen van je rugzak. Zorg wel dat de knoop goed vastzit.'
Ze deed het.
Robie voegde eraan toe: 'Sla nu je armen over elkaar en hou ze strak tegen je lichaam. Dan glijdt de rugzak niet opzij.'
Ze deed het en hij begon haar omhoog te trekken.
Zodra ze bij hem aangekomen was, wist Robie dat ze een probleem hadden. Rennende voeten waren nooit een goed teken.
'Klimmen,' drong hij bij haar aan. 'Zo hoog als je kunt.'
Ze werkte zich de brandtrap op, terwijl Robie zich omdraaide en keek naar wat eraan kwam.

•18•

De man liep het steegje in, bleef staan, keek erin en liep door. Na tien meter bleef hij weer staan. Hij keek naar links, rechts en voor zich uit. Hij liep door en zwaaide met nauwgezette, beheerste bewegingen met zijn geweer heen en weer. Hij deed dat nog twee keer. Hij was goed, maar niet goed genoeg, want hij had nog niet naar boven gekeken.

Toen hij dat eindelijk deed, kon hij nog net zien dat de zolen van Robies schoenen op hem af suisden.

Robies maat zesenveertig dreunde tegen het gezicht van de man en werkten de rest van zijn lichaam met geweld tegen het asfalt. Robie landde boven op de man, rolde zich om en ging in een aanvalshouding staan. Hij schopte het geweer weg en keek omlaag. Hij wist niet of de man dood was, maar bewusteloos was hij in elk geval. Robie fouilleerde hem vlug.

Geen papieren.

Geen telefoon.

Niet verbazingwekkend.

Maar ook geen officiële papieren. Geen goudkleurige badge.

Hij vond wel een elektronisch apparaatje met een knipperend blauw licht in de zak van de man. Hij stampte het kapot en gooide het in de puincontainer. Hij voelde bij de enkel van de man en haalde een klein .38 Smith & Wesson-pistool tevoorschijn. Hij liet het in de zak van zijn jasje glijden, draaide zich om en sprong op het multiplex. Hij greep het touw vast, klauterde naar boven, kreeg de sport van de ladder te pakken, maakte het touw los, stopte het in zijn zak en klom naar boven.

Julie was al bijna op het dak van het gebouw toen hij bij haar aankwam.

'Is hij dood?' vroeg ze, naar beneden kijkend.

Blijkbaar had ze het gezien.

'Daar heb ik niet op gelet. Laten we gaan.'

'Waarheen? We zijn bovenaan.'

Hij wees naar boven, naar het dak. Dat lag ongeveer drie meter hoger.

'Hoe?' vroeg ze. 'De ladder gaat niet zo ver. Die houdt bij de bovenste verdieping op.'

'Wacht hier.'

Hij vond houvast op een raamkozijn, en toen in een barst in de muur. Hij klom. Even later stond hij op het dak. Hij ging op zijn buik liggen en liet het

touw naar haar toe vieren.
'Bind het aan de riemen van je rugzak vast, net als daarstraks, sla je armen weer over elkaar en doe je ogen dicht.'
'Laat me niet vallen,' zei ze paniekerig.
'Ik heb je al een keer opgetild. Je weegt niets.'
Even later stond ze naast hem op het dak.
Robie leidde haar over het platte, met grind bedekte dak. Ze kwamen aan de andere kant, keken naar beneden en liepen langs de rand. Aan die kant bevond zich nog een brandtrap. Hij liet Julie met het touw zakken, gleed toen zelf over de rand, hing enkele ogenblikken aan het gebouw en liet zich vallen. Hij kwam op het metaal van de brandtrap terecht, greep haar bij de hand en ze klommen naar beneden.
'Hebben we niet hetzelfde probleem als daar iemand is?' vroeg Julie.
'Ja, wel als we helemaal naar beneden zouden gaan.'
Ze bereikten de tweede verdieping van het gebouw. Robie hield daar halt en keek naar binnen. Hij haalde een mes uit een enkelhouder en maakte daarmee het eenvoudige slotmechanisme open.
Hij schoof het raam omhoog.
'En als daar nou iemand woont?' fluisterde Julie.
'Dan gaan we beleefd weer weg,' antwoordde Robie.
Het appartement was leeg.
Ze glipten er stilletjes doorheen en renden over de gang naar de binnentrap. Even later liepen ze vlug de straat door, niet in de richting vanwaar ze gekomen waren, maar juist de andere kant op.
Ten slotte bleef Robie staan en zei: 'Ze hebben je gevolgd. Je moet ergens een zendertje op je hebben.'
'Hoe weet je dat?'
'Een apparaatje dat ik op die kerel heb gevonden. Ik heb het kapot gemaakt, maar we moeten de bron uitschakelen. Maak je rugzak open.'
Ze deed het. Robie doorzocht hem vlug. Er zaten schone kleren in, een toilettas, een fototoestel, een paar schoolboeken, een iPod Touch, een kleine laptop, schriften en pennen. Hij maakte de achterkant van de iPod open en onderzocht de laptop, maar vond niets wat er niet zou moeten zijn. Met de pennen was ook niets aan de hand. Robie bekeek de toiletspullen een voor een, maar vond niets. Hij maakte de rugzak dicht en gaf hem aan haar terug.
'Niets.'
'Misschien heb jij wel een zendertje op je,' zei ze.
'Dat kan niet,' zei Robie.
'Weet je dat zeker?'

Hij wilde al ja zeggen, maar hield zich in. Hij nam het minicameraatje dat hij in zijn zak had gestopt. Hij haalde de achterkant eraf en daaronder zat net zo'n blauw knipperlichtje als hij eerder die nacht had gezien.
'Zie je wel, jíj was het. Ik had gelijk,' zei Julie triomfantelijk.
Hij gooide het cameraatje en het oordopje met de batterij in een vuilnisbak.
'Ja, je had gelijk,' gaf hij toe.
Ze zagen nergens een taxi. Maar een taxi stond op dat moment ook niet op zijn verlanglijstje. Hij wilde er niet nog iemand bij betrekken, iemand die ondervraagd kon worden om erachter te komen waar zijn geheime huis was.
Robie brak een stokoude pick-uptruck open die voor een benzinestation geparkeerd stond en kreeg hem met twee draadjes handig aan de praat. Hij ging achter het stuur zitten. Julie stapte niet in. Hij keek naar haar over de breedte van de voorbank.
'Ga je liever alleen verder?' vroeg hij.
Ze gaf geen antwoord. Ze frommelde aan de riemen van haar rugzak. Hij stak zijn hand in zijn zak, haalde er iets uit en gaf het aan haar.
Het was de pepperspray.
'Dan heb je dit misschien nodig.'
Ze pakte het busje aan, maar stapte toen in de pick-up. Ze trok het portier stevig dicht.
Hij zette de wagen in de versnelling en reed langzaam weg. Als hij midden in de nacht de banden liet gieren, zou dat een aandacht trekken waaraan hij op dat moment geen enkele behoefte had.
'Waarom ben je van gedachten veranderd?' vroeg hij.
'Schurken geven geen wapens terug.' Ze zweeg even. 'En je hebt mijn leven gered. Twee keer.'
'Daar zit wat in.'
'Er zitten mensen achter mij aan. Wie zit er achter jou aan?' vroeg ze.
'In tegenstelling tot jou weet ik wie het zijn,' zei hij, 'maar ik hoef het je niet te vertellen. En dat doe ik ook niet. Dat zou niet goed zijn voor je toekomst.'
'Ik weet niet of ik nog wel veel toekomst heb.'
Ze leunde in haar stoel achterover en keek zwijgend voor zich uit.
'Denk je soms aan iemand?' vroeg Robie rustig.
Ze knipperde tranen weg. 'Nee. En vraag me dat niet nog een keer, Will.'
'Oké.'
Robie maakte nu vaart.
Hoe erg die nacht ook was geweest, hij had het sterke vermoeden dat het alleen nog maar erger zou worden.

19

Robie stopte onderweg één keer om in een nachtwinkel wat boodschappen te doen. Een halfuur daarna gleden de lichten van de pick-up over de voorgevel van de kleine boerderij. Robie stopte en keek opzij naar Julie.

Ze had haar ogen dicht. Blijkbaar sliep ze, maar nadat hij had gezien hoe ze zich in de bus tegen haar belager had verdedigd, hield Robie met alles rekening. Hij wilde geen straal pepperspray in zijn gezicht krijgen en stak dus niet zijn hand uit om haar heen en weer te schudden. Hij zei alleen zachtjes: 'We zijn er.'

Haar ogen gingen meteen open. Ze gaapte niet, rekte zich niet uit, wreef niet over haar gezicht, zoals de meeste mensen zouden doen. Ze was gewoon wakker.

Robie was onder de indruk. Want zo werd hij zelf ook altijd wakker.

'Waar zijn we?' vroeg ze. Ze keek om zich heen.

Ze hadden over een grindweg gereden door een bos dat zich in herfstkleuren begon te hullen. Het pad eindigde bij de voorkant van het witte houten huis. De voordeur, twee ramen aan de voorkant en een kleine veranda waren zwart geverfd. Een schuur aan de achterkant kwam hoog boven het dak van het huis uit.

'Het is hier veilig,' zei hij. 'Tenminste, zo veilig als onder de omstandigheden mogelijk is.'

Ze keek naar de schuur. 'Is dit een boerderij geweest of zoiets?'

'Of zoiets. Lang geleden. De akkers zijn door het bos heroverd.'

Dit was Robies toevluchtsoord. Zijn opdrachtgever had andere veilige huizen voor Robie en mensen als hij, maar dit huis was alleen van hem. Hij had het in eigendom via een lege vennootschap. Het was onmogelijk om het naar hem te herleiden.

'Waar zijn we?'

'In Virginia, ten zuidwesten van Washington. Zeg maar in de rimboe.'

'Is het van jou?'

Robie zette de pick-up in zijn achteruit en reed naar de schuur. Hij stopte, stapte uit, haalde de schuurdeuren van het slot en reed de pick-up naar binnen. Hij stapte weer uit, pakte de zak met boodschappen en zei: 'Kom mee.'

Julie volgde hem naar het huis. Er was een alarmsysteem. Het piepgeluid hield op toen Robie de code intoetste. Hij lette er goed op dat ze de cijfers niet zag. Hij sloot de deur en deed hem op slot.

Ze keek om zich heen, had haar handen nog om haar rugzak geslagen.

'Waar moet ik heen?'
Hij wees naar de rechte trap aan de kant van de kleine hal. 'Logeerkamer, tweede deur rechts. Badkamer aan de overkant van de gang. Heb je honger?'
'Ik ga liever slapen.'
'Oké.' Hij keek langs de trap omhoog om aan te geven dat ze naar boven kon gaan.
'Welterusten,' zei Robie.
'Welterusten.'
'En pas op dat je geen pepperspray op jezelf spuit. Het doet enorm pijn op je huid.'
Ze keek naar haar hand, waarin ze het busje verborgen hield.
'Hoe wist je dat?'
'Ik zag dat je het onderweg steeds op mij gericht hield. Geeft niet, hoor. Ga nu maar slapen.'
Ze sjokte de trap op. Hij keek haar na. Hij hoorde de kamerdeur open- en dichtgaan. Vervolgens ging de deur op slot.
Slimme meid.
Robie ging naar de keuken, zette de boodschappen weg en ging aan de ronde tafel tegenover het aanrecht zitten. Hij legde het .38-pistooltje op de tafel en haalde zijn mobiele telefoon tevoorschijn. Daar zat geen gps-chip in. Dat was beleid van zijn organisatie, want een chip kon beide kanten op werken. Maar aan dat minicameraatje had hij niet gedacht.
En ze moesten hebben vermoed dat hij niet op de vrouw zou schieten. Voor het geval hij het liet afweten, hadden ze dat zendertje op hem aangebracht.
Het was van het begin af doorgestoken kaart geweest. Mooi. Nu moest hij nog uitzoeken waarom.
Hij drukte op een paar toetsen van zijn telefoon en keek naar de foto's die hij in het appartement van de dode vrouw had gemaakt.
Haar rijbewijs stond op naam van Jane Wind en ze was vijfendertig jaar. Haar ernstige gezicht keek Robie vanaf de foto aan. Hij wist dat ze straks op de metalen onderzoekstafel van de patholoog-anatoom zou liggen en dat haar gezicht dan niet alleen ernstig zou kijken maar ook lelijk verminkt zou zijn door de geweerkogel. Er zou ook sectie op haar kind worden verricht. Omdat hij de grootste klap van de kogel had opgevangen, zou de jongen geen echt gezicht meer hebben.
Robie keek naar de foto's van haar paspoortbladzijden. Hij vergrootte het scherm om te zien in welke landen ze was geweest. Er zaten Europese landen bij, zoals Duitsland. Dat was niet ongebruikelijk. Maar toen zag hij Irak, Afghanistan en Koeweit. Dat was minder gebruikelijk.

Toen keek hij naar de ID die ze had omdat ze voor de overheid werkte.
Bureau van de inspecteur-generaal, ministerie van Defensie.
Robie keek naar het scherm.
Ik ben er ingeluisd. Ik ben er compleet ingeluisd.
Met zijn telefoon ging hij internet op en scrolde door de nieuwssites, op zoek naar informatie over Winds dood of de geëxplodeerde bus. Er was niets over Wind. Misschien hadden ze haar nog niet gevonden. Maar de bus die was ontploft had al aandacht getrokken. Toch waren er niet veel bijzonderheden. Robie wist zelf natuurlijk meer dan de verslaggevers die daar probeerden uit te zoeken wat er gebeurd was. Volgens de nieuwsberichten sloten de autoriteiten een mechanische oorzaak van de explosie niet uit.
En daar zal het wellicht bij blijven, dacht Robie, tenzij ze bewijzen van het tegendeel vonden. Midden in de nacht een oude bus opblazen en enkele tientallen mensen doden – het was moeilijk voorstelbaar dat zoiets hoog op de verlanglijst van een jihadist zou staan.
Zijn begeleider had niet meer geprobeerd contact met hem op te nemen. Dat verbaasde Robie niet. Ze verwachtten niet dat hij zou opnemen. Voorlopig was hij hier veilig. De volgende dag? Wie zou het zeggen? Hij keek in de richting van de trap. Hij was op de vlucht, en niet alleen. In zijn eentje zou hij misschien een kans hebben gemaakt, maar nu?
Nu had hij Julie bij zich. Ze was veertien; misschien. Ze vertrouwde hem niet en verder ook niemand. En ze was ook op de vlucht voor iets.
Met zijn vermoeide lichaam en geest kon Robie niets anders bedenken dan wat hij nu kon doen. En dus deed hij wat verstandig was. Hij ging naar zijn eigen slaapkamer, tegenover die van haar, deed de deur achter zich op slot, legde het pistooltje op zijn borst en deed zijn ogen dicht.
Slapen was nu belangrijk. Hij wist niet wanneer hij die kans weer zou krijgen.

•20•

Het raam ging open en de aan elkaar geknoopte lakens slingerden langs de zijkant van het huis omlaag. Julie sloeg het uiteinde om de plank aan het voeteneind van het bed en trok er hard aan om zich ervan te verzekeren dat hij niet los zou schieten. Ze glipte door het raam, klauterde zachtjes langs het geïmproviseerde touw naar beneden, raakte de grond en rende de duisternis in.

Ze wist niet precies waar ze was, maar terwijl ze deed alsof ze sliep, had ze de route van de pick-up min of meer gevolgd. Ze dacht dat ze op de grote weg kon komen en die dan kon volgen naar een winkel of benzinestation, waar ze een taxi kon bellen. Ze keek naar haar voorraadje geld en haar creditcard. Ze had genoeg.

Ze was niet bang in het donker. In de grote stad was het overdag soms veel gevaarlijker dan 's nachts. Toch sloop ze geruisloos verder, want Will mocht dan een goeie kerel zijn, ze wist dat iemand hen nog steeds kon zijn gevolgd. Ze had in haar hoofd een plan bedacht en geloofde dat ze onder de omstandigheden niets beters zou kunnen bedenken.

Ze wist dat haar ouders dood waren. Het liefst zou ze zich op de grond oprollen en nooit meer ophouden met huilen. Ze zou haar moeder nooit terugzien. Ze zou haar vader nooit meer horen lachen. En toen was die moordenaar achter haar aan gekomen. En daarna was hij opgeblazen in die bus.

Maar ze kon niet gaan liggen huilen. Ze moest doorlopen. Het laatste wat haar ouders zouden hebben gewild, was dat zij ook zou sterven.

Ze zou het overleven. Voor hen. En ze zou erachter komen waarom iemand hen had vermoord. Zelfs nu de moordenaar dood was. Ze moest de waarheid weten.

De weg was niet ver meer. Ze versnelde haar pas.

Ze had geen tijd om te reageren.

Het gebeurde gewoon.

De stem zei: 'Weet je, ik had ontbijt voor je willen maken.'

Ze schrok, draaide zich om en keek Robie aan, die op een boomstronk naar haar zat te kijken. Hij stond op. 'Heb ik soms iets verkeerds gezegd?'

Ze keek om naar het huis. Op deze afstand kon ze tussen de wirwar van bomen en struiken door alleen een vaag licht zien.

'Ik ben van gedachten veranderd,' zei ze. 'Ik ga verder.'

'Waarheen?'

'Dat zijn mijn zaken.'

'Weet je het zeker?'
'Helemaal zeker.'
'Oké. Heb je geld nodig?'
'Nee.'
'Wil je nog een busje pepperspray?'
'Heb je die?'
Hij haalde er een uit zijn zak en gooide het naar haar toe.
Julie ving het op.
Robie zei: 'Dit spul is nog sterker dan wat jij hebt. Er zit een verlammend middel in. Je legt er elke belager voor minstens een halfuur mee plat.'
Ze stopte het in haar rugzak. 'Bedankt.'
Hij wees naar links. 'Daarlangs kun je binnendoor bij de weg komen. Gewoon op het pad blijven. Je gaat naar de weg en dan sla je links af. Na een kleine kilometer kom je bij een benzinestation. Ze hebben daar een telefooncel, misschien wel de laatste in Amerika.'
Hij draaide zich om en begon naar het huis terug te lopen.
'Is dat alles? Je laat me gewoon gaan?'
Hij draaide zich weer om. 'Zoals je al zei: het zijn mijn zaken niet. Het is jouw beslissing. En eerlijk gezegd heb ik zo mijn eigen problemen. Veel succes.'
Hij begon weer weg te lopen.
Julie kwam niet in beweging.
'Wat voor ontbijt wilde je maken?'
Hij bleef staan maar keek haar niet aan. 'Eieren, spek, gort, toast en koffie. Maar ik heb ook thee. Ze zeggen dat koffie de groei van een kind vertraagt. Aan de andere kant, zoals je al zei: je bent geen kind.'
'Roerei?'
'Wat je maar wilt. Maar ik ben ook heel goed in uitsmijters.'
'Ik kan morgenvroeg vertrekken.'
'Ja, dat kun je.'
'Dat ben ik van plan.'
'Oké.'
'Het is niets persoonlijks,' zei ze.
'Niets persoonlijks,' bevestigde hij.
Ze liepen naar het huis terug, Julie een meter achter Robie.
'Ik ben behoorlijk stil naar buiten gegaan. Hoe wist je het?'
'Ik doe dit voor de kost.'
'Wat doe je?'
'In leven blijven.'
Ik ook, dacht Julie.

•21•

Drie uur later stond Robie op. Hij douchte, kleedde zich aan en liep naar de trap. Hij hoorde een zacht gesnurk in de logeerkamer. Hij dacht erover aan te kloppen, maar besloot haar te laten slapen.

Hij ging zachtjes de trap af en liep naar de keuken. Het alarm liet hij ingeschakeld. Hij zou het pas uitzetten als hij het huis verliet. Naast het huisalarm had hij verspreid om het huis heen elektronische verklikkers aangebracht. Een daarvan was door Julies ontsnapping geactiveerd. Het was geen probleem voor hem geweest om een kortere weg door het bos te nemen en haar te onderscheppen. Aan de ene kant was hij blij dat ze had besloten terug te komen. Aan de andere kant verheugde hij zich niet op de extra verantwoordelijkheid.

Toch was hij vooral blij dat ze terug was.

Was het schuldgevoel omdat ik een klein kind waar ik bij was had laten doodschieten? Wil ik op deze manier iets goedmaken, door Julie te behoeden voor wie ook maar achter haar aan zit?

Een tijdje later hoorde hij een deur opengaan en blote voeten door de gang lopen. Later werd het toilet doorgespoeld en stroomde er water in de wastafel. Het ging een tijdje door. Waarschijnlijk waste ze zich met een 'wastafelbad'.

Toen ze twintig minuten later beneden kwam, was het ontbijt bijna klaar.

'Koffie of thee?' vroeg hij.

'Koffie, zwart,' antwoordde ze.

'Het staat daar. Neem zelf maar. De kopjes staan in de kast bij de koelkast. Bovenste plank.'

Hij keek hoe het met de grutten ging en maakte toen het bakje eieren open. 'Hard, zacht of roerei?'

'Wie eet er nou nog hardgekookte eieren?'

'Ik.'

'Roerei.'

Hij roerde de eieren in een kom en keek naar de kleine tv op de koelkast. Hij zei: 'Kijk maar.'

Julie streek haar vochtige haar achter haar oren en keek op terwijl ze slokjes koffie nam. Ze had andere kleren aangetrokken. Buiten was het nog een beetje donker, maar in het licht van de keuken zag ze er jonger en magerder uit dan de afgelopen nacht.

In elk geval had ze die pepperspray niet meer in haar hand. Beide handen hield

ze om haar koffiemok heen. Haar gezicht was schoongeboend, maar Robie kon haar rode, gezwollen ogen zien. Ze had gehuild.
'Heb je sigaretten?' vroeg ze. Ze wilde hem niet aankijken.
'Daar ben je te jong voor,' zei hij.
'Te jong waarvoor? Om dood te gaan?'
'De ironie ontgaat me niet, maar ik heb geen sigaretten.'
'Heb je vroeger gerookt?'
'Ja. Hoezo?'
'Je leek me gewoon het type.'
'Wat voor type?'
'Het type dat zijn eigen gang gaat.'
De tv stond zacht, maar de beelden spraken voor zich. De nog rokende bus, afgebrand tot een stalen geraamte. Alle brandbare voorwerpen waren min of meer compleet verdwenen: stoelen, banden, lichamen.
Robie en Julie staarden ernaar.
De bus had een volle tank gehad, wist Robie, voor de rit naar New York. Hij had gebrand als de hel. Nee, het was de hel gewéést. Er zouden meer dan dertig zwartgeblakerde lijken in die bus liggen. Of tenminste delen van hen.
Hun crematorium.
De patholoog-anatoom zou hier zijn handen vol aan hebben.
'Wil je hem harder zetten?' vroeg Julie.
Robie pakte de afstandsbediening en zette het volume wat hoger.
De nieuwslezer, een grimmig kijkende man, keek in de camera en zei: 'De bus was kort daarvoor naar New York vertrokken. De explosie heeft zich vannacht om ongeveer halftwee voorgedaan. Er zijn geen overlevenden. De FBI sluit een terroristische aanslag niet uit, al is op dit moment niet duidelijk waarom de bus het doelwit daarvan zou zijn geweest.'
'Wat is er volgens jou gebeurd?' vroeg Julie.
Robie keek haar even aan. 'Laten we eerst gaan eten.'
Een kwartier lang zaten ze smakelijk te kauwen, slikken en drinken.
'Lekker,' zei Julie. Ze schoof haar bord van zich af, schonk haar koffiekopje nog eens vol en leunde achterover. Ze keek naar zijn bijna lege bord en daarna naar hem.
'Kunnen we er nu over praten?'
Robie legde zijn mes en vork gekruist op zijn bord en leunde ook achterover.
'Degene die achter jou aan zat, heeft de bus misschien laten ontploffen.'
'Wat, een zelfmoordaanslag?'
'Misschien.'
'Zou je dan geen bom op hem hebben gezien?'

'Waarschijnlijk wel. De meeste bommen zijn moeilijk te verbergen. Een rij dynamietstaven, bedrading, batterij, schakelaars en de detonator. Maar ik heb hem vastgebonden, dus lijkt het me onmogelijk dat hij iets heeft laten exploderen.'
'Dan kan hij het niet zijn geweest.'
'Misschien toch wel. Je zou niet veel springstof nodig hebben om een bus te laten ontploffen. Het kan op hem verborgen hebben gezeten. Een beetje C-4 of semtex, en de volle tank doet de rest. Een beetje explosieve damp in de tank plus een gestage toevoer van brandstof voor het vuur. En de bom kan ook op afstand tot ontploffing zijn gebracht. Sterker nog, als het op die manier is gegaan, moet het wel op afstand zijn gebeurd, want de man was vastgebonden. Ongeveer de helft van de zelfmoordterroristen in het Midden-Oosten haalt niet zelf de trekker over. Ze worden gewoon met de bommen ergens heen gestuurd en hun begeleiders brengen het zaakje op veilige afstand tot ontploffing.'
'Dan hebben die begeleiders het makkelijkste baantje.'
Robie dacht aan zijn eigen begeleider, die op veilige afstand opdracht gaf tot schieten.
'Daar ga ik niet tegen in.'
'En als die man niet de oorzaak van de explosie was?'
'Dan is die bus door iets anders getroffen.'
'Door wat bijvoorbeeld?'
'Een brandkogel in de tank is een mogelijkheid. Zo'n kogel brengt de damp tot ontbranding, en dan boem! Het vuur en de benzine doen de rest.'
'Heb jij een schot gehoord? Ik niet.'
'Nee, maar de explosie kan er zo snel op zijn gevolgd dat we geen schot hoefden te horen.'
'Waarom zouden ze die bus opblazen?'
'Hoe denk je dat die man jou in de bus heeft gevonden?'
'Hij kwam op het laatst hard aangelopen,' zei ze. Ze zei het bespiegelend en keek hem aan.
Robie hield van die manier van spreken. Hij praatte zelf ook vaak zo. 'Dus óf hij kreeg de opdracht op het laatste moment en probeerde hij je in te halen. Of, wat waarschijnlijker is, ze waren je kwijt maar vonden je terug.' Hij zweeg even. 'Wat is het volgens jou?'
'Geen idee.'
'Ik denk dat je wel een idee hebt. Zelfs een vermoeden.'
'Hoe zit het met die kerel in dat steegje met dat geweer?'
'Die zat achter mij aan.'

'Ja, dat weet ik. Je had dat zendertje bij je. Maar waarom zat hij achter je aan?'
'Daar kan ik niet over praten. Zoals ik al eerder zei.'
'Dan is dat ook mijn antwoord,' zei Julie. 'Wat nu?'
'Ik kan je naar het benzinestation rijden. Je kunt een taxi bellen. Een andere bus naar New York nemen. Of misschien de trein.'
'Op treinkaartjes staan namen.'
'Op die van jou zou alleen Julie staan.'
'En op die van jou alleen Will,' merkte ze op. 'Maar dat is niet nauwkeurig genoeg, hè?'
'Nee.'
Ze zaten elkaar aan te kijken.
'Waar zijn je ouders?' vroeg Robie.
'Wie zegt dat ik die heb?'
'Iedereen heeft ouders. Daar ontkom je eigenlijk niet aan.'
'Ik bedoelde ouders die in leven zijn.'
'Dus die van jou zijn dood?'
Ze wendde haar ogen af, speelde met het oortje van haar koffiemok. 'Dit gaat denk ik niet lukken.'
'Gaan we dan naar de politie?'
'Heb jij daar iets aan?'
'Ik bedoelde voor jou.'
'Nee, daar zou ik echt niets aan hebben.'
'Als je me vertelt wat er aan de hand is, kan ik je misschien helpen.'
'Je hebt me al geholpen, en dat stel ik op prijs. Maar eigenlijk weet ik niet wat je nog meer kunt doen.'
'Waarom ging je naar New York?'
'Omdat het ergens anders is. Waarom ging jij?'
'Het kwam me goed uit.'
'Nou, het komt mij niet goed uit.'
'Waarom moest je gaan?'
'Die informatie is alleen bestemd voor wie het moet weten,' zei ze. 'En daar hoor jij niet bij.'
'O? Ben je een jeugdspion of zo?'
De tv trok zijn aandacht. Hij keek er vanuit zijn ooghoek naar. Twee lichamen werden op brancards uit een appartementengebouw gedragen. Het ene lichaam was groot, het andere heel klein.
Een andere verslaggeefster stond voor het gebouw met een woordvoerster van de politie te praten.
De woordvoerster zei: 'De slachtoffers, een moeder en haar zoontje, zijn ge-

identificeerd, maar we geven hun namen pas vrij als de naaste familie is ingelicht. We volgen enkele sporen. We vragen iedereen die iets heeft gezien contact met ons op te nemen.'

'Klopt het dat de FBI de leiding heeft van het onderzoek?' vroeg de verslaggeefster.

'De overleden vrouw was federaal ambtenaar. In zulke situaties is het standaardprocedure om de FBI in te schakelen.'

Nee, dat is helemaal niet zo, dacht Robie. Hij bleef naar het scherm kijken, gebrand op meer informatie. Het leek wel een jaar geleden dat hij was ontsnapt uit dat gebouw, waar het nu wemelde van de politie en FBI.

'En er was nog een kind?' vroeg de verslaggeefster terwijl ze de microfoon bij het gezicht van de woordvoerster hield.

'Ja. Dat was ongedeerd.'

'Is het kind in hetzelfde appartement gevonden?'

'Dat is alles wat we op dit moment kunnen zeggen. Dank u.'

Robie draaide zich om en zag dat Julie naar hem keek.

Haar ogen waren zo scherp als zoutzuur. Ze vraten dwars door elke façade heen die hij op kon brengen.

'Was jij dat?'

Hij zei niets.

'Moeder en kind, hè? En nu? Help je mij nu om dat goed te maken?'

'Wil je nog iets eten?'

'Nee. Ik wil weg.'

'Ik kan je met de auto brengen.'

'Nee, ik ga liever lopen.'

Ze ging naar haar kamer en was even later met haar rugzak terug.

Toen hij het alarm uitzette en de voordeur voor haar openmaakte, zei hij: 'Ik heb die mensen niet gedood.'

'Ik geloof je niet,' zei ze simpelweg. 'Maar ik stel het op prijs dat je mij niet hebt gedood. Ik heb al genoeg rottigheid aan mijn hoofd.'

Hij zag haar vlug over het grindpad lopen.

Robie ging zijn jas halen.

•22•

Robie zette een helm op, schoof het leren dek van de Honda-straatmotor, startte en reed de schuur uit. Hij zette de motor neer, deed de schuur op slot en stapte opnieuw op de zilverblauwe 600cc motor.
Hij bereikte de weg op tijd om Julie op de voorbank van een slee van een oude Mercury te zien stappen, bestuurd door een vrouw die met haar hoofd amper boven het stuur uit kwam.
Robie ging langzamer rijden en bleef ongeveer vijftig meter achter de Mercury. Het verbaasde hem niet dat de grote auto naar het benzinestation ging waarover hij Julie had verteld. Hij reed met grote snelheid voorbij, sloeg een zijweg in en keerde terug. Hij stopte en zette de motor uit. Hij keek door een opening in een heg langs de weg en zag Julie uitstappen en naar de telefooncel lopen. Ze drukte op drie toetsen.
Waarschijnlijk 411, dacht hij.
Ze deed een paar muntjes in de gleuf en koos een ander nummer.
Taxibedrijf.
Ze praatte, hing op, liep het benzinestation in, haalde de sleutel van het toilet op en liep de hoek om.
Ze zou op de taxi moeten wachten, en Robie ook.
Zijn telefoon ging. Hij keek naar het schermpje en hield zijn adem even in.
De nummerherkenning gaf aan dat het een 'blauw' gesprek was. Het kwam van de top van zijn dienst. Robie had nooit eerder zo'n telefoontje gekregen, maar hij kende het nummer uit zijn hoofd. Hij moest opnemen, maar dat wilde niet zeggen dat hij zou meewerken.
Hij drukte op de toets om op te nemen en zei: 'Je kunt niet nagaan waar ik ben. Dat weet je.'
'We moeten elkaar ontmoeten,' zei de man.
Het was niet zijn begeleider. Dat had Robie ook niet verwacht. Blauwe telefoontjes kwamen niet van veldbegeleiders.
'Ik heb vannacht al een ontmoeting gehad. Ik denk niet dat ik er nog een overleef.'
'Dit heeft voor jou geen gevolgen.'
Robie zei niets. Maar uit die stilte sprak hoe absurd die woorden waren.
'Je begeleider zat fout.'
'Goed om te weten. En toch heb ik de opdracht niet voltooid.'

'De informatie klopte ook niet.'
Robie zei niets. Hij vermoedde waar dit heen ging en wist niet of hij daar zelf ook heen wilde.
'De informatie klopte niet,' zei de man nogmaals. 'Het is een onfortuinlijk voorval geweest.'
'Onfortuinlijk? Het was de bedoeling dat die vrouw zou sterven. Ze was ook Amerikaans staatsburger.'
Nu was het de beurt van de andere man om te zwijgen.
'Ze werkte op het bureau van de inspecteur-generaal,' zei Robie. 'Er was mij verteld dat ze deel uitmaakte van een terroristische cel.'
'Het doet er niet toe wat jou is verteld. Het was jouw taak om de opdracht uit te voeren.'
'Ook als die verkeerd is?'
'Als die verkeerd is, is het niet jouw taak om daar iets aan te doen, maar de mijne.'
'En wie ben jij dan wel?'
'Je weet dat dit een blauw telefoontje is. Ik ben hoger dan je begeleider. Veel hoger. Daar moeten we het maar bij laten totdat we elkaar kunnen ontmoeten.'
Robie zag Julie van het toilet terugkomen en naar binnen gaan om de sleutel terug te brengen.
'Waarom moest ze sterven?'
'Luister, Robie, we kunnen de beslissing over jou nog veranderen. Wil je dat?'
'Ik denk niet dat het er iets toe doet wat ik wil.'
'Toch wel. We willen je niet kwijt. We zien je als een waardevolle medewerker.'
'Dank je. Waar is mijn begeleider?'
'Overgeplaatst.'
'Je bedoelt dat hij ook dood is?'
'Wij spelen die spelletjes niet, Robie. Dat weet je wel.'
'Blijkbaar weet ik helemaal niks.'
'De dingen zijn zoals ze zijn.'
'Maak jezelf dat maar wijs. Misschien ga je er nog eens in geloven.'
'We moeten de schade beperken, Robie. We moeten samenwerken.'
'Ik heb eigenlijk niet veel zin om ooit nog met jullie samen te werken.'
'Daar zul je overheen moeten stappen. Het is absoluut noodzakelijk dat je verdergaat.'
'Laten we dan verdergaan met het volgende. Heb je gisteravond iemand gestuurd om mij te doden? Een man met een geweer in een steegje? Die nu mijn schoenafdruk op zijn gezicht heeft? Die misschien zelfs nog bewusteloos in dat steegje ligt?'

‘Dat was niet iemand van ons. Dat kan ik je verzekeren. Vertel me precies waar het is gebeurd en we gaan het na.’

Robie geloofde hem niet, maar eigenlijk was het niet van belang. Hij vertelde de man waar het was gebeurd en liet het daarbij.

‘Wat wil je van me? Nog meer missies? Ik ben niet in de stemming. Straks moet ik van jullie nog een padvinder vermoorden.’

‘Er is een onderzoek ingesteld naar de dood van Jane Wind.’

‘Ja, vast wel.’

‘Onder leiding van de FBI.’

‘Uiteraard.’

‘We willen dat je namens onze dienst het contact met de FBI onderhoudt.’

Robie had veel scenario’s in zijn hoofd afgespeeld, maar dit had hij niet bedacht.

‘Dat meen je niet.’

Stilte.

‘Ik wil daar niets mee te maken hebben.’

‘We willen dat jij als verbindingsofficier optreedt. En we willen dat je het op onze voorwaarden speelt. Dat is van essentieel belang.’

‘Waarom zouden we voor deze zaak eigenlijk een verbindingsofficier nodig hebben?’

‘Omdat Jane Wind voor ons werkte.’

•23•

Ze spraken een plaats en tijd voor een ontmoeting af en Robie stopte langzaam zijn telefoon weg. Hij keek door de opening in de heg en zag de taxi bij het benzinestation aankomen. Julie kwam met een pakje sigaretten en een fles sap naar buiten.

Ze heeft een ID waarop staat dat ze achttien is. Anders had ze die sigaretten niet kunnen kopen.

Ze stapte in de taxi die meteen wegreed.

Robie reed ook de weg op en bleef ongeveer vijftig meter achter de taxi.

Hij was niet bang dat hij haar zou kwijtraken. Hij had een verteerbare biotransmitter in haar roerei gedaan. Die zou het vierentwintig uur doen en dan uit haar lichaam verdwijnen. Zijn trackingmonitor zat aan zijn pols vast. Hij keek ernaar en nam meer afstand van de taxi. Ze hoefde niet te merken dat ze werd gevolgd, niet als hij het niet hoefde te riskeren. Ze had al bewezen dat ze meer in de gaten had dan je normaal zou verwachten. Ze mocht dan jong zijn, hij moest haar niet onderschatten.

De taxi reed Interstate 66 richting Washington op.

Op dit uur was het druk op de weg. De ochtendspits vanuit het westen naar Washington was altijd een ramp. Je reed met de zon in je ogen, en dat deed je 's avonds weer, samen met duizenden andere chagrijnige forensen.

Op zijn motor kon Robie beter manoeuvreren dan met een auto, en hij kon de taxi ook goed in het oog houden. Die reed over de 66 de stad in, stak de Roosevelt Bridge over en sloeg op de splitsing rechts af om zo op Independence Avenue te komen. Algauw lieten ze het toeristische gedeelte van Washington achter zich en kwamen ze in minder fraaie wijken van de hoofdstad.

De taxi stopte bij een kruispunt met oude, halfvrijstaande huizen. Ze stapte uit, maar had blijkbaar tegen de taxichauffeur gezegd dat hij moest wachten. Ze liep de straat door en de taxi reed langzaam achter haar aan. Ze bleef bij een huis staan, haalde haar cameraatje tevoorschijn en maakte er foto's van. Ze maakte ook foto's van de omgeving en stapte toen weer in de taxi. Hij reed snel weg.

Robie onthield het adres van het huis en reed weer achter de taxi aan.

Ongeveer tien minuten later besefte Robie waar ze heen ging. Aan de ene kant kon hij het niet geloven, aan de andere kant wel.

Ze ging terug naar de plaats waar de bus was geëxplodeerd.

De taxi moest haar een paar straten bij haar bestemming vandaan afzetten, want de straten waren afgezet door de politie. Robie keek om zich heen en zag overal politie en FBI. De explosie had iedereen volkomen verrast. Robie kon zich voorstellen dat er door federale agenten in de stad heel wat maagtabletten werden geslikt.

Hij parkeerde zijn motor, zette zijn helm af en volgde haar te voet. Ze liep een huizenblok voor hem uit. Ze keek niet achterom. Dat vertrouwde hij niet, maar hij hield vol. Ze sloeg af en hij sloeg ook af. Ze sloeg opnieuw af, en dat deed hij ook. Ze waren nu in de straat waar de bus aan zijn eind was gekomen. Een blok verderop was de straat ook voor voetgangers afgesloten. De politie wilde niet dat mensen het sporenmateriaal verstoorden. Robie zag wat er van de bus was overgebleven, al was de politie bezig grote metalen frames met schermen neer te zetten om de ravage aan het oog van de omstanders te onttrekken. Robie keek naar de plek waar hij na de explosie was neergekomen. Hij wist nog steeds niet waar zijn pistool was. Dat was geen prettig idee. Hij keek omhoog naar de hoeken van de gebouwen. Zaten daar bewakingscamera's? Misschien op sommige verkeerslichten. Hij keek of er geldautomaten waren, die ingebouwde camera's hadden. Er was een bank aan de overkant. Die camera zou niet hebben vastgelegd dat Julie en hij uit de bus stapten, want daarvoor zat hij aan de verkeerde kant van de straat. Op dat moment wist niemand dat zij de enigen waren die de explosie hadden overleefd.

Hij zag een vrouw van achter in de dertig met een FBI-jack en dito pet. Donker haar, knap gezicht. Ze was ongeveer een meter vijfenzestig en slank, met de smalle heupen en brede schouders van een sportvrouw. Ze droeg FBI-schoenen met lage hakken, een zwarte broek en rubberhandschoenen. Haar badge en pistool hingen aan haar riem.

Robie zag zowel FBI-agenten als politieagenten met haar praten. Hij zag dat ze haar met respect bejegenden. Misschien had zij wel de leiding van dit alles. Hij trok zich in de schaduw van een portiek terug en bleef kijken, eerst naar de FBI-agente, toen naar Julie. Ten slotte draaide Julie zich om en liep bij de resten van de bus vandaan. Robie wachtte even en liep achter haar aan.

•24•

Julie liep naar een goedkoop hotel dat tussen twee leegstaande gebouwen in stond. Ze ging naar binnen.
Robie zette zijn motor aan de kant en keek door een raam van het hotel. Ze nam een kamer en gebruikte daarvoor een creditcard. Hij vroeg zich af op wiens naam die kaart stond. Als hij van haarzelf was, kwam hij in het betalingssysteem terecht en zou haar achtervolger te weten komen waar ze was.
Even later stapte ze in de lift. Robie verliet zijn positie, maar hij was nog niet klaar met haar. Hij ging het hotel binnen en liep naar de balie. De receptionist was oud en zag eruit alsof hij liever asfalt goot in augustus dan achter die balie te staan.
Robie zei: 'Mijn dochter heeft zich hier net ingeschreven. Ik heb haar afgezet voor een stage op het Capitool. Ik wilde dat ze haar American Express-kaart gebruikte, want de kaart die ik haar heb gegeven, is niet veilig meer, maar ik denk dat ze dat is vergeten. Ik probeerde haar te bellen, maar volgens mij heeft ze haar telefoon uitgezet.'
De oude man keek geïrriteerd. 'Ze is net aangekomen. Waarom vraagt u het haar zelf niet?'
'Welke kamer heeft ze?'
De oude man glimlachte. 'Die informatie mag ik niet verstrekken. Dat is privé.'
Robie keek met gepaste ergernis, zoals iedere vader zou kijken. 'Kunt u me niet uit de brand helpen? Het laatste waar ik behoefte aan heb, is dat een of andere cybergriezel mijn krediet verpest doordat mijn dochter de verkeerde kaart gebruikt.'
De man keek in de gegevens die voor hem lagen. 'Dat is anders een hele toer.'
Robie slaakte een diepe zucht en haalde zijn portefeuille tevoorschijn. Hij haalde er een twintigje uit. 'Zou dit helpen?'
'Nee, maar twee van die briefjes wel.'
Robie haalde een tweede twintigje tevoorschijn en de man griste ze uit zijn hand.
'Oké. De creditcard die ze heeft gebruikt, was een Visa. Hij staat op naam van Gerald Dixon.'
'Dat weet ik. Ik bén Gerald Dixon. Nou, ik heb twee Visa-kaarten. Mag ik de nummers zien?'

'Dat mag, voor nog een twintigje.'
Zichtbaar geërgerd deed Robie wat de man wilde. Hij keek naar de kaart en prentte de nummers in zijn hoofd. Gerald Dixon was nu van hem.
'Geweldig,' zei Robie. 'Dat is de onveilige kaart.'
'Ik heb hem al ingevoerd, beste man. Ik kan er niets meer aan doen,' voegde de man er met leedvermaak aan toe.
'Je wordt bedankt,' zei Robie.
Hij draaide zich om en ging weg. Hij zou erachter komen wie Gerald Dixon was, maar hij moest ervan uitgaan dat Julie voorlopig veilig was. Nu moest hij verder.
Hij reed naar zijn appartement en controleerde de voor- en achterkant van het gebouw voordat hij naar binnen ging. Hij nam de trap in plaats van de lift. Hij kwam niemand tegen. Op dit uur van de dag was iedereen aan het werk. Hij maakte de deur van zijn appartement open en stak zijn hoofd naar binnen. Alles was zoals hij het had achtergelaten.
Hij deed er vijf minuten over om te constateren dat er niemand in het appartement was geweest. Hij gebruikte kleine trucjes – een stukje papier tussen een deur, een draadje dat brak als een lade werd geopend – om te kunnen nagaan of er iemand had ingebroken en het appartement had doorzocht. Dat was niet het geval.
Hij trok een katoenen broek, een colbertje en een wit overhemd aan en maakte een muurkluis open die zich achter een kast met zijn tv bevond. Daar lag zijn badge in. Hij had hem een hele tijd niet gebruikt. Hij stopte hem in zijn colbertje en verliet het appartement.
Op aandringen van Robie zou de ontmoeting op een openbare locatie plaatsvinden.
Het Hay-Adams-hotel bevond zich tegenover Lafayette Park, dat aan de andere kant tegenover Pennsylvania Avenue lag. Het best beschermde stukje grond ter wereld. Robie nam aan dat het zelfs voor zijn dienst moeilijk zou zijn daar iemand straffeloos te vermoorden.
Ze hadden afgesproken in Jefferson Room, een duur restaurant dicht bij de hotellobby. Robie kwam wat eerder om te zien of er iemand vóór hem was gearriveerd.
Toen wachtte hij. Een minuut voor de afgesproken tijd kwam er een man van in de zestig binnen. Geen al te duur pak, rode das, glanzende confectieschoenen, de houding en ernst van iemand die zijn leven lang in dienst van de overheid was geweest en veel meer macht dan rijkdom had verworven. Hij had twee lange jongemannen bij zich.
Lijfwachten. Aan de bulten op hun borst was te zien dat ze wapens droegen, en

aan de dopjes in hun oren met draden die daarheen leidden dat ze met anderen in verbinding stonden.

Ze volgden hem de Jefferson Room in, maar gingen niet bij hem zitten. Ze namen positie in aan de zijkant van het restaurant en overzagen van daaruit de ruimte, bedacht op bedreigingen. Ze lieten de man niet in het gezichtsveld van een raam zitten.

Een van de mannen haalde een plat apparaatje tevoorschijn en legde dat op de piano die in een hoek van het restaurant stond. Hij zette het aan. Er kwam een zoemend geluid uit.

Witte ruis met een scrambler, wist Robie, want hij had zelf ook weleens zo'n apparaatje gebruikt. *Als hier ergens afluisterapparatuur is, wordt de opname onverstaanbaar.*

Nu pas kwam Robie tevoorschijn. Hij liet zich zien, maar kwam niet dichterbij, totdat de oudere man hem zag en knikte. Dat was voor de lijfwachten het teken dat Robie degene was met wie hij de ontmoeting had.

Hoewel het lunchtijd was, was er verder niemand in het restaurant. Dat was geen toeval, wist Robie. Het bedienend personeel was nergens te zien. Het restaurant was in feite gesloten. Als Robie honger had, zou hij na afloop moeten lunchen. Hij geloofde niet dat eten op de agenda stond.

Robie ging schuin tegenover de man zitten, ook met zijn rug tegen een muur.

'Fijn dat je kon komen,' zei de man.

'Heb je ook een naam?'

'Zeg maar Blauwe Man.'

'Je badge, Blauw, voor alle zekerheid.'

De man stak zijn hand in zijn zak en liet Robie de badge zien, evenals zijn ID met de foto, maar niet de naam.

De man zat hoog in de dienst. Veel hoger dan Robie had verwacht.

'Oké, laten we praten. Jane Wind? Je zei dat ze een van ons was. Ik heb haar ID gezien. Ze werkt voor de DCIS. Defense Criminal Investigative Service.'

'Heb je haar paspoort ook gezien?'

'Trips naar het Midden-Oosten en Duitsland. Maar de DCIS heeft in al die landen kantoren.'

'Daarom was het een perfecte dekmantel.'

'Was ze juriste?'

'Ja, maar ze was meer dan dat.'

'Wat deed ze precies voor jullie?'

'Je weet dat je niet bevoegd bent om dat te weten.'

'Waarom heb je me hier dan uitgenodigd?'

'Ik zei dat je niet bevoegd wás. Ik maak je nu officieel bevoegd.'

'Oké.'
'Maar eerst moet ik weten wat er vannacht precies is gebeurd.'
Robie vertelde het hem. Het leek hem dom om in dit stadium iets achter te houden. Maar hij zei niets over Julie of de geëxplodeerde bus, want hij vond dat dat er los van stond.
Blauwe Man leunde achterover en nam alle informatie in zich op. Hij verbrak de stilte niet, en Robie deed dat evenmin. Hij nam aan dat Blauwe Man hem meer te vertellen had dan hijzelf had weggelaten.
'Agent Wind heeft jarenlang in het veld geopereerd. Zoals ik al zei, ze was een goede agente. Toen ze haar kinderen had gekregen, werd ze overgeplaatst naar het bureau van de inspecteur-generaal op het ministerie van Defensie, maar ze werkte nog nauw samen met alle afdelingen van de DCIS. En natuurlijk bleef ze ook nog voor ons werken.'
'Waarom werd er dan ten onrechte een moordenaar op haar af gestuurd?' vroeg Robie. 'En hoe kan zoiets eigenlijk gebeuren? Ik weet dat we clandestien zijn, maar we maken ook deel uit van een organisatie waarin alle voors en tegens tegen elkaar worden afgewogen.'
'Miljarden dollars van financiële instellingen gaan verloren door handelaren die het niet zo nauw nemen. En die organisaties zijn groter en beter gefinancierd dan wij. Toch gebeurt het. Als iemand, of waarschijnlijker een aantal mensen, zijn zinnen op iets heeft gezet, kunnen ze het onmogelijke tot stand brengen.'
'Ik zag haar die nacht het gebouw binnengaan. Ze had geen kinderen bij zich.'
'Blijkbaar waren die bij een oppas die ze al eerder heeft gevraagd en die in het gebouw woont. Die oppas bracht ze naar het appartement toen agente Wind thuiskwam.'
'Oké. Waar is Wind op gestuit en waarom werd dat haar dood?'
Blauwe Man keek verbaasd. 'Hoe weet je dat ze op iets is gestúít?'
'Ze zat met twee kleine kinderen in een goedkope woning. Er lagen juridische papieren op haar tafel in de huiskamer. Je mag geen geheim materiaal mee naar huis nemen en laten rondslingeren. Haar werk was dus niet geheim. Volgens haar paspoort heeft ze twee jaar geleden voor het laatst een buitenlandse reis gemaakt. Je zei dat ze geen veldagente was, in elk geval niet meer. Haar jongste kind was nog geen jaar oud. Waarschijnlijk is ze daardoor uit het veld teruggehaald. Toch werkte ze weer aan iets, waarschijnlijk iets wat als een routinezaak werd beschouwd. Ze ontdekte iets. Daarom werd er een moordenaar op haar af gestuurd. Ik betwijfel of het rechtstreeks met haar werk te maken had.'
Blauwe Man nam dat in zich op en knikte goedkeurend. 'Je analyseert goed, Robie. Ik ben onder de indruk.'
'En ik zit vol vragen. Weten jullie waarop ze gestuit was?'

'Nee. Dat weten we niet. Maar net als jij denken we dat het niet met haar officiële functie te maken had.'
'Waarom wil je dat ik als verbindingsofficier met de FBI ga fungeren? Dat is een groot risico, vooral wanneer ze ontdekken wat ik de afgelopen twaalf jaar heb gedaan.'
'Dat ontdekken ze niet.'
'Zoals je zei: één persoon of een aantal mensen kan, mits vastbesloten genoeg, het onmogelijke tot stand brengen.'
'Vertel me jouw theorie dan maar.'
'Iemand ontdekte dat ze op iets was gestuit en verlinkte haar. We hebben een mol aan onze kant. Dat blijkt uit wat mijn begeleider en anderen hebben gedaan. En dus werd de moordaanslag gepleegd. Ze waren er niet zeker van dat ik de trekker zou overhalen en hadden dus iemand achter de hand. Die vond het geen punt om het kind en zijn moeder overhoop te schieten. En je zei dat mijn begeleider is overgeplaatst. Dat was een leugen. Ik heb geen zin in je leugens.'
'Waarom denk je dat het een leugen was?'
'Hij gaf mij opdracht Wind te doden. Je zei dat hij dat op eigen houtje deed. Hij is dus een verrader. Jullie plaatsen verraders niet over. Als jullie hem in hechtenis hadden, zou je mij niet nodig hebben om je te vertellen wat er gebeurd is en om daar theorieën op los te laten. Dat betekent dat de begeleider is verdwenen. Net als degenen met wie hij samenwerkte. Over hoeveel mensen hebben we het?'
Blauwe Man zuchtte. 'We denken dat er minstens drie anderen in de keten zitten, maar het kunnen er meer zijn.'
Robie keek hem alleen maar aan.
Blauwe Man sloeg zijn ogen neer, speelde met een verzilverde lepel op het smetteloos witte linnen tafellaken. 'Het is in elk geval niet goed.'
'Het understatement van het jaar. Wat wil je precies van mij?'
'We moeten het onderzoek ongemerkt volgen. Je wordt dan ook officieel agent van de DCIS, maar in werkelijkheid rapporteer je aan mij. We geven je alle dekking en papieren die je nodig hebt. Die worden op dit moment in je appartement gelegd.'
Robies gezicht betrok. 'Je zegt dat er minstens vier verraders zijn. Als er nu eens meer zijn? En als een van hen nu eens op dit moment bij mij thuis is?'
'Deze agenten komen uit een heel andere divisie. Ze hebben geen contact gehad met je begeleider. Hun loyaliteit is boven elke twijfel verheven.'
'Juist. Sorry, maar dat is onzin, neem me niet kwalijk.'
'Op een gegeven moment moet je mensen vertrouwen, Robie.'
'Nee, dat doe ik niet. Gaat iedereen ermee akkoord dat ik aan de jacht meedoe?'

'De DCIS doet mee. Wil je met de nationale veiligheidsadviseur praten? Of de adjunct-directeur van de CIA?'

'Op dit moment zou het voor mij niet uitmaken wat ze zeiden. Maar waarom ik?'

'Ironisch genoeg omdat je de trekker niet hebt overgehaald. We vertrouwen erop dat je de juiste beslissingen zult nemen, Robie. Er zijn er niet veel van wie ik dat op dit moment kan zeggen.'

Robie had gedacht aan een andere mogelijke reden waarom ze hem erbij wilden halen.

Ik was erbij. Dat betekent dat ik de perfecte zondebok ben als dit verkeerd gaat.

Maar hij zei: 'Goed dan.'

Hij had er een eenvoudige reden voor. Hij werkte liever zelf aan de zaak om zelf voor een oplossing en gerechtigheid te zorgen, dan dat hij wachtte tot iemand anders het deed en alles, inclusief hem, misschien onherstelbare schade aanrichtte.

Als ik naar de bliksem ga, dan doe ik dat zelf.

Blauwe Man stond op en stak zijn hand uit. 'Dank je. En veel geluk ermee.'

Robie schudde zijn hand niet. 'Het is bijna nooit een kwestie van geluk. Dat weet je net zo goed als ik.' Hij draaide zich om en liep het Hay-Adams uit, terug naar een wereld die een beetje vreemder en een beetje afschrikwekkender leek dan voordat hij naar binnen was gelopen.

•25•

Toen Robie in zijn appartement terugkwam, lag alles daar op hem te wachten. Dat was niet echt geruststellend.

Al mijn draadjes en papiertjes zitten nog op hun plaats.

Hij bekeek het dossier, de papieren en zijn achtergrondinformatie.

Hij moest zich deze zaak zo snel mogelijk eigen maken. Maar als je een zaak als deze overhaast aanpakte, kon je fouten maken.

En dat gebeurt waarschijnlijk ook.

En dan kwam het erop aan hoe snel de steun van Blauwe Man zou wegvallen.

Sneller dan de politieke en financiële ondersteuning van een kandidaat met kelderende cijfers in de peilingen.

Zo ging dat in Washington.

Op alle papieren werd de naam Will Robie vermeld. Voor zo'n opdracht was ironisch genoeg zijn echte naam het veiligst.

Robie pakte zijn badge en ID's op en stopte ze in zijn jasje. Er lagen ook een nieuwe Glock G20 en een schouderholster op hem te wachten. Hij was blij dat hij zich van het .38 pistooltje kon ontdoen. Hij hing de holster om zijn schouder en maakte de knopen van zijn jasje dicht.

Op weg naar buiten keek Robie door de gang en zag Annie Lambert haar deur openmaken. Ze draaide zich naar hem om. Ze droeg een zwart mantelpakje, sneakers en witte enkelsokjes.

'Hallo, Will,' zei ze.

'Meestal zie ik je hier niet midden op de dag,' zei hij.

'Ik was iets vergeten. Ik kon het pas onder lunchtijd komen halen. Waarom ben je zo netjes aangekleed?'

'Ik had een bespreking. Hoe ging het chillen?'

'Wat? O, dat ging goed.'

Het onderzoek dat na haar contact met Robie naar Lambert was ingesteld, had niets opgeleverd. Dat was niet verrassend. Als je op het Witte Huis werkte, moest je brandschoon zijn.

'Sorry dat ik zo abrupt wegging,' zei hij. 'Ik was moe.'

'Geen probleem. Ik was dat ook.' Ze aarzelde en voegde er zachtjes aan toe: 'Maar misschien kunnen we inderdaad een keer samen iets gaan drinken.'

'Ja, misschien wel,' zei Robie, die dacht aan wat hem te wachten stond.

'Oké,' zei ze onzeker.

Hij wilde weglopen, maar bleef staan, want hij besefte dat hij zich weer kortaf tegen haar gedroeg. Hij keek haar aan. 'Ik vind het een leuk aanbod, Annie. Echt waar. En ik wil graag iets met je drinken.'
Ze klaarde meteen op. 'Leuk.'
'En binnenkort,' zei hij. 'Heel binnenkort.'
'Hoezo? Moet je ergens naartoe?' vroeg ze.
'Nee. Maar ik wilde wat vaker uitgaan. En dat zou ik graag met jou doen.'
Haar glimlach werd breder. 'Oké, Will. Je weet waar ik woon.'
Hij liep weg en vroeg zich af waarom hij opeens zo gecharmeerd was van die jonge vrouw. Ze was mooi en duidelijk ook intelligent, en misschien viel ze op hem, maar voorheen had dat voor Robie geen verschil gemaakt. Hij draaide zich om en keek naar haar appartement. Ze was naar binnen gegaan, maar hij stelde zich voor hoe ze daar in het mantelpakje en op haar sneakers stond. Hij glimlachte.
Robie reed met zijn Audi naar de plaats van het misdrijf. Met zijn papieren kon hij binnen de afgezette zone parkeren. Onderweg kwam hij langs het hotel waar Julie een kamer had, en hij had op zijn trackingmonitor gekeken. Ze was daar nog.
Toen hij naar de ingang van het appartementengebouw liep, voelde hij zich absoluut niet op zijn gemak. Hij zou meewerken aan het onderzoek naar een moord waar hij zelf bij was geweest.
Er stond een groep rechercheurs en politieagenten in de hal van het gebouw. Robie liep naar hen toe om zich voor te stellen aan de mensen die het onderzoek leidden. De groep maakte plaats toen hij naar ze toe liep. In hun midden stond dezelfde FBI-agente die hij bij de uitgebrande bus had gezien.
Ze kwam met een onderzoekende blik naar hem toe.
Hij haalde zijn papieren tevoorschijn, liet eerst zijn badge en toen zijn ID zien. Zij liet op haar beurt hem haar papieren zien. Daarop stond dat ze FBI-agent Nicole Vance was.
'Agent Robie, welkom bij de show. Ik heb een paar vragen voor je,' zei ze.
'Ik verheug me erop samen met jou aan deze zaak te werken, agent Vance.'
Ze zei: 'Ik ben door mijn chef over jou gebeld. We betrekken je bij de zaak, maar alleen voor achtergrondinformatie over de overledenen en eventuele andere informatie die ons kan helpen bij de oplossing van de zaak. Maar de FBI heeft de leiding. Met andere woorden: ík heb de leiding.'
'Ik had niet anders gedacht,' zei Robie soepel.
Vance keek nog eens goed naar hem. 'Oké,' zei ze behoedzaam. 'Zolang dat maar duidelijk is.'
'Waar kan ik mee helpen?'

‘Alles wat je ons over het slachtoffer kunt vertellen.’
Robie haalde een USB-stick uit de zak van zijn jasje. ‘Hier staat het bestand met haar officiële gegevens op.’
Ze pakte de USB-stick aan en gaf hem aan een van haar mensen. ‘Laat deze zo snel mogelijk uitlezen en samenvatten.’
Ze keek Robie weer aan. ‘We wilden net nog een keer naar de plaats delict gaan. Wil je mee?’
‘Graag. Mijn superieuren willen dat ik waar voor mijn geld lever.’
Die woorden leverden hem een glimlach op. ‘Ik denk dat alle federale diensten op dezelfde manier werken,’ zei ze.
‘Misschien wel.’
Toen ze naar de lift liepen, zei Vance: ‘Heb je van die busexplosie gehoord?’
‘Ik zag het op het nieuws,’ zei Robie. ‘Ik heb begrepen dat de FBI dat ook onderzoekt.’
‘Om precies te zijn: dat doe ik.’
‘Je hebt het maar druk,’ merkte hij op.
‘Misschien is er een goede reden om die twee onderzoeken met elkaar te combineren.’
‘Waarom?’
‘We hebben een pistool gevonden op de plaats waar de bus is ontploft.’
Robie bleef recht voor zich uit kijken, al ging zijn hart sneller slaan.
‘Een pistool?’ zei hij.
‘Ja. En we hebben ballistisch onderzoek laten doen. De Glock die we hebben gevonden past bij een kogel in de vloer van het appartement van de overledenen. Daarom denk ik dat die twee zaken met elkaar in verband staan. We moeten er nu nog achter komen hoe het zit.’
‘Misschien heeft de moordenaar het pistool alleen maar weggegooid toen hij op de vlucht was. Het kan toeval zijn dat het in de buurt van de bus is gevonden.’
‘Ik geloof niet in toeval. In elk geval niet in dat soort toeval.’
Toen ze uit de lift stapten en naar het appartement liepen waar twee mensen vlak voor Robies neus waren vermoord, streek Robie ondanks de koele lucht een zweetdruppel van zijn voorhoofd.
Hij had liever met honderd megalomane Saoedische prinsen en bloeddorstige drugsbaronnen te maken dan met dit.

26

Het appartement was veranderd sinds Robie daar was geweest. De politie deed een grondig forensisch onderzoek, en overal in de kleine ruimte waren vingerafdrukkenpoeder, merktekens en flitsende 35mm-camera's te zien.

Robie keek naar een afgesloten kistje met bewijsmateriaal op de tafel van multiplex.

'Zijn dat de papieren van agent Winds werk? Haar laptop?'

Vance knikte. 'Ja. We hebben alles afgesloten totdat jouw dienst ernaar heeft gekeken. Ik ben voor alles bevoegd, maar ik wilde niet op jullie tenen trappen.'

'Dat stel ik op prijs.'

'Maar we moeten wel op de hoogte worden gesteld. Als er iets in die papieren en bestanden staat waardoor ze is vermoord, moet de FBI het weten.'

'Begrepen. Ik kan er vandaag naar kijken, en dan word je later op de hoogte gesteld.'

Vance glimlachte behoedzaam. 'Ik heb nooit een verbindingsofficier meegemaakt die zo coöperatief was. Je verwent me nog.'

'Ik zal mijn best doen,' zei Robie.

Totdat ik niet meer zo goed meewerk, dacht hij.

'Er zaten forceersporen op het slot van de voordeur,' zei Vance. 'Ze waren subtiel, dus afkomstig van iemand die wist wat hij deed. Kom mee.'

Ze liepen de slaapkamer in.

Robie keek om zich heen. De lichamen waren verwijderd, maar voor zijn geestesoog zag hij ze nog op het bed liggen, hun hoofden verpulverd.

'Wind en haar zoon Jacob zijn op het bed aangetroffen. Ze hield hem in haar armen. Ze zijn samen door één schot gedood.' Ze wees naar het verbrijzelde raam. 'We zijn de baan van de kogel nagegaan. Het schot kwam van dat flatgebouw op meer dan driehonderd meter afstand. We zoeken nog naar de exacte kamer. Het gebouw staat leeg, dus ik denk niet dat iemand iets heeft gezien. Toch gaan we het na. Als we geluk hebben, heeft de schutter iets achtergelaten.'

Reken daar maar niet op, dacht Robie.

'Maar je zei dat je een Glock-patroon in de vloer hebt gevonden. Hoe valt dat te rijmen met een afstandsschot? Ze zijn niet door een pistoolkogel gedood. Het moet een geweerkogel zijn geweest.'

'Dat weet ik. Dat maakt het zo vreemd. Als ik moest speculeren, zou ik zeggen dat er twee mensen bij betrokken waren. De persoon die vannacht in deze kamer was, heeft in het bed geschoten. De kogel ging erdoorheen en bleef in de vloer zitten. Die kogel past bij het pistool dat we onder een auto bij de uitgebrande bus hebben gevonden. Maar het dodelijke schot kwam door het raam, trof Jacob, ging door zijn hoofd heen en trof toen zijn moeder. Ze waren allebei op slag dood. Tenminste, dat zei de patholoog-anatoom.'

Robie herinnerde zich de uitdrukking op Jane Winds gezicht en vroeg zich af of ze echt wel op slag dood was geweest.

'Dus twee schutters? Dat begrijp ik niet,' zei hij.

'Ik begrijp het ook niet,' zei Vance. 'Maar dat komt doordat we niet genoeg feiten hebben. Als we daar maar genoeg van verzamelen, gaan we het wel begrijpen.'

'Fijn dat je zo optimistisch bent.' Robie ging voor het bed staan, bijna op de exacte plaats waar hij ook had gestaan toen hij de vorige avond zijn schot had gelost. 'Dus de schutter, die vermoedelijk in het appartement had ingebroken, schoot in het bed. Waar is de kogel gevonden?'

Vance liet een van haar forensische mensen het bed verschuiven. Robie zag het merkteken bij een gaatje in de houten vloer.

Robie hield een denkbeeldig pistool omhoog. Hij mikte en kromde zijn vinger terwijl Vance toekeek.

'Hij moet ongeveer hier hebben gestaan,' zei Robie, die dat natuurlijk zeker wist. 'De matras en boxspring zijn dun. Ik denk niet dat ze de kogel veel van richting hebben laten veranderen, niet op zo'n korte afstand.'

'Dat dacht ik ook,' zei Vance.

'Geen andere verwondingen op de lichamen? De kogel die in de matras is geschoten, heeft hen niet geraakt?'

'Nee. Er zitten geen menselijke resten op en de slachtoffers hebben geen andere verwondingen.'

'Waarom schoot hij dan in de matras? Om hun aandacht te trekken?'

'Misschien,' zei Vance.

'Waren ze wakker toen ze werden doodgeschoten?'

'Daar ziet het naar uit. Uit de manier waarop ze op het bed zijn neergevallen leid ik af dat ze wakker waren toen ze gedood werden.'

'Dus hij schiet, maar raakt hen niet. Dat deed hij om hun aandacht te trekken, of misschien om ze stil te krijgen. Heeft iemand geschreeuw gehoord?'

Vance zuchtte. 'Het is bijna niet te geloven, maar de enige op deze verdieping die hier vannacht aanwezig was, is een oude vrouw die doof en blind is. Natuurlijk heeft ze niets gehoord. De enige andere bewoner van deze verdieping werkte vannacht in Maryland. De appartementen hierboven en hieronder staan leeg.'

O, dat geloof ik best, hoor, dacht Robie.
'Maar de kogel van buiten heeft ze gedood,' zei hij. Hij liep naar het gebroken raam en bekeek het. Hij keek naar buiten, voorbij het gebouw dat hij de vorige nacht niet kon zien. Het steegje lag beneden. Het was de bedoeling geweest dat hij daarlangs zou wegvluchten. Er stonden huizen tussen de twee flatgebouwen, maar die hadden allemaal maar één verdieping. De schutter had een onbelemmerd zicht op de kamer gehad.
'Oké, dus een schutter binnen. Een schutter buiten. De schutter binnen schiet in het bed. De schutter buiten doodt agent Wind en haar zoon.' Hij keek Vance weer aan. 'Wind had twee zoons.'
'Dat is het andere raadsel. Haar andere zoon is nog geen jaar oud. Hij heet trouwens Tyler. Hij is door een vrouw op de tweede verdieping gevonden.'
'Hoe gevonden?'
'Het is raar, Robie. Kort nadat de Winds waren gedood, klopte iemand op haar deur. Tenminste, als we mogen afgaan op het voorlopige tijdstip van overlijden dat de patholoog-anatoom ons heeft gegeven. De vrouw deed open en daar lag Tyler in zijn reiswieg te slapen. Ze herkende hem als Winds zoon, probeerde haar te bellen en ging toen naar haar appartement. Daar deed niemand open, en dus belde ze de politie. Toen werden de lijken ontdekt.'
'Heb je daar een theorie voor?'
Ze schudde haar hoofd. 'Ik weet dat het ongeloofwaardig klinkt, maar het zou kunnen dat degene die bij Wind had ingebroken het kind daarheen heeft gebracht.'
'Waarom?'
'Waarom zou je een baby doden? Die kan niet tegen je getuigen.'
'Ze vonden het anders geen probleem om die andere zoon te doden,' wierp Robie tegen.
'Daar heb ik over nagedacht. Kijk eens naar het gat in het raam en kijk dan naar het bed. Als Wind haar andere zoon had opgepakt, misschien om hem tegen de indringer te beschermen, zal hij aan haar linkerkant zijn geweest – met andere woorden, aan de kant van het raam.'
Robie maakte de redenering voor haar af. 'De schutter lost een schot, eigenlijk alleen om Wind te raken, maar het schot raakt het kind eerst en daarna haar. Misschien was hij van plan beiden te doden, of wilde hij in elk geval Wind doden en lag het kind gewoon in de weg.'
'Zo zie ik het ook,' beaamde Vance. 'Dat roept een interessante mogelijkheid op.'
'Welke?'
'Wat zeg je van deze theorie? De indringer komt binnen, een doodgewone in-

breker. Hij wil Wind en haar zoon niet wakker maken, maar op de een of andere manier gebeurt dat toch. Hij schiet een keer in het bed om ze stil te houden. Tegelijk richt een schutter – uiteraard zonder dat de inbreker of Wind het weet – op exact hetzelfde moment zijn geweer op haar vanuit dat andere gebouw. Hij schiet en doodt haar en haar zoon. De indringer is diep geschokt. Misschien duikt hij weg, bang dat hij het volgende slachtoffer wordt. Hij ziet het andere kind in de reisweg, pakt het op, en als hij op de vlucht slaat, laat hij het bij een ander appartement achter. En dan gaat hij ervandoor.'

'Ik dacht dat je niet in toeval geloofde,' zei Robie.

Ze glimlachte zwakjes. 'Ik weet het. Het is wel verschrikkelijk toevallig, hè?'

En zo is het ook precies gegaan, dacht Robie.

•27•

Ze waren in het andere gebouw, waar het dodelijke schot vandaan was gekomen. Het was leeg en vuil en lag vol rommel. Je kwam er met gemak binnen. Met andere woorden: ideaal voor een schutter.

Robie en Vance hadden verschillende kamers bekeken die door de schutter gebruikt konden zijn. Toen ze in de vijfde kamer kwamen, zei Robie: 'Hier is 't.'

Vance bleef met haar handen op haar heupen staan en keek hem aan. 'Waarom?'

Robie liep naar een van de ramen. 'Het raam staat een klein beetje open. Dat was met geen van de andere ramen het geval. En je kunt in een rechte lijn naar de kamer met de slachtoffers kijken.' Hij wees op de vensterbank. 'En het stof is verstoord. Kijk maar naar het patroon. Een spoor van een geweerloop.' Hij wees naar een donkere vlek ter grootte van een muntje een eindje verder op de vensterbank. 'Kruitresten.' Hij keek naar de betonnen vloer. 'Knieafdrukken in het stof. Hij liet zijn geweer op de vensterbank rusten, mikte op het raam aan de overkant en loste zijn schot.'

Hij knielde neer, haalde zijn pistool tevoorschijn en mikte door het raam. Hij richtte de korrel van het pistool op het raam met het gat erin. 'Er zit verlichting op dat hogere gebouw tegenover dat van Wind. 's Nachts zal die verlichting branden. Een schutter zou er recht tegenin kijken, en dan is het niet eenvoudig om op de derde verdieping daar te mikken. Behalve vanaf deze plek. Van hieruit is de invalshoek perfect.' Hij stond op en stopte zijn pistool weg. 'Dit is het.'

Vance was onder de indruk. 'Heb je bij de commando's gezeten of zoiets?'

'Als dat zo was, zou ik het je niet mogen vertellen.'

'Kom nou. Ik ken een heleboel vroegere Delta's en SEAL's.'

'Ongetwijfeld.'

Ze keek uit het raam. 'Ik ken ook mensen bij de DCIS. Ik heb ze over je ge-sms't. Ze hebben daar nooit van jou gehoord.'

'Ik ben net terug uit het buitenland,' zei Robie, die overging op het verhaal dat ze voor hem hadden verzonnen. 'Als je me echt wilt natrekken, bel dan naar de DCIS. Ik kan je de contactinfo van mijn directe chef geven.'

'Oké, dat zal ik doen,' zei ze. 'Dus mijn theorie van de inbreker en de afzonderlijke schutter ziet er goed uit. Ik kan me niet voorstellen dat de man die vannacht in het appartement was wist dat hier een schutter zat.'

Dat klopt. Dat wist ik niet, dacht Robie.

Vance ging verder: 'Maar nu rijst de vraag: waarom zouden ze Wind vermoorden? Wat deed ze momenteel voor jullie? Dat moet ik weten.'
'Ik zal het aan mijn mensen vragen. Maar misschien was ze ergens op gestuit.'
'Op gestuit? Hoe zou dat iets kunnen verklaren?'
'Ik zeg ook niet dat het zo is. Ik zeg alleen dat we er rekening mee moeten houden. Dat ze voor de DCIS werkte, wil nog niet zeggen dat ze daarom is vermoord.'
'Oké. Toch moet je het me maar niet kwalijk nemen dat ik er voorlopig van uitga dat haar dood iets met haar werk te maken had.'
'Dat is je goed recht,' zei Robie. 'Is haar ex al in kennis gesteld?'
'Daar wordt aan gewerkt. Haar zoon is naar maatschappelijk werk gebracht.'
'Wat doet haar ex-man?'
'Weet je dat niet?' zei ze verbaasd.
'Nee, niet zonder in het dossier te kijken. Ik ben net op deze zaak gezet, agent Vance. Ik kan nog niet alles weten.'
'Oké, sorry. Rick Wind. Hij is militair geweest, maar doet tegenwoordig ander werk. We zijn bezig hem op te sporen.'
'Bezig hem op te sporen? Hij moet het nieuws hebben gezien. Hij had jullie al moeten bellen.'
'Geloof me, Robie, daar heb ik aan gedacht.'
'Heb je zijn huisadres?'
'In Maryland. Mijn agenten zijn daar al geweest. Het huis staat leeg.'
'Je zei dat hij werk heeft. Waar werkt hij dan?'
'Hij heeft een pandjeshuis in het noordoosten van de stad. Aan Bladensburg Road. Het heet de Premium Pawnshop. Niet het beste deel van de stad, maar je ziet meestal ook geen pandjeshuizen naast het Ritz Hotel, hè?'
'De Premium Pawnshop? Een pakkende naam. Heeft iemand geprobeerd hem daar te bereiken?'
'Daar is ook niemand. Alles zit op slot.'
'Waar is hij dan?'
'Als ik dat wist, zou ik het je hebben verteld.'
'Als hij niet thuis is, en niet op zijn werk, en hij heeft de politie niet gebeld, dan zijn er nog maar een paar mogelijkheden.'
'Hij kijkt geen tv, luistert niet naar de radio of heeft geen vrienden. Of hij heeft zijn aanstaande ex-vrouw en kind vermoord en is op de vlucht. Of anders is hij ook dood.'
'Ja. Maar denk je nou echt dat hij zijn ex en zijn kind heeft vermoord met een scherpschuttersgeweer? Dat soort huiselijke problemen wordt meestal op een meer persoonlijke manier afgehandeld.'
'Nou, hij heeft in het leger gezeten. En ze lágen in scheiding.'

'Ze zijn dus niet als vrienden uit elkaar gegaan?'
'Dat weet ik niet. Dat ben ik aan het uitzoeken. Misschien kun jij ons daarmee helpen. Per slot van rekening werkte ze voor jouw dienst.'
Hij ging daar niet op in. 'Weet je of Jane Wind hier in de buurt familie heeft?'
Ze keek hem vragend aan. 'Weet je zeker dat jullie beiden voor dezelfde dienst werken?'
'Het is een grote dienst.'
'Niet zo groot. De FBI is veel groter.'
'De FBI is veel groter dan zo ongeveer alles. Nou, familie in de buurt?'
'Nee. Haar man blijkbaar ook niet. We kunnen tenminste niemand vinden. Maar ik werk nog geen acht uur aan deze zaak.'
'Hebben jullie zijn huis en het pandjeshuis doorzocht?' vroeg Robie.
'Zijn huis wel. Daar hebben we niets gevonden wat ons verder helpt. Nu is het pandjeshuis aan de beurt. Wil je mee?'
'Absoluut.'

•28•

De dienstwagens stopten voor de Premium Pawnshop. Robie en Vance stapten uit de eerste en twee andere FBI-agenten uit de tweede auto. Er zaten tralies voor de voordeur en de ramen van het pandjeshuis, en er zaten drie zware sloten op de deur. De winkels ernaast stonden leeg, met zwart uitgeslagen multiplex voor de ramen. De straten lagen bezaaid met rommel en Robie zag een paar junks voortstrompelen.

Vance stuurde de twee andere agenten naar de achterkant van het gebouw, terwijl zij en Robie naar de voorkant gingen. Ze schermde haar ogen af en tuurde naar binnen. 'Ik zie niks.'

'Kun je de deur openbreken of heb je een huiszoekingsbevel nodig?'

'Rick Winds huis was lang niet zo'n probleem. We dachten dat hem misschien iets was overkomen. Deze winkel is duidelijk gesloten.'

'Hij kan binnen zijn, gewond of dood,' zei Robie. Hij kwam naast haar aan de voorkant van de winkel staan en tuurde tussen de tralies door naar het donkere interieur. 'Dat moet genoeg zijn.'

'En als we bewijsmateriaal vinden waaruit blijkt dat hij de moorden heeft gepleegd, en als zijn advocaat dat bewijsmateriaal ongeldig laat verklaren omdat we in strijd met het Vierde Amendement het huis zijn binnengedrongen?'

'Volgens mij verdienen jullie FBI-agenten daarom zoveel.'

'En ook zo lelijk met onze carrière de mist in kunnen gaan.'

'Als ik nu eens de deur intrap en de winkel doorzoek?'

'Dan hebben we hetzelfde probleem met bewijsmateriaal.'

'Ja, maar dan gaat mijn carrière de mist in, niet die van jou.'

'Ik ben hier bij je.'

'Ik zeg tegen ze dat ik het helemaal in mijn eentje deed, tegen jouw uitdrukkelijke instructies in.'

Hij bekeek de deur en het kozijn. 'Staal op staal. Moeilijk materiaal. Maar er is altijd een manier.'

'Wat voor federaal agent ben jij?' vroeg ze met opgetrokken wenkbrauwen.

'Niet van het soort dat alleen maar aan zijn carrière denkt. Blijf hier.'

'Robie, je kunt niet zomaar...'

Hij trok zijn pistool, schoot drie keer, en de drie sloten vielen op het trottoir.

'Allemachtig!' riep Vance uit terwijl ze achteruit sprong. Ze hoorden rennende

voeten. Dat waren natuurlijk de twee andere agenten, die kwamen kijken wat er gebeurd was.
'Er gaat waarschijnlijk een alarm af. Misschien wil je dan de politie wel bellen om te zeggen dat ze geen moeite hoeven doen.' Voordat ze iets kon zeggen, maakte hij de deur open en ging naar binnen.
Er ging geen alarm af.
Robie beschouwde dat niet als een gunstig teken. Hij hield zijn pistool in de hand, tastte naar het lichtknopje, drukte erop, en het pandjeshuis werd onmiddellijk gehuld in zwak licht. Robie was wel vaker in pandjeshuizen geweest en dit zag er net zo uit als de rest. Horloges, lampen, ringen en allerlei andere spullen, netjes gesorteerd in bakken of vitrinekasten. Aan elk voorwerp hing een kaartje met cijfers erop. De militaire achtergrond van de man, dacht Robie. Die precisie raakte je nooit meer kwijt. Tenminste, de meesten niet.
Maar de vloerplanken roken naar urine en het plafond was zwart uitgeslagen van tientallen jaren van vuil. Robie wist niet wat voor bedrijf het was geweest voordat het een pandjeshuis werd, maar het had de jaren niet goed doorstaan.
Er was een kooi met een kasregister. Robie zag dat die van kogelvrij glas was. Er zaten krassen op het glas en zo te zien ook twee kogelputjes. Ontevreden klanten of mensen die de pandjesbaas wilden beroven. Ex-militair Rick Wind rekende waarschijnlijk met zijn eigen wapens met hen af. Robie nam aan dat er minstens twee pistolen in die kooi lagen.
Hij keek naar de hoeken van het plafond en zag de camera in een daarvan. Die keek recht naar de kooi. Misschien zou die camera nog van pas komen.
Robie liep door en keek om zich heen. Hij hoorde niets meer, behalve de geluiden die van buiten kwamen. Door de deuropening kwam een beetje wind; die bracht lampenkappen in beweging en lichtte de kaartjes op die aan de voorwerpen hingen. Toen hij voetstappen achter zich hoorde, draaide hij zich om en zag Vance met haar pistool in de hand staan. Ze keek erg kwaad.
'Je bent een idioot,' snauwde ze.
'Ik zei dat je buiten moest blijven,' fluisterde hij terug.
'Ga me niet vertellen wat ik moet doen. Tenzij je wilt dat je...'
Robie legde zijn vinger op zijn lippen. Hij had het eerder gehoord dan zij.
Gepiep. En toen opnieuw.
Hij wees naar de achterkant van de winkel. Ze knikte en keek opeens niet kwaad meer.
Robie ging voorop. Hij liep een gangpad in en volgde dat naar twee zwaaideuren met een opening ertussen. De deuren bewogen enigszins, maar dat was niet de bron van het gepiep.

Hij keek Vance aan, wees naar zichzelf, toen naar de deur en gebaarde ten slotte naar rechts. Ze knikte en nam rechts van hem positie.

Robie bracht zijn voet omhoog, schopte een van de zwaaideuren open en stormde naar binnen. Hij bewoog snel met zijn pistool in het rond, klaar om te schieten, terwijl hij vlug naar links stapte. Vance volgde aan de rechterkant en nam dat deel van de kamer onder schot.

Niets.

Ze keek omlaag en trok een vies gezicht toen een grijs wezentje een donkere hoek in rende.

'Ratten.'

Robie keek omlaag en zag de staart van het dier voordat het uit het zicht verdween.

'Ik denk niet dat ratten zo piepen,' zei Robie.

'Wat dan?' vroeg ze.

'Dat.'

Hij wees naar een donkere hoek aan de linkerkant van de kamer.

Vance keek die kant op en hield haar adem in.

De man hing ondersteboven aan een dakbalk.

Ze liepen erheen. Het lichaam zwaaide enigszins heen en weer. En het touw schuurde langs de houten balk. Robie keek naar de kier tussen de twee zwaaideuren.

'Die fungeerde als trechter toen de voordeur opengling,' zei hij. 'Door de wind buiten. Het lichaam kwam een beetje in beweging.'

Vance keek naar de dode man. Hij was zwart.

En groen. En paars.

'Is dat Rick Wind?' vroeg Robie.

'Wie zal het zeggen?' antwoordde Vance. 'Hij is al een tijdje dood.'

'Hij heeft geen zelfmoord gepleegd. Zijn handen zijn vastgebonden. Hij is niet gewurgd.' Hij raakte de arm van de man aan. 'En hij heeft zijn vrouw en kind niet vermoord. Uit de conditie van het lijk kunnen we afleiden dat hij eerder dood was dan zij. De lijkstijfheid is allang voorbij.'

Robie bukte zich en keek naar de open mond van de man. 'En er is nog iets.'

'Wat dan?'

'Zo te zien hebben ze zijn tong afgesneden.'

•29•

Robie had het nieuwe lijk in het pandjeshuis aan agent Vance overgelaten. Ze hadden vastgesteld dat het Rick Wind was. De doodsoorzaak was niet duidelijk en kon waarschijnlijk alleen worden geconstateerd door een patholoog-anatoom. Ze hadden de bewakingscamera van het pandjeshuis bekeken. Iemand had de dvd eruit gehaald. Robie zat nu in zijn appartement op zijn computer te typen. Hij werkte niet aan de moorden op Jane Wind en haar ex-man. Hij had iets anders aan zijn hoofd, in elk geval voorlopig.

Hij typte de naam 'Gerald Dixon' in. Die naam kwam veel voor, dus hij kreeg te veel hits. Hij veranderde van tactiek en ging van Google naar een exclusievere database die voor hem toegankelijk was. De hits die hij nu kreeg, waren beter beheersbaar. Hij verfijnde zijn zoekvraag en gebruikte andere databases. Ten slotte kwam hij op één persoon uit. Robie keek naar het adres. Dat kwam niet overeen met het adres waar Julie met de taxi naartoe was gegaan.

Maar één regel in het dossier van de man trok zijn aandacht.

Pleegouder.

De man en zijn vrouw namen pleegkinderen op.

Hij noteerde het adres en keek toen naar zijn trackingmonitor. Dat had voldoende bereik om ook in zijn appartement te gebruiken. Julie was dat vervallen hotel niet uit gegaan. Dat was nogal vreemd, tenzij ze bang was dat iemand haar zou zien. Hoe dan ook, ze was blijkbaar niet meer van plan de stad uit te gaan. Hij vroeg zich af waarom ze van gedachten veranderd was. Kwam het door het huis waar ze heen was geweest? Robie zou het uitzoeken. Maar hij moest eerst ergens anders heen.

Gerald Dixon woonde in een halfvrijstaand huis in een slechte buurt. Toen Robie op de deur klopte, duurde het een hele tijd voordat er werd gereageerd, en in die tijd hoorde hij geluiden die van koortsachtige activiteit getuigden. Toen de man eindelijk opendeed, zag Robie de rode vlekken op zijn wangen, de bloeddoorlopen ogen en de geur van ademverfrisser die als een kanonskogel uit zijn mond schoot.

De idioot heeft op zijn eigen wangen geslagen om nuchter te worden en Listerine geslikt om de dranklucht te verbergen. De lat voor pleegouders moet tegenwoordig wel erg laag liggen.

'Ja?' zei de man onvriendelijk.

'Gerald Dixon?'

'Wie bent u?'
Robie liet zijn badge zien. 'Ik ben van Interne Zaken.'
Dixon deed een stap achteruit. Hij was een paar centimeter kleiner dan Robie, maar ongezond dun. Het meeste van zijn haar was weg, al kon hij niet veel ouder dan veertig zijn. Hij had de bleke, doorschijnende huid en krampachtige bewegingen van iemand wiens lichaam en geest al zozeer door zijn verslaving waren aangetast dat er geen terugkeer meer mogelijk was.
'Interne Zaken. Onderzoeken die niet politiemensen?'
'Ze onderzoeken allerlei dingen,' zei Robie. 'Inclusief uw situatie. Mag ik binnenkomen?'
'Waarom?'
'Om over Julie te praten.' Robie had instinctief het gevoel dat het meisje haar echte voornaam had gebruikt.
Dixons gezicht vertrok. 'Als u haar vindt, zegt u dan tegen haar dat ze moet maken dat ze hier terugkomt. Als ze hier niet is, krijg ik niet betaald.'
'Dus ze is verdwenen?'
'Ja.'
'Mag ik binnenkomen?'
Dixon keek geërgerd, maar hij knikte, deed nog een stap achteruit en liet Robie binnen.
Het interieur van het huis zag er niet beter uit dan de buitenkant. Ze zaten op versleten stoelen. Overal stonden manden met vuil wasgoed, maar Robie had het gevoel dat alle kleren over de vloer verspreid hadden gelegen voordat hij had aangeklopt. Hij zag ook papieren en de rand van een bierblikje onder een stoel vandaan steken. Hij vroeg zich af wat daar nog meer onder lag. De zitting van zijn stoel was erg hard. Hij geloofde niet dat het alleen een kussen was.
Een kleine, welgevormde vrouw in een strakke spijkerbroek en een nog strakkere blouse kwam van de achterkant van het huis en veegde haar handen af aan haar broekspijpen. Ze leek hooguit dertig en had donkerblond haar, een zwaar opgemaakt gezicht en de houding van iemand die volkomen losstond van de realiteit. Ze stak een sigaret op en keek Robie aan.
'Wie is dat?'
'Iemand van Interne Zaken,' gromde Dixon.
Robie liet zijn badge weer zien. 'Ik ben hier om over Julie te praten. En het is verboden om te roken waar onze kinderen bij zijn,' voegde hij eraan toe.
De vrouw drukte vlug de sigaret uit op een tafelblad. 'Sorry,' zei ze, maar het klonk niet alsof het haar speet.
'Ze is weg,' snauwde de vrouw. 'Weggelopen. Het kreng was altijd al ondankbaar voor wat wij haar gaven.'

'En u bent?' vroeg Robie.
'Patty. Gerry en ik zijn getrouwd.'
'Hoeveel pleegkinderen hebt u momenteel?'
'Twee, als je dat kreng van een Julie niet meerekent,' zei Patty.
'Ik heb liever niet dat u een van de kinderen die onder onze verantwoordelijkheid vallen een kreng noemt,' zei Robie op besliste toon.
Patty keek haar man aan. 'Is hij van de pleegzorg?'
'Van Interne Zaken, zei hij tegen mij,' antwoordde Gerald, die zich bedrogen voelde.
'Ik ben van de overheid,' zei Robie. 'Meer hoeft u niet te weten. Waar zijn de andere kinderen?'
Patty sprak nu op liefdevolle, moederlijke toon. 'Op school,' zei ze glimlachend. 'We sturen die kleine engeltjes elke dag naar school, precies zoals van ons wordt verwacht.'
Robie hoorde een geluid boven. 'Hebt u ook kinderen van uzelf?' vroeg hij met een blik naar boven.
Gerald en Patty wisselden een nerveuze blik. Hij zei: 'We hebben er twee van onszelf. Kleintjes. Die gaan nog niet naar school. Ik denk dat ze boven aan het lezen zijn. Ze zijn erg voorlijk.'
'Ja. Nou, wat Julie betreft...' Hij opende een notitieboekje dat hij uit zijn jasje haalde. Gerald Dixon zette grote ogen op toen hij het pistool zag. 'U hebt een wapen.'
'Dat klopt,' zei Robie.
'Ik dacht dat het over de pleegzorg ging,' zei Patty.
'Ik bepaal waar dit over gaat. En als jullie tweeën geen problemen willen, stel ik voor dat jullie volledig meewerken.'
Robie had besloten niet langer vriendelijk te doen tegen die idioten. Daar had hij geen tijd voor en geen zin in.
Gerald rechtte zijn rug en Patty kwam naast hem zitten.
'Vertel me over Julie,' zei Robie.
'Zit ze in de problemen?' vroeg Gerald.
'Vertel me over haar,' herhaalde Robie nadrukkelijk. 'Volledige naam, achtergrond, hoe ze bij jullie kwam. Alles.'
'Weet u dat nog niet?' vroeg Patty.
Robie keek haar aan met een gezicht van graniet. 'Ik ben hier om de informatie bevestigd te krijgen die we al hebben, mevrouw Dixon. Denkt u aan mijn verzoek om medewerking en aan de mogelijke gevolgen die het voor u heeft als u niet meewerkt.'
Gerald gaf zijn vrouw een por met zijn elleboog en snauwde: 'Hou je kop en

laat mij dit afhandelen.' Hij keek Robie weer aan. 'Ze heet Julie Getty. Ze is hier, eh, ongeveer drie weken geleden gekomen.'
'Leeftijd?'
'Veertien.'
'Waarom zat ze in een pleeggezin?'
'Haar ouders konden niet voor haar zorgen.'
'Ja, dat snap ik. Waarom konden ze niet voor haar zorgen? Waren ze dood?'
'Nee, dat denk ik niet. Weet u, de mensen van de pleegzorg vertellen je niet veel van dat soort dingen. Ze geven je gewoon de kinderen en dan zorg je voor ze.'
'Alsof het onze eigen kinderen zijn,' voegde Patty er vlug aan toe.
'Ja. Zoals u al zei, dat kreng van een Julie niet meegerekend.'
Patty kreeg een kleur en sloeg haar ogen neer. 'Nou, zo bedoelde ik dat niet precies.'
Gerald voegde eraan toe: 'Echt waar, Julie kon een lastig stuk vreten zijn. Ze was me veel te brutaal.'
'En nu is ze hier niet meer?'
'Ze is midden in de nacht weggelopen.'
Patty zei: 'We maakten ons zoveel zorgen.'
'En u hebt natuurlijk aangifte gedaan?'
Gerald en Patty keken elkaar aan. Hij zei: 'Nou, we hoopten dat ze terug zou komen.'
'En dus wachtten we nog even,' voegde Patty eraan toe.
'Is ze al eerder weggelopen?'
'Deze keer niet, nou ja, behalve vannacht dan.'
Robie keek op van zijn notities. 'Deze keer? Was ze dan al eerder bij u geplaatst?'
'Drie keer.'
'Wat gebeurde er die keren?'
'Dat weten we niet precies,' antwoordde Gerald. 'Ik denk dat haar ouders haar terugkregen. Ik weet nog dat de maatschappelijk werkster tegen me zei dat Julies ouders weer voor haar zouden zorgen. Maar later ging ze toch weer naar een pleeggezin.'
'Wanneer hebt u haar voor het laatst gezien?'
'Gisteravond, kort nadat ik haar een heerlijke maaltijd had voorgezet,' zei Patty op mierzoete toon. Robie kreeg zin om zijn pistool te trekken en een schot boven haar hoofd te lossen.
'En wanneer ontdekte u dat ze weg was?'
'Vanmorgen, toen ze niet naar beneden kwam.'
'Dus u kijkt 's avonds niet meer bij uw dierbare pleegkinderen?'

'Ze was erg op zichzelf,' zei Gerald vlug. 'We wilden ons niet opdringen.'
Robie pakte het lege bierblikje onder de stoel vandaan. 'Dat zie ik.' Hij bewoog zijn hand door de lucht. 'En u zou een paar ramen kunnen openzetten. Om de wietlucht eruit te krijgen.'
'We gebruiken geen drugs,' zei Gerald met gespeelde verbijstering.
'En ik weet niet van wie dat is,' zei Patty, wijzend naar het bierblikje.
'Ja,' zei Robie laatdunkend. 'Hebt u van Julie gehoord sinds ze is weggegaan?'
Ze schudden allebei hun hoofd.
'Hebt u enige reden om aan te nemen dat iemand haar kwaad zou willen doen?'
De Dixons keken oprecht verrast. Gerald zei: 'Hoezo, is haar iets overkomen?'
'Geeft u nou maar antwoord op de vraag. Is hier iemand geweest die u niet kende? Verdachte auto's?'
'Nee, niets daarvan,' zei Gerald. 'Waar is ze in verzeild geraakt? Bendes?'
Patty legde haar hand op haar royale boezem. 'Denkt u dat we in gevaar verkeren?'
Robie sloot zijn notitieboekje. 'Ik zou die mogelijkheid beslist niet uitsluiten. Het kan sommige mensen niet schelen wie ze kwaad doen.' Hij moest een glimlachje bedwingen.
Hij kwam overeind en tilde een stoelkussen op. Er kwam van alles tevoorschijn: een zakje coke, een paar flesjes met een bruine vloeistof, twee injectiespuiten met dop en elastieken die gebruikt werden om de bloedvaten aan de oppervlakte te brengen om de injectie gemakkelijker te maken.
'En leg die apotheek van jullie de volgende keer op een plek die minder in het oog springt.'
Ze staarden allebei naar de drugs en toebehoren, maar zeiden niets.

Toen Robie door de straat liep, zag hij een vrouw met een envelop lopen, gevolgd door twee politieagenten.
'Bent u op weg naar de Dixons?' vroeg hij toen de vrouw bij hem aangekomen was.
'Ja. Wie bent u?'
'Iemand die wil dat u ervoor zorgt dat ze nooit meer pleegkinderen krijgen.'
De vrouw zwaaide met de envelop. 'Nou, uw wens is zojuist in vervulling gegaan.'
Ze liep briesend door, met de agenten vlak achter zich aan.
Robie vervolgde zijn weg. Er piepte iets op zijn pols. Hij keek naar de tracker.
Julie Getty was eindelijk in beweging gekomen.
En Robie wist vrij zeker waar ze naartoe ging.

30

Julie klom langs de wingerd omhoog en glipte haar slaapkamerraam in. Gehurkt bleef ze op de vloer zitten luisteren. Ze hoorde alleen haar eigen hartslag. Met trillende benen liep ze de trap af, waarbij ze steun zocht aan de muur. Ze ging de bocht om, deed haar ogen dicht en deed ze toen weer open.

Het scheelde niet veel of ze gilde.

Robie keek naar haar terug.

'Jij komt nog eens ergens,' zei hij.

Ze keek vlug naar de kamer. Er was daar niets anders dan meubilair.

'Verwachtte je iets anders te vinden?' vroeg hij, en hij deed een stap naar haar toe. Ze ging meteen een stap achteruit.

'Hoe ben je hier gekomen?' vroeg ze.

'Ik ben je gevolgd.'

'Dat is onmogelijk.'

'Eigenlijk is niets onmogelijk. Je woont hier, hè?'

Ze zei niets, staarde hem alleen maar aan, eerder nieuwsgierig dan bang.

Hij keek naar een foto op een dressoir. 'Je ouders zagen er goed uit. En jij staat daar in het midden. Zo te zien waren dat gelukkiger tijden.'

'Jij weet er niets van,' snauwde Julie.

'Mis, ik weet er íéts van. Bijvoorbeeld dat je in gevaar verkeert. Er zijn mensen naar je op zoek. Mensen die over veel geld, mankracht en connecties beschikken.'

'Hoe weet je dat?'

'Omdat ze hier twee moorden hebben weggemoffeld.'

Julies ogen werden groot. 'Hoe wist je dat?'

Robie wees naar de muur, naast de plek waar ze voor stond. 'Nieuwe verf. Maar alleen daar. Die is aangebracht om iets te verdoezelen.' Hij wees naar de vloer. 'Vroeger lag daar een kleed. Je kunt zien dat het hout daar lichter is. Het is weg. Nogmaals: ze hebben iets verdoezeld.'

'Hoe weet je dat het een moord is? Het kan van alles zijn.'

'Nee, niet van alles. Je verft muren en haalt kleedjes weg om sporen uit te wissen. Bloed, weefsel, andere lichaamsvloeistoffen. En ze hebben een vlekje bloed op de plint daar over het hoofd gezien. Verwachtte je dat je hun lichamen hier zou vinden? Dan zou het hier intussen behoorlijk gestonken hebben, weet je. Kan niet missen.'

'Heb jij veel met lijken te maken gehad?' vroeg ze behoedzaam.
'Ja, sinds ik met jou zit opgescheept.'
'Je zit helemaal niet met me opgescheept.'
'Ik weet van je pleegouders, al is er veel fantasie voor nodig om ze "ouders" te noemen.'
'Ik wil niet dat je in mijn leven rondsnuffelt!' riep ze uit.
'De gemeente heeft ze ontslagen,' zei hij. 'De andere kinderen daar zijn intussen weggehaald. Volgens mij heb jij daar iets mee te maken gehad.'
Julies woede temperde iets. 'Ze verdienden het niet om zo te worden behandeld. Geen enkel klein kind verdient dat.'
'En nu ga je me vertellen wat hier is gebeurd.'
'Waarom?'
'Zoals ik al zei: ik wil je helpen.'
'Waarom?'
'Noem me maar een barmhartige Samaritaan.'
'Die bestaan niet meer,' zei ze fel.
'Zelfs je ouders niet?'
'Laat mijn ouders erbuiten,' zei ze op scherpe toon.
'Heb je gezien hoe ze doodgingen? Was je daarom op de vlucht?'
Julie stapte achteruit tot ze tegen de muur stond. Een ogenblik dacht Robie dat ze zou wegrennen. En hij wist niet wat hij zou doen als ze dat deed.
'Waren ze betrokken geraakt bij iets wat hun macht te boven ging?' vroeg hij. 'Drugs?'
'Mijn ouders zouden nooit iemand kwaad doen. En nee, dit had niets met drugs te maken.'
'Zijn ze vermoord? Je hoeft alleen maar te knikken.'
Ze bewoog haar hoofd een klein beetje naar voren.
'En heb je het gezien?'
Ze knikte opnieuw.
'Dan moet je naar de politie gaan.'
'Als ik naar de politie ga, stoppen ze me meteen weer in een pleeggezin. En dan vinden die mensen me.'
'Hoorde die man in de bus erbij?'
'Ik denk van wel.'
'Julie, vertel me precies wat er is gebeurd. Anders kan ik je niet helpen. Als je de afgelopen nacht iets hebt geleerd, dan toch wel dat ik iemand ben die dingen gedaan kan krijgen.'
'Hoe zit het met die mensen op tv? Heb jij ze vermoord? Een moeder en haar kind? Je zei dat je het niet hebt gedaan, maar ik moet de waarheid weten.'

'Nou, als ik ze had vermoord, zou ik het nooit toegeven. Maar als ik dat had gedaan, waarom zou ik dan nu jou willen helpen? Geef me maar een reden.'

Ze slaakte een diepe zucht en speelde met de riemen van haar rugzak. 'Zweer je dat je ze niet hebt vermoord?'

'Ik zweer dat ik ze niet heb vermoord. Ik werk op dit moment met de FBI samen om erachter te komen wie het heeft gedaan.' Hij haalde zijn badge tevoorschijn en liet haar die zien.

'Oké,' zei Julie. 'Dat zal dan wel goed zitten. Ik was bij de Dixons weggelopen en kwam hier gisteravond aan. Ik was nog maar net hier in huis of ik hoorde iemand binnenkomen. Ik dacht dat het mijn ouders waren, maar er was iemand bij hen. Hij schreeuwde tegen ze. Vroeg ze dingen.'

Robie kwam een paar stappen dichterbij. 'Wat vroeg hij dan? Probeer het zo nauwkeurig mogelijk te herhalen.'

Julie vertrok haar gezicht en dacht na. 'Hij zei: "Wat weten jullie? Wat is jullie verteld?" Dat soort dingen. En toen, en toen...'

'Toen heeft hij een van hen iets aangedaan?'

De tranen liepen over haar gezicht. 'Ik hoorde een schot. Ik rende de trap af. De man keek me aan. Mijn vader zat daar tegen de muur. Hij zat onder het bloed. De man richtte het pistool op mij, maar mijn moeder sloeg hem en hij viel. Ik wilde niet weggaan. Ik wilde blijven en haar helpen. Maar ze zei dat ik moest vluchten.'

Julie deed haar ogen dicht, maar de tranen drupten toch vanonder haar oogleden naar beneden. 'Ik ging naar mijn kamer terug en klom uit het raam. Toen hoorde ik nog een schot. En ik ben hard weggerend. Ik was laf. Ik wist dat mijn moeder ook was doodgeschoten. Maar ik ben gewoon doorgerend. Ik was een lafaard. Ik liet haar gewoon doodgaan.'

Ze deed haar ogen open en verstijfde toen ze Robie naast haar zag staan.

'En als je niet was weggelopen, zou je nu dood zijn,' zei hij. 'En daar zou niemand iets aan hebben gehad. Je moeder heeft je leven gered. Ze heeft haar leven opgeofferd voor het jouwe. Je hebt het goed gedaan, want je deed wat je moeder wilde: in leven blijven.'

Robie gaf haar een tissue uit een doos op de tafel. Ze droogde haar tranen en snoot haar neus.

'Wat nu?' vroeg ze.

'Denk je dat iemand in de buurt de schoten heeft gehoord?'

'Ik betwijfel het. Het huis hiernaast staat leeg. Net als het huis aan de overkant. Dit was vroeger een goede buurt, maar toen raakte iedereen zijn baan kwijt.'

'Je ouders ook?'

'Die namen alle baantjes die ze konden krijgen. Mijn moeder heeft gestudeerd,' voegde ze er trots aan toe. 'Mijn vader was een goeie vent.' Ze sloeg haar ogen neer. 'Hij zat soms erg in de put. Dan dacht hij dat de hele wereld tegen hem was.'

'Hoe heetten ze?'

'Curtis en Sara Getty.'

'Geen familie van de lui van Getty Oil, neem ik aan?'

'Als dat zo was, dan heeft niemand het ons verteld.'

'Oké,' zei hij. 'Mijn plan is als volgt. We zoeken uit wie je ouders heeft vermoord en waarom.'

'Maar als het de man in de bus was, is hij dood.'

'Toen je vannacht uit dat huis wegging, ben je toen rechtstreeks naar het busstation gegaan?'

'Ja.'

'Dan was die man niet alleen. Hij kan onmogelijk hier hebben opgeruimd, zich van twee lijken hebben ontdaan en ook nog op tijd bij de bus zijn. Er moeten anderen zijn geweest.'

'Maar waarom mijn ouders? Ik hield van ze, maar zo belangrijk was het niet.'

'Weet je zeker dat ze niet in drugs handelden of met bendes te maken hadden of zo?'

'Zeg, als ze drugsbaronnen waren, zouden ze hier dan wonen?'

'Dus geen vijanden?'

'Nee. Tenminste niet dat ik weet.'

'Waar werkten ze?'

'Pa in een pakhuis in het zuidoosten van de stad. Ma in een restaurant een paar blokken hiervandaan.'

'Dus je vader ging daar misschien weleens eten?'

'Ja. Ik kwam ook vaak in het restaurant. Hoezo?'

'Ik verzamel alleen informatie.'

'Ik wil hier weg. Nu meteen. Dit is mijn huis niet meer.'

'Oké. Waar wil je heen?'

'Ik heb ergens een onderkomen.'

'Ja, ik ben je daarheen gevolgd. En het was dom om Dixons creditcard te stelen en te gebruiken. Daar pakken ze je voor op. En wat nog belangrijker is: mensen kunnen je opsporen.'

'Hoe wist je...' Ze zweeg en keek geërgerd. 'Ik heb geld.'

'Bewaar dat nog maar even.'

'Waar moet ik dan heen? Niet naar jouw geheime huis terug. Dat staat te ver buiten de stad.'

'Nee, ik heb nog een adres. Pak je spullen en kom mee.'

•31•

Toen het donker was, wachtte Robie nog een hele tijd. Intussen gingen ze wat eten in een eenvoudig restaurant in H Street. Robie stelde nog meer vragen aan het meisje. Hij oefende zachte drang uit, maar ze wilde hem niets meer vertellen. Ze zou een goede politievrouw zijn, dacht Robie. Het was opvallend hoe weinig ze geneigd was om iets los te laten, zeker voor een lid van een generatie die de intiemste bijzonderheden over zichzelf op Facebook rondbazuinde.

Robie reed met Julie naar zijn buurt in Rock Creek Park, al bracht hij haar niet naar zijn gebouw, maar naar de observatiepost aan de overkant. Net als met de boerderij het geval was, wist behalve Robie hier niemand iets van.

Ze liepen naar binnen, hij zette het alarmsysteem uit en ze keek om zich heen.

'Is dit jouw flat?'

'Min of meer,' zei hij.

'Ben je rijk?'

'Nee.'

'Daar lijkt het wel op, vind ik.'

'Hoezo?'

'Je hebt een auto en twee huizen. Dan ben je behoorlijk rijk. Zeker tegenwoordig.'

'Misschien wel.' Hij had zelfs nog een huis aan de overkant, maar dat hoefde ze niet te weten.

Hij liet haar zien hoe het alarmsysteem werkte en liet haar toen wat om zich heen kijken. Ze koos een slaapkamer uit van de twee die er waren. Ze liet haar rugzak en een tweede tas die ze thuis had volgestopt op het bed vallen en liep door het appartement.

'Waar is die telescoop voor?' vroeg ze.

'Sterren kijken.'

'Dat is geen astronomische telescoop. En je kunt van hieruit niet goed naar de hemel kijken.'

'Weet je iets van telescopen?'

'Ik ga naar school, ja.'

'Ik kijk graag naar dingen,' zei hij. 'Vooral om te zien of mensen naar mij kijken.'

'Dus moeten we hier nu, eh, samen blijven?' Ze keek nerveus bij het vooruitzicht.

'Nee. Ik ga ergens anders naartoe. Maar dat is dichtbij.'
'Dus je hebt drie huizen?' zei ze ongelovig. 'Wat doe je voor de kost? Dat lijkt me wel wat.'
'Ik denk dat je hier alles vindt wat je nodig hebt.' Hij haalde een mobiele telefoon uit zijn zak. 'Deze is voor jou. Mijn nummer zit onder de sneltoets. Ze kunnen dit toestel niet traceren, dus je kunt hem altijd gebruiken.'
'Hoe ver weg ben je?'
'Ik dacht dat het je niet lekker zat dat we hier allebei verbleven.'
'Hé, ik weet heus wel dat je geen griezel bent die het op minderjarige meisjes heeft voorzien, oké?'
'Hoe weet je dat?'
'Omdat ik al vaker met dat soort schoften te maken heb gehad. Ik weet waar ik op moet letten. Jij vertoont de signalen niet.'
'Leer je dat in je pleeggezin?' vroeg hij rustig.
Ze gaf hem geen antwoord. Robie dacht aan Gerald Dixon en vroeg zich af of hij die lul niet had moeten doodschieten toen hij de kans had.
'Volgens mij vind je hier alles wat je nodig hebt,' herhaalde hij. 'Ik heb vorige week de voorraden in de keuken aangevuld. Als je iets anders nodig hebt, kun je me bellen.'
'En school?'
Dat verraste Robie.
Zo zie je maar weer wat een geweldige ouder ik zou zijn.
'Waar ga je naar school?' vroeg hij.
'Ik volg een G-T-programma in het noordoosten van de stad.'
'G-T? Dat is een drankje.'
'Geen gin-tonic. "Gave en Talent".'
'Je bent veertien, dus dan zit je zeker in de negende klas?'
'De tiende.'
'Hoe kan dat?'
'Ik heb een klas overgeslagen.'
'Dan ben je dus heel slim.'
'In sommige opzichten. In andere opzichten kan ik vrij stom zijn.'
'Noem eens wat.'
'Ik hou er niet van mijn zwakke punten te benadrukken.'
'Na wat er met je ouders is gebeurd lijkt het me niet zo'n goed idee om weer naar school te gaan. Hun moordenaars weten vast wel waar dat is. En anders kunnen ze daar makkelijk achter komen.'
'Ik kan met de mobiele telefoon mijn programmacoördinator sms'en en een smoes verzinnen.'

'Denk je dat je slimmer bent dan alle volwassenen?'
'Nee, maar wel zo slim om te kunnen liegen alsof het gedrukt staat.' Ze keek hem aandachtig aan. 'Volgens mij ben jij daar ook heel goed in.'
'De mensen van de pleegzorg gaan naar je op zoek.'
'Weet ik. Het zal niet de eerste keer zijn. Ze zullen naar het huis van mijn ouders gaan. Ze zullen denken dat die de stad uit zijn gegaan en mij hebben meegenomen. En dan gaan ze naar de school, horen dat ik een sms'je naar mijn coördinator heb gestuurd, nemen aan dat het goed met me gaat, en daarmee is de kous af. Ze zitten met te veel kinderen die er veel slechter aan toe zijn om nog meer tijd aan mij te besteden.'
'Je denkt een aantal stappen vooruit. Dat is goed. Speel je schaak?'
'Ik speel het leven.'
'Dat snap ik.'
'Nou, hoe dichtbij zit je?' vroeg ze opnieuw.
'Heel dichtbij.'
'Ik ga hier niet zitten niksen. Ik ga je helpen de mensen te vinden die mijn ouders hebben laten vermoorden.'
'Laat dat nou maar aan mij over.'
'Dat dacht ik niet! Als ik niet mag helpen, ben ik weg als je terugkomt.'
Robie ging op een stoel zitten en keek haar aan. 'Laat één ding duidelijk zijn. Jij bent een slimme meid. Je kent de straat. Maar de mensen die het op je hebben voorzien, zijn een heel ander verhaal. Ze gaan letterlijk over lijken.'
'Zo te horen ken je dat slag mensen goed,' merkte ze op.
Toen Robie zweeg, zei ze: 'Die kerel in de bus? Zoals je die kerel in dat steegje van ons afschudde? Zoals je de plaats delict in het huis van mijn ouders analyseerde? Zoals je mij hebt opgespoord? En je zei dat je met de FBI samenwerkte. Je bent niet iemand die simpelweg van negen tot vijf achter een bureau zit. Je hebt geheime huizen, pistolen, ontraceerbare telefoons en telescopen die gericht zijn op Joost mag weten wat.' Ze zweeg even en zei toen: 'Ik durf te wedden dat je ook mensen doodt.'
Robie zei nog steeds niets.
Julie keek uit het raam. 'Mijn ouders waren alles wat ik had. Ik rende weg toen ik had kunnen blijven en hen had kunnen helpen. Nu zijn ze dood. Ik weet dat ik jong ben, maar ik kan je helpen. Als je me maar een kans geeft.'
Robie keek ook uit een raam. 'Oké. We doen dit samen. Maar het wordt lastig.'
'Wat moet ik eerst doen?' vroeg ze gretig.
'Heb je pen en papier bij je?'
'Ja. En ik heb de laptop van school.'
'Hoe lang geleden heb je je ouders gezien?'

‘Ongeveer een week.’
‘Oké, je schrijft alles op wat je van de laatste twee weken nog weet. Ik wil dat je je best doet om je alles te herinneren wat je hebt gezien, gehoord of vermoed. Alles wat je ouders hebben gezegd. Hoe onbeduidend het ook lijkt. En iedereen die ze kenden of met wie ze praatten.’
‘Wil je me alleen maar iets te doen geven of is het echt belangrijk?’
‘We hebben geen van beiden tijd te verspillen aan onbelangrijke dingen. Dit is noodzakelijk.’
‘Oké, ik doe het. Ik begin vanavond.’
Hij maakte aanstalten om weg te gaan.
‘Will?’
‘Ja?’
‘Je zult veel aan me hebben. Dat zul je zien.’
‘Daar twijfel ik niet aan, Julie.’
Maar het was of er ijs in zijn binnenste zat. Hij werkte veel liever alleen. Hij vond het niet prettig dat iemand anders van hem afhankelijk was.

•32•

'Robie, heb je tijd voor een kop koffie?'

Nicole Vance was aan de telefoon.

Robie had het telefoontje beantwoord toen hij bij Julie weg was gegaan en in de lift naar beneden zat. Hij had de tiener een sleutel van het appartement gegeven, maar haar gevraagd niet weg te gaan zonder het hem eerst te melden. En hij had tegen haar gezegd dat ze het alarm moest aanzetten.

'Nog nieuws over de zaak?' vroeg hij de FBI-agente.

'In de buurt van First en D in het zuidoosten zit een tent die nog laat open is, Donnelly's. Ik kan daar over tien minuten zijn.'

'Geef me nog tien extra minuten.'

'Ik hoop dat ik je niet stoor.'

'Ik zie je daar.'

Robie haalde zijn auto van de straat. Op dit uur was het niet druk in de stad. Hij parkeerde op First en keek naar de koepel van het Capitool op de achtergrond. Vijfhonderdvijfendertig leden van het Congres deden daar hun werk in verschillende gebouwen die genoemd waren naar politici die allang dood waren. Ze werden op hun beurt omringd door een legertje lobbyisten met dikke portefeuilles die genadeloos hun best deden om de volksvertegenwoordigers van de onbetwistbare juistheid van hun zaak te overtuigen. Zo werkte de democratie.

Ondanks het late uur was het nog druk bij Donnelly's. De meeste klanten dronken iets sterkers dan koffie. Toen Robie binnenkwam, kreeg hij Vance in het achterste deel van de bar in het oog.

Hij ging tegenover haar zitten. Ze droeg vrijetijdskleding, want ze was thuis geweest. Sportbroek, laarzen, lichtblauwe sweater, corduroyjasje. Een goede keuze voor de frisse avond. Haar haar hing tot op haar schouders. Eerder die dag was het samengebonden geweest. Op een plaats delict kon je beter geen lang haar hebben. Ze rook alsof ze net had gedoucht en een beetje parfum had opgedaan. Ze moest hard hebben geboend, dacht Robie. De stank van de dood ging in je poriën zitten.

Voor haar stond een kop koffie. Robie wenkte de serveerster. Hij wees naar Vances kop en toen op zichzelf.

Hij wachtte tot de vrouw met een kop koffie kwam en weer weg was. Toen keek hij Vance aan.

'Nou, hier ben ik dan.'

'Je bent moeilijk te vinden.'
'Je hebt me maar één keer gebeld.'
'Nee, ik bedoel bij de DCIS. Ik heb het nummer gebeld dat je me hebt gegeven. Ze bevestigden dat je daar werkt, maar je dossier is geheim.'
'Daar is niets wereldschokkends aan. Ik heb je verteld dat ik een tijdje het land uit ben geweest. Wat ik daar deed, was geheim. Nu ben ik terug.' Hij nam een slokje koffie en zette zijn kopje weer neer. 'Ik hoop niet dat dat de enige reden is waarom je me hier hebt laten komen.'
'Nee hoor. Ik hou niet van tijd verspillen, dus daar gaan we dan.'
Ze haalde een bruine map uit de tas die naast haar stond. Ze maakte de map open en haalde er foto's en papieren uit.
'Achtergrondinformatie over Rick Wind.'
Robie bladerde door de foto's en papieren. Er was een foto van de dode Wind bij, zoals hij boven de naar urine stinkende vloer van zijn pandjeshuis had gehangen. De andere foto's waren van een levende Wind. Op sommige foto's droeg hij een militair uniform.
'Leger, hè?'
'Beroepsmilitair. Hij ging er op zijn achttiende bij. Diende de volle tijd uit en ging er toen uit. Toen was hij drieënveertig.'
'Toen waren hun kinderen nog klein. Zijn ze laat begonnen?'
'Jane en Rick Wind waren tien jaar getrouwd geweest. Veel vergeefse pogingen om zwanger te worden. Toen was het in drie jaar tijd twee keer raak. Daarna besloten ze een eind aan het huwelijk te maken. Kun je nagaan.'
'Misschien besloot Rick Wind dat hij toch geen vader wilde zijn.'
'Dat weet ik niet. Ze hadden co-ouderschap over de kinderen.'
'Waar woonde hij?'
'In Prince George's County, Maryland.'
'Weten jullie de doodsoorzaak al?'
'Daar werkt de patholoog-anatoom nog aan. Er waren geen andere zichtbare wonden dan die afgesneden tong.' Ze zweeg even. 'Doet de maffia dat soort dingen niet met verklikkers?'
'Had Wind banden met de maffia?'
'Niet dat we weten. En hij werkte ook niet als informant voor een federale of plaatselijke politiedienst. Maar zijn pandjeshuis staat in een slecht deel van de stad. Misschien waste hij geld wit en werd hij met zijn vingers in de koektrommel betrapt.'
'Waarna ze vervolgens zijn vrouw en kind ook hebben vermoord?'
'Misschien als afschrikmiddel zodat anderen hun handen thuis moesten houden.'

'Dat lijkt me nogal drastisch. Vooral omdat ze moeten hebben geweten dat Jane Wind een federaal agente was en dat de FBI zich met de moord op haar zou bemoeien. Ik bedoel: waarom zou je je dat op de hals halen?'
'Ik stel het op prijs dat je zoveel vertrouwen stelt in het misdaadoplossend vermogen van de FBI.'
'Het tijdstip van overlijden?' vroeg hij.
'Volgens de patholoog-anatoom ongeveer drie dagen geleden.'
'En niemand heeft hem gemist? Zijn ex ook niet?'
'Zoals ik al zei, hadden ze co-ouderschap. Het was haar week. Blijkbaar communiceerden ze niet veel met elkaar. Hij werkte in zijn eentje in dat pandjeshuis. Misschien had hij niet veel vrienden.'
'Oké, maar dit alles had best tot morgen kunnen wachten.'
'Het pistool dat we bij de uitgebrande bus hebben gevonden, was het wapen waarmee die kogel in Jane Winds vloerplank is geschoten.'
'Dat weet ik. Dat heb je me al verteld.' Robie pakte zijn kopje op en nam weer een slok.
Ik had dat schot nooit moeten lossen. Ik had mijn wapen niet kwijt moeten raken.
'En de kogel die Wind en haar zoontje heeft gedood?' vroeg hij.
'Die kwam uit een heel ander wapen. Een geweerkogel. Door het raam afgevuurd, zoals we al dachten.'
'Nogmaals: dit had je me ook door de telefoon kunnen vertellen.'
'De geweerkogel was nogal bijzonder.'
'In welk opzicht?'
'Het ziet ernaar uit dat het om legermunitie gaat,' zei ze op neutrale toon.
Robie nam weer een slokje koffie. Hoewel zijn hart een beetje sneller sloeg, beefde zijn hand helemaal niet.
'Wat was het precies voor kogel? Konden ze daar iets over zeggen of was hij te veel vervormd?'
'Het was een kogel met een jacket. Hij is er behoorlijk gaaf uitgekomen.' Ze keek in haar notities. 'Het was een 175-grain Sierra MatchKing Hollow Point Boat Tail. Is dat voor jou precies genoeg?'
'Er is veel van dat soort munitie in omloop.'
'Ja, maar onze wapenexpert zei dat dit iets bijzonders was. Special Ball, lange afstand en restanten van een speciaal vervaardigde stuwstof. Eerlijk gezegd weet ik niet wat dat alles betekent. Maar hij dacht dat het een patroon van het Amerikaanse leger was. Zou dat kunnen, denk je?'
'Onze jongens gebruiken die munitie inderdaad. Maar dat geldt ook voor de Hongaren, de Israëliërs, de Japanners en de Libanezen.'
'Je weet veel van wapens. Indrukwekkend.'

'Ik zal je nog meer vertellen. Het Amerikaanse leger gebruikt het M24 Weapon System. Ons doelwit bevond zich meer dan drichonderd meter bij de schutter vandaan, met een enkele ruit ertussen. En de weersomstandigheden waren die nacht gunstig; er stond weinig wind. De kogel waar je het over hebt wordt ook wel de 7.62 MK 316 MOD 0 genoemd. De componenten van de 175-grain-patroon zijn het Sierra-projectiel, de Federal Cartridge Company-patroonhuls, de Gold Medal-primer en de speciaal vervaardigde stuwstof. Die kogel verlaat de loop met een snelheid van meer dan vijfendertighonderd joule per seconde. Na driehonderd meter zou de Sierra nog genoeg kracht hebben om een kinderhoofd te doorboren en vervolgens een eind te maken aan een ander leven in de dichte nabijheid.'

Robie had in feite hardop zitten denken, maar toen hij de uitdrukking op Vances gezicht zag, wenste hij dat hij zijn technische opmerkingen voor zich had gehouden.

'Weet je veel van dat scherpschuttersspul?' vroeg ze.

'Ik werk voor het ministerie van Defensie. Maar die Sierra-patronen zijn ook voor het gewone publiek verkrijgbaar. Jammer dat we de huls niet hebben.'

'O, maar die hebben we wel. De schutter heeft niet alles opgeruimd. Tenminste, als hij dat al heeft gedaan, dan is het hem niet goed gelukt.'

'Waar lag die huls dan? Ik heb hem niet gezien in de kamer die de scherpschutter gebruikte, en ik heb er wel naar gezocht.'

'Een kier in de plint. De huls was uitgeworpen, is op de betonvloer gevallen en waarschijnlijk de kier in gestuiterd. Absoluut niet te zien. De scherpschutter opereerde in het donker. Er was geen elektriciteit in dat gebouw. Zelfs als hij er voor zijn vertrek naar had gezocht, dan had hij hem absoluut niet kunnen vinden. Mijn mensen vonden hem pas later, toen ze op handen en knieën en met laserlichten de kamer doorzochten.'

Robie likte over zijn lippen. 'Oké, ik wil je iets vragen. Misschien weet je het antwoord, misschien ook niet.'

'Oké.'

'Glansde de huls of was hij dof?'

'Dat weet ik niet. Ze hebben hem pas gevonden toen ik al weg was. Maar daar kan ik met één telefoontje achter komen.'

'Doe dat.'

'Is het belangrijk?'

'Anders zou ik het niet vragen.'

Ze belde, stelde de vraag en kreeg antwoord.

'Dof, niet glanzend. Zelfs een beetje verkleurd, zei hij. Denk je dat het oude munitie is?'

Robie dronk zijn koffie op.
Ze tikte ongeduldig met haar nagel op het tafelblad. 'Hou me niet in spanning, Robie. Ik heb gebeld. Ik heb antwoord gekregen. Vertel me nu waarom het belangrijk is.'
'Het leger gebruikt geen afgedankte of oude munitie, maar fabrikanten brengen iets extra's in rekening om de huls er mooi en glanzend uit te laten zien. Dat zal het leger een worst wezen; die glans heeft niets te maken met uiteindelijke prestaties. Een doffe kogel vliegt even recht als een glanzende. En omdat het leger miljoenen patronen koopt, scheelt het een hoop geld als die patronen niet glanzen. Patroonhulzen die door burgers gebruikt worden glanzen meestal wel, want die vinden het niet erg om iets extra's te betalen.'
'Dus we hebben te maken met militaire munitie?'
'En dat maakt alles nog ingewikkelder.'
'Is dat alles wat je te zeggen hebt?' vroeg ze ongelovig.
'Wat wil je dan dat ik zeg?' antwoordde hij rustig.
'Als dit een aanslag van het Amerikaanse leger op een overheidsfunctionaris was, is het niet alleen ingewikkeld. Dan is het een klotezooi. Dat wilde ik zeggen.'
'Oké, dit is een potentiële klotezooi. Tevreden?'
'Trouwens, mijn baas was heel kwaad omdat je de sloten van dat pandjeshuis kapot geschoten hebt. Hij zei dat hij het met de DCIS zou opnemen.'
'Prima. Misschien halen ze me dan wel van de zaak af.'
'Wat is dat met jou, Robie? Wil je zelfs geen onderzoek doen?'
'Zijn we klaar?' Hij begon overeind te komen.
Ze keek naar hem op. 'Ik weet het niet. Is dat zo?'
Hij vertrok.
Ze volgde hem naar buiten.
Vance legde een hand op zijn schouder. 'Maar als het erop aankomt, ben ik nog niet klaar met jou.'
Robie greep haar bij de arm, trok er hard aan, en ze vielen allebei achter een paar vuilnisbakken. Een ogenblik later spatte de etalage van Donnelly's door een kogelregen uiteen.

33

Robie rolde zich om, trok zijn pistool uit de holster en richtte door een spleet tussen de omgevallen vuilnisbakken. Zijn doel was een zwarte SUV waarvan het achterraam op een kier stond. Daarin was de loop van een MP-5-machinepistool te zien dat nog altijd een regen van kogels uitspuugde.

Vlak voordat het schieten was begonnen, had Robie de FBI-agente achter zich tegen de grond geduwd. Toen ze overeind probeerde te komen, drukte hij haar resoluut weer omlaag.

'Blijf liggen, anders schieten ze je kop van je romp.'

De kogels van de MP scheurden de bomen, terrastafels, stoelen en grote parasols aan flarden en ketsten tegen de bakstenen voorgevel van het gebouw.

Mensen in Donnelly's en buiten op straat schreeuwden, doken naar de vloer en renden hard weg. In alle chaos bleef Robie kalm, schoot terug en zijn schoten troffen doel. Hij mikte op een band om het voertuig onklaar te maken, op de voor- en zijruit om de schutter en de chauffeur uit te schakelen, en op het metaal aan de voorkant van de SUV om de motor uit te schakelen.

En er gebeurde niets.

De loop van de MP-5 verdween, het raampje gleed omhoog en de SUV reed brullend weg.

Robie sprong meteen overeind. Hij duwde een nieuw magazijn in zijn wapen en rende door de straat achter de SUV aan, schoot op de achterkant en raakte hem precies in het midden. De kogels sloegen ook in de achterbanden in.

En weer gebeurde er niets.

Maar toen zag Robie de ruiten van een langs de stoep geparkeerde Honda exploderen en een boomtak vallen, en hij hield op met schieten. De SUV ging de hoek om en was verdwenen.

Robie keek naar het verbrijzelde glas van de Honda, waarvan het alarm afging. Toen keek hij naar de boomtak die was afgeschoten, waarschijnlijk door een afgeketste kogel van hemzelf.

Hij haalde zijn autosleutels tevoorschijn en wilde net naar zijn Audi rennen, die twee auto's bij de Honda vandaan stond. Maar toen hij de kapot geschoten banden van zijn auto zag, stopte hij de sleutels weer in zijn zak.

Hij hoorde rennende voeten, draaide zich om, knielde neer en richtte.

'Ik ben het!' riep Vance, terwijl ze haar pistool in een gebaar van overgave naar voren stak.

Robie stond op, stak zijn wapen in zijn holster en liep naar haar toe.
'Wat was dat, verdomme?' riep Vance uit.
'Zorg voor assistentie. We moeten die SUV te pakken krijgen.'
'Dat heb ik al gedaan. Maar weet je hoeveel zwarte SUV's er hier rondrijden? Heb je een kenteken?'
'Ze hadden de nummerborden onleesbaar gemaakt.'
Er klonken sirenes. Ze hoorden nog meer rennende voeten. Verderop kwamen politieagenten van Capitol Hill met de wapens in de aanslag hun kant op gerend. Robie keek achterom naar het restaurant. Mensen stonden langzaam op. Maar niet allemaal. Hij zag hoe een donkere vloeistof plassen op straat vormde. In het restaurant hoorde hij kreten en mensen snikten.
Er waren slachtoffers. Heel wat. Sommigen waren er erg aan toe.
'Hoeveel zijn het er?' vroeg Robie.
Ze keek dezelfde kant op als hij. 'Weet ik niet precies. Buiten zijn twee doden gevallen. Drie gewonden. Binnen misschien nog meer. Er zaten een hoop mensen achter dat raam. Ik heb de ambulances gebeld.'
Vance keek naar de Honda met het krijsende alarm. 'Heb jij dat gedaan?'
'Een afgeketste kogel uit mijn wapen,' zei Robie.
'Afgeketst? Van de SUV? Je kogels hadden zich er met gemak in moeten boren.'
'Ik heb hem in totaal zeventien keer geraakt,' zei Robie. 'Banden, ruiten, carrosserie. Alle kogels zijn afgeketst. De Honda. De boomtak. Waarschijnlijk wemelt het hier van mijn kogels.'
'Maar dat betekent...' zei een bleke Vance.
Robie maakte het voor haar af: '... dat de SUV gepantserd was en run-flatbanden had.'
Ze keek hem aan. 'Dat soort auto's komt in D.C. alleen in bepaalde kringen voor.'
'En vooral in die van onze eigen regering.'
'Wilden ze jou doden, mij of ons allebei?' vroeg Vance.
'De schutter schoot met een volledig automatische MP-5. Dus hij schoot in het wilde weg. Bedoeld om alles in je schootsveld neer te maaien.'
Ze keek naar zijn arm en schrok. 'Robie, je bent geraakt.'
Hij keek naar het bloed op zijn bovenarm. 'Hij is niet binnengedrongen. Het is maar een schampschot.'
'Maar je bloedt nog steeds. Ik bel ook een ambulance voor jou.'
Met stalen stem zei hij: 'Geen ambulance, Vance. We moeten die SUV hebben.'
Ze zei ijzig: 'Ik zei al dat ik het heb doorgegeven. Mijn mensen en de politie van Washington kijken ernaar uit. Er zitten vast putjes in door die kogels van jou. Misschien scheelt dat.'

Robie en Vance draafden naar het restaurant terug. Hij sloeg geen acht op degenen die duidelijk dood waren, liep van de ene gewonde naar de volgende, schatte de situatie snel in en stelpte het bloeden met wat hij maar bij de hand had, geholpen door Vance. De politie van Capitol Hill hielp hem daarbij.
Toen er ambulances kwamen en ziekenbroeders zich verspreidden, liet Robie de gewonden aan hen over en liep hij naar de overkant van de straat om bij zijn Audi te kijken. Hij zag de gaten in de carrosserie. Het waren MP-5-patronen. Geen afgeketste kogels van zijn pistool. Aan deze kant was nog een schutter geweest. Dat zag er niet goed uit. Dat betekende dat ze wisten welke auto van hem was.
Waren ze hem soms gevolgd? In dat geval...
Hij draaide zich om en rende naar Vance terug, die met twee politieagenten praatte.
Robie onderbrak hen. 'Vance, mag ik je auto lenen?'
'Wat?' Ze keek hem aan.
'Je auto. Ik moet meteen ergens heen. Het is belangrijk.'
Ze keek onthutst. De agenten keken argwanend naar Robie.
Vance zag dat blijkbaar, want ze zei: 'Hij hoort bij mij.' Ze haalde haar sleutels tevoorschijn. 'Hij staat om de hoek. Zilverkleurige BMW cabriolet. Kan niet missen.'
'Bedankt.'
'Dus wees voorzichtig, ja.'
'Ik ben altijd voorzichtig.'
Ze keek sceptisch naar zijn kapot geschoten Audi. 'Oké. Maar hoe kom ik thuis?'
'Ik kom terug om je te halen. Ik ben niet lang weg. Ik bel je als ik onderweg ben.'
Hij begon weg te rennen.
Ze riep hem na: 'En laat alsjeblieft naar je arm kijken.'
Ze keek hem nog even na, en toen zei een van de agenten: 'Agent Vance?'
Ze keek hem gegeneerd aan en praatte hem verder bij.

•34•

Robie stapte in de BMW, startte hem en reed met grote snelheid weg. Onder het rijden belde hij naar de telefoon die hij bij Julie had achtergelaten. Ze nam niet op.

Shit!

Hij trapte het gaspedaal in. Zelfs op dit late uur kon je niet echt door de stad racen. Er was verkeer en er waren veel stoplichten. En veel politieagenten.

Maar toen kwam hij op een idee. Vance leek hem een uitermate efficiënt type. Dat betekende...

Hij keek naar het dashboard. Toen zag hij het kastje onder het stuur. Dat was er duidelijk later in gemonteerd.

Ik houd van je, agent Vance.

Hij haalde de schakelaar over en de lichten op de grille flakkerden op en een sirene begon te loeien. Hij reed vier keer door rood licht en vloog zo snel door de stad dat het een spetterende commercial voor BMW zou zijn geweest. Even later reed hij in volle vaart door de straat van zijn appartement. Een paar keer zag hij agenten in politiewagens argwanend kijken naar de BMW met zwaailichten, maar ze lieten hem passeren.

Hij parkeerde in een zijstraat, sprong uit de wagen en rende zigzaggend naar het gebouw waarin hij Julie had achtergelaten. Hij nam de trap met twee treden tegelijk. Hij rende de gang door. Hij had haar onderweg twee keer ge-sms't en geen reactie gekregen. Hij keek naar de deur. Die was niet geforceerd. Hij trok zijn pistool, stak de sleutel in het slot en maakte de deur open.

In de voorkamer was het donker. Hij hoorde het alarm niet piepen. Dat was niet goed.

Hij deed de deur achter zich dicht. Hij liep de kamer in en bewoog zijn pistool verdedigend heen en weer.

Hij riep niet, want hij wist niet wie er wellicht nog meer in het appartement waren.

Hij hoorde een geluid en schoof geruisloos de schaduw in.

De voetstappen kwamen zijn kant op. Hij stak zijn pistool naar voren, klaar om te schieten.

Het licht ging aan. Hij kwam tevoorschijn.

Julie slaakte een gil. 'Wat is dit, verdomme?' riep ze uit, en ze sloeg haar handen voor haar borst. 'Wou je me soms een hartaanval bezorgen?'

Ze was in haar pyjama en haar haar was nat.
'Stond je onder de douche?' vroeg hij.
'Ja. Ben ik de enige op de wereld die graag schoon wil zijn?'
'Ik heb gebeld en ge-sms't.'
'Het schijnt dat water en elektronica niet samengaan.' Ze pakte haar telefoon van de salontafel. 'Wil je dat ik je nu meteen een sms'je terugstuur?'
'Ik maakte me zorgen.'
'Oké, het spijt me, maar ik kon toch moeilijk de telefoon onder de douche meenemen.'
'Neem hem de volgende keer in elk geval mee naar de badkamer. Waarom stond het alarm niet aan?'
'Ik heb beneden in de hal een krant gekocht. Ik wilde het voor het slapengaan weer aanzetten.'
'Een krant? Ik dacht dat jouw generatie geen ouderwetse kranten meer las.'
'Ik wil graag alles weten.'
'Goed, maar ik wil dat je het alarm altijd aan laat staan.'
'Oké. Maar waarom maakte je je zo druk om mij?' Ze bleef staan en keek naar zijn arm. 'Je bloedt.'
Hij wreef over de plek. 'Ik heb me gesneden.'
'Door je jasje heen?'
'Laat maar zitten,' zei hij op scherpe toon. 'Is je vanavond nadat ik wegging iets verdachts opgevallen?'
Ze zag de spanning op zijn gezicht en zei: 'Vertel me wat er is gebeurd, Will.'
'Volgens mij hebben ze me gevolgd, maar ik weet niet vanaf welk punt. Als het vanaf hier is geweest, hebben we overduidelijk een probleem.'
'Ik heb niets verdachts gezien of gehoord. Als iemand me kwaad heeft willen doen, heeft hij zijn kans gehad.'
Robie keek omlaag en zag dat hij zijn pistool nog in zijn hand had. Hij stak het in de holster en keek om zich heen. 'Alles in orde? Heb je iets nodig?'
'Met mij gaat het prima. Ik heb mijn huiswerk gedaan, een gezonde maaltijd gegeten, mijn tanden gepoetst en mijn gebedje opgezegd. Ik kan er weer tegenaan,' voegde ze er sarcastisch aan toe. Ze haalde een papier uit een zak van haar pyjamajasje en gaf het aan hem.
'Wat is dat?'
'Die opdracht die je me gaf. Alles wat me in de afgelopen twee weken vreemd voorkwam. Ik heb ook de adressen opgeschreven waar mijn ouders werkten. Dingen die ik over hun verleden weet. Vrienden die ze hadden. Wat ze deden. Ik dacht dat het misschien nuttig zou zijn.'
Robie keek naar het nauwkeurige handschrift en knikte. 'Dat is zeker nuttig.'

‘Wie heeft er op je geschoten?’
Hij keek instinctief naar zijn arm en toen naar haar.
‘Ik heb wel vaker mensen gezien die beschoten zijn,’ merkte ze nuchter op. ‘Ik ben min of meer in zo’n wereld opgegroeid.’
‘Ik weet niet wie het is geweest,’ antwoordde Robie, ‘maar daar kom ik wel achter.’
‘Heeft dit iets te maken met die vermoorde vrouw en haar kind?’
‘Waarschijnlijk wel, ja.’
‘Maar jij lijkt me iemand die om allerlei verschillende redenen een hoop vijanden heeft.’
‘Dat zou wel kunnen.’
‘Maar je gaat me toch nog steeds helpen uitzoeken wie mijn ouders hebben vermoord, hè?’
‘Dat heb ik al gezegd.’
‘Oké,’ zei ze. ‘Mag ik nu naar bed?’
‘Ja.’
‘Je mag best blijven, hoor. Ik krijg het heus niet op m’n heupen.’
‘Ik heb vanavond het een en ander te doen.’
‘Dat snap ik wel.’
‘Als ik wegga, zet ik het alarm aan.’
‘Bedankt.’
Ze pakte haar telefoon, draaide zich om en liep de gang door. Hij hoorde de slaapkamerdeur achter haar op slot gaan. Hij zette het alarm aan, deed de deur achter zich op slot en ging weg.
Robie was pisnijdig.
Er werd een spelletje met hem gespeeld. Zoveel wist hij wel.
Hij wist alleen niet door wie.

•35•

Robie zette de auto langs de stoep en keek toe hoe Vance haar gesprekken met de politie en haar eigen mensen afrondde. Het wemelde van de ambulances om mensen naar ziekenhuizen af te voeren waar hun verwondingen verzorgd konden worden.

Zij hadden geluk gehad. Zij leefden nog. De doden lagen nog waar ze waren neergevallen, terwijl anderen de moord op hen onderzochten. Met privacy en respect werd alleen rekening gehouden door een wit laken over de lijken heen te leggen. En nu waren mensen die een uur eerder nog hadden geleefd en een biertje hadden gedronken gereduceerd tot een onderdeel van een politieonderzoek.

Toen Vance de laatste smeris had gehad, drukte Robie op de claxon en keek ze zijn kant op. Ze liep naar de BMW toe en keek er eens goed naar, terwijl hij het raampje aan de passagierskant opendraaide.

'Er hoeft maar een krasje op te zitten of ik maak gehakt van je,' zei ze, maar aan haar gezicht was te zien dat ze het niet meende.

'Zal ik rijden?' vroeg hij. 'Of doe je dat liever zelf?'

Bij wijze van antwoord stapte ze aan de passagierskant in. 'Ik laat jouw auto naar de FBI-garage slepen. Die is officieel bewijsmateriaal.'

'Prachtig. Dan zit ik zonder auto.'

'De DCIS heeft auto's. Haal er daar maar een weg.'

'Ja, dat zal wel een Ford Pinto zijn. Geef mij mijn Audi maar.'

'Is het leven niet één klotezooi?'

'Hoeveel zijn het er uiteindelijk?' vroeg hij zachtjes.

Ze slaakte een diepe zucht. 'Vier doden. Zeven gewonden, van wie drie ernstig, dus het dodental kan nog stijgen.'

'De zwarte SUV?'

'Spoorloos verdwenen.' Ze liet zich tegen de rugleuning zakken en deed haar ogen dicht. 'Waar moest jij zo dringend heen?'

'Ik moest iets controleren.'

'Iets? Of iemand?'

'Iets.'

'Wil je het me niet vertellen?' Ze deed haar ogen open en staarde hem aan. Hij gaf geen antwoord. Ze keek naar het kastje onder de stuurkolom.

'Ik neem aan dat je mijn flikkerlichten hebt gevonden.'

'Die kwamen goed van pas.'

'Wie ben je nou eigenlijk echt?'
'Will Robie. DCIS. Zoals op mijn badge en ID staat.'
'Je hebt je daar kranig geweerd. Ik moest mijn pistool nog grijpen terwijl jij je magazijn al op de schutters aan het leegschieten was. Je hield je hoofd volkomen koel terwijl de kogels om je heen vlogen.'
Hij zei niets, maar reed gewoon door. De lucht was helder. Er waren een paar sterren te zien. Robie keek er niet naar. Hij staarde voor zich uit.
Ze zei: 'Je kunt wel zeggen dat we daar met een oorlogszone te maken hadden, en blijkbaar deed dat je helemaal niets. Ik ben al vijftien jaar bij de FBI, regelrecht van de universiteit, en in al die tijd heb ik welgeteld één schietpartij meegemaakt. Ik heb na afloop mijn portie lijken wel gehad. Ik heb mijn portie schurken wel in de kraag gevat. Ik heb mijn portie papieren opgesteld. Getuigenstoelen versleten op de rechtbank.'
Hij sloeg links af. Hij wist niet waar hij heen ging. Hij reed maar wat.
'En wat wil je met die nostalgische mijmeringen precies zeggen, agent Vance?'
'Toen jij weg was, heb ik overgegeven. Ik kon het niet helpen. Zomaar in een afvalbak gekotst.'
'Dat is helemaal niet gek. Het zag er niet best uit.'
'Jij hebt hetzelfde gezien als ik. En jij hebt niet overgegeven.'
Hij keek haar weer aan. 'Je zei dat het me niets deed. Dat weet je niet. Je kunt niet in mijn hoofd kijken.'
'Ik wou dat ik dat wel kon. Ik ben er vrij zeker van dat ik het fascinerend zou vinden.'
'Dat betwijfel ik.'
'Je wist heel goed de gewonden eruit te pikken. Waar heb je dat geleerd?'
'Ik heb in de loop van de jaren gewoon een paar trucjes opgepikt.'
Ze keek naar zijn arm. 'Verdomme, Robie, je hebt niet eens je eigen wond schoongemaakt. Straks krijg je nog gangreen.'
'Waar gaan we naartoe?'
'Eerst naar het WFO,' zei ze. Ze bedoelde het Washington Field Office, het FBI-kantoor in Washington.
'En daarna?'
'Daarna ga jij naar het ziekenhuis.'
'Nee.'
'Robie!'
'Nee.'
'Oké, dan rijden we naar je flat. Maar ik wil per se dat we die wond schoonmaken. Ik kan wat spullen meenemen van het WFO. En als dat is gebeurd, rijd ik naar huis om een paar uur te slapen. Waar woon je?'

Hij zei niets, maar sloeg twee keer rechts af, en reed in de richting van het WFO.
'Weet je de weg soms naar het Field Office?'
'Nee, ik raad er alleen maar naar.'
'Waar woon je? Of is dat ook geheim?'
'Laten we bij het WFO uit elkaar gaan. Ik neem wel een taxi.'
'Héb je eigenlijk wel een huis?' vroeg ze.
'Ik vind wel iets.'
'Allemachtig, wat is dat met jou?'
'Ik probeer alleen maar mijn wérk te doen.'
Ze schrok zichtbaar toen hij dat zo nadrukkelijk zei. 'Oké,' zei ze zachtjes. 'Oké. Zeg, na het WFO kunnen we naar mijn huis gaan. Ik woon in Virginia. Een flat in Alexandria. Je kunt daar je wond schoonmaken. En als je wilt, mag je op de bank slapen.'
'Ik stel het aanbod op prijs, maar...'
'Pas op. Ik ben anders niet zo aardig voor mensen, Robie. Verknoei het nou niet.'
Hij keek haar even aan. Ze glimlachte zwakjes naar hem.
Hij wilde weer weigeren, maar deed het niet. Om drie redenen. Zijn arm deed verschrikkelijk pijn. En hij was moe. Heel moe. En hij kon echt nergens heen.
'Oké,' zei hij. 'Dankjewel.'
'Graag gedaan.'

•36•

Ze waren meer tijd op het WFO kwijt dan Robie had verwacht. Hij zat in een stoel terwijl Vance druk in de weer was. Ze vulde papieren in, stelde superieuren op de hoogte, was bezig met haar telefoon en computer en zag er met de minuut vermoeider uit.

Robie legde zijn verklaring over de gebeurtenissen af en keek toen naar de activiteiten die daaruit voortkwamen. Hij had het gevoel dat iedereen alleen maar in kringetjes draaide en daar weinig mee bereikte.

'Ik rijd wel,' zei Robie toen ze eindelijk klaar waren en naar de garage liepen.

'Word jij dan nooit moe?' vroeg ze gapend.

'Ik ben moe. Heel moe zelfs.'

'Zo zie je er anders niet uit.'

'Ik heb gemerkt dat het op die manier beter gaat.'

'Welke manier?'

'Als je niet laat blijken wat je voelt.'

Ze wees hem de weg en hij reed in zuidelijke richting over George Washington Parkway naar Alexandria.

Toen ze bij haar flatgebouw stopten, zei Robie: 'Heb je uitzicht op de Potomac?'

'Ja. En ik kan vanuit mijn flat ook de monumenten zien.'

'Mooi.'

Ze namen de lift en ze maakte de deur van haar flat open. Die was klein, maar Robie voelde zich er meteen op zijn gemak. Strakke lijnen, geen rommel, en heel praktisch, niets was er alleen maar voor de show. Hij vermoedde dat dat bij de persoonlijkheid van de bewoner paste.

Niets voor de show. Alleen wat ik zie telt.

'Het doet me aan een scheepshut denken,' zei hij.

'Nou, mijn vader was bij de marine. De appel is niet ver van de boom gevallen. Alleen breng ik het grootste deel van mijn tijd op het droge door. Maak het je gemakkelijk.'

Hij ging op een lange bank in de huiskamer zitten, terwijl zij medicamenten uitpakte die ze uit het WFO had meegenomen. Ze schopte haar schoenen uit en kwam naast hem zitten.

'Doe dat jasje en dat overhemd uit,' beval ze.

Hij keek haar slecht op zijn gemak aan, maar deed wat ze vroeg. Zijn holster met pistool legde hij op de salontafel.

Toen ze de tatoeages zag, trok ze haar wenkbrauwen op.
'Een rode bliksemschicht, en wat is die andere?'
'Een haaientand. Van een grote witte haai.'
'Waarom heb je die laten zetten?'
'Waarom niet?'
Ze keek nog eens goed en zette grote ogen op toen ze de oude wonden zag die door de tatoeages werden gecamoufleerd.
'Zijn dat...'
'Ja, dat zijn het,' onderbrak hij haar knorrig.
Na die milde terechtwijzing ging ze druk in de weer met de medicamenten. Robie keek naar zijn handen.
'Hoe oud ben je, vijfendertig?' vroeg ze.
'Veertig. Net geworden.'
'Je hebt vroeger vast bij de commando's gezeten, hè? Rangers, Delta Force, SEAL. Die hebben dezelfde lichaamsbouw als jij, al ben jij groter dan de meeste van die kerels.'
Hij reageerde niet.
Ze maakte de wond schoon, deed er wat antibiotica op en wikkelde er wondgaas omheen en plakte het geheel zorgvuldig vast.
'Ik heb pijnstillers meegenomen. Pil of spuitje?'
'Nee.'
'Kom op, Robie, je hoeft voor mij niet de macho uit te hangen.'
'Daar heeft het niets mee te maken.'
'Wat is het dan?'
'Het is belangrijk dat je je pijntolerantie kent. Pillen en injecties verdoezelen die tolerantie. Dat is niet goed. Dan sluipen er ongemerkt fouten in je werk.'
'Daar heb ik nooit aan gedacht.'
Ze legde haar spullen weg en keek hem aan. 'Je mag je overhemd wel weer aantrekken, hoor.'
'Bedankt dat je me hebt opgelapt. Vind ik heel fijn.'
Hij trok zijn overhemd weer aan en huiverde een beetje.
'Leuk om te weten,' zei ze terwijl ze hem onderzoekend aankeek.
'Wat?'
'Dat je menselijk bent.'
'Volgens mij wist je dat al doordat ik bloedde.'
'Heb je verder nog iets nodig? Trek in iets? Dorst?'
'Nee, ik hoef niets.' Hij keek omlaag. 'Is dit de bank?'
'Ja. Sorry, ik heb maar één slaapkamer. Maar het is een extra lange bank, dus dat lukt best.'

'Geloof me: ik heb wel onder slechtere omstandigheden geslapen.'
'Kan ik...'
Hij vouwde zijn jasje op en legde het over de armleuning van de bank. 'Kun je wat?'
'Kan ik je vertrouwen?'
'Je hebt me hier zelf uitgenodigd.'
'Daar heb ik het niet over. Dat weet jij heus wel.'
Hij liep naar een raam dat uitkeek over het water. In het noorden zag hij de lichten van de stad Washington. Het trio monumenten van Lincoln, Jefferson en Washington was goed te zien. En boven dat alles uit verhief zich de kolossale koepel van het Capitool.
Ze ging naast hem staan.
'Als ik 's ochtends opsta, kijk ik daar graag naar,' zei ze. 'Daar werk ik voor, denk ik dan. Daar vecht ik voor. Die gebouwen vertegenwoordigen iets en dat verdedig ik.'
'Het is goed om een reden te hebben,' zei Robie.
'Wat is jouw reden?' vroeg ze.
'Op sommige dagen weet ik die wel, en op andere dagen weer niet.'
'En vandaag?'
'Welterusten,' zei hij. 'En bedankt dat ik hier mag slapen.'
'Ik weet dat we elkaar pas vandaag hebben ontmoet, maar het is net of ik je al jaren ken. Hoe komt dat?'
Hij keek haar aan. Aan haar gezicht te zien was het niet zomaar een vraag. Ze wilde een antwoord.
'Als je samen naar een moordenaar zoekt, brengt dat mensen tot elkaar. En als je samen bijna doodgaat, wordt de band nog hechter.'
'Daar zul je wel gelijk in hebben,' zei ze, al klonk in haar stem door dat zijn antwoord haar teleurstelde.
Ze haalde lakens en een deken en maakte de bank voor hem op, ondanks zijn protesten dat hij het zelf wel kon.
Robie liep naar het raam en keek nog eens naar de monumenten.
Toeristische bezienswaardigheden, meer niet.
Maar het zou meer kunnen zijn, als je erover nadacht. Als je er iets aan deed.
Hij draaide zich om en zag dat Vance naast hem stond.
'Je kunt het, weet je,' zei hij.
'Wat kan ik?'
'Me vertrouwen.'
Robie kon haar niet in de ogen kijken toen de leugen van zijn tong rolde.

37

De volgende morgen stonden ze op en namen ze om de beurt een douche. Ze dronken koffie en sinaasappelsap, en aten toast met boter. Terwijl Vance zich in haar slaapkamer aankleedde, stuurde Robie een sms'je van één woord naar Julie.

Goed?

Hij telde de seconden tot ze hem een berichtje terugstuurde. Het waren er maar tien.

Haar sms'je was even kort.

Goed.

Hij strekte zijn gewonde arm uit en keek naar het verband. Na zijn douche had Vance het vakkundig verschoond.

Een paar minuten later stapten Vance en hij in haar BMW. Zwijgend reden ze naar Washington. Het verkeer was een puinhoop, de claxons loeiden, en Robie kon merken dat Vance een paar keer sterk in de verleiding kwam haar mooie blauwe zwaailichten aan te zetten en misschien zelfs haar pistool te trekken.

'Robie, ik zou het op prijs stellen als je niemand vertelde dat je vannacht bij mij hebt gelogeerd. Ik heb er geen zin in dat mensen zich verkeerde ideeën in hun hoofd halen. En sommige kerels met wie ik samenwerk zouden er een hele toestand van maken.'

'Ik praat niet eens met mensen over het weer, laat staan dat ik ze vertel waar ik de nacht heb doorgebracht.'

'Dankjewel.'

'Geen dank.'

Ze wierp hem een blik toe. 'Hopelijk denk je niet dat ik je om een andere reden bij me thuis heb uitgenodigd dan om je een slaapplek te bieden.'

'Dat is geen moment bij me opgekomen, agent Vance. Volgens mij zit je zo niet in elkaar.'

'Jij volgens mij ook niet.'

'Ik heb een andere auto nodig.'

'Zal ik je bij de DCIS afzetten?'

'Er is een autoverhuurbedrijf in M Street, bij Seventeenth. Zet me daar maar af.'

'Nou ja, zeg, kan de DCIS een van zijn eigen mensen niet aan een auto helpen?'

'Ze hebben alleen bagger. Waarschijnlijk afdankertjes van de FBI. Ik huur mijn eigen auto.'

'De FBI doet zulke dingen niet.'
'De FBI heeft genoeg geld. De DCIS niet. Jullie zijn een vetgemest varken. Wij zijn slechts een ondervoed biggetje.'
Ze reed naar het verhuurbedrijf aan M Street.
Robie stapte uit.
'Treffen we elkaar bij Donnelly's?' vroeg ze.
'Ik zal er zijn. Ik weet alleen niet precies wanneer,' zei hij.
'Heb je nog meer te doen?' vroeg ze verbaasd.
'Dingen om over na te denken,' zei hij. 'Graafwerk.'
'Wil je er iets over vertellen?'
'Een dode moeder en een dood kind. Een opgeblazen bus. Een schutter die jou of mij, of ons allebei, overhoop wil schieten. Ik bel je als ik op weg ga naar Donnelly's,' voegde hij eraan toe.
Hij liep het verhuurbedrijf in en vroeg om een Audi. Die hadden ze niet, en dus nam hij een Volvo. De man achter de balie zei tegen hem dat Volvo's erg veilige auto's waren.
Niet met mij in de buurt, dacht Robie, terwijl hij zijn rijbewijs en creditcard tevoorschijn haalde.
'Hoe lang hebt u de auto nodig?' vroeg de verhuurder.
'Dat weet ik nog niet,' zei Robie.
De man verbleekte. 'We moeten echt weten waar en wanneer u hem weer inlevert.'
'Los Angeles, Californië, over twee weken,' zei Robie prompt.
'Gaat u met de áúto naar Californië?' vroeg de man. 'Weet u, met een vliegtuig bent u er veel sneller.'
'Ja, maar dat is lang niet zo leuk.'
Tien minuten later stoof Robie in zijn veilige, zilverkleurige tweedeurs-Volvo de garage van het verhuurbedrijf uit.
Wat hij de vorige avond nog het angstaanjagendst had gevonden was niet dat hij bijna het loodje had gelegd of dat hij anderen had zien sterven. Maar het ging om Julie. Het gevoel diep vanbinnen toen hij dacht dat haar iets was overkomen. Dat stond hem niet aan. Het stond hem niet aan dat iemand anders zoveel macht over hem had. Het grootste deel van zijn leven had hij zulke banden losgemaakt en was hij nieuwe uit de weg gegaan.
Hij trapte het gaspedaal in, reed waarschijnlijk net iets sneller dan zijn mooie, veilige Volvo prettig vond.
Dat sprak Robie wel aan.
Hij hield ervan net een beetje verder te gaan, zowel voor zichzelf als voor een ander.

Zijn telefoon zoemde. Hij keek op het scherm. Blauwe Man moest hem weer spreken. Direct.
Dat zal best, ja, dacht Robie.

•38•

Deze keer geen openbare gelegenheid. Geen Hay-Adams met een heleboel getuigen.

Robie had niet veel keus. Je moest je aan de regels van het spel houden of je mocht niet meer meedoen.

Het gebouw stond tussen twee andere in een deel van Washington waar nooit een toerist zou komen. Hoewel de buurt hoge misdaadcijfers scoorde, zag je geen straatcriminelen die de buurt onveilig maakten. Die wilden het niet riskeren dat ze een kogel door hun hoofd kregen of twintig jaar van hun leven in een federale gevangenis moesten doorbrengen.

Voordat hij de beveiligde kamer binnenging, moest Robie zijn mobiele telefoon inleveren, maar hij vertikte het om zijn pistool af te geven.

Toen de bewaker er voor de tweede keer om vroeg, zei Robie tegen hem dat hij met Blauwe Man moest praten. De situatie was duidelijk. Of hij mocht het pistool houden, of Blauwe Man kon hem spreken in de McDonald's aan de overkant van de straat.

Robie ging met zijn pistool naar binnen.

Blauwe Man zat tegenover hem in het kamertje. Mooi pak, stemmige das, keurig gekamd haar. Hij had wel iemands grootvader kunnen zijn. Robie vermoedde dat hij waarschijnlijk ook iemands grootvader wás.

'Ten eerste, Robie, we hebben je begeleider niet gevonden. Ten tweede was er geen man met een geweer in het door jou aangewezen steegje.'

'Oké.'

'En verder...' zei Blauwe Man. 'De aanslag op jou van gisteravond.'

'De schutter zat in een voertuig dat sterk leek op een dienstwagen van de overheid.'

'Dat lijkt me stug.'

Robie tikte nadrukkelijk op het tafelblad. 'Je kunt mijn begeleider niet vinden, en ook niet een schutter die ik in een steegje heb uitgeschakeld, maar het lijkt je stug dat iemand vanuit een federale dienstwagen op me heeft geschoten?'

'Wie is het meisje?' vroeg Blauwe Man.

Robie knipperde niet met zijn ogen, want hij was erop getraind dat niet te doen. Als je met je ogen knipperde, verloor je. Dat knipperen was een teken van zwakte.

Robie had geweten dat Julie vroeg of laat ter sprake zou komen. Zijn observa-

tiepost was blijkbaar niet helemaal geheim, en anders was hij gevolgd.
Hij zei: 'Alles draait om haar. Als haar iets overkomt, kunnen we het wel schudden. Dus als je soms bedoelt dat mijn begeleider haar heeft ontdekt, moet je iets aan haar veiligheid doen.'
De oudere man ging rechtop zitten en trok eerst zijn das en toen zijn manchetten recht. 'Dat moet je me uitleggen, Robie. Waarom draait alles om haar?'
'Daar ben ik gauw mee klaar, want ik begrijp het niet helemaal.'
In niet meer dan een paar minuten vertelde hij over de moord op Julies ouders, haar vluchtpoging met de bus, de man die haar daar probeerde te vermoorden, de bus die werd opgeblazen.
'En toen ben je daar je pistool kwijtgeraakt. Het pistool dat je in Winds appartement bij je had?'
'Ik ben het niet zomaar kwijtgeraakt. Door de ontploffing van de bus werd ik vijf meter weggeslingerd. Ik heb er nog naar gezocht voordat de politie kwam, maar hem niet gevonden.'
'Maar de FBI heeft het wél gevonden. En nu denken ze dat er een verband is tussen de twee zaken.'
'Is dat verband er dan?' vroeg Robie.
'Eigenlijk weten we dat niet zeker. We willen graag met het meisje praten.'
'Nee. Dat gaat via mij. Geen direct contact.'
'Zo doen we de dingen niet. Volgens mij besef je niet goed wie hier de leiding heeft, Robie.'
Opa liet nu zijn spierballen zien. Robie was onder de indruk. Een beetje maar.
'Er zit een mol bij jullie. Mijn begeleider mag dan verdwenen zijn, het zou zomaar kunnen dat hij niet in zijn eentje opereerde. Als ik hem was, zou ik iemand achter de hand houden. Als jullie het meisje benaderen, krijgt de mol daar lucht van en zijn we haar kwijt.'
'Ik denk dat we haar wel kunnen beschermen.'
'Je dacht ook dat je Jane Wind kon beschermen, hè?' merkte Robie op.
Blauwe Man trok zijn manchetten weer recht. 'Oké, voorlopig houden we het bij het oude,' zei hij stijfjes. 'Maar ik wil binnenkort een vollediger verslag en follow-uprapporten van je.'
'Die zul je krijgen,' zei Robie. 'En ik wil graag hetzelfde.'
'Doe jij altijd zo je best om mensen tegen je in het harnas te jagen?'
'Ik doe mijn best om mijzelf en degenen die me zijn toevertrouwd te beschermen. Zoals ik ook mijn best doe om de mensen uit te schakelen als ik daartoe de opdracht krijg.'
'Je hebt Jane Wind anders niet gedood.'
'En beschouw je dat nou echt als een fout van mijn kant?'

'Vertel me over Vance.'
'Ze is een goede agente.'
'Je hebt vannacht bij haar geslapen.'
'Ik had niet veel keus, wel?'
'Je eigen appartement is veilig.'
'O ja?'
'Ik kan met m'n hand op m'n hart zeggen dat je begeleider die informatie niet heeft verstrekt.'
'Met je hand op je hart?' zei Robie. *Je kunt m'n rug op*, dacht hij.
'Robie, we hebben mensen op deze missie gezet. Goede mensen. We laten je niet aan je lot over. We willen dit heel graag tot een goed einde brengen. We moeten uitzoeken wat er aan de hand is. Het motief hierachter moet de moeite waard zijn om die risico's te nemen. Het is bijna onmogelijk een van onze mensen op die manier te corrumperen. Dan moet de beloning immens zijn. En als dat zo is, moet het doel van even groot belang zijn.'
'Dat is het verstandigste wat je tot nu toe hebt gezegd,' zei Robie.
Blauwe Man zei: 'Ik weet best dat we op gespannen voet met elkaar staan. Jij hebt alle reden om sceptisch, kwaad en wantrouwig te zijn. Als ik in jouw schoenen stond, zou ik net zo reageren.'
'Dat is het tweede verstandige wat je tot nu toe hebt gezegd.'
Blauwe Man boog zich naar voren. 'Eens kijken of ik daar drie van kan maken.' Hij dacht even na. 'Er zijn twee mogelijke redenen waarom agent Wind en haar man zijn vermoord. Het had iets met haar te maken, of het had iets met hem te maken.'
'Je weet wat voor werk Jane Wind deed. Kan het met haar in verband staan?'
'Zou kunnen. Ik kan het niet helemaal uitsluiten. Laten we zeggen dat ik meer geïnteresseerd ben in wat je over Rick Winds achtergrond te weten komt.'
'Ex-militair. Uit het leger gestapt. Hij had een pandjeshuis in een slecht deel van Washington. Ze hebben hem ondersteboven opgehangen en zijn tong afgesneden.'
'Dat laatste zit me dwars.'
'Het zat hém vast ook dwars.'
'Je weet wel wat ik bedoel.'
Robie leunde achterover. 'Vance vroeg zich af of het iets met de maffia te maken had. De man was een verklikker en ze hebben symbolisch zijn tong afgesneden.'
'Denk jij dat ook?'
'Nee. Ik denk waarschijnlijk hetzelfde als wat jij denkt.'
'Je snijdt de handen af van een dief.'

'En de tong van een verrader.'
'Als het met islamitisch terrorisme te maken heeft.'
'Als,' zei Robie. 'Maar de man zat niet meer in het leger. Waar kon hij nou bij betrokken zijn?'
'Terroristencellen vallen zelden op, Robie. En zeker niet de cellen die echt actief zijn.'
'Is hij in het Midden-Oosten geweest? Kan het zijn dat hij is overgelopen en als een tikkende tijdbom hierheen is gestuurd?'
'Een tijdbom die van gedachten is veranderd? Misschien wel, en ja, hij is inderdaad in Irak en Afghanistan geweest.'
Robie dacht aan een aantal missies die hij in het Midden-Oosten had uitgevoerd. De recentste daarvan was strikt genomen niet in het Midden-Oosten geweest. Robie had Khalid bin Talal in Marokko gedood. Maar er waren vele anderen uit de woestijn die de absolute vernietiging van Amerika nastreefden. Te veel om dat zomaar tot een groepering te kunnen beperken.
'Als ik nu eens in die richting ga zoeken, en jij de andere richting voor je rekening neemt?'
'Maar als je nu eens iets te binnen schiet, of als je nu eens in samenwerking met Vance iets ontdekt wat met agent Wind te maken heeft?'
'Dan krijg je het te horen.'
'Dan begrijpen we elkaar.'
De twee mannen stonden op.
Robie keek hem aan en zei: 'Is mijn appartement echt veilig? Want ik wil schone kleren aantrekken.'
De Blauwe Man wist een zeldzaam glimlachje tevoorschijn te toveren. 'Goed idee, Robie. Je ziet er behoorlijk verfomfaaid uit.'
'Nou, zo voel ik me ook,' gaf Robie toe.

•39•

Robie reed naar zijn appartement, parkeerde de auto een straat verderop en liep naar de achterkant van het gebouw. Hij nam een dienstlift naar boven, stapte uit, keek langdurig door de gang en liep toen door.

Daar liep hij Annie Lambert tegen het lijf, die met haar fiets uit haar appartement kwam. Ze droeg een zwarte rok, een roze anorak, een maillot en tennisschoenen. Aan een van haar schouders hing een rugzak.

'Nog laat naar je werk?' vroeg Robie terwijl hij naar haar toe liep.

Ze draaide zich om, schrok even en glimlachte toen.

'Afspraak bij de dokter. Zelfs medewerkers van het Witte Huis moeten soms naar de dokter.'

'Niets ernstigs?'

'Nee, routine.'

Hij glimlachte. 'Nou, zijn jullie bezig het land de vernieling in te helpen?'

'De oppositie zou daar meteen ja op zeggen, maar ik denk dat we het goed doen. Het zijn moeilijke tijden. Veel problemen. En hoe is het bij jou? Alles goed?'

'Prima.'

Als ze de bult van het verband onder zijn jasje al zag, of zijn gekreukte kleren, dan zei ze daar niets over.

'Nog steeds in voor een drankje?' vroeg hij. Robie verbaasde zich over zijn eigen vraag.

Ik leer deze week veel over mezelf, dacht hij.

'Ja. Wat dacht je van vanavond? Je zei dat het binnenkort moest.'

'Als je tenminste vrij krijgt van de president?'

Ze grijnsde. 'Vast wel. Zullen we om acht uur afspreken? De bar op het dak van het W Hotel? Je hebt daar een fantastisch uitzicht.'

'Tot dan.'

Ze vertrok met haar fiets en Robie liep naar zijn appartement. Hij wist niet waarom hij dat zojuist had gedaan, maar hij had zich nu vastgelegd en zou er om acht uur zijn. Normaal gesproken hield hij er niet van als hij tijdens zijn werk werd afgeleid, maar op de een of andere manier kwam dit hem wel goed uit.

In zijn appartement keek hij naar al zijn verklikkers, al leek het erop dat zijn dienst ze blijkbaar gemakkelijk kon omzeilen. Alles zag er hetzelfde uit. Ze

konden afluisterapparatuur hebben aangebracht, maar hij was niet van plan vanuit zijn appartement te bellen. In zekere zin zat hij thuis gevangen.
Hij trok schone kleren aan en pakte een kleine tas in met andere dingen die hij misschien nodig zou hebben als hij een tijdje niet terug zou komen.
Hij voelde een sterke aandrang om bij Julie te gaan kijken en typte vlug een sms'je om haar te vragen of ze het goedvond.
Binnen enkele seconden kreeg hij antwoord: *Kom maar.*
Hij liep met een omweg naar haar appartement en nam de lift naar boven. Hij keek of hij iets zag van de beveiliging die Blauwe Man had geregeld, maar zag niemand. Misschien maar goed ook, dacht hij.
Misschien.
Julie maakte de deur open nadat ze eerst door het gaatje naar hem had gekeken. Hij was ook blij dat hij haar het alarm hoorde afzetten.
Hij sloot de deur achter zich en deed hem op slot.
'Je stond met dat fietsmeisje te praten,' zei ze.
'Wat?'
Ze wees naar de telescoop. 'Wat een goed ding is dat, zeg. Het doet het altijd, dag en nacht.'
'Ja, nou, dat is ook de bedoeling, maar ik wil niet dat je er mensen mee bespioneert.'
'Ik let alleen op mijn omgeving, je zei laatst dat ik dat moest doen.'
'Oké, één-nul.'
'Dus je andere appartement is aan de overkant van de straat?'
'Ja.'
'Normaal gesproken spreiden mensen hun huizen. Je weet wel, Parijs, Londen, Hongkong.'
'Ik ben niet normaal.'
'Nee, daar was ik al achter. Nou, wat heb je ontdekt? Ik heb naar de tv gekeken. Zo te horen was het daar gisteravond een oorlogsgebied. Je mag van geluk spreken dat je nog leeft. Tenminste, ik neem aan dat je daar door een kogel bent geraakt. Je hebt me nog steeds niets over je arm verteld.'
'Het is altijd een kwestie van geluk,' zei hij vaag.
'Hebben ze sporen gevonden?'
'Daar hebben ze mij niets over verteld.'
'Hoe bevalt het je om met de FBI samen te werken?'
'Het gaat.'
'Ze ziet er leuk uit.'
'Wie?'
'Agent Vance. Ze praatte op tv met verslaggevers. Ze had het niet over jou.'

'Mooi zo.'
'Waar heb je vannacht geslapen? Ik weet dat het niet aan de overkant was.' Ze wees naar de telescoop.
'Ik heb geslapen,' zei hij. 'Meer hoef je niet te weten.'
'Aha,' zei ze. 'Je hebt bij haar geslapen, hè?'
Ditmaal knipperde Robie bijna met zijn ogen. Bijna. Dat meisje wist precies hoe ze hem moest treffen.
'Waarom zeg je dat?'
Ze keek hem aandachtig aan. 'O, ik weet het niet. Je straalt een beetje. Een vrouw kan het altijd zien.'
'Nou, je hebt het mis. En nu moet ik gaan.'
'Wanneer gaan wíj weer op stap, Robie?'
Hij keek haar aan.
'Weet je nog wel wat we hadden afgesproken? We gaan samen uitzoeken wie mijn ouders hebben vermoord.'
'Klopt. En ik werk eraan.'
'Dat weet ik. Maar ík wil er ook aan werken. Ik heb je die lijst gegeven. Wat heb je daar tot nu toe mee gedaan?'
'Ik ga alles na.'
'Mooi,' zei ze, en ze trok haar capuchontrui aan. 'Ik ben er klaar voor.'
'Dat lijkt me geen goed idee.'
'En het lijkt mij geen goed idee dat ik hier alleen maar op mijn reet zit en niks anders doe dan door een telescoop kijken. Dus ik ga met je mee of ik ga in mijn eentje, maar ik ga sowieso.'
Robie zuchtte en maakte de deur voor haar open. 'Maar je laat mij de vragen stellen,' zei hij.
'Ik zou het niet anders willen,' zei ze.
Liegbeest, dacht Robie.

•40•

Ze zaten in Robies huurauto en keken naar het huis van haar ouders.
Julie verschoof een beetje op haar stoel en zei: 'Wat schieten we hier nou eigenlijk mee op?'
'We kijken of er een interessant iemand komt opdagen. Ik wacht nog een halfuur en dan rijden we door.'
'Dit is tijdvulling, hè? Je wilt dat ik me zo erg ga vervelen dat ik weer in mijn appartement ga zitten, hè?'
'Doe je tegen iedereen altijd zo sceptisch?'
'Binnen redelijke grenzen.'
'Wat bedoel je daar nou weer mee?'
'Laat maar.'
Hij keek uit zijn raam en zag een zwerfkat over het trottoir rennen. Het begon te regenen en het dier versnelde zijn pas en verdween in een steegje.
'Hoe lang hebben je ouders hier gewoond?'
'Ongeveer twee jaar. Zo lang hadden we nog nooit ergens gewoond.'
Hij keek haar aan. 'Vertel me eens de verkorte versie van je leven.'
'Er valt niet veel te vertellen.'
'Het kan bijdragen aan het onderzoek.'
'Er schoot me net iets te binnen. Iets wat mijn moeder zei toen die man met het pistool er was.'
'Wat dan?'
'Toen de man op mij af wilde gaan, zei mijn moeder: "Zij weet van niets".'
Robie ging rechtop zitten en verstrakte zijn greep op het stuur. 'Waarom denk je daar nu pas aan?'
'Ik weet het niet. Nu ik hier terug ben en het huis zie, schiet het me weer te binnen.'
'Ze zei tegen hem dat je van niets wist,' zei Robie. 'Daaruit valt af te leiden dat je moeder wél iets wist. En je zei al eerder dat die man aan je vader vroeg wat hij wist.'
'Ik snap wat je bedoelt: wat mijn moeder ook zei, iemand denkt dat ik het ook weet. Maar als de man die achter me aan zat nu eens door de explosie is omgekomen?'
'Dat doet er niet toe. Hij heeft contact opgenomen met zijn opdrachtgever.'
'Misschien opereerde hij in zijn eentje.'

'Dat denk ik niet.'
'Waarom niet?'
'Hij was er het type niet voor. Dat kan ik zien. Trouwens, iemand heeft de lichamen van je ouders weggehaald en die bus laten ontploffen. En dat was hij niet. Daar had hij noch de tijd noch de gelegenheid voor.'
'Waarom zouden ze de bus willen opblazen? Misschien om mij te vermoorden, maar ik zat niet meer in die bus.'
'Misschien wisten ze dat niet. Laten we zeggen dat iemand een vuurkogel in de tank aan de andere kant van de deur schoot. De bus had getinte ruiten. Misschien hebben ze niet gezien dat wij waren uitgestapt. Ze wilden zekerheid hebben voor het geval hun man in de bus had gefaald, wat inderdaad het geval was.'
'Denk je dat ze nog steeds geloven dat ik dood ben?'
'Dat betwijfel ik. Weet je die vent met dat geweer in die steeg nog? Die rommel hebben ze ook opgeruimd, dus ze weten dat we de dans zijn ontsprongen.'
Julie keek uit het raam. 'Waar waren mijn ouders in hemelsnaam in verzeild geraakt?'
'Laten we een beetje in hun tijd teruggaan en kijken of er iets komt bovendrijven.'
'Waar gaan we eerst naartoe?'
'Het restaurant waar je moeder werkte. Wijs me de weg.'
Op Julies aanwijzingen reed Robie naar het restaurant, dat niet ver was. Hij parkeerde de Volvo aan de overkant van een straat verderop.
Hij zette de motor uit. 'Ze kennen je daar, hè?'
'Ja, natuurlijk.'
'Dan lijkt het me niet verstandig dat je daar wordt gezien.'
'Dus ik moet in mijn eentje in de auto blijven zitten? Dat hadden we niet afgesproken.'
'Afhankelijk van de omstandigheden is het plan voortdurend aan verandering onderhevig.'
Hij reikte naar de achterbank en pakte de rugzak die hij uit zijn appartement had meegenomen. Hij haalde er een kijker uit.
'Het plan is als volgt. Ik ga naar binnen en stel daar wat vragen. Jij blijft hier op de uitkijk. Als je ziet dat iemand al te veel op me let, maak je een foto van hem met je camera.'
'Hoe verklaar je in het restaurant dat je vragen gaat stellen?'
Hij stak zijn hand weer in de rugzak en haalde er twee batterijsetjes, een oordopje en een headset uit. Hij gaf de headset aan haar.
'Jij bent het commandocentrum. Je kunt daarin spreken. Ik hoor je wel, maar

verder niemand anders, oké? En jij kunt alles ook heel goed horen. Je geeft me informatie als je denkt dat ik er iets aan heb. Oké?'
Julie glimlachte. 'Oké. Cool.'
Hij stopte het dopje in zijn oor, zette zijn batterijsetje aan en klemde het aan zijn riem vast, waar zijn jasje overheen hing. Hij stapte uit en boog zich toen weer naar binnen.
'Als je iets vreemds ziet, als iets je niet lekker zit, zeg je gewoon "Kom", dan ben ik hier binnen vijf seconden, oké?'
'Oké.'
Hij sloot het portier, keek naar links en rechts en zette koers naar het restaurant.
Julie volgde hem stap voor stap door de kijker.

•41•

Robie liet zich op een vrije kruk zakken en pakte een groezelige menukaart van een rek op het buffet. Een serveerster in een gerafeld blauw uniform en een niet al te schoon schort keek hem aan. Ze had een potlood achter haar rechteroor. Ze was een jaar of vijftig, breed in de heupen, met blond haar waar grijze strepen doorheen liepen.

'Wat kan ik voor u doen?' vroeg ze.

'Om te beginnen een kop zwarte koffie.'

'Komt eraan. Ik heb net verse gezet.'

In Robies oor zei Julie: 'Ze heet Cheryl Kosmann. Ze is een vriendin van mijn moeder. Ze is een goed mens.'

Robie knikte nauwelijks waarneembaar om te laten zien dat hij de informatie had gehoord.

Cheryl bracht zijn kop koffie en zette die voor hem neer. 'U ziet eruit alsof u wel wat vlees op uw botten kunt gebruiken. Onze gehaktschotel is heel goed. Die blijft op je ribben zitten. Ik heb er zelf heel wat van gehad. Ik heb mijn ribben in geen twintig jaar gezien.' Ze lachte.

'Bent u Cheryl Kosmann?'

De lach bleef in haar keel steken. 'Wie wil dat weten?'

Robie haalde zijn badge tevoorschijn en liet zijn ID zien.

Cheryl verstijfde. 'Ben ik in moeilijkheden?'

'Zou dat kunnen?'

'Nee, tenzij het een misdaad is om je voor een paar centen uit de naad te werken.'

'Nee, u bent niet in moeilijkheden, mevrouw Kosmann.'

'Zeg maar Cheryl. Ik weet dat dit een viersterrenrestaurant is, maar we proberen de sfeer informeel te houden.'

'Hoe lang werk je hier al?'

'Te lang. Na de middelbare school zou ik hier een zomer gaan werken, en nu zit ik hier na al die jaren nog steeds. Als ik daar te veel over nadenk, moet ik huilen. Ik weet wat er met mijn leven is gebeurd. Door de plee gespoeld.'

Robie haalde de foto van Julie en haar ouders tevoorschijn die hij uit de woning had meegenomen.

'Wat kun je me over deze mensen vertellen?'

Kosmann keek naar de foto. 'Wil je iets over de Getty's weten? Waarom? Zitten ze in de problemen?'

'Nogmaals: is daar reden toe?'

'Nee, het zijn goede mensen die pech hebben gehad en daar niet meer uit konden komen. Dat meisje van hen is een lastige tante. En dat bedoel ik positief. Als ze ook maar een kleine kans in haar leven kreeg, zou ze het ver brengen. Ze is superintelligent. Haalt heel goede cijfers op school. Ze werkt er hard voor. Ze kwam hier weleens en dan had ze vaak een hele stapel boeken bij zich. Ik heb een keer geprobeerd haar met een wiskundesom te helpen. Dat was een lachertje. Ik kan amper de bedragen van een rekening optellen. Maar Julie is bijzonder. Ik ben gek op dat meisje.'

'Maar ze zit in een pleeggezin.'

'Nou ja, en ook weer niet. Sara, dat is haar moeder, stelt steeds alles in het werk om haar terug te krijgen.'

'En haar vader?'

'Curtis is ook gek op haar, maar met die man is het helemaal verkeerd gegaan. Te veel coke gesnoven, als je het mij vraagt. Hoeveel van je hersenen heb je na verloop van tijd dan nog over? Zelfs Einstein zou een dombo zijn geworden als hij aan dat witte spul was gegaan.'

'Wanneer heb je een van hen voor het laatst gezien?'

Kosmann sloeg haar armen over elkaar. 'Gek dat je dat vraagt. Sara zou vandaag komen werken, maar ze is niet komen opdagen. Ze heeft ook niet gebeld. Dat is niets voor haar, nou ja, tenzij er iets is gebeurd.'

'Bijvoorbeeld een zuippartij?' opperde Robie.

'Of misschien kon Curtis niet uit zijn bed komen en moest ze voor hem zorgen. Morgen komt ze vast wel weer.'

Nee, ze komt niet, dacht Robie.

In zijn oor hoorde hij Julie snikken.

'Accepteert de eigenaar dat?'

'De eigenaar heeft in de bak gezeten en zijn portie drugs achter de kiezen. Hij snapt die mentaliteit. Hij laat haar begaan. Maar als ze hier is, werkt ze harder dan iedereen.'

'Wanneer was ze hier voor het laatst?'

'Eergisteren. Gisteren had ze vrij. Haar dienst zat er om zes uur op. Toen had ze twaalf uur gedraaid. Het valt niet mee om de hele dag op de been te zijn. Curtis kwam haar ophalen.'

'Kwam hij van zijn werk?'

'Ja, een pakhuis ongeveer vijf minuten hiervandaan. Hij haalde haar vaak op. Hij vond de straten hier in de buurt niet veilig, en soms zijn ze dat ook niet. Ik vond dat lief van hem. Hij hield echt van haar en zij hield echt van hem. Ze hadden geen luis. Woonden in een krot. Geen auto. Geen spaargeld. Geen pen-

sioen. Nou ja, ze hadden Julie. Dat is tenminste iets. Ze wilden het beste voor haar. Wilden niet dat het met haar net zo afliep als met hen. Ze betaalden elke cent die ze hadden om haar op een heel goede school te krijgen, waar ze een speciaal programma voor hoogbegaafden hadden. Sara draaide hier extra uren zodat ze die school konden betalen. Als we samen dienst hadden, hadden we het daar vaak over. En Curtis maakte overuren in het pakhuis. Hij was een junk, maar hij kon hard werken als hij wilde. En voor zijn kleine meisje wilde hij het.'
Robie hoorde Julie in zijn oor snel en hard ademhalen.
Hij reikte naar het batterijsetje aan zijn riem en zette het uit.
'Zie je Julie vaak?' vroeg hij.
'O ja. Zoals ik al zei: ze zat aan een tafeltje of hier aan het buffet, en deed haar huiswerk totdat de dienst van haar moeder erop zat. En dan liepen ze met z'n drieën naar huis.'
'Als ze tenminste niet in een pleeggezin zat?'
'Ja. Oké. Het leek wel of ze vaker wel dan niet in een pleeggezin zat.'
'Heb je hier de afgelopen weken iemand zien rondhangen die je niet kende?'
Kosmann fronste haar wenkbrauwen. 'Zeg, is Sara, Curtis of Julie iets overkomen?'
'Ik verzamel alleen maar informatie.'
'Op je badge staat dat je van de DCIS bent.'
Robie was verbaasd. De meeste mensen keken nooit goed naar de badge.
'Ken je die dienst dan?'
'Een paar veteranen zijn hier vaste klant. Omdat een van hen bij de DCIS had gewerkt, ken ik het logo. Maar wat is het verband met de Getty's? Voor zover ik weet, zijn Curtis en Sara nooit in dienst geweest.'
'Nogmaals: ik verzamel alleen informatie. Maakte een van hen een nerveuze of zorgelijke indruk toen je hen voor het laatst zag?'
'Er is iets met hen gebeurd, hè?' Kosmann keek alsof ze op het punt stond in huilen uit te barsten. Enkele klanten aan andere tafels keken naar hen.
'Cheryl, ik doe alleen maar mijn werk. En als je mijn vragen niet wilt beantwoorden, is dat niet erg. We kunnen het ook een andere keer doen.'
'Nee, nee, het is oké.' Ze veegde haar ogen af met een servetje en beheerste zich. 'Maar ik denk dat ik ook een kop koffie neem, tegen de zenuwen.'
Hij wachtte tot ze koffie voor zichzelf had ingeschonken en weer bij hem kwam staan.
'Nerveus, of bezorgd?' drong Robie aan.
'Ja, nu ik erover nadenk. In elk geval Sara. Wat Curtis betreft, weet ik het niet. Hij is altijd onrustig. Hij gedraagt zich alsof hij elk moment uit zijn vel kan springen. Maar dat komt alleen door de drugs.'

‘Heb je Sara ooit gevraagd wat haar dwarszat?’
‘Nee, nooit. Ik nam aan dat het met Curtis te maken had, of misschien was ze bang dat ze Julie weer aan de pleegzorg zou verliezen. Ik kon daar allemaal niets aan doen.’
‘Heeft ze namen genoemd? Zijn er hier vreemde telefoontjes binnengekomen?’
‘Nee.’
‘Is er op haar laatste dag hier iets ongewoons gebeurd?’
‘Nee, maar de avond daarvoor kwamen er een paar vrienden van haar eten.’
‘Wat voor vrienden?’
‘Gewoon, vrienden. Ze zaten aan die tafel daar. Sara was vrij en de maaltijd was gratis, én ze kreeg korting op die van de anderen. Als je geen geld hebt, helpen alle kleine beetjes.’
‘Wist je wie ze waren?’
‘Het was ook een stel. Leo en Ida Broome.’
Robie nam een slokje van zijn koffie en noteerde de namen.
‘Vertel me over hen.’
Er kwamen andere klanten binnen en Robie wachtte tot Cheryl hen naar een tafel had gebracht en had gevraagd wat ze wilden drinken. Toen ze de drankjes had gebracht en hun bestelling voor eten had opgenomen, kwam ze naar Robie terug. Hij had naar de nieuwe mensen gekeken en zag geen gevaar. Terwijl Cheryl haar werk deed, had hij de batterijen weer aangezet en hoorde meteen Julies stem.
‘Niet nog een keer uitzetten. Ik ga heus niet huilen. Oké?’
Hij knikte vaag.
‘Sorry,’ zei Cheryl.
‘Geen probleem. We hadden het over de Broomes?’
‘Eigenlijk valt er niet veel te vertellen. Ze zijn achter in de veertig, een leuk stel. Ik geloof dat Ida in een kapsalon werkt. En Leo doet iets bij de gemeente, ik weet niet precies wat. Ik weet niet hoe ze elkaar hebben leren kennen. Misschien zaten ze samen in een afkickcentrum. Wie weet? Ik ken ze alleen doordat ze hier van tijd tot tijd met Sara en Curtis komen eten.’
‘Heb je een adres of telefoonnummer van hen?’
‘Nee.’
In zijn oor zei Julie: ‘Ik wel.’
Robie zei: ‘Cheryl, is je iets bijzonders opgevallen toen ze die avond hier met z’n allen zaten?’
‘Nou, ik heb ze bediend. Ik had die avond de late dienst. Ik ving flarden van een gesprek op. Niets belangrijks, maar ze zagen er allemaal uit...’
Robie wachtte geduldig tot ze de woorden vond die ze zocht.

'Nou, ze zagen er allemaal uit alsof ze een spook hadden gezien.'
'En je hebt niet gevraagd wat hun dwarszat?'
'Nee. Ik dacht dat het met drugs te maken had, of dat Julie weer in een pleeggezin zat, of dat er iets met de Broomes aan de hand was. Hé, ik ben serveerster in een derderangseettent, ja? Als mensen willen praten, luister ik, maar ik bemoei me niet met dingen die me niet aangaan. Ik heb al genoeg aan mijn eigen sores. Als dat mij een slecht mens maakt, nou, dan ben ik maar een slecht mens.'
'Je bent geen slecht mens, Cheryl,' zei Robie. Maar hij dacht aan iets anders. 'Heb je binnenkort een paar vrije dagen?'
Ze werd duidelijk verrast door zijn vraag. 'Ik heb nog een week vakantie.'
'Heb je familie buiten de stad?'
'In Tallahassee.'
'Ga je familie in Tallahassee maar opzoeken.'
Toen het tot Kosmann doordrong wat Robie eigenlijk bedoelde, staarde ze hem aan.
'Denkt u, denkt u dat ik...?'
'Neem die vrije dagen op, Cheryl. Nu meteen.'
Robie legde een twintigje neer voor de koffie, stond op en liep weg.

42

Robie stapte weer in de auto, haalde het dopje uit zijn oor, zette de batterij uit en legde alles in het vak tussen de stoelen. Hij keek naar Julie, die recht voor zich uit keek.

'Gaat het wel?'

'Ja.' Ze keek naar het restaurant. 'Ik voelde me daar bijna meer thuis dan in mijn echte huis. In elk geval meer dan bij die pleeggezinnen.'

'Dat kan ik me voorstellen,' zei Robie.

'Ik maakte daar graag mijn huiswerk. Mijn moeder gaf me een pasteitje en een kop koffie. Ik voelde me echt volwassen.'

'En het was natuurlijk fijn om bij haar te zijn.'

'Ik vond het fijn om naar haar te kijken als ze werkte. Ze was er goed in. Hoe ze met die bestellingen goochelde. En ze schreef nooit iets op. Ze had een geweldig goed geheugen.'

'Misschien heb je je hersenen wel van haar geërfd.'

'Misschien wel.'

'De avond dat je ouders zijn vermoord, gingen ze om ongeveer zes uur uit het restaurant weg. Maar ze kwamen pas uren later thuis, samen met de schutter. Waar zouden ze in de tussentijd zijn geweest?'

'Geen idee.'

'Oké. Hoe zit het met de Broomes?'

'Die wonen in een flat in het noordoosten van de stad.'

Robie zette de auto in de versnelling. 'Wat kun je me over hen vertellen?'

Voordat ze antwoord kon geven, zoemde Robies telefoon. Hij bracht hem naar zijn oor. 'Robie?'

'Waar zit je verdomme?'

Het was Vance.

'Ik doe wat onderzoek, zoals je zei.'

'Ik heb je hier nodig.'

'Wat is er aan de hand?' vroeg hij.

'Ten eerste word ik belaagd door de pers. Ten tweede proberen de MPD, een samengesteld terroristenteam en Homeland Security me te vertellen hoe ik mijn onderzoek moet doen. Ten derde ben ik gewoon pisnijdig.'

'Oké. Ik ben er over een uur.'

'Kan dat niet wat eerder?'

'Nee.'
Hij verbrak de verbinding en sloeg links af, in de richting van Union Station. Plotseling reed hij naar de kant van de straat, parkeerde en deed zijn gordel af.
'Wat doe je?' vroeg Julie.
'Wacht even.'
Robie stapte uit en maakte het portier achter zich dicht. Hij pakte zijn telefoon en belde.
Het kantoor van Blauwe Man nam op. Hij werd meteen doorverbonden.
Robie vertelde hem wat Vance hem had verteld. 'Misschien kun je aan een paar touwtjes trekken om Homeland Security, dat terroristenteam en de MPD terug te fluiten,' zei hij. 'Anders wordt dit voor je het weet een heel stuk ingewikkelder.'
'Komt voor elkaar,' zei Blauwe Man.
Robie stapte weer in de auto en startte de motor.
'Topgeheim spul?' vroeg Julie, die hem nors aankeek.
'Nee, ik heb alleen mijn stomerij gebeld.'
'Ben je met haar naar bed geweest?' vroeg Julie.
Robie keek recht voor zich uit. 'Dat heb ik je al verteld. Nee! Niet dat het jou iets aangaat met wie ik naar bed ga.'
'Nou, ze wil seks met je.'
Hij keek haar even aan. 'Hoe kom je daar in godsnaam bij?'
'Ze is nu kwaad op je. Ik hoorde haar stem door de telefoon. Ze zou niet zo kwaad zijn als ze niet op je viel.'
'Ze is van de FBI. Ze heeft vast al heel wat kerels op hun lazer gegeven die haar last bezorgden.'
'Misschien wel, maar dit is anders. Ik kan het merken. Dat is een vrouwending. Mannen begrijpen dat niet.'
'Je bent veertien. Je zou die vrouwendingen niet moeten weten.'
'Will, in welke eeuw leef je? Op mijn school zijn er vijf meisjes zwanger. En die zijn geen van allen ouder dan ik.'
'Misschien ben ik alleen maar ouderwets.'
'Soms wilde ik wel dat ik ook ouderwets kon zijn. Maar in zo'n wereld loop ik niet rond.'
'Nou, de Broomes?' vroeg Robie opnieuw.
'Mijn ouders kenden ze al jaren. Zoals Cheryl zei, werkt Ida in een kapsalon. Ik ben daar met mijn moeder geweest. Ida knipte gratis mijn haar en mijn moeder bakte dingen voor haar. Mijn moeder kan goed koken.' Ze zweeg even. 'Kón goed koken.'
'En haar man?' vroeg Robie vlug, in de hoop haar weer af te leiden. 'Cheryl zei dat hij een baan bij de gemeente had.'

'Dat zou ik niet weten,' antwoordde Julie.
'Is er iets ongewoons aan hen?'
'Ze leken me vrij normaal, maar ik heb ze niet zo goed gekend.'
'Dan moeten we het gewoon aan hen vragen.' *Als ze nog leven*, dacht hij. 'Hoe hebben ze je ouders leren kennen?'
'Ik geloof dat meneer Broome een vriend van pa was. Ik weet niet precies hoe dat zat.'
'Denk je dat ze iets te maken kunnen hebben met wat je ouders is overkomen?'
'Ik denk het niet. Zij werkt in een kapsalon en ze eten in sjofele eettentjes. Ze zijn heus geen internationale spionnen of zo, hoor.'
'Niet voor zover jij weet.'
'Maak je een grapje?'
'Spionnen zien er meestal niet uit als spionnen. Dat bedoel ik.'
'Jij ziet er anders wel uit als een spion.'
'Dat is goed, want ik ben het niet.'
'Dat zeg jij.'
Ze reden een poosje zwijgend door.
'Nou, ga je met haar naar bed?' vroeg ze opnieuw.
'Wat kan jou dat nou schelen?'
'Ik ben gewoon nieuwsgierig.'
'Ja, dat merk ik. Maar zelfs als ik met haar naar bed ging, zou ik het jou niet vertellen.'
'Waarom niet?'
'Een heer vertelt dat niet.'
'Nu klink je wel heel oud.'
'Vergeleken met jou ben ik zelfs stokoud,' zei Robie.

43

Het flatgebouw was in de jaren zestig gebouwd, maar pasgeleden opgeknapt. Dat kon Robie zien aan de nieuwe luifel aan de voorkant, de gezandstraalde bakstenen en de nieuwe lik verf op de kozijnen. Toen hij er met Julie vanuit de auto naar zat te kijken, maakte een man de deur open door een plastic sleutelkaart tegen een elektronisch kastje bij de ingang te houden. De deur ging met een klik open en de man liep naar binnen. De deur ging met een klik achter hem dicht.

Julie keek Robie aan.

'Wat nu?'

'Weet je het huisnummer?'

'Nee, ik ben er alleen een keer met mijn moeder langsgereden. Ze zei dat de Broomes daar woonden. Ik ben nooit bij hen thuis geweest.'

'Oké. Wacht even.'

Hij stapte uit en liep vlug vóór het naderende verkeer de straat over. Hij keek naar het kastje naast de deur en drukte op een bel.

Er kwam een stem uit de luidspreker. 'Ja?'

'Ik kom voor Leo en Ida Broome.'

'Een ogenblik.'

Ongeveer twintig seconden later kwam de stem terug. 'Ik heb naar hun appartement gebeld. Geen antwoord.'

'Weet u zeker dat u het juiste appartement hebt gebeld? Nummer 305?'

'Nee, het is 410.'

'O, oké, bedankt.'

Robie keek of hij een bewakingscamera zag, maar die was er niet.

Er liep een echtpaar naar hem toe. Oude mensen. De vrouw had een hoofddoek en een stok. In haar andere hand had ze een plastic draagtas. De man schuifelde achter een looprek waar aan de uiteinden van de voorste stangen tennisballen zaten.

Robie zag de vrouw een sleutelkaart tevoorschijn halen.

'Hebt u hulp nodig, mevrouw?' vroeg Robie.

Ze keek hem argwanend aan. 'Nee, we redden ons wel.'

'Oké.' Robie ging een stap achteruit. Hij wachtte tot ze de deur openmaakte met de kaart.

Ze bleef staan en keek hem aan. 'Kan ik u helpen, jongeman?'

Robie wilde net iets zeggen toen hij Julies stem hoorde.
'Pa, ik zei toch dat je op me moest wachten?'
Robie draaide zich om en zag Julie naar hem toe rennen. Ze had haar rugzak aan haar schouder hangen. Ze keek naar het oude echtpaar en glimlachte.
'Hallo, ik ben Julie. Woont u in dit gebouw? Mijn vader en ik denken erover hier te gaan wonen. We kwamen een van de flats bekijken. Mijn moeder zou hier ook naartoe komen.' Ze keek Robie aan. 'Maar ze belde net en zei dat ze wat later komt. En zij heeft de sleutelkaart die de verhuurder haar heeft gegeven. We moeten buiten op haar wachten.' Ze wendde zich weer tot het echtpaar. 'Dit wordt de eerste keer dat ik een eigen badkamer krijg. Dat heb je toch beloofd, pa?'
Robie knikte. 'Alles voor mijn kleine meisje.'
De oude man glimlachte. 'Mooi dat we hier weer wat jong spul krijgen. Ik voel me oud.'
'Je bént ook oud,' zei de vrouw. 'Echt oud.' Ze keek Julie vriendelijk aan. 'Waar komen jullie vandaan, schatje?'
'New Jersey,' zei Julie prompt. 'Ik heb gehoord dat het hier warmer is.'
'Welk deel van New Jersey?' vroeg de vrouw. 'Wij komen daar ook vandaan.'
'Wayne,' zei Julie. 'Het is daar mooi, maar mijn vader is overgeplaatst.'
'Wayne is heel mooi,' zei de vrouw.
Julie keek Robie aan. 'Mam zei dat het ongeveer drie kwartier duurt. Ze zit vast in het verkeer.'
'In deze stad zit iedereen vast in het verkeer,' zei de oude man. 'Je kunt hier zelfs als voetganger vast komen te zitten in het verkeer.'
'Kom, ga maar met ons mee naar binnen,' zei de vrouw. 'Het is nergens voor nodig dat jullie buiten blijven staan.'
Robie nam de boodschappentas van de vrouw over en ze namen de lift naar de zesde verdieping, waar ze het oude echtpaar achterlieten. De vrouw gaf Julie een koekje uit haar tas en kneep even in haar wang.
'Je lijkt op mijn achterkleindochter. Ik hoop dat we je vaak zullen zien als jullie hier komen wonen.'
Robie en Julie gingen met de lift naar de vierde verdieping terug en stapten uit.
'Dat heb je mooi gefikst,' zei Robie. 'Maar je had in de problemen kunnen komen doordat zij ook uit New Jersey kwamen.'
'Ik ben in Wayne geweest. Vuistregel: nooit zeggen dat je ergens vandaan komt als je daar nooit bent geweest.'
'Een goede regel.'
Ze waren bij appartement 410. Het was aan het eind van een gang, ertegenover zat geen deur. Robie keek of er een bewakingscamera in de gang was en zag er

geen. Hij klopte drie keer bij 410 aan zonder dat er een reactie kwam.
'Draai je om en kijk de gang in,' zei hij tegen Julie.
'Ga je het slot forceren?'
'Draai je nou maar om.'
Robie had er niet meer dan vijf seconden voor nodig. Het was geen nachtslot. Eén dun stukje metaal was genoeg, in plaats van twee.
Ze gingen naar binnen en hij deed de deur achter hen dicht.
'Nu zijn we criminelen,' zei Julie.
'Misschien wel.'
Het rook in de flat naar frituur. Hij was spaarzaam ingericht, er waren niet veel kamers, en er was niemand. Ze stonden midden in de huiskamer. Robie keek om zich heen.
'Het is een beetje te schoon, vind je niet?' zei hij.
'Misschien hebben ze smetvrees.'
Hij schudde zijn hoofd. 'Deze flat is schoongeboend.'
Julie keek naar hem op. 'Hoe bedoel je?'
'Ik weet niet of er iets met de Broomes is gebeurd, Julie. Misschien is er niets met ze aan de hand. Maar iemand heeft deze flat schoongeboend, en diegene wist precies wat hij deed.'
Julie keek naar de kamer. 'Moeten we naar vingerafdrukken of zoiets gaan zoeken?'
'Dat zou tijdverspilling zijn. We moeten uitzoeken wat Leo Broome deed.'
'We kunnen naar de kapsalon gaan en daar vragen stellen.'
'Ik heb een beter idee. Jíj kunt naar de kapsalon gaan en vragen stellen. Ik wil niet dat iemand te weten komt wat we doen. Ze zullen een kind niet zo gauw van iets verdenken.'
'Ik ben geen kind. Ik ben bijna oud genoeg om auto te rijden.'
'Maar ze zullen jou meer vertellen. Ze kennen je daar toch?'
'Ja. Ik ben daar vaak geweest.'
Ze verlieten het gebouw en reden met de Volvo weg.
'Jij denkt dat de Broomes dood zijn, hè?' vroeg ze.
'Als ik denk aan wat er met je ouders is gebeurd, en zoals hun flat eruitzag, ja, dan geloof ik dat ze dood zijn. Aan de andere kant: als Ida Broome in de kapsalon is, heb ik het mis.'
'Ik hoop dat je het mis hebt, Will.'
'Ik ook.'

•44•

Terwijl Robie buiten in de auto wachtte, ging Julie de kapsalon in. Er zaten veel klanten, ze keek om zich heen en zag welke kapsters er die dag werkten.
Ida Broome was er niet bij.
Geuren van haarverzorgingsproducten en permanentmiddelen vulden haar longen toen ze naar de toonbank liep. Er werd daar aan een stuk door gebabbeld; kapsters en klanten wisselden de laatste roddels uit.
'Jij bent toch Julie?' zei de jonge vrouw achter de toonbank. Ze leek een jaar of twintig en droeg een zwarte broek en een laag uitgesneden topje dat een tatoeage in de vorm van een bloem op de bovenkant van haar linkerborst onthulde. Haar kapsel was uiteraard erg hip.
'Ja. Is Ida er vandaag? Ik wilde mijn pony wat laten bijknippen.'
Julie hoopte vurig dat Ida ergens achterin was, of misschien een rookpauze nam in het steegje achter de kapsalon, maar de vrouw schudde haar hoofd. 'Ze had er om tien uur moeten zijn, maar ze is niet komen opdagen. Ik heb naar haar huis gebeld, maar daar nam niemand op. Dat was een groot probleem voor ons. Ze had vandaag zeven knipbeurten, twee permanentjes en een kleurspoeling op haar programma staan. Haar klanten waren niet blij toen ik ze afbelde.'
'Wat zou er gebeurd kunnen zijn?' vroeg Julie.
'Misschien een noodsituatie.'
'Misschien,' zei Julie langzaam.
'Misschien kan ik Maria vragen je te knippen. Als ze klaar is met die mevrouw, heeft ze wel even tijd.'
'Dat zou geweldig zijn.'
Maria was een latina van midden twintig met donker haar dat in een rechte lijn om haar hoekige gezicht was geknipt. Ze begroette Julie met een stralende glimlach.
'Hé, meid. Je wilt je pony laten bijknippen, hè?'
'Hoe wist je dat?'
'Dat is mijn vak, nietwaar?'
De kapster naast haar grinnikte. Ze knipte in het al dunner wordende haar van een jonge man.
'Geen school vandaag?' vroeg Maria.
'Lerarenvergadering.'

'Hoe gaat het met je moeder?'
Julie knipperde niet met haar ogen. Ze had die vraag verwacht.
'Goed, hoor.'
Julie ging in de stoel zitten en Maria sloeg een zwart laken om haar heen dat ze in haar nek vastmaakte.
Maria zei: 'Weet je wat je goed zou staan? Een Zooey Deschanel-kapsel. Met een bril erbij staat dat heel chic.'
'Er mankeert niets aan mijn ogen,' zei Julie.
'Daar gaat het niet om. Het gaat om de look.'
'Heb je Ida de laatste tijd gezien? Het meisje achter de toonbank zei dat ze vandaag niet is komen opdagen.'
'Dat weet ik. Ik vind het maar raar. Ze verzuimt nooit van haar werk en ze had vandaag een vol programma. De baas is kwaad. Het gaat nog steeds beroerd met de economie en elke dollar telt.'
'Zo te zien doen jullie vandaag goede zaken.'
'Ja, maar zo is het niet elke dag.'
Julie zei: '*Apreciar todo lo bueno que viene su manera.*'
Maria lachte en tikte Julie zacht met haar schaar op haar hoofd. 'Je weet dat ik geen Spaans spreek.'
'Ik vraag me af waar Ida toch kan zijn?' vroeg Julie.
'Dat weet ik niet. Ze deed eergisteren nogal vreemd.'
'Op een grappige of op een rare manier?'
'Absoluut op een rare manier. Ze verknoeide het permanent van een vrouw en knipte toen vijf centimeter af bij een klant die er maar twee centimeter af wilde hebben. Kwaad dat die vrouw was! Je weet hoe wij vrouwen kunnen zijn als het om ons haar gaat. Het is net religie. Dat geldt ook voor schoenen.'
'Heb je haar gevraagd wat er aan de hand was?'
'Ja, maar ze wilde niet veel zeggen. Alleen dat het iets met Leo te maken had.'
'Haar man? Is die zijn baan kwijt of zoiets?'
'Dat denk ik niet. Hij is ambtenaar. Die raken hun baan niet kwijt.'
'Dat weet ik nog zo net niet. Veel overheidsinstellingen moeten tegenwoordig bezuinigen.'
'Nou, evengoed geloof ik niet dat Leo ontslagen is.'
'Wat doet hij eigenlijk?'
'Iets bij de overheid, zoals ik al zei.'
'Ja, maar wat? En welke overheid? De gemeente Washington? De federale overheid?'
'Je wilt vandaag wel heel veel weten.'
'Ik ben gewoon nieuwsgierig. Dat zijn alle tieners.'

'Ja ja. Mijn jongste zus is zeventien en die geeft geen moer om iets of iemand anders dan haarzelf.'
'Ik ben enig kind. Die letten vaak meer op andere mensen.'
'Nou, ik weet niet waar Leo werkt, maar Ida heeft me een keer verteld dat zijn baan nogal belangrijk is. Ergens op Capitol Hill.'
'Misschien werkt hij dan voor de federale overheid.'
'Misschien wel.'
'Dus Ida was er gisteren ook niet?'
'Nee, maar dat gaf niet. Het was haar vrije dag. Maar vandaag is het een heel ander verhaal.'
Maria had al die tijd doorgewerkt en zei nu: 'Oké, je ziet er weer prima uit. Maar wil je nadenken over die bril?'
Julie bekeek haar haar in de spiegel. 'Dankjewel, Maria.'
Maria haalde de doek weg en Julie pakte haar portemonnee. Maar Maria wilde daar niet van weten.
'Nee, ik trakteer.'
'Maar je moet toch betaald worden.'
'Weet je wat, je kunt me een beetje Spaans leren als je hier bent. Mijn moeder heeft het er steeds maar weer over dat ik het moet leren.'
Julie glimlachte. 'Afgesproken.'

45

Robie was tijdens het wachten op Julie niet steeds in de Volvo blijven zitten. Hij liep rond. En keek. Hij wist dat er ergens ogen waren en die wilde hij vinden voordat ze hem vonden.

En hij moest over een aantal dingen nadenken.

Hij werkte aan twee zaken tegelijk.

Jane Wind was dood, net als haar zoontje. Ze had op het ministerie van Defensie gewerkt. Ze was in Irak en Afghanistan en waarschijnlijk nog wel meer brandhaarden geweest. Robies begeleider was overgelopen en had Robie opdracht gegeven haar te doden. Nu was de begeleider verdwenen en deed Robie onderzoek naar moorden waar hijzelf getuige van was geweest. Nicole Vance had een scherp verstand en Robie moest goed uitkijken dat hij in haar bijzijn geen fouten maakte. Rick Wind was ondersteboven hangend met afgesneden tong in zijn pandjeshuis gevonden. Daar waren ook geen sporen te vinden geweest.

En dan was Julie Getty er ook nog. Haar ouders waren vermoord en de plaats delict was opgeruimd. Er was een moordenaar in de bus gestapt om het karwei af te maken. De bus was ontploft. Robies pistool was daar gevonden, en daardoor geloofde de FBI dat de twee zaken met elkaar in verband stonden. En de man die hen in het steegje had aangevallen, was verdwenen. De flat van de Broomes was ook schoongeboend, en Robie wist niet waar ze waren. En ook niet of ze nog leefden.

Hij keek naar de kapsalon en zag door de ruit dat Julie aanstalten maakte om weg te gaan. Als hij een gokker was, zou hij erop wedden dat Ida Broome daar niet was geweest. Hij wachtte haar bij de auto op en ze stapten allebei in.

'Vertel,' zei hij.

Julie stelde hem in een paar minuten op de hoogte.

'Dus nu weten we nog steeds niet wat Leo doet,' zei Robie.

'Kun je dat niet opzoeken in een database van de overheid?'

'Waarschijnlijk wel. Ik zal het nagaan.'

'De Broomes zijn waarschijnlijk dood,' zei ze.

'Of ze houden zich schuil,' zei Robie. 'Dat zou nog het mooiste zijn.'

'Als Broome een belangrijke baan bij de overheid heeft, zou hij dan de reden van dit alles zijn?'

'Dat zou heel goed kunnen.'

'Maar hoe waren mijn ouders er dan bij betrokken?'
'Ze waren bevriend. Ze gingen met elkaar eten. Misschien heeft hij zich iets laten ontglippen.'
'Geweldig,' zei ze, en haar stem sloeg een beetje over. 'Dus mijn ouders zijn misschien vermoord omdat ze met die kerel gehaktbrood hebben gegeten?'
'Er zijn wel vreemdere dingen gebeurd.'
'Wat nu?' vroeg ze.
'Ik zet je weer af. Ik moet ergens heen.'
'Ja. Naar superagente Vance.'
'Gewoon FBI-agente Vance.'
'Maar ze was toch super, hè?'
'Je weet van geen ophouden, hè?'
'Moet ik nu soms naar dat appartement terug om me daar dood te vervelen?'
'Heb je geen huiswerk?'
'Van een moordonderzoek naar differentiaalvergelijkingen. Wauw!'
'Je bent pas veertien, heb je nu al differentiaalvergelijkingen?'
'G en T, Will, zoals ik al zei. Eigenlijk vind ik wiskunde niet eens zo leuk, maar ik ben er goed in.'
'Onderwijs is de sleutel tot succes.'
'Je klinkt als iemands opa.'
'Ben je het er dan niet mee eens?'
'Ik leef één dag tegelijk.'
'Geen slechte filosofie.'
'De ouders van mijn klasgenoten hebben hun hele leven al voor hen uitgestippeld. De beste universiteiten. De beste postdoctorale opleidingen. Wall Street, medisch specialist, grote advocatenkantoren. De volgende Steve Jobs, de volgende Warren Buffett. Ik moet ervan kotsen.'
'Er is niets verkeerds aan om vooruit te willen.'
'Je bedoelt dat er niets verkeerds aan is om zo veel mogelijk geld te willen verdienen ten koste van alle andere mensen? Er leven meer dan zeven miljard mensen op de planeet en te veel van hen leven in armoede. Als ik een algoritme bedenk om een fortuin te maken op Wall Street en daardoor de economie een opdonder geef, wat er op zijn beurt toe leidt dat er nog meer arme mensen komen, kan ik dat niet zo geweldig vinden.'
'Doe dan iets anders. Iets wat mensen helpt.'
Ze keek hem zijdelings aan. 'Je bedoelt zoals jij?'
Hij wendde zijn ogen af.
Nee, niet zoals ik, dacht hij.

46

Nadat hij Julie had afgezet, manoeuvreerde Robie door het drukke verkeer tot hij na ongeveer vijfentwintig minuten bij Donnelly's aankwam. De lijken waren weggehaald, maar de straat stond vol politiewagens, forensische busjes en dienstwagens van de FBI. Midden op het trottoir stond een mobiele FBI-commandopost die daar waarschijnlijk de vorige avond was neergezet.

Aan de andere kant van de houten politieafzettingen stond een legertje verslaggevers. Mediawagens met hoge communicatiemasten stonden achter de elkaar verdringende journalisten langs de straat. Robie liet zijn badge zien en mocht de afzetting passeren. Verslaggevers die aan deadlines en nimmer eindigende nieuwscycli moesten voldoen, schreeuwden vragen naar hem.

Vance wachtte hem aan de voorkant op. Ze maakte een gejaagde indruk. Toen hij naar de chaos keek die was ontstaan doordat het recht op persvrijheid in botsing kwam met het recht van de overheid om moorden op haar burgers op te lossen, kon Robie het haar moeilijk kwalijk nemen.

'Heb je alles onder controle?' vroeg hij.

'Let op je woorden of ik schiet.'

Hij liep met haar Donnelly's in, waar federale technici en FBI-agenten in donkerblauwe windjacks hard op de plaats delict aan het werk waren. Er waren overal tekens gezet om aan te geven waar de slachtoffers hadden gelegen. Die gekleurde stukjes plastic met nummers erop leken volkomen ontoereikend als symbolen van de dood of een mens met verwondingen.

'Wat is het laatste nieuws?' vroeg Robie.

'Er zijn vannacht nog twee van de slachtoffers in het ziekenhuis gestorven,' zei ze grimmig. 'Daardoor staat het totaal nu op zes. En de kans is groot dat we er nog meer verliezen.'

'Je zei dat je last had van Homeland Security en de MPD?'

'Dat is een beetje rustiger geworden. Ze hebben hun tenten afgebroken en zijn naar huis gegaan.'

'Goed om te weten.'

Ze keek hem scherp aan. 'Had jij daar soms iets mee te maken?'

Hij stak zijn handen omhoog. 'Zoveel macht heb ik niet. Als de FBI de berg niet kan verschuiven, moet je niet verwachten dat de kleine DCIS het wel kan.'

'Nee, dat zal wel niet,' zei ze. Ze leek niet overtuigd.

'Zijn er aanwijzingen?'

'Er is een zwarte SUV gevonden die ongeveer anderhalve kilometer hiervandaan is achtergelaten. Er zaten putjes van kogels in. Je had gelijk. Hij was zwaar gepantserd.'
'Wie was de eigenaar?'
'De Amerikaanse overheid.'
Dus ik had gelijk, dacht Robie. *En Blauwe Man had het mis.* Daardoor voelde hij zich niet beter, maar juist slechter.
'Welk onderdeel van de overheid?'
'De Secret Service.'
Robie staarde haar aan.
'Hij is uit een van hun garages verdwenen.'
'Hoe? Die garages worden dag en nacht bewaakt.'
'Dat zijn we aan het natrekken.'
'Foute boel als daar een verrader tussen zit. Ze moeten de president beschermen.'
'Dank je, Robie. Dat wist ik nog niet,' snauwde ze.
'Wat zegt de Secret Service?' vroeg hij, haar toon negerend.
'Ze maken zich zorgen. En ze hebben de beveiliging nog meer opgevoerd.'
'Verder nog iets?'
'Overal op straat liggen MP-5-hulzen. Hopelijk vinden we een wapen waarmee we ze in verband kunnen brengen.'
'Niemand heeft iets gezien? Geen gezichten?'
'We hebben de hele nacht en dag iedereen daar ondervraagd. Dat heeft nog niets opgeleverd.'
'Zijn we er zeker van dat wij de doelwitten waren? Niet iemand anders in het restaurant of op straat?'
'Daar zijn we niet zeker van. We maken een profiel van alle slachtoffers en alle mensen die gisteravond in het restaurant waren. Misschien hebben we geluk en levert een van hen een motief op voor dat bloedbad.'
'Maar als wij nu eens wél het doelwit waren?' zei Robie. Hij dacht: *als ík nu eens het doelwit was?*
Vance schudde haar hoofd. 'Waarom zouden ze tijd verspillen om ons uit te schakelen? Alleen omdat we onderzoek deden naar die ontplofte bus of de moord op Jane Wind? Als ze ons vermoordden, nemen andere onderzoekers het over en gaat de zaak gewoon door. En zoals je al eerder zei: als je federale agenten vermoordt, krijg je daar extra last mee. Ik snap het gewoon niet.'
'Het laatste nieuws over Rick Wind?'
'Ze doen vandaag de sectie. Ik heb ze gevraagd me de resultaten met spoed door te geven.'

'De bus?'
'Alleen al het onderzoeken van de lichamen, of beter gezegd de lichaamsdelen, gaat een hele tijd duren. We brengen de stoffelijke overschotten naar een onderzoeksgebouw van de FBI. We kammen de hele bus uit om te zien of we de oorzaak van de explosie kunnen ontdekken. We hebben het Bureau of Alcohol, Tobacco, Firearms and Explosives, het ATF, erbij gehaald. Die zijn daar heel goed in. Meestal vinden ze de bron van de ontsteking wel. Maar het kost tijd.'
Robie schraapte zijn keel en stelde de vraag die hem nu al te lang bezighield: 'Waren er bewakingscamera's in de buurt? Daarmee is misschien te zien wat er gebeurd is. Dat scheelt jullie tijd.'
'Er waren een paar camera's. We zijn de opnamen aan het verzamelen. Ik weet niet wat erop te zien is, maar misschien hebben we er iets aan.'
'Waar gaan die naartoe?' vroeg hij.
'De mobiele commandopost hier. Later vandaag of vanavond moeten we ze allemaal verzameld hebben. We wilden er zeker van zijn dat we niks oversloegen. Ik weet van een camera bij een geldautomaat, en er hing er ook een op de hoek van een gebouw, maar die heeft het misschien niet goed in beeld gekregen. Er schijnen er nog meer te zijn.'
Robie knikte. Hij vroeg zich af hoe hij dit moest inkleden. 'Ik weet dat ik formeel niet op de busontploffing ben gezet, maar blijkbaar staan de twee zaken met elkaar in verband. Zou je het erg vinden als ik die beelden ook bekeek?'
Ze dacht daar even over na. 'Weiger nooit een paar extra ogen.'
Vance tekende enkele papieren die een technisch rechercheur haar onder de neus duwde, terwijl Robie door het raam naar het mobiele commandocentrum keek.
Als ik nu eens op een van die video's te zien ben? Of als Julie te zien is?
'Waar denk je aan?'
Hij draaide zich om en zag dat Vance naar hem keek.
'Wat kan ik doen om te helpen?' Hij beantwoordde haar vraag niet.
'Je kunt dit alles bestuderen. En we kunnen een paar sporen volgen.'
'Welke?'
'Het werk dat Wind bij de DCIS deed, bijvoorbeeld. Jij verkeert natuurlijk bij uitstek in de positie om dat na te gaan. En dan is haar man er nog. Is er iets in haar achtergrond te vinden wat tot zijn dood leidde?'
'Als we op de conditie van het lijk mogen afgaan, is hij eerder vermoord dan zij.'
'Dat brengt me op het idee dat Rick Wind weleens de reden zou kunnen zijn geweest,' zei Vance. 'Weet je nog iets meer over hem?'
'Toen hij in het leger zat, is hij ingezet in Irak en Afghanistan,' zei Robie.
'Dat geldt voor iedereen die de afgelopen tien jaar in het leger is geweest.'
'Hij verliet het leger met een onberispelijke staat van dienst. Eervol ontslag.

Zijn vrouw is in het kader van haar werk voor de DCIS ook in Irak en Afghanistan geweest.'
'Tegelijk met haar man?'
'Nee, later.'
'Je zei dat Wind met eervol ontslag uit het leger is gegaan, maar kan er iets anders zijn geweest? Hoe lang is hij in het Midden-Oosten geweest? Is hij gewond geraakt of gevangengenomen? Of veranderde hij van gedachten?'
'Wil je weten of hij op de een of andere manier is overgelopen? Of hij een vijand van zijn eigen land is geworden?'
'Ja, dat wil ik inderdaad.'
'Daar kan ik geen antwoord op geven.'
'Kun je dat niet, of wil je het niet?'
'Ik weet het gewoon niet.'
'Ze hebben zijn tong afgesneden.'
'Ik was erbij, agent Vance.'
'Ik heb gisteravond wat research gedaan op de computer.'
'Dat kan gevaarlijk zijn.'
'En ik heb ook mailtjes gestuurd naar een paar van onze Midden-Oosten-deskundigen. Islamitische fundamentalisten snijden soms de tong af van mensen van wie ze denken dat het verraders zijn.'
'Ja, dat klopt.'
'Dat zou hier het geval kunnen zijn.'
'We moeten meer weten voordat we van zoiets kunnen uitgaan.'
'Een afgesneden tong, een opgeblazen bus. Dit begint op internationaal terrorisme te lijken, Robie.'
'Waarom die bus?'
'Vele slachtoffers. Het hele land van slag.'
'Misschien.'
'Rick Wind was er op de een of andere manier bij betrokken. Misschien durfde hij niet meer. Toen hebben ze met hem afgerekend. En daarna hebben ze zijn vrouw gedood, omdat ze bang waren dat hij haar iets had verteld.'
'Zijn ex-vrouw. En ze werkt voor de DCIS. Als hij haar iets had verteld, zou ze het ons hebben verteld. En ik kan je vertellen dat ze dat niet heeft gedaan.'
'Misschien kreeg ze de kans niet.'
'Misschien niet.'
'Het is een goede theorie.'
Robie krabde over zijn wang. 'Misschien.'
'Je klinkt niet overtuigd.'
'Omdat ik dat ook niet ben.'

•47•

Een uur later liep Robie naar buiten, nadat ze eerst nog de details van de schietpartij hadden doorgenomen. Het was vandaag warm en het voelde nog warmer aan nu de zon hoger aan de hemel stond. Het was een van die onbewolkte dagen in Washington waarvan je wist dat ze niet zouden standhouden. Niet in deze tijd van het jaar. Op de weerkaart leek de hoofdstad wel een schietschijf. Hogedrukgebieden uit het noorden, zuiden en westen staken geregeld de Appalachen over en sloegen dan in Washington toe. Als ze daar samenkwamen, kon dat tot zwaar weer leiden.

Robie keek naar de genummerde markeringen voor de doden op het trottoir.

Ja, het weer is het enige goede dat we hebben.

Hij dacht na over wat Vance hem had verteld.

Er was geschoten vanuit een SUV van de Secret Service.

Die was verdwenen.

Er verdwenen geen dingen bij de Secret Service.

Robie had jaren geleden voor die dienst gewerkt om een puinhoop op te ruimen in een land waarnaar hij nooit meer terug wilde. De dienst was klein in vergelijking met molochs als de FBI en Homeland Security, maar de mensen die er werkten, waren loyaal en erg goed. In feite waren het de enige federale agenten die er systematisch op trainden om kogels op te vangen voor degene die ze beschermden.

Hij keek naar links en zag de mobiele commandopost van de FBI.

Hij liep erheen en klopte aan. Hij liet zijn ID zien aan de agent die opendeed. Hij noemde Vance' naam en mocht naar binnen. De commandopost zat vol elektronische apparaten en onderzoekshulpmiddelen. Er waren vier mensen. In gedachten splitste Robie het groepje op in FBI-agenten en technisch specialisten. De twee technisch specialisten hamerden op toetsenborden, en de data vlogen gehoorzaam over de rijen computerschermen op de lange tafel.

Robie zei: 'Vance heeft me verteld dat jullie beelden verzamelen van bewakingscamera's in de omgeving van de busexplosie. Hebben jullie al iets geüpload?'

De agent die hem had binnengelaten, knikte. 'Wacht even.'

Hij sms'te iets. Robie wist precies wat het was.

Hij vraagt aan Vance of ze me de beelden mogen laten zien.

Robie zou niets anders hebben verwacht. De FBI nam geen sukkels in dienst.

Robie hoorde dat de agent een sms'je terugkreeg. Daarna keek de man naar het computerscherm en zei: 'Kom maar hier, agent Robie.'
Hij nam hem mee naar een hoek en wees naar een leeg beeldscherm.
'Dit is wat we tot nu toe hebben.'
De agent tikte een paar toetsen in waarna het bestand op het beeldscherm verscheen.
Robie zat in een draaistoel, sloeg zijn armen over elkaar en wachtte.
'Hebt u er al naar gekeken?'
'Nee, ik zie ze ook voor het eerst.'
Robie voelde dat zijn hart harder ging slaan.
Dit zou weleens bijzonder onthullend kunnen zijn, voor iedereen, dacht hij.
De deur ging open. Vance kwam binnen, deed de deur achter zich dicht en liep naar hen toe.
'Ben ik op tijd voor de show?'
'Ja, mevrouw,' zei de agent beleefd.
Ze ging naast Robie zitten, hun knieën raakten elkaar bijna aan, en ze keek naar het scherm dat nu tot leven kwam.
De bus kwam in zicht. Hij reed een paar honderd meter door. Robie zag tot zijn opluchting dat de camera niet op de kant van de deur was gericht. Een paar seconden later explodeerde de bus.
Robie verstijfde. Nu de bus was vernield, was er niets meer tussen de camera en de overkant van de straat, waar Robie en Julie over de grond tolden en uiteindelijk stil bleven liggen. Over een paar seconden zouden ze allebei opstaan en dan...
Het beeldscherm werd leeg.
Robie keek naar de agent die achter de computer zat. 'Wat is er gebeurd?'
'De explosie heeft de camera waarschijnlijk vernield. Dat kan gebeuren. Bankcamera's zijn gewoon niet gemaakt voor dat soort dingen.'
Hij tikte nog een paar toetsen in en riep er uiteindelijk een technicus bij. Deze tikte nog meer toetsen in en vijf minuten later hadden ze nog steeds niets.
Robie keek naar twee andere video's met ongeveer dezelfde beelden als de eerste twee. De camera aan de andere kant van de bus hield er na de explosie mee op.
'Zijn er camera's bij het busstation waar de passagiers zijn ingestapt?' vroeg Robie. Hij had daarover nagedacht, maar kon zich niet herinneren dat hij die had gezien.
'Die hebben we tot nu toe niet ontdekt,' zei Vance. 'Maar het is nog vroeg. En we proberen meer beelden te krijgen. Vooral van de andere kant van de straat. En iedereen heeft een mobiele telefoon, en de meeste mobiele telefoons hebben een foto- en videocamera, dus proberen we iedereen te vinden die daar van-

nacht was en misschien iets heeft gezien of zelfs gefotografeerd of gefilmd. Hoewel ze in dat geval nu al op het nieuws zijn of op YouTube staan. Ik zal mijn mannen vanmiddag op pad sturen om te kijken of er langs de route nog meer bewakingscamera's hangen, zodra we deze plaats delict wat beter onder controle hebben.'

En dat betekent dat ik ze eerst moet vinden, dacht Robie.

•48•

Robie stond bij wat voor hem *ground zero* was.
De overblijfselen van de bus werden grondig onderzocht door een stuk of tien forensische experts, terwijl een bewijstruck van de FBI stond te wachten om alles naar het lab te brengen. Net zoals bij Donnelly's stonden overal wegversperringen om de journalisten tegen te houden die alles stante pede wilden zien en wilden weten.
Robie keek naar links en naar rechts, naar boven en naar beneden. Vance had gelijk, niets te zien. De camera van de bank aan de overkant van de straat zat al in de database, maar was door de ontploffing gelukkig ook kapot gegaan. Hij keek omhoog. Bewakingscamera op een hoogte van ongeveer drie meter op de hoek van een kruising. Hij was naar beneden gericht en had ook een klap van de bus gekregen. Als die camera ook maar een klein beetje de andere kant op had gewezen, zou hij de ontsnapping van Robie en Julie hebben gefilmd.
Net als bij voetbal, een spel op de vierkante centimeter. Sommige dingen had je gewoon niet in de hand. Dan moest je gewoon geluk hebben.
Maar hoeveel geluk zit er voor mij nog in 't vat?
Hij keek naar het deel van de straat waar hij zich het meeste zorgen om maakte, de kant waar hij en Julie waren geweest. Hij kwam in beweging. Hij schatte welk bereik een op de straat gerichte camera zou kunnen hebben en telde daar aan beide kanten tien procent bij op, gewoon om aan de veilige kant te blijven. Dit gebied onderwierp hij aan een grondig onderzoek.
Algauw zag hij een camera aan de muur, ongeveer zes meter links van waar de bus was ontploft. Hij leek precies gericht op de plek van de explosie. Robie keek welk bedrijf daar was gevestigd.
Een borgsteller. Natuurlijk. In deze buurt had de eigenaar waarschijnlijk al een uitgebreide klandizie. Robie keek door het raam met de verroeste, kriskras aangebrachte ijzeren tralies ervoor.
Op het bordje naast de deur stond: AANBELLEN.
Robie belde aan.
Uit een wit kastje naast de deur kwam een stem. 'Ja?'
'FBI. Moet met u praten.'
'Zeg het maar.'
'Persoonlijk.'

Robie hoorde voetstappen naderen. Een kleine, forse man van in de vijftig met in zijn snor meer wit haar dan op zijn hoofd gluurde door het raam.
'Laat me uw badge zien.'
Robie drukte hem tegen het glas.
'DCIS?'
'Onderdeel van het ministerie van Defensie. Leger.'
'Wat wilt u van me?'
'Doe de deur open.'
De man trok de zware deur open. Hij droeg een zwarte lange broek en een wit overhemd waarvan de mouwen tot aan de ellebogen waren opgerold. Boven zijn lage schoenen zag Robie roze huid.
Robie liep naar binnen en deed de deur achter zich dicht.
'Wat wilt u?' vroeg de man weer.
'De bus die aan de overkant is ontploft?'
'Wat is daarmee?'
'U hebt een bewakingscamera.'
'Ja, en?'
'Is de FBI al langs geweest om daarnaar te kijken?'
'Nee.'
'Ik zal de film of wat u ook maar gebruikt om de beelden op te slaan in beslag moeten nemen.'
'Daar zou niemand iets mee opschieten.'
'Wat?'
'Die camera werkt al een jaar niet meer. Waarom denk je dat ik naar het raam moest lopen om te zien wie er bij de deur stond, slimmerik?'
'Waarom laat u hem dan hangen?'
'Als afschrikmiddel, waarom anders? Dit is niet bepaald een veilige buurt.'
'Toch wil ik het met eigen ogen zien.'
'Waarom?'
'Slimme jongens zien graag alle honken gedekt.'
Maar de man bleek de waarheid te vertellen. Het systeem was kennelijk al heel lang geleden kapot gegaan. Toen Robie de camera controleerde, zag hij zelfs dat de kabel die het gebouw in ging loszat.
Robie vertrok en liep door.
Hij was bijna aan het einde van het gebied dat hij had afgepaald toen hij de dakloze zag van de nacht waarop de bus was ontploft, de man die om het vuur van de bus had gedanst en had geschreeuwd dat hij hotdogs wilde. Het zag ernaar uit dat hij en de andere daklozen van de plaats van misdrijf waren verjaagd en aan de andere kant van de politieafzetting bij elkaar waren gekropen. Ze

waren met z'n drieën, allemaal met hun eigen vuilniszakken met ongetwijfeld al hun bezittingen erin.

De dakloze zag eruit alsof hij al heel lang op straat leefde. Zijn kleren en zijn lichaam waren smerig. Zijn vingernagels waren lang en zwart, en zijn gebit was aan het rotten. Robie zag dat de journalisten met een wijde boog om de drie daklozen heen liepen. Hij vroeg zich af of een van hen zich realiseerde dat iemand die op straat leefde die nacht misschien iets had gezien. Toch vroeg Robie zich af of de verslaggevers er misschien in waren geslaagd om nuttige informatie uit hen te krijgen.

Daarna vroeg hij zich af of de FBI al had geprobeerd hen te ondervragen; Vance' mensen wisten misschien niet eens dat ze er die nacht waren geweest. Misschien wisten ze niet dat ze bij hen waardevolle informatie konden weghalen. En dus ook informatie die behoorlijk nadelig voor Robie kon zijn.

Robie verliet het door de politie afgezette terrein en werd onmiddellijk door journalisten belaagd. Hij keek hen niet aan en deed geen enkele poging hun geschreeuwde vragen te beantwoorden. Hij duwde microfoons en notitieblokjes uit zijn gezicht en liep naar de drie daklozen toe.

'Hebben jullie honger?' vroeg hij.

Hotdog, met een wilde blik in de ogen en zo te zien allang niet meer geestelijk gezond, knikte en zei lachend: 'Altijd honger.'

Hij snapt tenminste wat ik zeg, dacht Robie. Hij keek naar de andere twee. Een van hen was een vrouw, klein, mollig, zwart geworden door het straatleven. Haar vuilniszak zat boordevol dekens en zo te zien bij elkaar gescharreld afval. Ze zou twintig kunnen zijn, maar ook vijftig. Vanwege al die lagen vuil had Robie er geen idee van. 'Heb jij honger?'

Ze keek hem alleen maar aan. In tegenstelling tot Hotdog leek ze geen Engels te verstaan.

Hij nam hen mee bij de journalisten vandaan en keek daarna naar de derde persoon. Zij leek veelbelovender. Ongeveer veertig, nog niet zo getekend door haar jarenlange verblijf op straat. Bovendien leek ze intelligent en ook bang. Robie vroeg zich af of het door de recente economische crisis kwam dat ze was toegetreden tot het leger van miljoenen mensen die vroeger bij de arbeidersklasse of de middenklasse had behoord. 'Kan ik iets te eten voor je halen?'

Ze zette een stap naar achteren en klemde haar canvastas stevig vast. Er stond een monogram op. Dat was een andere aanwijzing over haar verleden. Mensen die al heel lang dakloos waren, hadden niet zulke tassen. Die zouden in de loop der jaren zijn verrot of gestolen.

Ze schudde haar hoofd. Robie begreep haar ongerustheid. Wat er daarna gebeurde, bevestigde zijn vermoedens over haar.

Hij haalde zijn badge tevoorschijn en liet hem zien. 'Ik ben FBI-agent.'
De vrouw liep naar hem toe, leek opgelucht. Hotdogs grijns verdween. De andere vrouw stond daar maar, alsof ze geen idee had van wat er om haar heen gebeurde.
Robie had zijn antwoord. Mensen die nog niet zo lang dakloos waren, hadden nog respect voor autoriteit. Ze hunkerden naar het recht en de orde die ze onlangs hadden verruild voor de anarchie die op straat heerste. Mensen die al lang op straat leefden, nadat ze jarenlang te horen hadden gekregen dat ze moesten doorlopen, opstaan, hun rotzooi moesten meenemen, verdomme moesten oprotten omdat ze hier niet gewenst waren, deden dat niet. Zij waren bang en hadden een afschuw voor die badge.
Robie zei tegen Hotdog: 'Daar is een eethuisje. Ik ga wat eten voor jullie halen en dan kom ik terug. Ook voor haar,' voegde hij eraan toe en hij wees naar de vrouw die voor zich uit stond te staren. 'Wachten jullie hier tot ik terug ben?'
Hotdog knikte langzaam, met een argwanende blik. Robie haalde een biljet van tien dollar uit zijn zak en gaf dat aan de man om hem gerust te stellen. 'Wil je koffie, een broodje?'
'Ja,' zei Hotdog.
'En zij?' vroeg Robie en wees naar de andere vrouw.
'Ja,' zei Hotdog.
Robie wendde zich tot de derde dakloze. 'Wil je met me meegaan naar het eethuisje? En daar wachten terwijl ik het eten ophaal?'
'Zit ik in de problemen?' vroeg ze. Nu klonk ze wel alsof ze al heel lang op straat leefde.
'Nee, helemaal niet. Was je hier die nacht dat de bus ontplofte?'
Hotdog tikte op zijn borst en zei: 'Ik wel.'
Robie zei bijna 'Dat weet ik,' maar hield zich in. Hotdog begon hem eerlijk gezegd zorgen te baren. Hij klonk redelijk normaal.
Stel dat hij zich herinnert dat hij mij heeft gezien?
'Hebben andere agenten al met jullie gepraat?' vroeg hij aan de drie daklozen.
Hotdog wendde zijn blik af toen er een sirene hoorbaar werd. Hij trok zijn lip op. Het leek alsof hij begon te grommen. Toen loeide hij mee met de sirene.
'Wij waren hier allemaal,' zei de tweede vrouw. 'Maar nadat dat gebeurd was, zijn we weggegaan. Ik denk niet dat de politie weet dat we iets hebben gezien.'
Robie keek naar de vrouw. 'Hoe heet je?'
'Diana.'
'Je achternaam?'
Opeens leek ze weer doodsbang.
Robie zei kalm: 'Diana, je zit niet in de problemen, hoor. Echt niet. We probe-

ren er gewoon achter te komen wie de bus heeft laten exploderen en daarom wil ik jullie een paar vragen stellen. Dat is alles.'
'Mijn achternaam is Jordison.'
Hotdog greep zijn arm. 'Warm eten?'
'Kom mee.' Robie liep samen met Jordison naar het eethuisje. Toen ze naar binnen liepen, wilde de man achter de toonbank haar wegjagen, maar Robie liet zijn badge zien. 'Ze blijft,' zei hij.
De man hield zich gedeisd en Robie zette Jordison op een stoel bij een tafeltje achterin. 'Je mag bestellen wat je wilt,' zei hij en gaf haar een menukaart van het stapeltje op een tafeltje ernaast.
Hij liep naar de toonbank en zei: 'Ik wil wat eten meenemen.' Hij gaf de bestelling op. Terwijl alles werd klaargemaakt, ging hij tegenover Jordison zitten. Een jonge serveerster kwam naar hen toe om hun bestelling op te nemen.
Robie zei: 'Alleen koffie.' Hij keek naar Jordison.
Ze bloosde en leek onzeker. Robie vroeg zich af hoe lang geleden ze voor het laatst iets in een restaurant had besteld. Voor de meeste mensen was dat een eenvoudige handeling, maar het was verbijsterend hoe snel een eenvoudige handeling ingewikkeld werd als je in stegen en parken sliep en je eten uit vuilnisbakken moest halen.
Robie wees naar een gerecht op de kaart. 'Dat gerecht bevat zo ongeveer alles: eieren, geroosterd brood, bacon, grutten, koffie, sap. Wil je dat? Roerei? Jus d'orange?'
Zo te zien kon ze wel een shot vitamine C en eiwit gebruiken.
Jordison knikte gedwee en gaf het menu terug aan de serveerster die afkerig leek hem van haar aan te nemen.
Robie keek haar aan. 'Mijn vriendin wil graag dit gerecht,' zei hij en wees het aan op de kaart. 'En wilt u de koffie en de jus nu alvast brengen? Bedankt!'
De serveerster liep weg om de bestelling klaar te maken. Ze kwam terug met de koffie en de jus. Robie dronk zijn koffie zwart, maar Jordison deed koffiemelk en de inhoud van verschillende suikerzakjes in haar koffie. Robie zag dat ze een paar suikerzakjes in haar zak stopte. Toen hij opkeek, zag hij dat de eigenaar zijn hand opstak. Hij had twee zakken in zijn hand en een draagkarton met twee bekers koffie erin.
Robie zei: 'Ik breng dat eten even naar de beide anderen en kom dan meteen terug, oké?'
Jordison knikte, maar keek hem niet aan.
Robie betaalde de rekening, pakte de zakken en liep naar buiten.

•49•

Toen Robie terugkwam bij Hotdog en de andere vrouw cirkelde een journalist die hij al eerder had gezien om de beide daklozen heen als een haai om de overlevenden van een scheepsramp.

De journalist keek naar Robie. 'Speel je soms voor barmhartige Samaritaan?' vroeg hij met zijn blik op de zakken en de koffiebekers.

'Je belastingcenten aan het werk,' antwoordde Robie. Hij gaf Hotdog en de vrouw ieder een tasje met eten en een beker koffie. De vrouw griste het eten en drinken uit zijn handen, pakte haar vuilniszakken en liep weg. Robie liet haar gaan, omdat hij niet verwachtte dat ze hem iets kon vertellen.

Hotdog stond van zijn koffie te drinken.

De journalist vroeg: 'Wilt u een paar vragen beantwoorden, eh... agent?'

Robie pakte Hotdog bij de arm en liep weg.

De journalist riep hem achterna: 'Dat zal ik maar opvatten als "geen commentaar".'

Toen ze bij de volgende kruising waren, zei Robie: 'Vertel me eens wat je in die nacht toen de bus werd opgeblazen hebt gezien.'

Hotdog had de zak opengemaakt en nam gretig een hap van het broodje met bacon, ei en kaas. Hij stopte een handjevol gebakken aardappels in zijn mond en begon te kauwen.

'Rustig aan, vriend,' zei Robie. 'Straks blijf je er nog in.'

De man slikte, nam een slok koffie en haalde zijn schouders op. 'Wat wil je weten?'

'Alles wat je hebt gehoord en gezien.'

Hotdog nam nog een hap van zijn broodje, een kleinere deze keer. 'Boem,' zei hij. 'Vuur. Godverdomme.'

Hij nam weer een slok koffie.

'Iets gedetailleerder alsjeblieft?' voegde Robie eraan toe. 'Heb je iemand bij de bus gezien? Zien in- of uitstappen?'

Hotdog stopte weer een handvol aardappels in zijn mond en kauwde. 'Boem,' zei hij weer. 'Vuur. Godverdomme.' Hij lachte. 'Gegrild.'

Robie besloot dat zijn eerste indruk van Hotdogs geestelijke gezondheid accuraat was geweest. Hij was niet goed bij zijn hoofd. 'Heb je iemand gezien?' vroeg hij halfhartig.

'Gegrild.' Daarna lachte hij en hij stopte het laatste stuk brood in zijn mond.

'Succes verder,' zei Robie.

Hotdog dronk zijn koffie op.

Robie liet hem staan en liep snel terug naar het eethuisje.

Jordison had haar eten gekregen en zat langzaam te eten. Ze had niets van Hotdogs energieke wanhoop. Robie hoopte dat dit betekende dat ze in staat zou zijn hem iets nuttigs te vertellen, of in elk geval iets zinnigs.

Robie ging tegenover haar zitten.

'Bedankt hiervoor,' zei Jordison zacht.

'Graag gedaan.'

Hij keek even naar haar terwijl ze zat te eten en vroeg toen: 'Hoe lang leef je al op straat?'

'Te lang,' zei ze en ze veegde haar mond af met een papieren servetje.

'Ik ben hier niet om je daarover uit te horen. Dat gaat me niets aan.'

'Ik had een huis en een baan en een man.'

'Wat erg voor je.'

'Dat vind ik ook. Verbijsterd hoe snel alles naar de knoppen ging. Geen baan, geen huis, geen man. Alleen rekeningen die ik niet kon betalen. Ik bedoel, je hoort wel dat zoiets voorkomt, maar je denkt dat jou dat nooit zal overkomen.'

Robie zei niets.

Jordison zei: 'Misschien is hij nu ook wel dakloos. Mijn ex, bedoel ik. Nou ja, ik noem hem mijn ex. Hij heeft nooit de moeite genomen echtscheiding aan te vragen. Hij is gewoon vertrokken. En ik kon natuurlijk geen advocaat betalen om dat te regelen.' Ze zweeg even en voegde eraan toe: 'Ik heb gestudeerd. Heb een titel.'

Robie zei: 'Het is de laatste jaren echt heel erg geweest.'

'Werkte hard, deed alle juiste dingen. De Amerikaanse droom. Tja...'

Robie was bang dat ze zou gaan huilen.

Ze nam snel een slok koffie. 'Wat wilt u weten?'

'De nacht dat die bus explodeerde. Wat kun je me daarover vertellen?'

Ze knikte. 'Ik heb de afgelopen weken achter een vuilniscontainer geslapen. Het is 's nachts nog niet te koud. Vorige winter, toen was het erg. Was bang dat ik het niet zou overleven. Januari was mijn eerste maand zonder dak boven mijn hoofd.'

'Dat is zwaar.'

'Ik dacht dat er wel iets zou gebeuren. De helft van mijn vrienden zijn net als ik. De andere helft wil niets meer met me te maken hebben.'

'Familie?'

'Niemand kan me helpen. Ik ben nu alleen.'

'Waar werkte je vroeger?'

'Bij een bouwonderneming, als administratief medewerkster. Zo ongeveer de slechtst denkbare baan in deze slechte economische situatie. Ik was gewoon een onkostenpost, ik bracht geen winst op. Ik was een van de eersten die moest vertrekken, ook al werkte ik er al twaalf jaar. Geen opzegtermijn, geen ziektekostenverzekering. Niets. Salaris stopte, maar de rekeningen natuurlijk niet. Daarna stopte mijn uitkering. Daarna werd mijn man ziek. Dat betekende het einde van ons weinige spaargeld en het begin van heel veel rekeningen. Toen werd hij beter en vertrok. Naar betere omstandigheden, zei hij tegen mij. Wat een onzin, vindt u niet? Wat betekenen je trouwbeloften dan, in voor- en tegenspoed?'
Ze keek beschaamd naar hem op. 'Ik weet dat u dit niet wilt horen.'
'Ik begrijp heel goed dat je erover wilt praten.'
'Dank u.' Ze at het laatste restje eten op en schoof haar bord van zich af.
Ze dacht even na. 'Ik zag de bus aan komen rijden. Hij maakte heel veel lawaai, daar werd ik wakker van. Ik slaap niet goed op straat. Beton is niet echt comfortabel. En het is gewoon niet... nou ja, veilig. Ik ben bang.'
'Dat begrijp ik.'
'En toen stopte de bus, zomaar midden op straat. Ik weet nog dat ik rechtop ging zitten en om de container heen keek en me afvroeg waarom hij stopte. Ik was weleens bij die bushalte geweest om de afvalbakken te doorzoeken. Het was geen stadsbus. Hij gaat naar New York City. Vertrekt elke nacht op hetzelfde tijdstip. Had hem eerder gezien. Soms wenste ik dat ik erin zat.'
Maar die nacht niet, hoor, echt niet, dacht Robie.
'Aan welke kant van de straat was je? Met je gezicht naar de deur of niet?'
'De deur zat aan de andere kant.'
'Oké, vertel verder.'
'Nou, hij ontplofte zomaar. Ik schrok me dood. Zag van alles door de lucht vliegen. Stoelen, lichaamsdelen, banden. Het was afschuwelijk. Ik dacht dat ik midden in een oorlogsgebied was.'
'Heb je iets gezien wat die explosie had kunnen veroorzaken?'
'Ik nam gewoon aan dat het een bom in de bus was. Bedoelt u dat dit niet zo was?'
'Dat proberen we nog steeds uit te zoeken,' zei Robie. 'Maar als je iets hebt gezien, wat dan ook, iets wat op die bus is afgeschoten of zo, dan kan dat belangrijk zijn. Een kogel in de benzinetank misschien? Heb je zoiets gehoord?'
Jordison schudde haar hoofd. 'Ik weet zeker dat ik geen schot heb gehoord.'
'Heb je iemand gezien?'
Robie keek haar recht aan, maar liet niet merken hoe gespannen hij was.
'Na de explosie zag ik twee mensen aan de overkant. Voordat de bus mijn zicht

blokkeerde. Maar daarna was er helemaal geen bus meer. Een man en zo te zien een meisje, een tiener misschien.'
Robie leunde achterover, maar bleef haar aankijken. 'Kun je die man beschrijven?'
Dan kan ik het maar beter meteen weten, dacht hij.
'Het meisje was klein, ze droeg een sweatshirt met capuchon, zodat ik haar gezicht niet kon zien.'
'Wat deden ze?'
'Opstaan. Nou ja, de man in elk geval. De explosie zal ze allebei wel omver hebben geblazen. Misschien waren ze wel bewusteloos. Ik denk dat ik ver genoeg weg was en de container heeft denk ik als een soort buffer gewerkt. Maar zij waren er volgens mij dichterbij. Zij stonden achter een paar geparkeerde auto's.'
'Wat gebeurde er toen?'
'De man kwam als eerste bij, liep naar het meisje en hielp haar opstaan. Ze praatten even met elkaar en toen keek de man om de geparkeerde auto's heen. Op dat moment begon die ouwe vent van zonet te dansen en om hotdogs te schreeuwen. Daarna zijn die man en dat meisje weggegaan.'
'Enig idee waar ze vandaan kwamen?'
'Nee.'
'Hoe zag die man eruit?'
Ze keek hem doordringend aan. 'Eigenlijk leek hij heel veel op u.'
Robie glimlachte. 'Ik denk dat ik op heel veel mensen lijk. Kunt u iets specifieker zijn?'
'Ik heb heel goede ogen. Heb een oogoperatie gehad voordat mijn leven instortte.'
'Maar er waren vlammen en rook tussen jou en die man. En het was donker.'
'Dat is zo. Ik zou hem niet herkennen in een line-up, als u dat bedoelt. Maar door die brand werd de nacht eigenlijk dag.'
'Maar hij was ongeveer van mijn lengte, bouw en leeftijd?'
'Ja.'
'En je weet zeker dat de bus voor de explosie niet is beschoten?'
'Tja, tegen die tijd was ik behoorlijk wakker. Maar ik heb niets gezien of gehoord wat de bus tot ontploffing heeft kunnen brengen.'
'Bedankt, Diana. Als ik je nog een keer moet spreken, kan ik je dan hier in de buurt vinden?'
'Ik kan niet echt ergens anders naartoe,' zei ze, met neergeslagen blik.
Robie gaf haar zijn kaartje. 'Ik zal eens kijken of ik iets kan doen om jou van de straat te krijgen.'
Jordisons stem trilde toen ze op het kaartje keek. 'Dat zou ik heel fijn vinden,

meneer, alles is beter dan dit. In het begin weigerde ik liefdadigheid. Dacht dat ik het zelf wel kon. Maar dat is al heel lang geleden.'

'Dat begrijp ik.'

Robie reed terug naar Donnelly's en stapte uit zijn auto.

Vance zag hem. 'We hebben een doorbraak in deze zaak,' zei ze nadat ze snel naar hem toe was gelopen.

'Wat dan?'

'Het ATF heeft de oorzaak van de explosie gevonden.'

'Waar?' vroeg Robie op scherpe toon.

'In de wielkast van de bus, links. Er zat een bewegingssensor in. Bus gaat rijden, zet timer in werking. Een paar minuten later, boem!'

Robie keek haar aan, hij dacht snel na.

De man die achter Julie aan zat, zou zeker niet in een bus zijn gestapt die hij zelf even tevoren van een bom had voorzien.

Dus bleef er maar één verklaring over.

Dan was ik het doelwit.

50

Een uur lang besprak Robie de resultaten van het ATF met Vance. Toen glipte hij weg en belde Blauwe Man.

'Ze heet Diana Jordison.' Robie beschreef haar. 'Ze zal wel ergens rondhangen in het gebied waar de bus is ontploft. Ze was bijzonder nuttig. Later kan ze denk ik nóg nuttiger zijn. Maar dan moet ze wel van de straat. Anders is het te riskant.'

Blauwe Man zei dat hij dat zou regelen.

Robie moest er maar op vertrouwen dat hij dat ging doen. In elk geval voorlopig. Hij nam zich voor dat later nog te checken. Uiteindelijk kon Robie immers niemand vertrouwen.

'Ik wil ook dat je alles opzoekt wat je maar kunt vinden over een Leo Broome. Werkt ergens op Capitol Hill.'

'Wat heeft die hiermee te maken?' vroeg Blauwe Man.

'Ik weet niet of hij er wel iets mee te maken heeft. Maar ik moet er wel aandacht aan besteden.'

'Die briefing, Robie. Die wil ik snel hebben.'

Blauwe Man hing op.

Ik wil ook van alles, dacht Robie. *Ik wil bijvoorbeeld niet langer een rol spelen in deze nachtmerrie.*

Een uur later was hij terug in zijn appartement. Hij stapte onder de douche en kleedde zich om. Hij stak zijn pistool in de holster op zijn rug en stapte in de Volvo. Daarna sms'te hij Julie en kreeg een paar seconden later al antwoord. Het ging goed met haar. Hij stuurde haar nog een sms'je om te zeggen dat hij later zou langskomen en misschien vannacht wel bij haar in het appartement zou blijven.

Hij reed de stad door naar een parkeergarage vlak bij de Old Ebbitt Grill, een bekend restaurant tegenover de oostkant van het ministerie van Financiën, naast het Witte Huis. Hij vond een plekje vlak bij de ingang.

Robie was hier omdat hij had afgesproken om hier om acht uur iets met Annie Lambert te drinken. Hij liep het W Hotel binnen en ging met de lift naar het buitenterras op het dak van de hoogste verdieping. Hiervandaan kon je genieten van het uitzicht, van het Witte Huis, tot helemaal aan Arlington Cemetery in Virginia toe.

Het was een doordeweekse avond zodat de tafeltjes niet allemaal bezet waren, maar er waren ongeveer twintig mensen die iets dronken, op hapjes kauwden en iets van het barmenu bestelden. Robie keek om zich heen, maar kon Lambert niet ontdekken. Hij keek op zijn horloge. Hij was ongeveer twintig minuten te vroeg.

Hij nam plaats aan een tafeltje bij de balustrade en keek uit over de stad. De gebouwen hier waren indrukwekkend. Dat zou iedereen met hem eens zijn. Nou ja, misschien niet de mensen die probeerden hem op te blazen. De ober kwam bij hem en Robie bestelde een gemberbier. Hij nam er kleine slokjes van en hield ondertussen de deur van de bar in de gaten. Tijdens de vijfde rotatie keek hij op zijn horloge. Kwart over. Lambert kwam misschien helemaal niet opdagen. Ze had hem misschien willen bellen, maar hij had haar zijn nummer niet gegeven en hij had haar nummer ook niet. Misschien moest ze overwerken in het Witte Huis en kon ze daarom niet komen.

Hij wilde net opstaan toen ze binnenkwam. Ze zag hem en liep snel naar hem toe.

'Het spijt me ontzettend,' zei ze. Ze hing haar jas over de rugleuning van haar stoel, ging zitten en zette haar tas naast zich neer. Ze had haar pumps aangehouden, zag Robie. Haar sneakers zaten waarschijnlijk in die tas. Haar haar hing los over haar schouders en vormde een aantrekkelijke achtergrond voor haar hals.

'Heb je hardgelopen?'

'Hoe weet je dat?' vroeg ze verbaasd.

'Je zou met hoge hakken niet op je fiets stappen, en je bent behoorlijk buiten adem voor een korte wandeling gevolgd door een ritje met de lift.'

Ze lachte. 'Logisch geredeneerd. Ja, ik heb mijn fiets op mijn werk laten staan en ben hier hardlopend naartoe gekomen. Precies om vijf voor acht deed zich iets voor wat ik moest afhandelen. En dat heb ik gedaan. '

'Dan heb je een beloning verdiend.'

Robie wenkte de ober en Lambert bestelde een wodka-tonic.

De ober bracht haar drankje, en een schaaltje noten dat hij tussen hen in zette. Robie knabbelde aan een nootje en nam een slok van zijn drankje. Lambert nipte van haar cocktail en greep een handvol nootjes die ze in haar mond stopte.

'Honger?'

'Had vandaag geen tijd om te lunchen,' vertelde ze. 'Trouwens ook niet om te ontbijten.'

'Wil je iets te eten bestellen?'

Ze bestelde een cheeseburger met friet, en hij een paar loempia's.

'Ik eet niet echt gezond,' zei ze. 'Risico van het vak.'

Robie nestelde zich in zijn stoel en stelde zich in op een gesprek over koetjes en kalfjes. Hij had er echt zin in gehad om iets met Lambert te gaan drinken. Maar nu hij hier samen met haar was, leek het idioot, gezien alles wat nu op hem afkwam.

Ik kan niet normaal zijn, hoe graag ik dat ook zou willen.

'Dat begrijp ik niet. Moet je veel reizen voor je werk?' vroeg hij, en hij probeerde nieuwsgierig over te komen.

'Nee hoor, ik zit lang niet hoog genoeg in de pikorde voor een vlucht met Air Force One of zelfs maar met een minder belangrijk vliegtuig. Maar ik werk heel hard en probeer carrière te maken, en misschien, ooit, wie weet...'

'Ja, wie weet. Hou je van politiek?'

'Ik hou van beleid maken,' antwoordde ze. 'Ik bemoei me niet met campagne voeren of de verkiezingen. Mijn specialiteit is energie. Ik schrijf witboeken en informatieve documenten en help mee met het schrijven van toespraken voor de regering over die onderwerpen.'

'Je achtergrond is dus energie?'

'Ik heb techniek gestudeerd en ben doctor in de biochemie met specialisatie in duurzame energiebronnen. En de fossiele brandstoffen raken op. Dan heb ik het nog niet eens over de veel grotere gevaren van de klimaatverandering.'

Robie grijnsde.

'Wat is er?' vroeg ze.

'Zo klink je als een politica.'

Ze lachte. 'Dat komt misschien door waar ik werk.'

'Ja, misschien wel.'

Hun eten werd gebracht. Ze nam gulzig een hap van haar burger en stopte daarna wat frietjes in haar mond die dropen van de ketchup.

Robie deed wat hoisinsaus op zijn loempia's en nam een hap.

'En jij?' vroeg Lambert. 'Je zei dat je belegde en dat je voor jezelf werkte.'

'Eerlijk gezegd doe ik nu zo weinig mogelijk.'

'Daar lijk je me helemaal niet het juiste type voor. Je lijkt veel te energiek om alleen maar op een stoel te zitten.'

'Ik zit ook niet alleen maar op een stoel. Ik heb wat gereisd, interessante baantjes gehad en genoeg verdiend om een tijdje vrij te nemen. En dat doe ik nu dus. Zo weinig mogelijk. Maar een keer komt daar natuurlijk een einde aan. Maar je hebt gelijk, ik ben te energiek.'

'Klinkt goed trouwens. Gewoon van het leven genieten.'

'Dat kan het zijn. Maar soms is het gewoon heel saai.'

'Dat zou ik best een keer willen proberen.'

'Ik hoop dat je dat lukt.'

Ze vroeg: 'Hoe ben je eigenlijk in D.C. terechtgekomen? Of kom je hier vandaan?'
'Ik ken niet veel mensen die hiervandaan komen. Ik kom uit het Midden-Westen. En jij?'
'Connecticut. Mijn ouders komen uit Engeland. Ik ben geadopteerd. Enig kind.'
'Je hebt helemaal geen accent.'
'Ik heb maar tot mijn vijfde in Engeland gewoond. Nu heb ik alleen een New England-accent, maar niet heel erg. Heb jij broers en zussen?'
'Nee, ik ben enig kind. Zou het wel leuk hebben gevonden.'
'Maar daar hebben kinderen niet veel over te zeggen.'
'Zo te horen had jij ook wel broertjes en zusjes gewild,' zei Robie. Hij keek langs haar heen toen hij een sirene hoorde.
Ze zei met een gelaten blik: 'Het lijkt wel alsof we net doen alsof, vind je niet?'
Robie snapte dit eerst niet. Toen hij dat ten slotte wel deed, keek hij haar aan en vroeg: 'Wat?'
'Weet je, ik weet dat je zei dat je vaker uit wilde gaan, en het was leuk om samen iets te drinken. Maar ik vraag me af of je er wel met je gedachten bij bent. Als je begrijpt wat ik bedoel.' Ze nam een frietje en sloeg haar blik neer. Ze voegde eraan toe: 'Ik bedoel, ik ben maar een politiek trutje. Ik zal nooit veel geld verdienen. Ik zit de hele dag achter mijn bureau doorwrochte documenten te schrijven die niemand ooit zal lezen. En zelfs als dat wel zo is, dan verdraaien ze de feiten op een manier die ik nooit had bedoeld. Jij hebt heel veel geld verdiend, je hebt misschien de hele wereld over gereisd. Je zult me wel heel saai vinden.' Nerveus pakte ze nog een frietje, maar at hem niet op. Ze keek ernaar alsof ze niet wist wat het was.
Robie boog zich naar voren en kroop in meer dan één opzicht uit zijn schulp. Hij pakte haar frietje en beet hem doormidden.
'Ik wilde iets met je drinken. Als ik dat niet had gewild, had ik het niet gedaan. En als ik afwezig leek, dan spijt me dat. Echt waar. Ik vind je helemaal niet saai.'
Ze glimlachte. 'Vind je de friet lekker?'
'Ja. Wil je wat van mijn loempia?'
'Ik dacht dat je het nooit zou vragen.'
Ze aten van elkaars bord en ze zei: 'Je eet waarschijnlijk niet vaak vet eten. Ik heb je immers zien sporten. Doe je ook aan hardlopen?'
'Alleen als iemand me achternazit.'
Ze lachte. 'Ik zal wel een snelle stofwisseling hebben. Ik eet allemaal troep en kom geen grammetje aan.'
'Dat probleem zouden veel mensen graag hebben.'

'Dat is zo. Dat zeggen een paar vrouwelijke collega's van me ook.' Met haar burger in de hand vroeg ze: 'Wil je ook een hapje? Hij is heel lekker.'
Hij nam een hap en veegde zijn mond schoon met zijn servet. Daarna zei hij: 'Door je werk op het Witte Huis zul je wel lange dagen maken, weinig beweging krijgen, eten wanneer je maar kunt en op de gekste tijden moeten werken.'
'Heb jij daar zelf soms ook gewerkt? Want je hebt helemaal gelijk.'
'Ik denk niet dat ik daarvoor in aanmerking zou komen. Daar werken alleen de beste en de slimste mensen.'
'Minstens de helft van de bevolking zou het niet met je eens zijn.'
Robie glimlachte en sloeg haar gade terwijl zij haar friet opat. Hij keek naar het uitzicht over de stad.
Lambert volgde zijn blik en zei: 'Ook al werk ik op het Witte Huis, ik vind het nog steeds vreemd om die scherpschutters op het dak te zien.'
'Contrascherpschutters,' zei Robie automatisch en had daar meteen spijt van. 'Ik kijk heel vaak naar *NCIS*. Daar heb ik dat woord geleerd.'
'Dat neem ik op,' zei Lambert. 'Geweldige serie.'
Weer zwegen ze even.
Robie verbrak de stilte. 'Het spijt me dat ik niet zo'n prater ben. Dat doe ik niet expres. Het komt en gaat gewoon.'
'Dat geldt ook voor mij, dus misschien passen we wel heel goed bij elkaar.'
'Ja, misschien wel,' zei Robie. Hij merkte opeens dat hij wílde praten. Hij keek weer naar het uitzicht, nu naar Arlington Cemetery aan de kant van Virginia, op een heuvel. 'Toen de Union het land van Robert E. Lee overnam en er een militaire begraafplaats van maakte, zeiden ze dat generaal Lee zijn bezit terug kon krijgen als hij de achterstallige belastingen betaalde. Maar de truc was dat hij dat zelf moest doen. Daarom heeft hij Lincolns aanbod nooit aangenomen.'
'Dat wist ik niet.'
'Ik weet ook niet of het waar is, maar het is wel een leuk verhaal.'
'En hiermee heb je je ongelijk bewezen. Je bent wél een prater.'
'Af en toe misschien wel.'
'Vind je de beleggingswereld leuk?'
'Vroeger wel,' antwoordde hij. 'Maar na een tijdje leek geld verdienen gewoon niet meer genoeg. Meer uit het leven halen, weet je.'
'Geld is nooit het belangrijkste in het leven, Will,' zei ze. 'Geld is gewoon een middel om een doel te bereiken. Het zou nooit een doel op zich mogen zijn.'
'Voor veel mensen is dat wel zo.'
'En er zijn heel veel mensen met de verkeerde prioriteiten. Vooral in deze stad.'
'Nu praat je weer als een politica,' zei hij, waardoor ze bloosde. 'Zal ik je campagnemanager worden?'

'Ja. Ik kan me kandidaat stellen met een programma dat stelt dat je meer voor anderen moet zorgen dan voor jezelf. Dan is het heel snel afgelopen met de mensen die nu aan de macht zijn.'
'Hé, die kunnen de pot op. Zorg dat je boodschap bij het volk aankomt.'
Hij keek naar haar terwijl zij haar bord leeg at. 'Maar vertel eens, wat wil je doen na je tijd bij het Witte Huis?'
Ze haalde haar schouders op. 'Zo ongeveer iedereen die daar werkt, heeft zijn leven al veertig jaar van tevoren gepland. Ze weten precies wat ze willen en hoe ze dat moeten bereiken. Te fanatiek, vind ik.'
'Te alles,' zei Robie. Hij dacht eraan dat Julie ongeveer hetzelfde had gezegd toen ze het over de toekomst had.
Lambert voegde eraan toe: 'En als je in het Witte Huis werkt, dan wijd je je leven dus gewoon aan een ander, aan de president die je dient. Je hele identiteit is verbonden met het succes van iemand anders.'
'Lijkt me een hele toer om zo te leven.'
'Eerlijk gezegd had ik nooit gedacht dat ik het zover zou schoppen.'
'Dan heb je waarschijnlijk iets goed gedaan. Ivy League? Connecties?'
'Schuldig op beide onderdelen van de aanklacht. Mijn ouders zijn vrij rijk én politiek actief, dus ik weet dat ze aan een paar touwtjes hebben getrokken om me hier te krijgen.'
'Volgens mij hangt het vooral van jezelf af of je in dat grote witte huis mag werken, want iedereen op dat niveau heeft wel een paar touwtjes waar hij aan kan trekken.'
'Aardig dat je dat zegt. Dat soort dingen krijg ik normaal gesproken niet te horen.' Ze depte haar lippen met haar servet en keek hem aan. 'En hoe ziet jouw toekomst eruit?'
'Misschien ga ik iets totaal anders doen. Ik heb al veel te lang hetzelfde gedaan.'
'Verandering is goed.'
'Misschien. En misschien kunnen we daar een andere keer over doorpraten.'
Ze straalde. 'Vraag je me soms mee uit?'
'Heb ik soms een tussenstap over het hoofd gezien? Kun je niet van samen iets drinken overstappen op een date?'
'Ik heb er geen bezwaar tegen, hoor,' zei ze vlug.
Toen de rekening kwam, betaalde Robie, ondanks haar protesten. 'Dat brengt de zaak in evenwicht,' zei hij. Daar moest ze om glimlachen.
Hij liep met haar mee naar het Witte Huis. Ze had hem verteld dat ze nog een paar dingen moest afhandelen en daarna haar fiets moest halen. Tijdens hun wandeling stak Lambert haar arm door de zijne.

•51•

Robie stond voor het busstation waar vandaan de ontplofte bus was vertrokken. In gedachten liep hij alles wat er die nacht was gebeurd nog eens na. Hij had Jane Wind niet vermoord; dat had de reserveschutter voor hem gedaan. Robie had zijn ontsnappingsplan uitgevoerd en was naar het busstation gegaan om de stad te verlaten. Dat had hij aan niemand verteld. Hij had geen enkel spoor nagelaten.

Maar ik heb wel een buskaartje gereserveerd voor die nacht en voor die bus, onder een schuilnaam die ik alleen werd geacht te kennen. Maar iemand anders kende die. En ze waren bereid al die mensen te doden om mij te grazen te nemen.

Hij keek om zich heen. Het was onmogelijk dat iemand daar ter plekke de bom in die wielkast had kunnen stoppen. De bus was bij de bushalte gestopt en de mensen waren ingestapt. Zodra de deur na de laatste passagiers was dichtgegaan, was de bus snel weggereden. Maar in het busstation liepen ook andere mensen rond. Een andere bus zou algauw vertrekken om zijn passagiers naar Miami in het zuiden te brengen. Degene die de bom had geplaatst zou zijn gezien. Nee, de bom was niet hier in de bus geplaatst.

Robie liep naar het gebouw van het busstation. Hij keek naar binnen om te zien of de vrouw achter het loket niet dezelfde vrouw was die hem zijn kaartje had verkocht. Dat was niet zo. Eerder had hij al gezien dat er geen bewakingscamera's in en buiten het gebouw hingen. Daar had het busbedrijf waarschijnlijk niet genoeg geld voor.

Hij liep naar binnen. Het was er even groezelig als de bussen van het bedrijf. Hij liep naar het loket en ging in de rij staan achter een lange vrouw met een baby op haar buik. Een ander kind zat in een autostoeltje dat de vrouw heen en weer schommelde. Dit deed Robie aan Jane Wind en haar beide kinderen denken.

Toen Robie aan de beurt was, keek de jonge vrouw achter het loket hem met een verveelde blik aan. Het was bijna elf uur, dus ze zou hier wel weg willen.

'Kan ik u helpen?' mompelde ze.

Hij liet zijn badge zien. 'Ik onderzoek de bomaanslag op een van jullie bussen.'

Ze ging rechterop zitten en leek alerter nu. 'Oké.'

'Vertel me eens waar de bussen vandaan komen voordat ze de passagiers hier laten instappen.'

'Twee straten verderop hebben we een garage. De chauffeur meldt zich daar, neemt de route door en voert vervolgens een veiligheidsinspectie uit. De bussen worden daar ook schoongemaakt en volgetankt, dat soort dingen.'

'Geef me het adres.'

Ze schreef het op en gaf hem het papiertje.

'Bedankt,' zei Robie. 'Hoe laat ben je vrij?'

Ze trok haar wenkbrauwen op alsof ze dacht dat hij haar wilde versieren en dat niet leuk vond. 'Middernacht,' zei ze op haar hoede. 'En ik heb een vriendje.'

Hij zei: 'Dat kan ik me voorstellen. Ga je naar school?'

'Katholieke Universiteit.'

Hij keek naar het deprimerende interieur van het gebouw. 'Doe maar heel erg je best,' zei hij. 'En kijk nooit achterom.'

Hij stapte in zijn Volvo en reed twee straten richting het zuiden.

Het hek naar de garage was dicht en zat op slot. Na een tijdje werd Robie opgemerkt door de bewaker die daar zijn ronde deed. De man vertrouwde het niet, tot Robie zijn badge liet zien. De bewaker deed het hek van het slot.

'Er zijn al een paar FBI-agenten langs geweest,' zei de man. 'En ook een paar mannen van de NTSB om te zien of er iets mis was met de bus.'

'En was dat zo?'

'Geen idee. Wat kan ik voor u doen?'

'Vertel me hoe de bussen voor een rit in orde worden gemaakt.'

'Daar weet ik niet zoveel van. Ik word betaald om hier met een wapen rond te lopen voor het geval er problemen zijn. En dat is in deze buurt vaak het geval.'

'Wie weet dat wel? Is die persoon hier?'

De bewaker wees naar het oude bakstenen gebouw. 'Twee knapen daarbinnen. Ze werken tot twee uur vannacht.'

'Namen?'

'Chester en Willie.'

'Werken ze hier al lang?'

'Ik werk hier zelf nog maar een maand. Zij werken hier al langer. Geen idee hoeveel langer.'

'Bedankt.'

Robie duwde de deur open en bekeek het gewelfachtige gebouw met het hoge plafond, rijen tl-buizen, vijf geparkeerde bussen, verrijdbare gereedschapskisten, generatoren en werklampen met een metalen rooster eromheen. Er hing een doordringende geur van olie, vet en brandstof.

Hij riep: 'Is hier iemand?'

Een lange, donkere man in een overall liep om een bus heen en veegde zijn handen af aan een vieze doek. 'Kan ik u helpen?'

Robie hield zijn badge omhoog. 'Ik moet u een paar vragen stellen.'

'D'r zijn al agenten langs geweest.'
'Ik ben gewoon nóg een agent die langskomt,' zei Robie. 'Ben jij Chester of Willie? De bewaker buiten vertelde me dat,' voegde Robie eraan toe toen de man hem argwanend aankeek.
'Willie. Chester ligt onder een bus, is met een versnellingsbak bezig.'
'Vertel eens hoe de bussen worden klaargemaakt.'
'Ze komen ongeveer zes uur voordat ze weg moeten binnen. Hier controleren we ze. Hebben een checklist met onderhoudsitems. We controleren olie, koelvloeistof, bandenprofiel, remmen, stuurvloeistof, maken de bus vanbinnen schoon en ruimen de rotzooi op die de passagiers hebben achtergelaten. Daarna tanken we hem vol bij de benzinepomp bij het voorhek. Vervolgens blijft hij staan tot de chauffeur er is die hem meeneemt naar het busstation.'
'Oké.'
'Luister, ik heb die kerels het onderhoudsschema laten zien. Er zat niets op die bus waardoor hij kon ontploffen. Ik weet dat het er hier niet geweldig uitziet, maar wij nemen ons werk heel serieus. Het móét wel een bom zijn geweest.'
'Kun je me laten zien waar die bus heeft staan wachten?'
'Luister man, ik heb het smoordruk, ik moet nog drie bussen klaarmaken.'
'Ik zou het echt op prijs stellen,' zei Robie en hij wees naar de deur.
Willie zuchtte, nam hem mee naar buiten en liep samen met hem om het gebouw heen. Hij wees naar een plek vlak bij het hek. 'Daar staan ze tot de chauffeur er is.'
'Hoeveel bussen stonden daar in de nacht dat die ene ontplofte?'
'Twee. Naast elkaar. De ene ging naar New York en de andere naar het zuiden naar Miami.'
'Oké, iemand die een bom op een specifieke bus wil plaatsen. Hoe weet hij welke bus waar naartoe ging?'
'Wil je soms dat ik in de huid kruip van een of andere maniak?'
'Kon hij dat van de buitenkant zien?'
'Ja natuurlijk, op de voorkant van de bus staat een nummer. De 112 gaat naar New York, de 97 naar Miami.'
Robie vroeg: 'Dus degene die de bom heeft geplaatst, kon weten welke bus waar naartoe ging als hij de dienstregeling had of op internet had gekeken?'
'Dat denk ik wel.'
'Of als hij hier werkte.'
Willie deinsde achteruit. 'Luister man, ik heb geen idee hoe iemand een bom in een van onze bussen heeft kunnen plaatsen, áls dat is gebeurd. En ik heb hem al helemaal niet geholpen. Ik kende twee van de mensen die zijn opgeblazen. Een was een vriend en de ander kende mijn moeder. Ging één keer per maand

naar New York om haar kleindochter te bezoeken. Denk maar niet dat dat leuk is. Mijn moeder kreeg bijna een hartaanval toen ze het hoorde.'

Robie dacht aan zijn rit in de bus, aan de oude vrouw in haar jas die zo had gegild.

'De 112 gaat dus naar New York.' Hij keek naar het hek. Kon je zo overheen klimmen. De bommenlegger had over het hek kunnen klimmen als de bewaker aan de andere kant van het terrein was. De bom plaatsen en dan weg. Nog geen minuut werk.

Hij keek naar Willie. 'Hoe lang heeft de bus die nacht daar gestaan tot de chauffeur er was?'

Willie dacht hierover na. 'Had er niet veel werk aan. Hij kwam vroeg terug van de vorige rit. Chester deed de checklist, heeft hem vanbinnen gestofzuigd. Ik heb hem vanbuiten gewassen, volgetankt en daarna geparkeerd. Misschien twee tot drie uur.'

Robie knikte. 'Heb je iets verdachts gezien?'

'Ik ben meestal binnen aan het werk. Misschien heeft de bewaker iets gezien, maar dat betwijfel ik.'

'Waarom?'

'Hij zit vaker in zijn kleine hokje te eten dan dat hij rondloopt, als je snapt wat ik bedoel. Daarom is hij zo dik.'

'Oké.'

'Kan ik nu weer aan het werk?'

'Bedankt voor de informatie.'

Willie liep het gebouw weer in.

Robie stond in het donker en keek naar de plaats waar de 112 had gestaan. Bommenlegger plaatste de bom in de bus. Robie stapte in de bus. Robie stapte uit de bus. Bus explodeerde. Ze stuurden een schutter naar de steeg om het karwei af te maken. Iemand wilde hem heel graag te grazen nemen.

Toen bedacht hij iets anders: *Maar misschien ook weer niet zo heel graag.*

'Ben je in je vrije tijd een beetje aan het rondsnuffelen?'

Hij draaide zich om en keek door het hek.

Nicole Vance staarde naar hem terug.

•52•

Robie liep door het geopende hek naar haar toe.
'Waar heb je al die tijd gezeten?' vroeg Vance.
'Laten we teruggaan naar Donnelly's,' zei Robie.
'Waarom?'
'Ik wil iets controleren wat ik al eerder had moeten controleren.'
Een kwartier later stond Robie op dezelfde plek als die nacht waarin iemand met een MP-5 hem had willen doden. Eerst keek hij naar de plek waar de SUV was geweest, daarna naar zijn schuilplaats achter de vuilcontainers en vervolgens achterom naar het verbrijzelde raam. Hij liep heen en weer, en volgde in gedachten het schietpatroon van de aanvallers.
'Wat is het totaal aantal doden en gewonden tot nu toe?' vroeg hij aan Vance die naar hem stond te kijken.
'Zes doden, vijf gewonden. Een ligt nog in het ziekenhuis, maar lijkt het wel te halen.'
'Maar wij niet,' zei Robie.
'Wat?'
'Wij zijn niet dood.'
'Dat lijkt een voor de hand liggende conclusie,' zei Vance droog.
'Elf mensen beschoten, zes dood, en toch raakt de schutter ons niet? We zijn het dichtstbijzijnde doelwit, zonder dekking. Alleen aluminium afvalbakken tussen ons in, magazijnen met dertig kogels, en een kouder bed in het mortuarium.'
'Wil je zeggen dat de schutter ons met opzet niet heeft geraakt?'
Hij keek naar haar en zag dat ze hem verbijsterd aankeek.
'Dat slaat toch nergens op?' vroeg ze.
'Het slaat toch zeker nergens op dat die vent ons van die korte afstand met een massavernietigingswapen heeft gemist? Er zouden minstens acht doden moeten zijn, onder wie jij en ik. Kijk naar het schietpatroon. Hij schoot om ons heen.'
'Je wilt dus zeggen dat die mensen zijn gedood om... Als waarschuwing? Heeft het iets te maken met de zaak-Wind? De bomaanslag op de bus?'
Robie gaf geen antwoord. Zijn gedachten tolden door zijn hoofd, brachten hem op onverwachte ideeën.
'Robie?'

Hij draaide zich naar haar om.
Vance zei langzaam: 'Volgens mij, als je het zo bekijkt, dan slaat wat je zegt wel ergens op. We hadden inderdaad dood moeten zijn. Dan moet het dus iets te maken hebben met de Winds, of met de bus, of met allebei.'
'Nee, toch niet.'
'Maar Robie...'
Hij draaide haar zijn rug toe en keek weer naar de plek op de straat waar vandaan de SUV zijn aanval had ingezet.
Iemand achtervolgt me. Iemand speelt een psychologisch spelletje met me. Iemand in de buurt probeert me te grazen te nemen, me gek te maken.
'Robie, heb je nog andere vijanden?' vroeg Vance.
'Niet dat ik weet,' zei hij afwezig.
Niet meer dan een paar honderd, dacht hij.
'Is er iets wat je me niet vertelt?' vroeg ze.
Hij hield op met nadenken en wreef over zijn nek. 'Vertel jij me dan alles?'
'Wat?'
Hij keek haar aan. 'Vertel jij me dan alles?' vroeg hij weer.
'Denk het niet.'
'Dan heb je je antwoord.'
'Maar je zei dat ik je kon vertrouwen.'
'Dat is ook zo, maar jij hebt jouw dienst en ik de mijne. Ik neem aan dat je me alles vertelt wat je me mag vertellen en ik doe hetzelfde. Ik moet verslag uitbrengen aan bepaalde mensen en jij ook. Het heeft allemaal beperkingen. Maar dat betekent niet dat we niet kunnen samenwerken om deze zaak op te lossen.'
Vance keek naar de grond en porde met de punt van haar schoen in een peuk die op straat lag. 'Goed, heb je bij het busstation iets ontdekt wat je me wél kunt vertellen?'
'Die bus heeft daar een behoorlijke tijd gestaan, lang genoeg om er een bom in te plaatsen.'
'De bommenlegger wist dus dat zijn doelwit in die bus zou gaan zitten.'
'Hebben we een passagierslijst?'
'Onvolledig. Van de mensen die met een creditcard hebben betaald, niet van de mensen die contant hebben betaald, tenzij een familielid of een vriend zich bij ons heeft gemeld en vertelde dat iemand in die bus zat.'
'Hoeveel mensen zaten erin?'
'Zesendertig plus de chauffeur. We bekijken de achtergrond van iedereen van wie we weten dat hij in de bus zat. Dat zijn negenentwintig mensen. Dus blijven er acht onbekenden over. Dat waren waarschijnlijk mensen die op het laatste moment met contant geld een kaartje hebben gekocht.'

Robie dacht: *Onder wie Julie en haar aanvaller.*
'Mag ik die lijst eens zien?'
Ze pakte haar mobieltje en toetste een paar knopjes in. Daarna liet ze hem het scherm zien.
Hij scande de lijst. Julie stond er niet op. Gerald Dixon gelukkig ook niet. Dat betekende dat Julie haar kaartje niet met die creditcard had betaald. Maar de andere namen op de lijst zeiden hem niets, behalve de schuilnaam waarmee Robie zijn eigen kaartje had gereserveerd.
Oké, dan was hij dus het doelwit geweest, niet Julie. Maar waarom probeerden ze hem in die bus dan echt te doden en misten ze hem met opzet toen de MP-5 hem gemakkelijk had kunnen vermoorden?
Het plan is veranderd, dát is de reden. Ze wilden me dood. Nu willen ze me levend. Maar waarom?
'Robie?'
Toen hij opkeek, stond Vance naar hem te staren.
'Ik herken geen enkele naam op die lijst.' Zijn leugens stapelden zich snel op.
'Dan weten we dus nog steeds niet wie het doelwit is.'
Robie wilde niet meteen weer tegen haar liegen. Daarom vroeg hij: 'Al iets bekend over Rick Wind?'
'ME heeft de autopsie afgerond. Doodsoorzaak was verstikking.'
'Hoe?'
'Petechieën, minuscule bloeduitstortingen, waren de belangrijkste aanwijzing. Maar hij wist eerst niet zeker hoe het was gebeurd. Geen kussen op zijn gezicht of zo.'
'Waarom zou de moordenaar de manier waarop de moord was gepleegd willen verbergen?' vroeg Robie en hij haalde diep adem.
'Omdat het dan moeilijk wordt uit te zoeken wie het heeft gedaan.'
'Misschien, misschien ook niet.'
'Maar uiteindelijk heeft hij wel ontdekt hoe het is gebeurd.'
Robie keek haar aan. 'En waarom kon je me dat niet meteen vertellen?'
'Ik ben dol op melodrama.'
'Hoe is hij vermoord, Vance?' vroeg Robie op scherpe toon.
'Ze hebben zijn eigen tong in zijn keel gestopt en hem daar gehouden. Ze hebben zijn tong afgesneden en die gebruikt om hem te vermoorden,' zei ze, op even scherpe toon.
'Dankjewel,' zei hij gespannen.
'Luister Robie, als de moord op Jane Wind en haar echtgenoot in verband staat met de bomaanslag op de bus, moeten ze iets met elkaar gemeen hebben.'
'De enige reden waarom je denkt dat ze met elkaar in verband staan, is dat

wapen. Dat wapen is niet gebruikt om Jane Wind en haar zoon te doden. Zoals ik al eerder heb gezegd, degene die in die flat was had hem kunnen weggooien nadat hij haar appartement had verlaten. Het kan evengoed niets te maken hebben met die aanslag op die bus.'

'Of wel.'

'Geloof je dat echt of wil je gewoon een terroristische aanslag en een moord op je cv hebben?'

'Mijn cv ziet er nu al prima uit, ook zonder deze zaak,' snauwde ze.

'Ik wil alleen maar zeggen dat je ook open moet staan voor andere invalshoeken. Als deze zaken niet met elkaar in verband staan, is het niet slim ze aan elkaar te koppelen. Je bedenkt veronderstellingen en neemt besluiten die je baseert op die veronderstellingen die je anders niet zou nemen. En ondertussen probeer je vierkante spijkers in ronde gaten te slaan. Dan krijg je wel een antwoord, maar het verkeerde. En het is de vraag of je nog een kans krijgt het weer goed te maken.'

Ze sloeg haar armen over elkaar. 'Oké, wat zou jij doen?'

'Aan beide zaken werken, maar parallel. Je linkt ze niet aan elkaar, tenzij je goede bewijzen hebt dat het echt zo is. En dat betekent iets meer dan een wapen in de buurt.'

'Oké, dat klinkt wel logisch.'

Robie keek op zijn horloge. 'Ik ga een paar uurtjes slapen. Als er iets bijzonders is, mag je me wakker maken.'

'Kun je nu wel ergens naartoe om te slapen? Zo niet, dan mag je wel naar mijn huis.'

Robie keek haar aan. 'Meen je dat nou?'

'Waarom niet?'

'Je was bang dat ze stomme opmerkingen zouden maken, ook al sliep ik op de bank.'

'Jij houdt je mond. Ik hou mijn mond. En zelfs als het bekend wordt, was het gewoon zakelijk. Dan zoeken ze het zelf maar uit. Dus kan ik je dit wel aanbieden.'

'Ik kan wel ergens naartoe. Als dat verandert, laat ik het je wel weten. Bedankt.'

Hij liep naar zijn auto. Hij wist precies waarom hij haar aanbod niet had aangenomen.

In dit werk kreeg je nooit iets cadeau.

En hij wilde zien hoe het met Julie was.

53

Robie draaide de voordeur van het slot en schakelde het alarm uit. Hij deed de deur dicht, draaide hem weer op slot en activeerde het alarm weer.
'Julie?'
Hij liep door de gang, met zijn hand op de kolf van zijn wapen.
'Julie?'
Hij keek in drie kamers, voordat hij bij haar slaapkamer was. Hij duwde de deur open. Ze lag in bed te slapen. Gewoon voor de zekerheid keek Robie naar het op en neer gaan van haar borst. Drie keer. Hij deed de deur dicht en liep door de gang naar zijn slaapkamer.
Hij ging op zijn bed zitten, maar kleedde zich niet uit. Hij had het warm en koud tegelijk.
Zijn telefoon ging. Hij dacht eerst dat het Vance was, maar dat was niet zo. Het was Blauwe Man.
Hij nam op. 'Heb je iets voor me?' vroeg hij.
'Leo Broome is federaal ambtenaar. Hij is verbindingsofficier.'
'Voor welke dienst? Ministerie van Defensie?'
'Nee, ministerie van Landbouw.'
'Je maakt een grapje!' riep Robie uit.
'Nee, ik meen het.'
'Wat heb je nog meer ontdekt?'
'We sturen je nu een e-mail. Lees maar. En kijk maar eens wat jou opvalt.'
'Er móét iets zijn.'
'Zoek het dan maar.'
Robies inbox zoemde. Hij opende het document met daarin het verhaal van Leo Broomes professionele leven. Robie las het aandachtig door. Daarna las hij het nog eens, waarbij hem een paar veelbelovende dingen opvielen.
'Waarom lig je niet in bed?' vroeg hij zonder naar haar te kijken.
Julie stond daar in een joggingbroek en een T-shirt met lange mouwen. Ze leek slaperig. 'Hoe wist je dat ik hier stond? Ik heb helemaal geen geluid gemaakt.'
'Iedereen maakt geluid, wat hij ook doet.'
'Je hebt vast ogen in je achterhoofd, Will.'
'Was dat maar waar.'
Ze ging tegenover hem op een stoel zitten. 'Iets ontdekt?'

'Ja. Maar het meeste klinkt onlogisch.'
'Vertel me alles wat wel logisch klinkt.'
'Ik denk dat ik het doelwit van de bom was, en niet jij.'
'Dat is een hele troost. Dus er was maar één iemand die me wilde vermoorden?'
'Leo Broome werkt voor het ministerie van Landbouw.'
'Werken daar spionnen?'
'Dat betwijfel ik. Want echte slechteriken worden niet bepaald opgewonden van hoge graansubsidies.'
'Wat is het verband dan?'
'Misschien is dat er niet. Maar misschien ook wel.'
Robie liet haar zijn telefoonscherm zien. 'Broome heeft ook in het leger gezeten. De Golfoorlog.'
'Dus?'
'Die vrouw en dat kind die zijn vermoord? Haar ex-man is ook vermoord. Hij zat ook in het leger. Misschien kenden hij en Broome elkaar.'
'En als dat zo was, wat wisten ze dan waarvoor ze dood moesten? En wat heeft de moord op mijn ouders daarmee te maken?'
'Dat weet ik niet. Ik denk nog na over mogelijke theorieën.'
'En degenen die de bus hebben opgeblazen, hebben vervolgens geprobeerd jou te vermoorden. Waarom?'
'Om redenen die ik je niet kan vertellen.'
Ze zat hem aan te kijken. Robie vroeg zich af wat haar volgende vraag zou zijn, maar hij betwijfelde of hij die naar waarheid zou kunnen beantwoorden.
Hij keek naar de muren van de kamer. Hij kreeg acuut een gevoel van claustrofobie.
'Wat hebben ze met de lichamen van mijn ouders gedaan, denk je?'
Hier had Robie bepaald niet op gerekend, maar het was absoluut een begrijpelijke vraag. Hij keek naar Julie, probeerde meer achter haar vraag te zoeken dan er waarschijnlijk was. Ze was nog maar een kind, ondanks haar gewiekstheid, ondanks haar intelligentie. Ze rouwde om haar ouders. Ze wilde weten waar ze waren. Dat begreep hij.
'Waarschijnlijk op een plek die we nooit zullen vinden,' zei Robie. 'Blijf aan ze denken zoals jij ze hebt gekend. Vraag je niet af waar ze nu zijn, oké? Daar schiet je niets mee op.'
'Kun jij makkelijk zeggen.'
'Ja, dat is zo, maar het moet wel gezegd worden.'
Robie wachtte tot ze instortte en begon te huilen. Dat deden kinderen immers, dat was hem tenminste verteld. Zelf had hij dat als kind nooit gedaan. Maar zijn jeugd was in geen enkel opzicht normaal geweest.

Maar Julie stortte niet in. Ze snikte niet. Ze huilde niet. Ze keek naar hem, met een kille uitdrukking op haar gezicht.
'Ik wil degene die dit heeft gedaan vermoorden.'
'De man die dat heeft gedaan, zat in de bus. Hij is nu as. Maak je maar niet langer druk over hem. Hij is verleden tijd.'
'Ik heb het niet over hem en dat weet je best.'
'Iemand vermoorden is niet zo gemakkelijk als het klinkt.'
'Voor mij wel.'
'Als je iemand vermoordt, laat je een stukje van jezelf bij hem achter.'
'Dat klinkt als een zin uit een of andere stomme film.'
'Dat kan wel zo klinken, maar zo voelt het precies.'
'Heb je daar dan veel ervaring mee?'
'Wat denk je dan?' vroeg hij stijf.
Ze wendde haar blik af en begon zenuwachtig in haar handen te wrijven.
Ze zei: 'Is het mogelijk dat deze Wind iets aan de Broomes heeft verteld, die dat weer aan mijn ouders hebben verteld?'
'Ja, dat kan. Eerlijk gezegd is dat de meest veelbelovende richting van onderzoek.'
'En doe je dat samen met superagent Vance?'
Robie gaf geen antwoord.
'Dus je werkt niet met haar samen aan deze zaak?'
'Ik werk samen met haar aan een déél van deze zaak.'
'Oké, dat snap ik.'
'Echt?' vroeg Robie.
'Ik wil er ook aan meewerken.'
'Dat doe je al. Je hebt me al geholpen.'
'Maar ik wil meer doen.'
'Je bedoelt dat je de mensen wilt vinden die hier verantwoordelijk voor zijn en hen dan wilt vermoorden?'
'Zou jij dat niet willen dan?'
'Misschien. Maar je moet er goed over nadenken.'
'Wil je me helpen hen te doden? Ik weet dat je dat kunt.'
'Je moet weer naar bed,' zei hij rustig.
'Het kind loopt je voor de voeten, hè? Dat denk je toch? Stop je me in dat hokje?'
'Ik ga echt niet meehelpen je in welk hokje dan ook te stoppen, en al helemaal niet in een kist.'
Julie verstijfde zichtbaar toen hij dit zei.
Langzaam zei hij: 'Je moet begrijpen dat dit geen spelletje is, Julie. Het is geen

film, tv-show of stom PlayStation-spel. Jij wilt hen doden. Oké, dat snap ik. Dat is logisch. Maar je bent geen moordenaar. Je haat hen, maar je zou hen niet kunnen doden als het zover was. Maar je mag één ding niet vergeten.'
'Wat dan?' vroeg ze met een gespannen stem.
'Zij willen jou dood hebben. En zodra ze de kans krijgen, zullen ze geen seconde aarzelen. Dan ben je dood. En zonder resetknopje.'
'En als ik je zeg dat me dat niets kan schelen?'
'Dan zou ik zeggen dat je jong bent en dat je denkt dat je onsterfelijk bent.'
'Ik weet dat ik ooit zal sterven. De enige vraag is wanneer en hoe.'
'En het antwoord zou over tachtig jaar na nu moeten komen, en vredig in je slaap.'
'Zo zit het leven niet in elkaar. Mijn leven in elk geval niet.'
'Het is niet verstandig om zo te denken.'
'Hoor wie het zegt. Jij leeft niet bepaald voorzichtig.'
'Mijn keus.'
'Dat bedoel ik dus. Het is een keus. Míjn keus.'
Ze stond op en liep terug naar haar kamer.
Robie bleef zitten en keek naar de plaats waar ze had gezeten.

•54•

Het was twee uur 's nachts en Robie had precies één uur geslapen toen hij zijn ogen opendeed. Uit ervaring wist hij dat het geen zin had te blijven liggen. Hij stond op, liep naar de woonkamer van zijn huis ver weg van thuis, en liep naar het raam. D.C. sliep nu, in elk geval de normale inwoners van de stad. Maar een groot deel van de inwoners sliep nooit. Dat waren goed opgeleide en bijzonder gemotiveerde mensen die 's nachts wakker bleven om ervoor te zorgen dat hun stadgenoten niets overkwam.

Robie wist dit, omdat hij een van die mensen was geweest. Het was niet altijd zo geweest. Hij was in de loop der jaren in dit werk gegroeid. Dat betekende niet dat hij het leuk vond.

Hij keek door de telescoop. Het gebouw aan de overkant van de straat kwam in beeld. Hij richtte de telescoop op zijn eigen verdieping. Nergens brandde licht, op één woning na.

Annie Lambert liep rond. Robie zag dat ze van haar slaapkamer naar de keuken liep. Ze droeg een zwarte broek en een voetbalshirt dat tot halverwege haar heupen kwam. Een New England Patriots-trui, zag Robie. Dat zou niet in de smaak vallen in Washington D.C., waar de Redskins het favoriete NFL-team was. Maar zij kwam uit Connecticut en de vrouw was in de privacy van haar eigen woning.

Nou ja, privacy, dacht hij met een schuldig gevoel. Maar hij bleef kijken.

Ze pakte een boek van een plank aan de muur, ging zitten en sloeg hem open. Ze begon te lezen en stopte al lezend lepels yoghurt in haar mond.

Zij was niet de enige die last had van slapeloosheid.

Hij geneerde zich omdat hij weer naar haar keek. Hij probeerde zichzelf wijs te maken dat hij het om professionele redenen deed. Maar dat was niet zo.

Hij pakte het visitekaartje dat ze hem had gegeven. Voordat hij zich kon bedenken, belde hij haar mobiele telefoon. Door de telescoop zag hij dat ze haar boek neerlegde, haar hand uitstak en haar mobieltje van een tafel pakte.

'Hallo?'

'Met Will.'

Hij zag dat ze rechterop ging zitten en de lepel neerlegde. 'Hi, hoe gaat het?'

'Kan niet slapen. Hoop dat ik je niet wakker heb gemaakt.'

'Ik sliep niet. Ik zit hier gewoon yoghurt te eten.'

'Snelle spijsvertering? Cheeseburgers al verteerd?'

'Zoiets ja.'
Robie zweeg even en keek naar haar door zijn telescoop. Ze draaide een lok haar om haar vinger en had haar benen onder zich getrokken. Hij voelde dat zijn handen klam werden en hij een droge keel kreeg. Hij voelde zich alsof hij weer op de middelbare school zat en praatte met het meisje op wie hij een oogje had.
Hij zei: 'Weet je, vanaf het dak van ons gebouw heb je een prachtig uitzicht. Ben je daar weleens geweest?'
'Ik dacht dat je daar niet kon komen. Die deur zit toch op slot?'
'Een slot is geen enkel probleem als je de sleutel hebt.'
'Heb jij de sleutel?' vroeg ze. Ze klonk als een meisje met een geweldig geheim.
'Wat denk je, zullen we elkaar over tien minuten bij het trappenhuis ontmoeten?'
'Echt waar? Meen je dat?'
'Ik bel nooit iemand op om twee uur 's nachts als ik het niet meen.'
'Afgesproken.'
Ze verbrak de verbinding en Robie zag geamuseerd dat ze opsprong en naar de gang rende, waarschijnlijk om zich om te kleden.
Negen minuten later stond hij bij de ingang van het trappenhuis. Ze liep snel naar hem toe.
Ze droeg nu een rok die tot op de knie viel, een blouse en sandalen. Ze had ook een vestje bij zich, omdat het buiten een beetje kil was.
Ze zei: 'Ik meld me voor de dienst, meneer.'
'Kom mee,' zei Robie.
Hij nam haar mee naar boven. Toen ze bij de afgesloten deur naar het dak kwamen, haalde hij zijn inbrekershaakjes tevoorschijn en even later zwaaide de deur open.
'Dat was geen sleutel,' zei ze met een bewonderende glimlach. 'Je hebt het slot opengemaakt met een haakje.'
'Een haakje is een sleutel, maar heeft een andere naam. Poëtischer dan dit zal ik trouwens nooit worden.'
Ze liep achter hem aan een lage trap op en een andere deur door. Het dak was plat en bedekt met een asfaltcoating die nog warmte uitstraalde.
Robie haalde een fles wijn onder zijn jas vandaan.
'Hoop dat je rood lekker vindt.'
'Ik ben dol op rode wijn. Nemen we om beurten een slok uit de fles?'
Uit zijn zak haalde hij twee plastic wijnglazen.
Hij haalde de kurk uit de fles en schonk de wijn in.
Ze stonden bij de rand van het dak en leunden met hun armen en hun glas

wijn in de hand op de borsthoge muur van het gebouw.
'Wat een prachtig uitzicht,' zei Lambert. 'Ik heb er nooit bij stilgestaan dat je hiervandaan een prachtig uitzicht hebt. Als ik uit mijn raam kijk, zie ik alleen het gebouw aan de overkant van de straat.'
Robie voelde zich even schuldig toen hij aan zijn eigen uitzicht vanaf dat gebouw op haar appartement dacht. 'Elke plek heeft een uitzicht,' zei hij aarzelend. 'Sommige zijn gewoon beter dan andere.'
'Hé, dat was poëtisch,' zei ze en ze gaf hem een zachte por met haar elleboog.
Er waaide een zacht briesje, ze namen slokjes van hun wijn en praatten. Hun gesprek ging nergens over en gaf Robie toch een gevoel van rust, van vrede. Hij had helemaal geen tijd om zoiets als dit te doen, maar dat was een van de redenen om het juist wel te doen.
'Zoiets heb ik nooit eerder gedaan,' zei Lambert.
'Ik ben hier wel vaker geweest, maar nog nooit samen met iemand anders.'
'Dan voel ik me vereerd,' zei ze. Ze keek nog een keer om zich heen. 'Dit lijkt me een uitstekende plek om na te denken.'
'Ik kan je wel laten zien hoe je met een haakje een slot moet openmaken,' zei hij.
Ze glimlachte. 'Dat zou best eens handig kunnen zijn. Ik vergeet heel vaak mijn sleutels.'
Na een halfuur zei Robie: 'Misschien moeten we maar eens teruggaan.' Hij keek op zijn horloge. 'En jij moet misschien maar eens gaan douchen en naar je werk gaan. Volgens mij heb je niet veel slaap nodig.'
'Hoor wie het zegt.'
Hij liep met haar mee naar haar appartement. Ze draaide zich om en zei: 'Ik heb hier echt van genoten.'
'Ik ook.'
'Ik heb nog niet veel mensen leren kennen sinds ik hier woon.'
'Dat komt nog wel. Wacht maar rustig af.'
'Ik bedoel dat ik heel blij ben dat ik jou heb ontmoet.'
Ze kuste hem op zijn mond en liet haar vingers op zijn borst rusten.
'Goedenacht,' zei ze.
Nadat ze naar binnen was gegaan, bleef Robie staan. Hij wist niet zeker wat hij voelde. Maar misschien kwam dat doordat hij dit al heel lang niet had gevoeld. Na een tijdje draaide hij zich om. Hij liep weg, verwarder en onzekerder over zichzelf dan ooit.

•55•

Een paar minuten later was Robie weer in het andere gebouw. Ergens wilde hij naar Lambert kijken door zijn telescoop, om te zien hoe ze op deze nacht reageerde. Hoewel haar kus hem waarschijnlijk alles vertelde wat hij moest weten. Hij stelde zich voor dat ze een douche nam en zich klaarmaakte voor haar werk. Misschien zou ze vandaag ook wel aan hem denken tijdens haar belangrijke werk voor het land.

Daarna richtte Robie zich weer op wat er in het verschiet lag. Ook hij moest maar weer eens aan het werk.

Hij keek even bij Julie en zag dat ze diep in slaap was.

Hij nam een douche, kleedde zich aan en vertrok, nadat hij het alarm had ingeschakeld.

Hij reed door de lege straten. Hij reed niet doelloos rond. Hij moest ergens naartoe, nadenken.

Hij kwam een MPD-politiewagen tegen, het zwaailicht veroorzaakte blauwe strepen in de duisternis. Iemand had een probleem. Of was dood.

Robies eerste stop was Julies huis.

Hij parkeerde zijn auto een straat verderop en liep vanaf de achterkant naar het huis. Een minuut later was hij binnen. Hij lichtte zichzelf bij met een zaklamp. Hij wist waar hij naar wilde kijken.

Nadat hier twee mensen waren vermoord, was Julie op de vlucht geslagen. De lijken waren weggehaald en het huis was schoongemaakt. Robie wilde weten hoe grondig dat was gebeurd en daarom was hij hier nu. Op een bepaald moment zou de afwezigheid van de Getty's telefoontjes naar de politie veroorzaken. Dan zouden ze hier komen en zien dat het huis leeg was. Ze zouden ontdekken dat Julie in een pleeggezin zat, of had gezeten. Ze zouden proberen haar te vinden. Ze zouden daar niet in slagen. Ze zouden ervan uitgaan dat de Getty's om de een of andere reden waren vertrokken. Misschien om te ontsnappen aan een grote schuld of aan onbetaalde dealers die betaling eisten voor de drugs waarvan iedereen wist dat de Getty's die gebruikten.

De politie zou er wel wat tijd in steken, maar niet veel. Zonder bewijs dat er op een gewelddadige manier een einde aan hun leven was gekomen, zou het onderzoek op een laag pitje worden gezet. De politiemacht van een grote stad bevond zich niet in de luxepositie dat ze tijd en mankracht in dit soort zaken kon stoppen.

Robie bukte zich en keek naar het vlekje op de muur. Bloed, zo te zien, maar de politie had het misschien niet eens gezien. Zelfs als ze het wel hadden gezien, zouden ze het niet onderzoeken. Dat betekende papierwerk, urenlang technisch onderzoek en laboratoriumtijd. En waarvoor?

Maar dat kleine vlekje vertelde Robie wel iets.

Bloedspetter. Ze hebben alles schoongemaakt, behalve dit vlekje. Dit vlekje is niet verborgen. Het is duidelijk zichtbaar. Ze hadden het moeten schoonmaken of overschilderen zoals de rest van de muur.

Robie ging rechtop staan. Dat vlekje was een boodschap.

Maar voor wie was deze boodschap bedoeld?

Ze wisten dat Julie wist dat haar ouders dood waren. Ze had het zien gebeuren. Was dit voor een van de vrienden van de Getty's? Die met de politie zouden willen praten, maar dat niet zouden doen als ze wisten dat ze waren vermoord? Dat was wel erg vergezocht. Die vrienden zouden dit vlekje misschien nooit zien of weten wat het was als ze het wel zagen.

Maar ik zou het wel zien. Ik zou weten wat het is.

Hij onderzocht de rest van het huis, Julies kamer als laatste. In een hoek lag een knuffelbeer op zijn zij. Hij pakte hem op en stopte hem in de rugzak die hij bij zich had. Naast haar bed stond een foto van Julie met haar ouders. Die stopte hij ook in zijn rugzak.

Die zou hij aan haar geven als hij Julie weer zag.

Zijn volgende halte was het huis van Rick Wind. Niet zijn bedrijf waar iemand zijn tong had afgesneden en die in zijn eigen keel had gestopt. Hij reed naar Rick Winds huis in Maryland.

Maar daar zou hij niet aankomen. In elk geval niet die nacht.

Zijn telefoon zoemde.

Het was Blauwe Man.

'We hebben je begeleider gevonden. Kom maar, dan kun je zien wat er van hem is overgebleven.'

56

Het stonk niet. Een verbrand lichaam geeft niet veel geur af. Het vlees en de lichaamsgassen, de beide bronnen van forensische stank, waren opgebrand. Verkoolde restanten roken wel, maar niet onaangenaam. Iedereen die weleens in een fastfoodrestaurant was geweest, kende die geur.

Robie keek neer op de massa verkoolde botten en keek vervolgens naar Blauwe Man die een halve meter van hem af stond. Zijn witte overhemd was gesteven, zijn das wees precies naar zes uur. Hij rook naar Kiehl's gezichtscrème. Het was iets na vijf uur in de ochtend en hij zag eruit alsof hij zo een presentatie kon houden voor de raad van commissarissen van de Fortune-500-onderneming.

Blauwe Man keek naar de donkere massa die ooit een man was geweest. Een man die Robie opdracht had gegeven een vrouw en haar kind te vermoorden.

'Moeilijk om medelijden met hem te hebben,' zei Blauwe Man, die Robies gedachten leek te raden.

'Medelijden is inderdaad niet het eerste woord dat bij me opkomt,' zei Robie. 'Wat weten we?'

'Zijn naam, functie en arbeidsverleden. We weten niet waar hij de laatste tijd was, waarom hij is overgelopen of wie hem heeft gedood.'

Ze stonden in een park in Fairfax County, Virginia. Links van Robie lag een Little League-honkbalveld. Rechts van hem lagen tennisbanen.

'Ik neem aan dat hij hier onlangs is gegrild en achtergelaten,' zei Robie.

'Omdat geen enkele ouder heeft gemeld dat ze deze hoop afval hebben gezien toen ze gisteravond naar de honkbalwedstrijd van hun kind keken, denk ik dat we daar wel van uit kunnen gaan.'

'Wanneer heb je dit ontdekt?'

'We kregen een anoniem telefoontje met expliciete informatie.'

'Weten we zeker dat dit die man is? Je kunt toch geen DNA van verbrande botten halen, of wel?'

Blauwe Man wees naar de linkerpink van het lijk, of in elk geval naar de plek waar de linkerpink had gezeten. 'Ze hebben, heel behulpzaam, die vinger afgedekt met vuurbestendig materiaal. We hebben de vinger eraf gehaald en een onderzoek gedaan, de vingerafdruk en het DNA. Dit is hem.'

'Telefoontje, pink. Dat was heel behulpzaam van hen.'

'Dat vond ik ook.'

'Je zei dat je niet wist waarom hij is overgelopen?'
'We gaan alle voor de hand liggende redenen na: geheime bankrekeningen, bedreigingen aan het adres van familieleden, een veranderde politieke overtuiging. Tot nu toe niets definitiefs. Misschien komen we het nooit te weten.'
'Zij zorgen wel dat er geen losse eindjes overblijven,' zei Robie. 'Je zou toch denken dat deze knaap wist dat zijn overlevingskansen bijna nihil waren.'
'Dat zou iedereen die een ander bedreigt moeten snappen, maar toch doen ze het.'
'Heb je nog iets nieuws bedacht over Leo Broome?'
'Nog niet.'
Blauwe Man wees naar een SUV die langs de stoep stond. 'Volgens mij is het nu tijd voor die briefing.'
'Ik kan je niet veel vertellen.'
'Ik ben wakker. Daar is verse koffie. Alles wat je me kunt vertellen, is meer dan ik nu weet.'
Ze liepen naar de auto. Robie vroeg: 'Vraag je je weleens af of je met pensioen moet gaan of iets anders moet gaan doen?'
'Bijna dagelijks.'
'En toch ben je hier nog.'
Blauwe Man trok het portier van de SUV open. 'Ik ben hier nog. En jij óók.'
En ik ook, dacht Robie.
Robie schoof op de achterbank. Er was ruimte tussen hem en Blauwe Man. De laatste trok het portier dicht en wees naar twee koffiebekers in de houder tussen hen in. 'Ze zijn allebei zwart. Ik hou er niet van om perfecte koffie te verdunnen met melk of suiker.'
Robie knikte. 'Ik ook niet.'
Robie pakte de beker aan zijn kant en nam een slokje. Blauwe Man deed hetzelfde met de zijne.
Blauwe Man vroeg: 'Leo Broome?'
Robie kon de man alles vertellen en zou dat misschien ook moeten doen. Maar hij had er een natuurlijke afkeer van om iedereen alles te vertellen. Eigenlijk had hij er een natuurlijke afkeer van om wat dan ook aan iedereen te vertellen.
'Mijn begeleider ligt daar buiten, gegrild,' zei Robie.
'Ik zou ook niemand vertrouwen,' antwoordde Blauwe Man, die alweer Robies gedachten las. 'Ik kan je niet dwingen mij te vertellen wat je weet.'
Die verklaring liet hij in de lucht hangen.
'Hoe zit het met die geavanceerde verhoortechnieken?'
'Moet je niet op vertrouwen.'
'Is dat nu het officiële standpunt van de dienst?'

'Nee, van mij persoonlijk.'
Robie dacht hier een paar seconden over na.
'Zoals ik al zei, dat meisje zat in de bus. Ze heet Julie Getty. Een man in die bus wilde haar vermoorden. Ik heb hem uitgeschakeld. We stapten uit en daarna ontplofte de bus. Door de klap raakte ik mijn wapen kwijt. We zijn ontsnapt aan de schutter in de steeg en zij logeert nu in mijn andere huis.'
'Banden met Leo Broome?'
'Een vriend van Julies ouders, Curtis en Sara. Ik weet niet waarom die vent in de bus hen heeft vermoord. Misschien wisten ze iets en moest hen het zwijgen worden opgelegd. We moeten hun verleden uitspitten. Degenen die hen hebben vermoord, dachten waarschijnlijk dat Julie hetzelfde wist als haar ouders. De Broomes stonden op die lijst. Ik was in hun appartement. Ze waren verdwenen. En het huis is schoongemaakt.'
'Dus ze zijn op de vlucht of ook dood,' zei Blauwe Man.
'Lijkt wel zo.'
'Broome werkte voor het ministerie van Landbouw. Niet bepaald het epicentrum van spionage.'
'Hij heeft ook in het leger gezeten, in de Golfoorlog.'
'Dat opent een paar mogelijkheden.'
Robie schoof naar voren in zijn stoel, waardoor het leer zacht piepte. Buiten ging het onderzoek door, de technici zochten aanwijzingen voor wie een mens had veranderd in een kebab. Robie dacht dat de kans klein was dat ze daarin zouden slagen. Moordenaars die je naar het lijk stuurden, lieten niet vaak nuttige aanwijzingen achter.
Hij nam nog een slok koffie, maar slikte die niet meteen door. Hij wilde zijn keel smeren omdat hij iets wilde zeggen. Normaal praatte Robie niet graag. Nergens over. Maar vannacht zou hij een uitzondering op die regel maken. Hij had hulp nodig.
'Er is nog iets anders,' zei Robie.
'Dat dacht ik al,' zei Blauwe Man.
'Eerst dacht ik dat Julie het doelwit was in die bus. Maar nu denk ik dat ik dat was.'
'Waarom?'
'Het is vooral een kwestie van timing. De bom moet al uren voordat de bus vertrok zijn geplaatst. Julie besloot spontaan in de bus te stappen nadat de bom al was geplaatst. Ik had onder een valse naam een stoel gereserveerd, een valse naam die iemand kende die hem niet had mogen kennen. Maar ze wisten dat ik in die bus zou zitten. En die bom moet al in die bus zijn geplaatst voordat ik zelfs maar in Winds appartement was geweest.'

'Maar waarom zouden ze jou willen vermoorden? Wat weet jij wat hen kan schaden?'

Robie schudde zijn hoofd. 'Dat kan ik niet bedenken. Nog niet in elk geval.'

Blauwe Man zei: 'Je zou dood moeten zijn, weet je.'

'Bedoel je door die bomaanslag?'

'Nee, door die schietpartij bij Donnelly's.'

'Dat weet ik. Ze hebben me laten leven.'

'Dus eerst wilden ze je vermoorden, maar nu willen ze je laten leven.'

'Verandering van plan.'

'Waarom? Hebben ze je ergens voor nodig?'

Door de manier waarop Blauwe Man dit zei, keek Robie hem aan. 'Denk je soms dat ik ook ben overgelopen?'

Blauwe Man keek langs Robie heen naar de plaats waar de lampen van het forensisch team de overblijfselen verlichtten van wat eens een man was geweest. 'Tja, als dat zo is, dan kun je wel zien dat dit geen toekomst heeft.'

•57•

Robie reed naar het noorden naar Prince George's County, Maryland. Dit district werd vooral bevolkt door de arbeiders- en middenklasse, met agenten, brandweerlieden en lage overheidsambtenaren. Zijn welvarender buur, Montgomery County, had meer advocaten, bankiers en CEO's die in enorme huizen woonden op relatief kleine stukjes land.

Rick Wind had in een smalle straat gewoond, in een buurt waar de mensen hun auto's en trucks langs de stoep parkeerden en hun garage volstouwden met spullen die niet in hun kleine huis pasten.

Er was wel politie aanwezig, maar het huis was niet afgezet met politietape, domweg omdat daar geen misdaad was gepleegd. Blauwe Man had zijn mensen laten bellen, en de dienstdoende agent liet Robie door nadat deze zijn badge had laten zien.

Omdat daar mogelijk bruikbare bewijzen waren, trok Robie voordat hij de woning binnenstapte latex handschoenen en schoenhoezen aan. Hij liep door de voordeur naar binnen en deed die achter zich dicht. Hij deed het licht aan en keek om zich heen. Winds pandjeshuis had kennelijk niet goed gedraaid. De meubels waren oud en armoedig, de kleden zaten vol vlekken en waren versleten. De muren hadden dringend een verfje nodig. Robie rook frituutvet. Wind was hier al een tijdje niet geweest om wat dan ook te frituren, zodat Robie aannam dat deze geuren diep in de oppervlakken van dit huis waren getrokken en nooit zouden verdwijnen tot het huis zou worden gesloopt.

Er hing een plank aan de muur met een paar boeken erop, overwegend militaire thrillers, en een aantal ingelijste foto's. Robie pakte ze een voor een van de plank en zag Rick en Jane Wind en de twee zonen van het stel, van wie er nog maar een leefde.

Het gezin zag er gelukkig uit op de foto's en Robie liet zijn gedachten even wegdwalen en vroeg zich af wat de oorzaak van de scheiding kon zijn geweest. Hij zette de laatste foto neer en liep door het huis. Hij had geen ervaring met hartszaken.

Hij liep van beneden naar de bovenste verdieping. En vond niets.

Hij doorzocht de kelder en vond weer niets. Het enige wat hij vond, was vocht en schimmel en dozen vol met troep.

Hij ging naar buiten en liep via een zijdeur de garage in. Hij nam aan dat de politie deze garage ook grondig had doorzocht, net als het huis, maar misschien

hadden ze niet naar de juiste dingen gezocht.
Alsof ik weet waar ik naar moet zoeken.
Een halfuur later zat hij in een tuinstoel midden in de garage en keek om zich heen. Hij zag een grasmaaier, kartonnen dozen, elektrisch gereedschap, een werkbank, een bosmaaier, gazon- en plantenvoeding, wat sportspullen en een gevechtshelm, kennelijk uit zijn tijd in het leger.
Aan de helm hing Winds militaire identiteitsplaatje. Robie stond op, pakte hem en las wat erop stond. Daar had hij niet veel aan. Hij legde de helm weer terug.
Dit was een nutteloze reis geweest. Maar hij kon hem nu in elk geval wel van zijn lijstje schrappen...
Hij keek op zijn horloge. Het was al acht uur geweest. Hij belde Vance.
'Heb je tijd voor een kop koffie?' vroeg Robie. 'Ik trakteer.'
'En wat wil je daar precies voor terug?'
'Hoe weet je dát ik iets wil?'
'Ik begrijp eindelijk hoe je in elkaar zit. Je werk gaat altijd voor.'
Misschien snapt ze inderdaad hoe ik ben.
'Oké, wat denk je van het autopsierapport van Rick Wind?'
'Waarom wil je dat hebben?'
'Dat maakt deel uit van het onderzoek.'
Hij hoorde haar zuchten. 'Waar en wanneer?'
Dat vertelde hij haar, een plek redelijk dicht bij haar en niet te ver voor hem.
Robie reed terug naar het zuiden, over de Woodrow Wilson-brug, waar hij in de ochtendspits terechtkwam, die hem gelukkig niet te veel tijd kostte.
Vance was er al toen hij het eethuisje binnenliep aan King Street in Old Town Alexandria.
'Ik weet hoe jij je koffie drinkt,' zei ze en ze schepte wat suiker in haar kopje. 'Van toen je bij mij thuis was,' voegde ze er onnodig aan toe.
'Bedankt. Heb je dat rapport bij je?'
Ze haalde een dossier uit haar tas en gaf het aan hem. Er zaten foto's in van Winds lichaam, vanuit elke hoek, een gedetailleerde analyse van zijn fysieke conditie en de doodsoorzaak. Robie las de tekst en dronk zijn koffie op.
Vance zei: 'Je ziet eruit alsof je de hele nacht op bent geweest.'
'Niet de hele nacht, maar wel het grootste deel.'
'Heb je geen slaap nodig?'
'Ik slaap elke nacht drie uur, net als ieder ander.'
Ze snoof en nam een slok koffie. 'Zie je iets interessants?'
'Wind had geen geweldige conditie. Hartziekte en een slechte nier, en volgens dit verslag waren ook zijn lever en longen niet best.'

'Hij heeft in het Midden-Oosten gevochten. Je weet toch wat voor rotzooi ze daar hebben gebruikt? Daar kun je van alles van krijgen.'

'O ja?' vroeg Robie.

'Mijn oudere broer heeft meegedaan aan de Eerste Golfoorlog. Hij overleed op zijn zesenveertigste. Zijn hersenen leken een gatenkaas.'

'Golfoorlogsyndroom?'

'Ja. Heeft de pers nooit veel aandacht aan besteed. Te veel defensiedollars in gestopt. Waarheid kon nooit bekendgemaakt worden.'

'Het spijt me van je broer.'

Robie legde het dossier neer.

Ze vroeg: 'En, heb je iets nuttigs gevonden?'

'Interessante tatoeage op zijn linkeronderarm.'

Hij haalde de foto van de arm eruit en liet hem haar zien.

'Die heb ik gezien. Ik vroeg me af wat het was.'

'Dat hoeft nu niet meer. Dat is een Spartaanse strijder in een hoplitische gevechtshouding.'

'Wat?'

'Heb je de film *300* weleens gezien?'

'Nee.'

'Die gaat over een gevecht tussen de Grieken en de Perzen. Perzië had een veel groter leger, maar de Grieken gebruikten een smalle pas om de sterkere vijand tegen te houden. De Perzen kregen van een verrader de tip om dit te omzeilen. De Spartaanse koning stuurde het grootste deel van het Griekse leger weg, terwijl hij zelf achterbleef met een klein contingent Spartanen om met de Perzen te vechten. Zij waren de driehonderd naar wie de film is genoemd. Zij gebruikten de hoplitische gevechtsformatie. Gesloten rijen, vele rijen diep, schilden voor zich, speren naar voren. Ze werden allemaal gedood, maar de Perzen hadden daar heel veel tijd voor nodig. Tegen die tijd was het Griekse leger ontsnapt.'

'Interessante geschiedenisles.'

'Het is niet zo gek dat Wind een dergelijke tatoeage had. Hij zat bij de infanterie. Vind je het goed als ik dit dossier houd?'

'Ga je gang. Ik heb kopieën. Verder nog iets?'

'Nee, niet echt.'

Haar telefoon zoemde.

'Vance.'

Ze luisterde en Robie zag dat ze grote ogen opzette.

Ze verbrak de verbinding en keek hem aan. 'Volgens mij hebben we nu de doorbraak die we nodig hadden.'

‘Echt?’ Robie nam een slok koffie en keek haar rustig aan.
‘Er heeft zich net iemand gemeld. Een ooggetuige van de busexplosie. Ze heeft kennelijk alles gezien.’
‘Dat is geweldig,’ zei Robie. ‘Echt geweldig.’

58

‘Kom je mee?’ vroeg Vance terwijl ze opstond.

Robie keek op en vroeg: ‘Ik heb een bespreking bij de DCIS. Waar ga je die vrouw ondervragen? WFO?’

‘Ja.’

‘Dan kom ik later wel naar je toe. Hoe heet ze? Wat deed ze daar? En waarom meldt ze zich nu pas?’

Robie dacht: *Is die dakloze Diana Jordison ontsnapt aan de mannen van Blauwe Man en naar de FBI gegaan? Als dat zo is, vertelt ze Vance misschien wel over haar gesprek met mij.*

‘Ze heet Michele Cohen. De rest weet ik nog niet, maar dat zal gauw genoeg gebeuren. Bel me maar als je eraan komt.’

Bij de deur gingen ze uit elkaar. Robie liep snel terug naar zijn auto en reed weg. Hij belde Blauwe Man en stelde hem op de hoogte van de nieuwe ontwikkelingen.

De man zei kortaf: ‘Als ik jou was, zou ik me aan die ooggetuige niet vertonen.’

‘Ik dacht dat ik dat zelf al had geregeld. Maar probeer zo veel mogelijk over haar te weten te komen. Heb je Jordison?’

‘Ze maakt het uitstekend en eet goed. Ze is schoon en heeft nieuwe kleren. Valt onder onze hulp ook het zoeken van een passende baan?’

‘Ja, inderdaad, maar het liefst niet hier. En zorg ervoor dat ze een leuke salarisverhoging krijgt vergeleken met wat ze verdiende.’

Robie verbrak de verbinding en gaf gas. Er was hem net iets te binnen geschoten. Hij moest met Julie praten. En dat wilde hij niet telefonisch doen.

Ze zat al op hem te wachten toen hij de deur opendeed.

‘Ik weet niet hoe lang ik hier nog niets kan blijven doen, Will.’

Hij sloot de deur en deed hem op slot. Hij ging tegenover haar zitten. Ze droeg een spijkerbroek, een sweatshirt en limoengroene Converse-tennisschoenen, en ze was geïrriteerd.

‘Ik moet heel veel ballen in de lucht houden,’ zei hij. ‘Ik doe mijn uiterste best.’

‘Ik wil niet een van die ballen zijn,’ snauwde ze.

‘Ik wil je iets vragen. Je antwoord kan alles veranderen.’

‘Wat dan?’

‘Waarom die bus? Ik bedoel, waarom nam je die nacht die bus?’

‘Ik begrijp je niet.’

'Het is een eenvoudige vraag, Julie. Je had op allerlei manieren de stad kunnen verlaten. Waarom heb je die manier gekozen?'
Als ze het antwoord gaf dat hij verwachtte, werd alles veel ingewikkelder dan het al was. Zijn hoofd begon te kloppen toen hij daaraan dacht.
'Mijn moeder stuurde me een berichtje.'
'Hoe? Je zei dat je geen mobieltje hebt.'
'Ze stuurde dat berichtje naar mijn school. Dat deed ze heel vaak. Dat briefje stoppen ze in je postvak en dan sturen ze je mentor een e-mail met de mededeling dat een student een berichtje heeft. Ik ben naar het kantoor gegaan om het op te halen.'
'Wanneer had ze hem gestuurd?'
'Ik denk op de dag dat ik bij de Dixons wegging. Hij was persoonlijk afgegeven.'
'Zeiden ze dat je moeder hem had gebracht?'
'Nee, dat nam ik aan.'
'Wat stond erin?'
'Er stond dat ik die avond thuis moest komen. Dat mijn vader en moeder een paar dingen wilden veranderen. Een frisse start wilden maken.'
'Klinkt alsof ze wilden verhuizen.'
'Dat wist ik niet zeker, maar ik wist wel dat dit een mogelijkheid was. Het enige wat ik weet is dat ik meteen toen ik dat berichtje had gekregen bij de Dixons weg wilde. Die avond heb ik wat foto's van hen bij het adoptiebureau in de bus gedaan.'
'Maar hoe zit het met die bus?'
'Dat stond ook in dat briefje. Ma zei dat als ze niet thuis waren als ik daar kwam, ik naar het Outta Town-busstation moest gaan en bus 112 naar New York City moest nemen. Ze had een envelop met geld bij dat briefje gedaan.'
'Herkende je het handschrift van je moeder?'
'Het was getypt.'
'Stuurde ze je wel vaker getypte briefjes?'
'Soms. Dan gebruikte ze de computer van het restaurant. Daar hebben ze ook een printer.'
'Waarom ging ze niet gewoon naar je school zodat ze zelf met je kon praten?'
'Dat mocht niet. Ik zat in een pleeggezin. Ze zouden haar nooit hebben binnengelaten. Maar ze mocht wel een briefje afgeven op het kantoor.'
Robie leunde achterover in zijn stoel.
Ze keek hem strak aan. 'Denk jij dat dat briefje niet door mijn moeder is geschreven?'
'Ik denk dat de kans heel groot is dat ze dat niet heeft gedaan.'

'Waarom zou iemand anders me dat schrijven? En me dat geld geven?'
'Omdat ze wilden dat je in die bus zou stappen. En het was wel heel toevallig dat die vent op het moment dat jij thuiskomt samen met je ouders binnenkomt en begint te schieten. En denk je nou echt, Julie, dat de man die je ouders heeft vermoord jou zou laten ontsnappen?'
'Bedoel je dat het allemaal doorgestoken kaart was? En dat hij me heeft láten ontsnappen? Zodat ik in die bus zou zitten?'
'Ja. We vroegen ons af waar je ouders waren vanaf het moment dat je moeder van haar werk kwam tot ze in hun huis verschenen. Volgens mij zijn ze ontvoerd en vastgehouden tot ze jou het huis zagen binnensluipen.'
'Maar er zat een bom in die bus om hem op te blazen. Als ze mij wilden vermoorden, waarom hebben ze dat dan niet gewoon bij mijn ouders thuis gedaan?'
'Ik denk dat die bom een timer had. Ik denk dat het plan was dat de bom met een afstandsbediening tot ontploffing zou worden gebracht als wij uit de bus stapten. En als we niet uitstapten, zou de bom niet tot ontploffing worden gebracht. Dan zouden we in New York City zijn gearriveerd. Maar dat zou niet gebeurd zijn.'
'Waarom niet?'
'De man die jouw ouders heeft vermoord, had opdracht in die bus te stappen en jou te vermoorden. Hij was kennelijk niet op de hoogte van die bom, want anders zou hij nooit zijn ingestapt. Loyaal zijn is één ding, maar vrijwillig de dood opzoeken is heel iets anders. Ze rekenden erop dat ik wel zou ingrijpen als die man je zou proberen te doden. Daarna was de kans groot dat wij allebei uit de bus zouden stappen.'
Robie dacht: *Vooral als ze wisten waar ik voor op de vlucht was.*
'Je zegt "wij" alsof we bij elkaar hoorden.'
Robie zei: 'Volgens mij is dat precies wat er is gebeurd. We moesten een team vormen.'
'Maar waarom? Wilden ze dan niet dat we dood waren?'
'Kennelijk niet.'
'Ik had naar de politie kunnen gaan over mijn ouders. En jij onderzoekt die zaak. Waarom zouden ze dat hebben gewild?'
'Ze zouden heel terecht hebben aangenomen dat je níét naar de politie zou gaan. En misschien wíllen ze wel dat ik dit onderzoek.'
'Dat slaat nergens op.'
'Als ik gelijk heb, vindt íémand het wel logisch.'
'Maar zouden ze dan niet bang zijn dat mijn ouders me iets hadden verteld? Als ze die andere mensen daarom hebben vermoord, waarom mij dan niet?'

'Die vraag heb je al beantwoord. Jij zat in een pleeggezin, kon geen contact hebben met je ouders. Geen mobieltje. Als je moeder tegen die vent zei dat je van niets wist, denk ik dat zij wisten dat dit waar was.'
Robie ritste zijn rugzak open en haalde er haar knuffelbeer en de foto uit die hij uit haar ouderlijk huis had meegenomen. Hij gaf ze aan haar.
'Waarom ben je daar weer naartoe gegaan?' vroeg ze, terwijl ze ernaar keek.
'Om te zien of ik iets over het hoofd had gezien.'
'En was dat zo?'
'Ja. Ze wilden dat ik het bloed zag. Ze wilden dat ik wist dat je ouders dood waren.'
'Dat had ik je ook wel kunnen vertellen.'
'Daar gaat het niet om. Ze wilden ook dat ik wist dat er een spelletje met me wordt gespeeld.'
'Hoe zit het met die man met dat geweer in die steeg? Als ze wilden dat we ontsnapten, waarom stuurden ze hem dan achter ons aan? De bus was al ontploft.'
'Eerst dacht ik dat ze zich hadden bedacht. Ze wilden niet dat ik leefde, maar daarna wel. Maar nu denk ik dat ze de hele tijd al wilden dat ik ontsnapte. Maar ze wisten dat ik argwaan zou krijgen als ze het te gemakkelijk zouden laten lijken.'
'Gemakkelijk!'
'Ik kan meer dan de meeste mensen, in elk geval als het op overleven aankomt. Ze moesten iemand anders achter me aan sturen. Dat was misschien de schutter van het appartement van de Winds.'
'Maar als ze wilden dat jij in leven bleef en ik ook, dan betekent dit dat ze ons ergens voor nodig hebben,' zei Julie langzaam.
'Dat denk ik dus ook.'
'Maar waarvoor dan?'
'Niemand doet zoveel moeite voor iets, doodt zoveel mensen, zonder een verdomd belangrijke reden.'
'En wij zitten er middenin.'
'Nee, we zitten ervóór,' zei Robie.

•59•

Robie zat samen met Julie in de auto. Zonder enige uitleg had hij haar meeste spullen in haar rugzak gestopt.

Hij zat achter het stuur van de Volvo en wierp haar af en toe een blik toe. Het viel haar op dat hij dat een paar keer deed en ze vroeg: 'Waarom kijk je steeds naar me?'

Waarom kijk ik steeds naar haar? vroeg Robie zich af. Het antwoord was eigenlijk heel eenvoudig, hoewel niet welkom. *Ik ben verantwoordelijk voor iemand anders buiten mezelf en daar word ik gek van.*

Zijn telefoon zoemde. Het was Vance.

'Robie, je moet hiernaartoe komen,' zei ze.

'Wat is er?'

'Die ooggetuige, Michele Cohen. Zij zag een man en een tienermeisje vlak voor de ontploffing uit de bus komen. Ze zegt ook dat het pistool van die man uit zijn handen vloog en onder een auto terechtkwam. Dat is het pistool dat we hebben gevonden en dat te maken heeft met die Wind-moorden. Er is dus een verband. Ik had gelijk.'

'Waar was ze toen dat allemaal gebeurde? En waarom meldt ze zich nu pas?'

'Ze is getrouwd en ze kwam uit een hotel in dat gebied nadat ze de nacht met een andere man dan haar echtgenoot had doorgebracht.'

'Oké,' zei Robie langzaam.

'We laten een van onze technici een digitale compositietekening maken aan de hand van haar beschrijving van die man en dat meisje. Die zullen binnenkort wel klaar zijn.'

'Heeft ze verteld waar ze naartoe gingen?'

'Ze waren een paar seconden buiten bewustzijn. Maar daarna zijn ze een steeg in gevlucht.'

'En jouw getuige ging gewoon naar huis naar manlief?'

'Cohen was bang, gedesoriënteerd. Toen ze thuiskwam en erover nadacht, besloot ze zich uiteindelijk te melden.'

'Wat is haar achtergrond?'

'Waarom is dat belangrijk?'

'We moeten controleren of wat zij zegt wel klopt.'

'Waarom zou ze over zoiets liegen?'

'Dat weet ik niet. Maar mensen liegen, heel vaak.'

'Kom nou maar hier naartoe. Ik wil dat je haar verhaal hoort, en misschien heb jij nog vragen voor haar die ik niet heb bedacht.'
'Ik kom zo snel mogelijk.'
'Robie!'
Hij had de verbinding al verbroken. Hij stopte zijn mobieltje weer in zijn zak. Hij zoemde weer, maar hij negeerde het. Hij wist dat het Vance was die terugbelde. En zijn antwoord zou hetzelfde zijn.
'Problemen?' vroeg Julie.
'Een paar.'
'Onoverkomelijk?'
'We zullen wel zien.'
Julie pakte het dossier dat tussen hen in lag.
'Wat is dit?'
'Niet iets waar jij naar wilt kijken.'
'Waarom niet? Is het geheim?'
'Niet echt. Maar het is het autopsierapport van een man.'
'Welke man?'
Robie keek haar aan. 'Wat kan jou dat schelen?'
'Heeft het iets te maken met wat er met mijn ouders is gebeurd?'
'Dat betwijfel ik.'
'Maar je weet het niet zeker?'
'Op dit moment weet ik niets zeker.'
Ze sloeg het dossier open en keek naar de foto's. 'Jakkes. Dit is walgelijk.'
'Wat dacht je dan? Die man is dood.'
Julies handen begonnen te trillen.
Robie nam gas terug. 'Niet gaan overgeven in de auto. Ik stop wel.'
'Dat is het niet, Will.'
'Wat dan wel?'
Ze pakte een foto uit het dossier. Het was een close-upfoto van Rick Winds rechterarm.
Robie wilde haar net vertellen wat die tatoeage betekende. Maar Julie was de eerste die iets zei.
Met een trillende stem zei ze: 'Dat is een Spartaanse strijder in een hoplitische gevechtshouding.'
Hij keek haar verbijsterd aan. 'Hoe weet jij dat?'
'Omdat mijn vader net zo'n tatoeage had.'

•60•

Robie reed naar de stoeprand, zette de Volvo in de parkeerstand en keek haar aan. 'Weet je zeker dat je vader precies dezelfde tatoeage had?'

Ze hield de foto omhoog. 'Kijk hier eens naar, Will. Hoeveel tatoeages denk je dat ik in mijn leven heb gezien?'

Robie nam de foto van haar aan en keek ernaar.

'Goed dan. Zijn naam is Rick Wind. Komt je dat bekend voor?'

'Nee.'

'Zeker weten?'

'Ja.'

Robie keek weer naar de foto. *Hoe groot was de kans?*

'Heeft je vader in het leger gezeten?'

'Volgens mij niet.'

'Maar je weet het niet zeker?'

'Hij heeft nooit verteld dat hij in het leger had gezeten. Hij had ook geen medailles of zo.'

'Maar hij heeft die tatoeage. Heb je hem weleens gevraagd hoe hij daaraan is gekomen?'

'Tuurlijk. Die was zo bijzonder. Hij zei dat hij gek was op de geschiedenis van de oude Grieken en op mythologie. Dat het daar vandaan kwam. Hij vertelde me wat het voorstelde.'

'Wanneer is je vader drugs gaan gebruiken?'

Julie haalde haar schouders op. 'Dat deed hij al zolang ik me kan herinneren.'

'Jij bent veertien. Hoe oud was hij?'

'Ik heb zijn rijbewijs een keer gezien. Hij was vijfenveertig.'

'Dus eenendertig of zo toen jij op het toneel verscheen. Daarvoor heeft hij heel lang andere dingen kunnen doen. Hoe lang waren hij en je moeder getrouwd?'

'Dat weet ik niet zeker. Daar hadden ze het nooit over.'

'Vierden ze nooit hun trouwdag?'

'Nee. Alleen verjaardagen. Eigenlijk alleen die van mij.'

'Maar ze waren wel getrouwd?'

'Ze droegen een trouwring. Ze ondertekenden dingen met "meneer en mevrouw". Maar verder weet ik het niet.'

'Heb je nooit trouwfoto's gezien? Heb je nooit met andere familieleden gepraat?'

'Nee en nee. Ze hadden geen familie in de buurt, zeiden ze. Ze kwamen allebei uit Californië, tenminste, dat hebben ze mij verteld.'
'Wanneer zijn ze naar D.C. verhuisd?'
Julie antwoordde niet. Ze staarde naar buiten.
'Wat is er?' vroeg Robie.
'Door je vragen realiseer ik me dat ik geen zak weet over mijn ouders.'
'Heel veel kinderen weten niets over hun ouders.'
'Je hoeft niet te liegen hoor, om me op te vrolijken.'
'Dat doe ik niet,' zei Robie vlak. 'Ik heb mijn ouders nooit gekend.'
Ze keek hem aan. 'Je bent dus geadopteerd?'
'Dat zei ik niet.'
'Maar je zei...'
'Dus je weet niet of je vader wel of niet in het leger heeft gezeten? Dat moet ik zeker weten.'
'Waarom?'
'Als hij in het leger zat en dezelfde tatoeage had als Rick Wind dan is de kans groot dat ze tegelijk dienden. Heel veel infanteristen uit dezelfde unit namen dezelfde tatoeages. Als we daarachter kunnen komen, dan wordt alles misschien veel duidelijker.'
Julie vroeg: 'Kun jij achterhalen of mijn vader in het leger heeft gezeten?'
'Moet geen probleem zijn. Het Pentagon is heel goed in het vastleggen van informatie over iedereen die in het leger heeft gezeten.'
Robie haalde zijn telefoon tevoorschijn, drukte op een sneltoets en praatte algauw met Blauwe Man. Hij verwoordde zijn verzoek en verbrak de verbinding.
'We zullen het heel gauw weten,' zei hij tegen Julie.
'Waarom vroeg je me wanneer mijn vader aan de drugs was gegaan?'
'Zomaar.'
'Dat is onzin. Jij vraagt niets zonder reden.'
'Oké, misschien is hij in het leger al aan de drugs gegaan.'
'Waarom? Zijn alle soldaten aan de drugs?'
'Natuurlijk niet, maar sommigen wel. Als ze in het leger zitten, en soms gaan ze er daarna mee door. En als hij in het buitenland heeft gezeten, kon hij er misschien gemakkelijker aankomen.'
'Dit gaat dus allemaal om drugs?'
'Dat heb ik niet gezegd.'
'Ik snap niets van je,' zei ze geïrriteerd.
'Weet je hoe je ouders elkaar hebben leren kennen?'
'Op een feestje. In San Francisco. En nee, volgens mij was het geen drugsfeestje,' voegde ze er op bittere toon aan toe.

Robie zette de auto weer in de versnelling en reed door. Zijn telefoon zoemde weer. Hij keek naar het scherm. Het was Vance.
Julie zag het ook. 'Zo te zien wil superagent Vance dat je bij haar komt.'
'Nou, dan zal superagent Vance even moeten wachten,' antwoordde Robie.
'Een ooggetuige van de busexplosie?'
Robie keek haar even aan.
'Superagent Vance heeft een harde stem. Kan ik heel gemakkelijk horen.'
'Ja, dat begrijp ik.'
'Heeft die ooggetuige ons gezien?'
'Schijnt zo.'
'Ik kan me niet herinneren dat ik die nacht iemand heb gezien.'
'Ik ook niet.'
'Denk je dat die persoon liegt?'
'Dat is mogelijk.'
'Maar als die persoon jou ziet? Groot probleem.'
'Dat klopt,' zei Robie.
'Hoe wil je dat voorkomen?'
'Dat lukt me wel.'
Julie wendde haar blik af en liet haar kin op haar rugzak rusten. 'Als mijn vader in het leger heeft gezeten, waarom heeft hij daar dan nooit over gepraat?'
'Heel veel mensen praten niet over hun militaire dienst.'
'Helden wel, wedden?'
'Nee. Je mag ervan uitgaan dat de mensen die er het meest over praten het minst hebben gedaan. De opscheppers zijn degenen die zich gedeisd hebben gehouden.'
'Zeg je dat niet zomaar?'
'Over zoiets zou ik niet tegen je liegen. Daar is geen enkele reden voor.'
'Om me een beter gevoel te geven.'
'Zou je je beter voelen als ik tegen je loog?'
'Denk van niet.'
Hij keek naar haar en zag dat ze naar hem keek.
'Hoe gaat het met je differentiaalvergelijkingen? Volgens mij loop je achter met je huiswerk.'
'Ik ben met de telefoon die je me had gegeven online gegaan en heb mijn huiswerk binnengehaald. De docenten posten ze elke dag. Ik heb bepaalde documenten die ik nodig heb gedownload en twee van mijn docenten een sms'je gestuurd met een paar vragen. En ik heb de administratie van mijn school gemaild en hun verteld dat ik griep heb en een paar dagen uitgeschakeld zal zijn, maar dat ik mijn huiswerkopdrachten zal mailen en op die manier bijblijf.'

'Dat heb je allemaal online gedaan met een telefoon?'
'Natuurlijk. Stelt niets voor. Ik heb wel een laptop, maar zonder internetabonnement. Dat kost geld.'
'Toen ik op school zat, gebruikten we nog vlakgom en vaste telefoons.'
Ze reden een tijdje door zonder iets te zeggen.
'Als mijn vader in het leger zat, denk je dan niet dat hij een soort held was?' vroeg Julie zacht.
Deze keer keek Robie niet naar haar. Aan haar melancholieke toon hoorde hij al wat hij te zien zou krijgen.
'Misschien wel,' zei Robie.

•61•

'Will, waar gaan we naartoe?' vroeg Julie.

Ze waren de Memorial Bridge overgereden en zaten nu in het noorden van Virginia. Het was een heldere, frisse dag. De zon doopte de wereld in een intens licht.

'Ik breng je ergens anders heen.'

'Waarom?'

'Het is nooit goed om te lang op dezelfde plek te blijven.'

Hij keek in het achteruitkijkspiegeltje, zoals hij elke zestig seconden had gedaan.

Het is onmogelijk dat iemand me kon achtervolgen. En als ze dat wel hebben gedaan, schieten ze daar niets mee op.

Een paar kilometer verderop nam hij de afslag en kwam bij een hek. Een man in uniform met een MP-5 aan een leren riem liep naar de auto. Achter hem zag Robie nog een man, met hetzelfde wapen, die zijn partner dekte.

Robie draaide zijn raampje naar beneden en liet zijn identiteitspapieren zien. 'Ik heb gebeld,' zei hij tegen de bewaker. 'Ik sta op de lijst.' De bewaker controleerde dit met zijn mobieltje.

Terwijl ze wachtten, kwamen twee andere gewapende mannen naar hen toe. Een van hen keek in de auto. Daarna werd de kofferbak doorzocht en de onderkant gecontroleerd. Julies tas werd doorzocht en de Volvo werd onderzocht met een apparaat dat een hartslag achter metaal en leer kon ontdekken. Dit bevestigde dat er maar twee levende mensen in de auto zaten.

Het hek ging omhoog en Robie reed door, over een recht stuk weg, en zette de Volvo op een lege parkeerplek.

Hij maakte zijn gordel los, maar Julie bleef roerloos zitten.

'Kom mee,' drong hij aan.

'Waar naartoe?' vroeg ze. 'Wat is dit hier?'

'Veilig. Voor jou. Meer hoef je niet te weten.'

'Is dit de CIA of zo?'

'Heb je dat op een bord zien staan?'

'Dat zou nooit op een bord staan, toch? Ik bedoel, het is geheim.'

'Maar als er geen bord staat, hoe moeten de spionnen het dan kunnen vinden?'

'Je bent niet grappig,' snauwde ze.

'Nee, dit is de CIA niet. Ik zou je nooit naar Langley brengen. Bovendien zou ik je nooit naar Langley kunnen brengen zonder grote problemen te krijgen. Dit hier is iets minder, maar wel veilig.'

'Je laat me hier dus gewoon achter?'

'Kom op,' zei hij weer. 'We moeten dit doen, Julie.'

Ze liep achter hem aan over de parkeerplaats naar een gebouw van twee verdiepingen. In de hal werden ze opgevangen door een gewapende bewaker die hen naar een lange, smalle vergaderzaal bracht.

Julie ging zitten, maar Robie liep heen en weer.

'Ben je zenuwachtig?' vroeg ze ten slotte.

Hij keek naar haar en realiseerde zich eindelijk dat ze bang was. *En waarom zou ze niet bang zijn?* dacht hij. *Ze heeft heel wat te verstouwen, vroegrijpe tiener of niet.*

Hij ging naast haar zitten. 'Niet echt.' Hij keek om zich heen. 'Het is gewoon beter voor je dat je hier bent.'

'Is dit dus een soort gevangenis?'

'Dat lijkt er niet op. Je bent geen gevangene. Maar we moeten ervoor zorgen dat je veilig bent.'

'Beloof je dat?'

'Ik zeg de waarheid, Julie, niets meer en niets minder.'

Ze ritste haar rugzak open. 'Kan ik hier wat huiswerk maken? Ik moet een paar wiskundesommen maken.'

'Ja, maar denk niet dat ik je ga helpen. Ik heb amper wiskunde gedaan.'

Vijf minuten later ging de deur open en kwam Blauwe Man binnen. Keurig geknoopte stropdas, geperste lange broek, gesteven overhemd, gepoetste schoenen. Hij had een onaangedane uitdrukking op zijn gezicht, maar Robie voelde dat de oudere man geïrriteerd was. Hij had een dossiermap bij zich.

Hij keek eerst naar Julie en toen naar Robie.

'Is dit wel een goed idee?' vroeg hij aan Robie en hij wees met zijn vrije hand naar Julie.

'Een beter idee dan haar te laten waar ze was.'

'Ik heb je gezegd dat je het niet ingewikkeld mocht maken.'

'Ik weet wel wat je me hebt gezégd!'

Blauwe Man zuchtte en ging tegenover Julie zitten die vol belangstelling naar hem keek.

Robie, die wel aanvoelde dat er een introductie nodig was, zei: 'Dit is Julie Getty.'

Blauwe Man knikte. 'Dat dacht ik al.'

'Hoe heet u?' vroeg Julie.

Blauwe Man negeerde haar vraag en wendde zich tot Robie. 'En wat hoop je hiermee te bereiken?'

‘Ik hoop hiermee te bereiken dat ze veilig is. Ik hoop hiermee te bereiken dat ik de waarheid boven tafel krijg. Ik hoop hiermee te bereiken dat ik hen te pakken krijg voordat ze mij te pakken krijgen.’
‘Word je niet een beetje paranoia?’ vroeg Blauwe Man.
‘Daar ben ik ongeveer tien jaar te laat mee,’ antwoordde Robie.
‘Werken jullie samen?’ vroeg Julie.
‘Nee,’ zei Robie.
‘Soms,’ wierp Blauwe Man tegen.
Ze keek om zich heen. ‘En ik moet hier ergens blijven? Dit is geen eh... huis of zo.’
Blauwe Man keek naar Robie, die zijn blik afwendde. Blauwe Man wendde zich tot Julie.
‘We kunnen je hier onderbrengen. Comfortabel. We hebben bepaalde vertrekken voor eh... gasten.’
‘En is Will hier dan ook?’
‘Daar moet ik het met hem over hebben,’ zei Blauwe Man.
Robie negeerde dit en vroeg: ‘Ben je al iets te weten gekomen?’ Zijn blik gleed naar de map die voor Blauwe Man op tafel lag.
‘Vrij veel, eerlijk gezegd. Wil je dat nu horen?’
Robie keek naar Julie en daarna met een vragende blik weer naar Blauwe Man.
Blauwe Man schraapte zijn keel. ‘Ik zou niet weten waarom zij dit niet mag horen. Het is niet geheim.’ Hij sloeg de map open. ‘Juffrouw Getty, je vader had een uitstekende carrière in het leger.’
Julie ging rechterop zitten. ‘Echt waar?’
‘Ja, een *Bronze Star with Valor*, een *Purple Heart* en verschillende andere indrukwekkende eervolle vermeldingen. Hij is eervol ontslagen en heeft het leger verlaten als sergeant.’
‘Daar heeft hij het nooit over gehad.’
‘Waar diende hij toen hij de *Bronze Star* kreeg?’ vroeg Robie.
‘De Golfoorlog,’ antwoordde Blauwe Man.
Robie vroeg: ‘Was zijn ontslag gebaseerd op iets anders dan het feit dat hij niet heeft bijgetekend?’
‘Er waren een paar medische problemen.’
‘Zoals?’ vroeg Julie.
‘PTSS,’ antwoordde Blauwe Man.
‘Dat is posttraumatische stressstoornis,’ zei Julie.
‘Ja, dat klopt,’ zei Blauwe Man.
‘Nog iets anders?’ vroeg Robie.
Blauwe Man keek naar het dossier. ‘Enkele cognitieve problemen.’

'Was mijn vader in de war?' vroeg Julie.
'Er werd beweerd dat hij was blootgesteld aan bepaalde stoffen die een negatief effect op hem hebben gehad.'
'VU?' vroeg Robie.
Julie keek hem aan. 'VU? Wat is dat?'
Blauwe Man en Robie keken elkaar even aan.
Julie zag dit en sloeg met haar vuist op tafel. 'Luister, jullie kunnen hier niet in geheimtaal blijven praten en verwachten dat ik hier maar gewoon blijf zitten en dat pik.'
'Verarmd uranium,' zei Robie. 'VU betekent verarmd uranium. Dat wordt gebruikt in artilleriegranaten en ook in tankgranaten.'
'Uranium? Is dat niet heel slecht voor je? Ik bedoel als je daaraan wordt blootgesteld?' vroeg Julie.
'Er is nooit een overtuigend onderzoek gedaan die de waarheid van die verklaring in oorlogsgebied bevestigt,' zei Blauwe Man nuchter.
'Waardoor had mijn vader dan last van die "cognitieve problemen"? En waarom hebben ze hem ontslagen als er geen probleem was?'
'Ik heb begrepen dat hij zwaar aan de drugs was.'
Julie vroeg aan Robie: 'Heb jij hem dat verteld?'
Blauwe Man hield de bladzijden van het dossier omhoog. 'Dat was niet nodig. Ik heb de rapporten over zijn arrestatie en zijn veroordeling zelf kunnen lezen. Allemaal onbelangrijke dingen. Behoorlijk stom allemaal.'
Julie stond op en zei verdedigend: 'U hebt mijn vader niet gekend, dus hebt u niet het recht hem te veroordelen.'
Blauwe Man vroeg aan Robie: 'Is ze altijd zo verlegen en bescheiden?'
Robie gaf geen antwoord.
'En dat is allemaal niet gebeurd toen hij nog in het leger zat,' voegde Julie eraan toe. 'Anders was hij niet om medische redenen vertrokken. Ze zouden hem eruit hebben geschopt of gearresteerd. Waarom hebben ze hem dan ontslagen?'
'Zoals ik al zei, cognitieve problemen.'
'Maar niet gerelateerd aan drugs. Dus moet het iets anders zijn geweest,' concludeerde Julie. 'En u hebt ons uit het dossier voorgelezen. Daar staat dat hij is blootgesteld aan dit VU-spul en dat het hem nadelig heeft beïnvloed. Dat hebt ú gezegd.'
'Dat waren zíjn beweringen. Die zijn nooit bewezen. Maar ik begrijp je wel. Ik denk dat het leger dacht dat zijn beweringen weleens waar konden zijn.'
'Hebben ze hem onderzocht?' vroeg Robie. 'Om te kijken waardoor die cognitieve problemen waren veroorzaakt?'
'Nee.'

'Ze wilden waarschijnlijk niet bewijzen dat dat VU-spul zijn hersenen had aangetast,' zei Julie met een stuurse blik op Blauwe Man.
Hij zei: 'Als je bent afgestudeerd, waarom solliciteer je dan niet naar een baan bij de inlichtingendienst? Zo te zien heb jij precies wat nodig is om een eersteklas agent te worden.'
'Ik denk dat ik dat maar niet doe. Ik sta liever op een positievere manier in het leven.'
Robie pakte de foto van de tatoeage van Rick Wind. 'Deze is gemaakt tijdens de autopsie. Julie heeft me verteld dat haar vader precies dezelfde tatoeage had.'
Blauwe Man keek haar aan. 'Kenden zij elkaar dan?'
'Ik had nog nooit van Rick Wind gehoord en ik had hem zeker nog nooit gezien,' zei Julie.
Robie vroeg: 'Kunnen we achterhalen of ze ooit tegelijk hebben gediend?'
Blauwe Man stond op, liep naar een telefoon op een laag dressoir en voerde een telefoongesprek. Julie keek naar de tatoeage en Robie naar haar.
'Gaat het wel?' vroeg hij zacht.
'Moet dat dan?' snauwde ze.
Blauwe Man kwam terug. 'We krijgen zo antwoord.'
'Al iets bekend over die ooggetuige?' vroeg Robie.
'Michele Cohen? Nee, nog niet. Op dit moment zit ze bij de FBI.'
'Stel dat ze mij en Julie identificeert?'
'Dat zou weinig meer dan een ramp zijn,' zei Blauwe Man.
'Misschien liegt ze,' zei Julie.
'Misschien wel,' beaamde Robie. 'Maar als dat zo is, moeten we zien uit te zoeken waarom.'
Blauwe Man zei: 'Hoe wil je dit oplossen met Vance? Je kunt haar niet blijven ontlopen.'
'Ik verzin wel iets.'
Maar op dat moment had Robie nog geen idee wat.
Zijn telefoon zoemde. Hij keek naar het scherm.
'Superagent Vance?' vroeg Julie.
Robie knikte. Het sms'je was helder: *Kom nu of ik kom naar jou toe, waar je verdomme ook zit.*
Hij belde haar terug. 'Luister, ik heb je toch verteld dat ik naar een bespreking moest,' zei hij.
'Cohen heeft ons genoeg gegeven om een opsporingsbericht voor die twee mensen de bus te doen uitgaan.'
'Dat is geweldig.'
'Misschien een vader en zijn dochter.'

'Oké,' zei Robie. 'Je zei dat het meisje een tiener was?'
'Klopt. Een lichtere huidskleur. De man was veel donkerder, volgens Cohen.'
'Wát zeg je?' vroeg Robie.
'Een neger, Robie. Kun je snel komen?'
'Ik ben al onderweg.'

62

Robie zat tegenover Michele Cohen. Ze was eind dertig en haar zachte, donkere haar krulde om haar hals. Ze was niet lang, ongeveer een meter vijfenvijftig, en rank gebouwd. Ze leek zenuwachtig, maar het zou Robie hebben verbaasd als dat niet zo was geweest.

Vance zat naast Robie in de kleine spreekkamer van het WFO en maakte aantekeningen op haar tabletcomputer. Robie keek naar Cohen. Ze had hem haar verhaal heel gedetailleerd verteld. Ze kwam vlakbij uit een hotel, een paar seconden voor de explosie. Zag de man en de jonge vrouw eruit komen. Was verbaasd en werd tegen een muur geblazen toen de bom was ontploft. Rende door een steeg naar haar auto. Reed naar haar huis in een buitenwijk waar haar bedrogen manlief op haar wachtte en haar verhaal geloofde dat ze tijdens een etentje met haar vriendin de tijd was vergeten.

Het hotel had bevestigd dat Cohen inderdaad was gearriveerd op het tijdstip dat ze noemde. Er was ook een man bij haar. Zijn verhaal was gecontroleerd. Hij was werkloos, al een jaar. Er was geen enkele reden waarom hij of Cohen hierover zouden liegen.

En toch wist Robie dat ze logen.

Ze had een gedetailleerde beschrijving gegeven van de twee donkere mensen die uit de bus waren gekomen voordat hij was ontploft, en Robie wist dat dit niet was gebeurd. Maar hij kon dat niet aan Vance vertellen zonder zijn eigen geheim te verraden.

Deze mensen spelen een spelletje met me en Cohen doet hieraan mee. Ze hebben me klemgezet tussen twee pakken semtex en ik heb geen enkele speelruimte. Daar rekenen ze op. Ze willen me laten zweten en dat lukt hen uitstekend.

Hij vroeg zich af of Cohen wist dat hij de man was die uit de bus was gekomen. Was haar dat verteld? Of hoefde ze alleen maar haar eigen rol te spelen? Robie vroeg zich af waar ze haar hadden gevonden. Misschien was ze vroeger actrice geweest en wilde ze even snel wat bijverdienen, en was haar rol hiertoe beperkt. Toch wist ze dat ze loog tegen de agenten. Tegen de FBI. Dat deed iemand niet zomaar. Ze moest heel zeker weten dat de waarheid niet bekend zou worden. En ze zou hier heel veel geld voor moeten krijgen.

Goed, als ze een spelletje met me willen spelen, speel ik ook een spelletje met hen; dan wil ik nog weleens zien of ze dat leuk vinden.

‘Hebt u uw man weleens eerder bedrogen, mevrouw Cohen?’ vroeg hij.

Deze vraag leverde hem een blik op van Vance, maar dat negeerde hij.
Cohen drukte een zakdoekje tegen haar rechteroog en zei: 'Twee keer. Daar ben ik niet trots op, maar ik kan het ook niet veranderen.'
'Hebt u uw man de waarheid verteld?'
Nu beperkte Vance zich niet tot een blik. 'Wat heeft dat hiermee te maken, Robie?' vroeg ze.
Hij bleef haar negeren. 'Zou u die man en dat meisje herkennen in een line-up?'
'Dat weet ik niet zeker. Er gebeurde zoveel. En een deel van de tijd kon ik alleen hun rug zien.'
'Maar u weet zeker dat ze een donkere huidskleur hadden? Ook al was het donker, u er vrij ver vanaf stond en er, zoals u al zei, heel veel gebeurde?'
'Ze waren absoluut donker,' zei ze. 'Daar vergis ik me niet in.'
'Maar u ging niet meteen naar de politie. Dat deed u pas dagen later.'
'Dat heb ik al uitgelegd aan agent Vance. Ik was bang dat ik bekend zou worden.'
'U bedoelt dat uw affaire bekend zou worden.'
'Ja. Ik hou van mijn man.'
'Tuurlijk. En ik weet zeker dat u het vreselijk vindt dat u uw man bedriegt, maar uw lieve man zal u misschien niet begrijpen,' zei Robie.
Deze opmerking leverde hem nog een harde blik op van Vance.
'Ik ben niet trots op wat ik heb gedaan,' zei ze stijfjes. 'Maar ik heb me gemeld. Ik probeer u te helpen met uw onderzoek.'
'En dat wordt erg gewaardeerd,' zei Vance opeens, met alweer een ongelovige blik op Robie. 'En ondanks de opmerkingen van mijn partner, waardeert hij dat ook.'
'Is dit alles? Kan ik nu gaan?' vroeg Cohen.
'Ja. Ik zal een van mijn mensen vragen u uit te laten. Agent Robie en ik moeten een paar zaken bespreken.'
Zodra Cohen was vertrokken, draaide Vance zich vliegensvlug om naar Robie.
'Wat had dát verdomme te betekenen?' vroeg ze.
'Ik stelde een getuige een paar vragen.'
'Je bedoelt dat je haar verhóórde.'
'Wat mij betreft is dat precies hetzelfde. En trouwens, volgens mij liegt ze.'
'Welke reden zou ze in vredesnaam kunnen hebben om te liegen? Zij kwam naar ons toe. We wisten niet eens dat ze bestond.'
'Als ik dat wist, was deze zaak opgelost.'
'Waarom weet je zeker dat ze loog?'
Robie dacht aan de passagiers in bus 112. Er zaten een paar donkere mannen

in. En ten minste twee donkere tienermeisjes. Zij zaten in de bus toen die ontplofte. Maar de bus was door die volle tank in een vlammenzee veranderd. Iedereen was van zijn plek geblazen, onherkenbaar verbrand, velen tot op het bot. Het zou bijna onmogelijk zijn de verbrande resten te matchen met de passagierslijst.

Vance zei: 'Er zaten ten minste zes donkere mannen in de bus en drie donkere tienermeisjes. De klerk die toen dienst had in het busstation kan zich dat herinneren. Cohens verhaal klopt met de feiten.'

'Maakt niet uit, toch denk ik dat ze liegt.'

'Gebaseerd waarop, op je instinct?'

'Gebaseerd op iets.'

'Nou, ik moet mijn onderzoek baseren op de verzamelde bewijzen.'

'Heb je nooit naar je instinct geluisterd?'

'Ja, maar als dat wordt overtroefd door kille, harde feiten, dan is dat een ander verhaal.'

Robie stond op.

'Waar ga je naartoe?' vroeg ze.

'Op zoek naar kille, harde feiten.'

•63•

Robie wist een snelle manier om het WFO te verlaten en zat al in zijn auto voor het gebouw te wachten toen Michele Cohen de parkeergarage uitkwam en snel wegreed in haar BMW Coupé. Hij glipte tussen het andere verkeer door en ging achter haar rijden. Ze reed drie keer door oranje, zodat hij maar net kon voorkomen dat hij voor rood moest stoppen. Tien minuten later reden ze over de Connecticut Avenue naar Maryland.

Robie hield zijn blik op de BMW gericht en daarom zag hij de twee politiewagens niet die zijn Volvo in de tang namen. De agenten deden hun zwaailicht aan en de agent in de auto links van Robie gebaarde dat hij moest stoppen. Robie zag dat de BMW gas gaf en alweer door oranje reed. Even later was hij al niet meer te zien.

Robie nam gas terug en stopte langs de kant van de weg. Hij was het liefst uit zijn auto gesprongen om de agenten uit te schelden, maar hij wist dat ze dan misschien op hem zouden gaan schieten. Hij zat woedend te wachten toen de vier agenten voorzichtig dichterbij kwamen, twee aan elke kant.

'Laat me uw handen zien, meneer,' riep een van hen.

Robie stak zijn linkerhand uit het raampje met zijn federale badge erin.

Hij hoorde een van de agenten mompelen: 'Shit.'

Een seconde later stonden er twee agenten bij zijn raampje.

Robie zei: 'Ik ben ervan overtuigd dat jullie een uitstekende reden hadden om me aan te houden terwijl ik iemand achtervolgde.'

De eerste agent schoof zijn pet naar achteren en keek naar Robies papieren.

'Kreeg een telefoontje van de centrale dat een vrouw in haar auto door een vent werd achtervolgd. Ze was bang en vroeg of we wilden ingrijpen. Ze beschreef uw auto en gaf ons uw nummerbord.'

'Een geweldige manier voor een crimineel om aan de politie te ontkomen,' zei Robie. 'Gewoon nog meer agenten erbij halen.'

'Sorry meneer, we wisten het niet.'

'Kan ik nu gaan?' vroeg Robie.

'Is ze echt een verdachte? We kunnen u wel helpen haar terug te vinden,' bood de tweede agent aan.

'Nee, ik vind haar later wel weer. Maar in de toekomst moeten jullie wat minder snel in paniek raken.'

'Ja, meneer.'

Robie voegde zich weer in het verkeer. In zijn achteruitkijkspiegel zag hij de agenten bij hun auto's staan. Ze vroegen zich ongetwijfeld af of hun blunder invloed op hun carrière zou hebben. Robie had geen enkele behoefte het hen wat dat betreft lastig te maken. Het was eigenlijk een bijzonder slimme, maar wel moedige actie geweest van Cohen. Ze kon altijd zeggen dat ze niet wist wie er in die auto zat, alleen dat iemand haar achtervolgde. En ze kon verwijzen naar de absoluut juiste feiten dat ze zojuist bij de FBI was geweest, nu een belangrijke getuige was van een gruwelijke misdaad en zich daarom heel begrijpelijk zorgen maakte over haar veiligheid.

Nee, Robie moest haar op een andere manier zien te vinden. Gelukkig zou het niet al te moeilijk zijn Cohen op te sporen. Haar huisadres stond immers in het dossier dat Vance hem had laten lezen.

Hij nam de afslag naar Maryland en reed over een paar binnenwegen tot hij bij de weg was die hij zocht.

Michele Cohen woonde niet in een chic pand, maar wel in een dure wijk. Toch had ze zelf gezegd dat ze geen werk had. Haar laatste baan was bij een financieel adviesbureau geweest dat failliet was gegaan. Robie wist niet wat haar echtgenoot deed. Vance had dat niet gezegd, áls ze het al wist.

Cohen kon het geld waarschijnlijk goed gebruiken, dacht Robie. Maar hij vroeg zich af of ze haar ergens mee konden chanteren. Geld alleen, dacht hij, was vaak niet voldoende om een verder onschuldig iemand zover te krijgen dat hij tegen de FBI zou liegen over een mogelijke terroristische aanslag.

Tenzij ze verder niet onschuldig is.

Hij vroeg zich af of Vance had gecontroleerd of Cohen een strafblad had. Of haar man? Of haar zogenaamde vriendje? Misschien niet, omdat Vance duidelijk niet dacht dat ze loog. Zoals ze had gezegd, waarom zou de vrouw zich anders hebben gemeld? Robie kon echter minstens één reden bedenken.

Om mij te naaien.

Hij zette zijn auto aan de kant en belde Blauwe Man.

'Al iets over Michele Cohen?'

'Nee, maar jij bent de eerste die het hoort.'

'Ik wil ook alles weten wat je over haar man kunt vinden.'

'Zijn we al mee bezig. Ze loog dus tegen de FBI? Ze zei dat het twee donkere mensen waren in plaats van jij en Julie?'

'Ja.'

'Haar beweegredenen?'

'Hopelijk kunnen we daar achter komen.'

'Gevaarlijke actie van de andere kant. Ze hebben ons een pion laten zien waar we achteraan kunnen gaan.'

'Dat dacht ik ook al. Dat baart me zorgen.'
Robie keek naar het einde van de straat. Cohens BMW stond op de oprit van een huis van twee verdiepingen. 'Ik ga een paar dingen controleren. Ik bel later wel terug. Hoe gaat het met Julie?'
'Veilig en gezond, en ze maakt haar huiswerk. Het wiskundeprobleem waar ze mee bezig was ging me ver boven de pet.'
'Daarom werken wij voor een inlichtingendienst,' zei Robie. 'Wij kunnen niet rekenen.'
Hij legde zijn telefoon weg en keek op zijn horloge. Cohen wist dat hij haar had achtervolgd en zou ook weten dat hij haar huisadres had. Hij zou er niets mee opschieten als hij hier bleef zitten.
Maar hij had toch al iets beters bedacht.
Hij was niet per definitie bang voor pionnen. Maar iemand die wist waar hij mee bezig was, zou niet zonder een verdomd goede reden een pion laten zien.
En nu ga ik uitzoeken wat die reden is.

•64•

Michele Cohen schonk zichzelf een kop koffie in en nam dat mee naar de woonkamer. De tv stond aan. Ze was alleen. Ze zette haar kopje neer, pakte de afstandsbediening en zette een andere zender op.

'Dat andere programma vond ik eigenlijk leuker.'

Ze gilde het uit.

Robie zat in de stoel tegenover haar.

'Wat doe je in vredesnaam in mijn huis? Hoe kóm je in mijn huis?' riep ze.

'Je moet je deuren op slot doen, zelfs als je thuis bent,' zei Robie.

'Ik weet niet wie je denkt dat je bent, maar ik bel de politie. Je was heel grof tegen me vandaag bij de FBI. En volgens mij ben jij me daarstraks gevolgd. Dat hoef ik niet te pikken. Dat is stalken, niets meer en niets minder.'

Ze hield haar mond toen Robie het object omhooghield.

'Weet je wat dit is, Michele?'

Ze keek naar het dunne rechthoekige doosje.

'Moet ik dat weten?'

'Dat weet ik niet, moet je dat weten?'

'Ik heb geen zin om stomme spelletjes met je te doen.'

'Het is een dvd. Van een bewakingscamera.'

'En?'

'Hij was gericht op de plek waar die bus is ontploft.'

'Als dat zo was, waarom wist de politie dat dan niet?'

'Omdat hij van een webcam was die een man in zijn appartement had opgehangen. Ik heb hem gevonden omdat ik eerder dan de politie van deur tot deur ben gegaan. Deze man had heel veel problemen met dieven. Wilde ze op heterdaad betrappen. Deze camera draaide rond. Hield de hele straat in de gaten. En houdt de tijd en de datum bij. Wil je dat ik jou vertel wat hij niet zag?'

Ze zei niets.

'Ik heb jou niet gezien, Michele, of je vriendje, op de plaats waar je zei dat je was.'

'Dat is belachelijk. Waarom zou ik over zoiets liegen? En het hotel heeft ons verhaal bevestigd.'

'Ik zeg niet dat je niet in dat hotel was. Ik zeg alleen dat je liegt over wat je zag. Je hebt niets gezien.'

'Je vergist je!'

'Je zei dat je hebt gezien dat de bus ontplofte?'
'Dat heb ik ook gezien.'
'En je zei ook dat het wapen van die man wegvloog en onder een auto terechtkwam?'
'Dat is zo.'
'Door die explosie moeten duizenden brokstukken door de lucht zijn gevlogen. Het moet objecten hebben geregend. En jij, helemaal van slag doordat je die bus zag exploderen en heel veel mensen zag sterven, jij hebt een klein pistool door de lucht zien vliegen en je hebt hem helemaal met je blik gevolgd tot hij onder een auto terechtkwam?' Hij zweeg even. 'Dat is grote onzin.'
Ze sprong op en rende naar de telefoon op het tafeltje naast de deur naar de keuken. 'Ik wil dat je weggaat. Nu. Anders bel ik de politie en laat je arresteren.'
Robie hield de dvd omhoog. 'En we weten allebei dat je niet hebt gezien dat er twee donkere mensen uit die bus kwamen, Michele. En deze dvd zal dat bevestigen. Je hebt dus gelogen tegen de FBI. Daarvoor draai je minstens vijf jaar een federale gevangenis in, voor drie verschillende misdrijven. Je krijgt nooit meer een baan in de financiële wereld. En tegen de tijd dat je er weer uitkomt, ben je begin veertig. De gevangenis is zwaar voor je lichaam en je geest. Als je eruit komt, lijk je wel vijftig. Misschien zestig als ze het je daar moeilijk maken. En het zijn niet alleen mannen die een liefje in de bak hebben. De dames daar voelen zich ook eenzaam. Jij bent een vers hapje. Je bent klein en zacht. Je zou geen enkele kans maken.'
'Je probeert me gewoon bang te maken.'
'Nee. Ik probeer je duidelijk te maken hoe ernstig de situatie is waar jij je in bevindt.'
Robie legde de dvd op de salontafel. 'Er kwamen twee mensen uit die bus. Maar ze waren niet zwart.'
'Hoe weet je dat?'
'Omdat ik dat hierop heb gezien, Michele. Oké, waarom kom je hier niet even zitten, zodat we erover kunnen praten en misschien een oplossing voor je kunnen verzinnen?'
'Waarom zou je dat doen?'
'Omdat ik een aardige vent ben, daarom.'
'Dat geloof ik absoluut niet.'
'Je mag geloven wat je wilt. Als ik ook maar een beetje zou denken dat jij niet alleen maar een slachtoffer bent in deze hele zaak, had ik je allang gearresteerd. Maar ik kan je gebruiken om bij de mensen te komen die ik echt wil hebben. Want dat is belangrijk. Dat is iets waardoor je kunt onderhandelen, Michele. Laat deze deal niet lopen, want je krijgt geen nieuwe aangeboden.'

Hij knikte naar de bank waar ze eerder op had gezeten.
'Drink je koffie op,' zei Robie. 'Daar word je rustiger van.'
Ze nam een slokje en zette het kopje met trillende handen terug.
Robie leunde achterover, keek naar haar. 'Wie heeft je gezegd dat je moest liegen?'
'Daar kan ik met jou niet over praten.'
'Je moet of met mij praten of met de FBI. Wat heb je liever?'
'Ik kan niet met de FBI praten.'
'Waarom niet?'
Ze riep uit: 'Omdat ze hem dan vermoorden, dáárom!'
'Wie vermoorden?'
'Mijn man!'
'Wat heeft hij hiermee te maken?'
'Gokschulden. Hij heeft heel veel schulden. Maar iemand heeft hem benaderd en hem verteld dat er een manier is om eronderuit te komen. Alle schulden zouden worden kwijtgescholden als wij dit deden.'
'Liegen tegen de FBI?'
'Ja.'
'Groot risico.'
'Gevangenis boven dood?' vroeg ze ongelovig.
'Wat doet je man voor werk?'
'Hij is partner van een advocatenkantoor. Hij is een goede man. Een steunpilaar van de gemeenschap. Maar hij heeft een probleempje met wedden. En hij heeft geld van een trustfonds van cliënten gebruikt om een tekort te dekken. Als dat bekend wordt, is hij geruïneerd.'
'Wie zijn de mensen die je hiertoe hebben gedwongen?'
'Die heb ik nooit ontmoet. Hij zei dat hij naar een kamer werd gebracht, in het donker zat, en dat ze hem een ultimatum stelden. Ze hebben ons verteld wat we allemaal moesten doen.'
'Waarom werd jij hiervoor uitgekozen en niet je man?'
'Ik denk dat ik beter tegen druk kan dan hij. We dachten niet dat hij bij de FBI zou kunnen liegen.'
Robie dacht hierover na. Respectabel echtpaar, geloofwaardige getuige. Geen enkele reden om niet de waarheid te vertellen. Klonk logisch.
'Wie was de vent met wie je zogenaamd een affaire had?' vroeg hij.
'Die hebben zij gestuurd. We hebben in die hotelkamer alleen maar naar de vloer zitten kijken. We vertrokken op het tijdstip dat aan ons was doorgegeven. Ik heb de bus niet echt zien exploderen. Ze zeiden dat ik moest zeggen dat een donkere man en een donkere tiener uit de bus kwamen. En de rest heb je vandaag gehoord.'

'Waar is je man nu?'
'Controleren of zijn gokschulden echt zijn kwijtgescholden.'
'Denk je echt dat het zo gemakkelijk zal zijn?'
'Wat bedoel je?'
'Je vormt een risico voor deze mensen, Michele. Denk je echt dat ze jou en je man laten leven?'
Haar gezicht liep rood aan. 'Maar we weten helemaal niets.'
'Wat je me net hebt verteld, spreekt dat tegen.'
'Denk je dat ze zullen proberen ons te vermoorden?'
'Hoe laat zou je man thuiskomen?'
Ze keek op haar horloge. Ze werd bleek. 'Ongeveer twintig minuten geleden.'
'Bel hem op.'
Ze pakte de telefoon en toetste het nummer in. Ze wachtte, met de telefoon tegen haar oor gedrukt.
'Hij ging meteen naar de voicemail.'
'Stuur hem een sms.'
Dat deed ze. Ze wachtten vijf minuten, maar er kwam geen sms'je terug.
'Bel hem nog een keer.'
Ze probeerde het nog twee keer, zonder resultaat.
'Waar ging hij naartoe om te controleren of zijn gokschuld was kwijtgescholden?'
'Naar een bar in Bethesda.'
Robie dacht snel na. 'Kom, we gaan.'
'Waar naartoe?'
'Naar die bar in Bethesda. Misschien zijn we op tijd om zijn leven te redden.'

•65•

Onderweg belde Robie Blauwe Man en vroeg om back-up. Ze zouden rechtstreeks naar de bar gaan. Robie ging sneller rijden en keek naar Cohen. Haar gezicht was betraand en ze ademde oppervlakkig. Als de zaak anders had gelegen, zou Robie medelijden met haar hebben gehad.

Ze keek naar hem, haar verdriet werd steeds intenser. 'Jij denkt dat hij dood is, hè?'

'Ik weet het niet, Michele. Maar daarom zijn we hier. Dat proberen we te voorkomen.'

'Het lijkt nu allemaal zo stom. Natuurlijk laten ze hem niet zomaar lopen. Maar het was de enige kans die we hadden. We waren wanhopig.'

'Waardoor jullie de ideale mensen waren om te benaderen.'

Hij sloeg links af, even later rechts af en stopte langs de stoeprand. 'Is dat het?' vroeg hij en wees naar een bar verderop in de straat met het bord 'Lucky's' erboven.

Ze knikte. 'Ja, dat is het.'

Nou, ik hoop dat het ons ook geluk brengt.

Robie keek of zijn back-up er al was. Hij sms'te Blauwe Man. Het antwoord kwam bijna onmiddellijk.

Zestig seconden nog.

Cohen riep: 'Dat is Marks auto!' Ze wees naar een grijze Lexus die een halve straat verderop geparkeerd stond.

Even later stopte een SUV achter Robies Volvo. Hij gaf de chauffeur een seintje. De man beantwoordde dat. Robie stapte uit en liep samen met Cohen naar de SUV. Er zaten drie mannen in. Cohen stapte achterin.

'Zitten blijven,' zei hij tegen haar. 'Wat je ook ziet of hoort, deze mannen zullen voor je zorgen, oké?'

'Breng alsjeblieft mijn man terug.'

'Ik zal mijn best doen.'

Robie keek naar de man achter het stuur. 'Wil jij met me meekomen?'

De man knikte, pakte zijn pistool en stopte hem in de holster.

Ze liepen naar de bar, keken om zich heen, alert op bedreigingen. Toen ze bij de bar kwamen, zag Robie dat hij gesloten was.

Hij keek op zijn horloge en vervolgens naar de andere man. 'Late openingstijd voor een bar.'

'Inderdaad. Hoe wil je dit aanpakken?' vroeg de man.
'Wacht twee minuutjes, dan ga ik naar de achterkant. Val dan aan de voorkant binnen. We treffen elkaar in het midden.'
De man knikte en Robie rende een steeg in die naar de achterkant van het rijtje gebouwen leidde.
Algauw vond hij de achteringang van de bar. Hij wist niet of er een alarm op de achterdeur zat en dat kon hem ook niet echt iets schelen. Als de politie kwam, dan was dat maar zo. Misschien moesten ze sowieso wel komen, afhankelijk van wat Robie binnen zou aantreffen.
Met zijn slothaakjes maakte hij het slot open, trok zijn wapen en duwde langzaam de deur open. Buiten was het bijna donker en binnen was het pikdonker. Robie wilde niet het risico nemen het licht aan te doen. Hij was toch al een doelwit zónder dat hij iemand hielp zijn positie beter te kunnen bepalen.
Hij liet zijn ogen even aan het donker wennen en liep toen naar binnen. Hij luisterde aandachtig. Hij keek op zijn horloge. Zijn partner zou nu ongeveer via de voordeur binnen moeten komen.
Robie liep door de keuken en zag alleen maar potten en pannen, rijen schone glazen en bekers, en een serie afwaskwasten. Het volgende vertrek zou de bar wel zijn. Daar zou hij zijn mannetje tegenkomen.
Alleen was zijn mannetje er niet.
Maar iemand anders wel en Robie merkte die persoon meteen op. Hij bukte zich achter de bar en bekeek het vertrek stukje bij beetje, en ontdekte allerlei mogelijke schietlocaties. Hij wachtte nog eens dertig seconden en kwam toen uit zijn dekking. Het vertrek was leeg. Op hemzelf en die andere man na.
Robie liep naar de man die links van de voordeur aan een tafeltje zat. Hij leunde achterover tegen de leren rugleuning.
Er kwam genoeg licht door het voorraam naar binnen om de situatie in te schatten. Robie toetste 911 in op zijn mobieltje en gaf een kort bericht door.
Daarna verbrak hij de verbinding en liep naar de man toe.
Eén schotwond in het hoofd. Robie stak zijn hand uit. Koud.
Hij was al een tijdje dood.
Robie pakte een servetje van een tafeltje en wikkelde die om zijn hand. Hij stak zijn hand in de jaszak van de man, haalde zijn portefeuille eruit en vouwde hem open.
De naam op het rijbewijs was Mark Cohen. De man op de foto, minus de bloederige wond in zijn hoofd, keek hem aan.
Hij stopte de portefeuille terug, keek naar de voordeur.
Shit.
Hij rende naar de deur, deed hem van het slot en liep naar buiten. Er liepen

mensen over de beide trottoirs. Robie keek naar hen en vervolgens naar de overkant van de straat.
Zijn Volvo stond er.
De zwarte SUV niet.
Hij rende de straat over en stapte in zijn Volvo toen hij de sirenes hoorde aankomen.
Hij belde Blauwe Man. 'Mark Cohen is dood en jouw mannen zijn ervandoor met Michele Cohen. Kun je dat uitleggen?'
Blauwe Man zei: 'Ik begrijp het niet. Dat waren twee van mijn beste mannen. De mannen die ik het meest vertrouwde. Ze moesten jouw orders opvolgen.'
Robie zei: 'Er zaten dríé mannen in die SUV.'
'Ik heb er maar twee gestuurd.'
'Dan is een van hen overgelopen, en nu kan ik wel raden waarom.'
'Zoiets is nog nooit gebeurd, Robie.'
'Ik ben over twintig minuten bij je. Ga meteen bij Julie kijken. Neem een paar mannen mee. Ze kunnen jullie niet allemaal hebben omgekocht.'
'Robie, wil je soms beweren...?'
'Doe het nou maar!'

•66•

Toen Robie het beveiligde gebouw binnenrende, was de eerste die hij zag Blauwe Man.

De tweede persoon die hij zag was Julie.

Robies maag ontspande zich en hij bleef staan.

Blauwe Man zei gespannen: 'Meekomen, jullie allebei.'

Ze liepen snel door een gang. Robie zag dat Blauwe Man een pistool in een holster aan zijn riem droeg.

Robie keek naar Julie die naast hem liep.

Gespannen vroeg ze: 'Is er iets mis, Will? Wat is er aan de hand?'

'Gewoon een voorzorgsmaatregel. Alles komt goed.'

'Je liegt tegen me, hè?'

'Eigenlijk wel.'

'Fijn dat je zo eerlijk bent over je oneerlijkheid.'

'Schijnt het beste te zijn wat ik tegenwoordig kan doen.'

Blauwe Man deed de deur achter hen dicht en op slot. Hij gebaarde dat Robie en Julie moesten gaan zitten.

Robie keek naar zijn pistool. 'Normaal draag je nooit een wapen.'

'Normaal hebben we geen verraders in ons midden.'

'Michele Cohen?' vroeg Robie.

'Dood. Samen met twee van mijn mannen. De twee die ik officieel heb gestuurd.'

'Waar en hoe?'

'Ze hebben de lijken net gevonden, in de SUV, ongeveer tien straten van de bar. Doodgeschoten, allemaal.'

'Wie was die derde man?'

'Malcolm Strait. Werkte hier tot tien jaar geleden. Onberispelijke reputatie.'

'Nu niet meer. Beschrijf hem eens.'

Dat deed Blauwe Man.

Robie zei: 'Dat was de man die via de voordeur binnen moest komen. Enig teken van hem?'

'Tot nu toe niet. Hij had ongetwijfeld een ontsnappingsplan klaarliggen.'

'Waar hebben jullie het over?' vroeg Julie. 'Wie zijn die mensen?'

Robie keek naar Blauwe Man en zei: 'Volgens mij heeft ze het recht dit te weten.'

'Vertel het dan maar.'
Het kostte Robie een paar minuten om Julie alles te vertellen.
Ze leek verbaasd. 'Waarom zouden ze die vrouw dwingen een duidelijke leugen te vertellen? Ze moesten weten dat je haar zou vinden en de waarheid te weten zou komen. Ze hadden haar en haar man hoe dan ook moeten vermoorden om hen tot zwijgen te brengen.'
Robie zei: 'Je hebt gelijk. Wat voor zin had het om Michele Cohen dat verhaal te laten opdissen?'
Blauwe Man zei: 'Inderdaad. Wat hadden ze erbij te winnen?'
Julie zei langzaam: 'Anders was het een groot risico voor hen.'
'Michele Cohen had geen idee wie haar man had benaderd,' zei Robie. 'Ze zei dat hij naar die bar was gegaan om te controleren of zijn schulden waren afbetaald. In plaats daarvan kreeg hij een kogel in zijn hoofd.'
'Net als zijn vrouw,' voegde Blauwe Man eraan toe.
'Met wie werkte deze Malcolm Strait hier samen?'
'Heel veel mensen.'
'Je moet met hen allemaal praten. We moeten in elk geval te weten zien te komen of hij iemand heeft achtergelaten.'
'Akkoord.'
'Dus die man heeft hier misschien nog een handlanger?' vroeg Julie. Ze keek Blauwe Man strak aan. 'Echt veilig is het hier dus niet.'
Blauwe Man keek naar Robie en zei: 'Dat zullen we zo snel mogelijk uitzoeken. Een dergelijke schending van vertrouwen is bijzonder ongebruikelijk,' zei hij, met zijn blik op Julie gericht.
'Nou, voor mij is het één op één,' snauwde Julie terug.
Robie zei: 'We kunnen hier nu niet blijven. We moeten weg.'
'Waar naartoe?' vroeg Blauwe Man.
Robie stond op. 'Ik neem wel contact op. Kom mee, Julie.'
Blauwe Man vroeg: 'Waar ga je naartoe?'
'Naar een veiliger plaats,' zei Robie.

Robie stuurde de Volvo door het hek en ging linksaf. 'Vanaf deze plek kunnen we worden gevolgd,' zei hij tegen Julie. 'We zitten hier in een soort fuik. Er is maar één weg in en uit. Dus let scherp op.'
'Oké,' zei Julie. Haar blik schoot heen en weer en daarna draaide ze zich om en keek naar achteren.
Terwijl ze de hoofdweg opreden en sneller gingen rijden, zei ze: 'Ik zie geen koplampen.'
'En een satelliet in de lucht, zie je die soms?'

'Zit je me voor de gek te houden? Kun je dat zien?'
'Eerlijk gezegd weet ik dat niet.'
'Wat doen we nu?'
'Er maar het beste van hopen en ons voorbereiden op iets wat veel minder is dan dat.'
'Waar gaan we naartoe?'
'Naar de enige plaats die ik nog heb. Het kleine huis in het bos.'
'Behoorlijk afgelegen voor het geval iemand ons wil overvallen.'
'En veel gemakkelijker te zien of iemand ons aanvalt. Weeg de voors en tegens tegen elkaar af. Ik vind dat de voors in dit geval zwaarder wegen.'
'Stel dat ze satellieten gebruiken?'
'Ze kunnen ons geen kwaad doen met een satelliet. Daarvoor hebben ze mensen op de grond nodig.'
'Misschien sturen ze heel veel mensen.'
'Misschien. Maar misschien sturen ze helemaal niemand.'
'Waarom zouden ze dat niet doen?'
'Vraag je dit eens af, Julie. Wat is hun einddoel? Deze Malcolm Strait was bij jou in dat gebouw. Hij had je daar kunnen vermoorden. En ze hadden mij al een paar keer kunnen doodschieten, maar schoten gelukkig mis.'
'Ze willen dus dat we blijven leven, zoals je al eerder zei. Met de bus en zo. Maar we weten nog steeds niet waarom.'
'Nee, dat weten we niet. Maar dat komt nog wel.'

•67•

'Will, dit is niet de weg naar jouw huis,' zei Julie.
'Een kleine verandering in het plan.'
'Waarom?'
'Om een beetje noodzakelijke hulp te krijgen en een belangrijke bekentenis af te leggen.'
Robie had een besluit genomen, een voor hem ongebruikelijk besluit. Hij was het grootste deel van zijn leven een eenling geweest. Normaal gesproken vroeg hij anderen niet om hulp, gaf hij er de voorkeur aan zijn eigen problemen op te lossen. Toch had hij zich nu gerealiseerd dat hij dit niet alleen kon. Hij had hulp nodig.
Soms was om hulp vragen een teken van kracht, niet van zwakte.
Of dit besluit goed of fout zou uitpakken, wist Robie niet. Toch had hij dit besluit genomen.
Hij stopte voor het flatgebouw en stapte uit de Volvo. Julie liep achter hem aan naar binnen. Ze gingen met de lift naar boven, stapten uit en liepen door de gang.
Robie klopte op de deur van 701.
Hij hoorde voetstappen. Ze stopten. Robie voelde dat er iemand naar hem keek door het kijkgaatje.
De deur ging open.
Vance droeg een zwarte joggingbroek, een lichtgroen T-shirt van het marinekorps en witte sokken. Eerst keek ze naar Robie en vervolgens naar Julie.
Julie riep: 'Ga je superagent Vance vragen je te dekken?'
Vance keek weer naar Robie. 'Superagent Vance? Wat is er verdomme aan de hand? Wie is dit kind?'
'Daarom ben ik hier,' zei Robie.
Vance stapte naar achteren en liet hen binnenkomen. Ze deed de deur achter hen dicht.
Robie vroeg: 'Heb je koffie? Dit kan wel even duren.'
'Ik heb net koffiegezet.'
'Ik heb er niets in,' zei Julie.
'Is dat zo?' vroeg Vance geamuseerd.
'Michele Cohen en haar man zijn dood,' zei Robie.
'Wát?' riep Vance.

Hij ging op de bank zitten en gebaarde dat Julie ook moest gaan zitten. Vance stond voor hem, met haar handen op haar heupen.

'Cohen is dood? Hoe?'

'Ze loog, zoals ik al zei. De waarheid heeft haar ingehaald.'

'Waarom zou ze liegen?'

'Haar echtgenoot had gokschulden. Dit was een oplossing, dachten ze.'

'Hoe weet je dat ze dood zijn?'

'Ik heb hem zelf gezien in een bar in Bethesda. Zij is later gedood, samen met twee FBI-agenten.'

Vance vroeg verbijsterd: 'Wat is er verdomme aan de hand? Welke FBI-agenten?'

'Misschien eerst koffie? Ik help je wel.'

Hij liep naar de keuken met Vance vlak achter zich.

Ze greep hem bij de schouder. 'Je kunt maar beter beginnen te vertellen, nu, Robie.'

'Oké. Ten eerste, technisch gesproken werk ik niet voor DCIS.'

'Grote verrassing. En verder?'

'Dit moet geheim blijven.'

'Natuurlijk.'

'Wil je nu koffie?'

'Wat ik wil zijn eerlijke antwoorden van jou.'

Robie schonk twee koppen koffie in en gaf haar er een van. Hij keek naar buiten, naar de verlichte monumenten in D.C. Hij wees ernaar.

'Wat is het je waard om de stad te beschermen?' vroeg hij aan Vance.

Vol ongeloof vroeg ze: 'Wat het me waard is? Verdomme, alles!'

Robie nam een slok van zijn koffie. 'Goed, wat is het je waard om dat meisje daar te beschermen?'

'Je hebt me niet eens verteld wie ze is.'

'Julie Getty.'

'Oké. Wat heeft zij met dit alles te maken?'

'Zij zat die nacht in die bus, maar is uitgestapt voordat hij explodeerde.'

'Hoe weet je dat, verdomme?' vroeg Vance op scherpe toon.

'Omdat ik tegelijk met haar ben uitgestapt. Daarom wist ik dat Cohen loog. Zoals je kunt zien, zijn Julie en ik niet zwart.'

Robie nam nog een slok koffie en draaide zich om om weer naar de monumenten te kijken.

Vance stond op haar hakken te wippen. Kennelijk probeerde ze deze verbijsterende onthulling te plaatsen. Ten slotte bleef ze stilstaan.

'Jíj zat in die bus?!' schreeuwde Vance. 'Waarom? En waarom hoor ik dat nu pas?'

Julie zei: 'Omdat het geheim was en je dat niet hoefde te weten. Toen niet in elk geval.'
Ze draaiden zich om en zagen Julie in de deuropening staan.
Vance keek van haar naar Robie. 'Geheim? Je werkt dus bij de inlichtingendienst? Ik zweer het, Robie, als dit een of andere CIA-onzin is waar we omheen draaien, dan overweeg ik serieus om iemand dood te schieten, te beginnen met jou.'
'Er klopt iets niet aan deze hele zaak, Vance, en dat is al zo vanaf het begin.'
'Robie, je hebt heel veel uit te leggen, dus begin daar nu maar eens mee. Wat deed je in die bus? En wat is daar gebeurd? En wie heeft hem opgeblazen?'
'Ik weet niet wie hem heeft opgeblazen. Maar het moet met een afstandsbediening zijn gebeurd. Niet met een timer.'
'Waarom niet?'
'Omdat ze geen van ons tweeën wilden doden, daarom niet.'
'Nogmaals, waarom niet?'
'Weet ik niet. Ik weet alleen dat ze willen dat een van ons of wij allebei in leven blijven, om welke reden dan ook.'
Vance vroeg aan Julie: 'Waarom zat jij in die bus?'
'Mag ik eerst een kop koffie?'
'Jezus, alsjeblieft!' Vance gaf Julie haar eigen kopje. 'Vertel op, waarom zat jij in die bus?'
'Een man had mijn ouders vermoord. Mijn moeder stuurde me een berichtje via mijn school, of in elk geval dacht ik dat het van mijn moeder was. In het briefje stond dat ik met die bus naar New York City moest gaan. Toen ik dat deed, stapte dezelfde man die mijn ouders had vermoord in en viel me aan. Will hielp me hem tegen te houden. We stapten uit de bus. En toen ontplofte hij. En blies ons allebei omver.'
Vance snauwde: 'Het was dus jóúw pistool dat we vlak bij de bus hebben gevonden. Jij was in Jane Winds appartement. Jij was van plan haar te vermoorden.'
'Luister nu maar naar hem, agent Vance,' smeekte Julie.
'Waarom zou ik?'
'Omdat iemand mijn ouders heeft vermoord. En Will heeft mijn leven gered, meer dan één keer eigenlijk. Hij is een goeie vent.'
Toen Vance weer naar Robie keek, nam hij een slok koffie en keek naar buiten, met zijn rug naar haar toe.
Vance kalmeerde en zei: 'Ik denk dat ik ook maar een kop koffie neem.'
Julie schonk koffie voor haar in en gaf haar het kopje.
Vance keek naar Robie. 'Is de rest van wat je me wilt vertellen even erg?'

'Misschien wel erger,' antwoordde hij.
'Je hebt me in een ongemakkelijke situatie gebracht. Ik zou dit allemaal moeten rapporteren.'
'Mee eens. Dat zou je moeten doen. Dat heb ik bij mijn mensen gedaan, maar toen kwamen we tot de ontdekking dat we een of twee verraders in ons midden hadden. Ik vraag me af hoe groot de kans is dat er meer zijn?'
Ze trok haar wenkbrauwen op. 'Je bedoelt bij het Bureau?'
'Hebben jullie nooit rotte appels gehad?'
'Niet veel,' zei ze verdedigend.
'Je hebt er maar eentje nodig,' zei Julie.
'Je hebt er maar eentje nodig,' herhaalde Robie.
Vance zuchtte en leunde tegen het aanrecht. 'Wat wil je dat ik doe?'

68

Robie leverde de Volvo in op Dulles Airport en nam de shuttlebus naar de hoofdterminal. Hij kocht een ticket voor een vlucht van United Airlines naar Chicago die ongeveer twee uur later zou vertrekken. Hij ging door de veiligheidscontrole en liep naar de toiletten, samen met een stuk of tien andere mannen. Hij nam zijn sporttas mee naar het toilet en kwam er even later weer uit met een opvouwbare rolkoffer en droeg een trainingspak, een bril en een honkbalpetje. Hij liep naar een uitgang, nam de bus terug naar het autoverhuurbedrijf en huurde met een creditcard die op een valse naam stond een nieuwe auto – een Audi deze keer – en reed snel over de tolweg naar het westen.

Hij keek in de achteruitkijkspiegel. Als iemand hem nu nog kon volgen, verdiende hij een prijs.

Een uur later stopte Robie bij zijn afgelegen boerderij in de bossen. Hij zette de auto in de schuur en deed de deuren dicht. Met een hooivork schoof hij stro op de vloer van de schuur opzij, zodat er een ijzeren luik tevoorschijn kwam. Hij haalde het luik weg en liet zich door de opening naar beneden zakken. Hij draaide een schakelaar om en een oude tl-verlichting ging aan. Hij liep de ijzeren ladder af en zette zijn voeten op een stevige betonnen vloer. Hij had deze plek niet zelf gemaakt. De vorige eigenaar, een boer, had besloten een schuilkelder onder zijn schuur te bouwen. Hij dacht dat een beetje hout, stro en een paar centimeter beton hem zouden beschermen tegen elke kernbom die de Sovjet-Unie naar Amerika zou sturen.

Robie liep door een korte gang en bleef staan voor een wand met een verzameling vuurwapens die hij in het verleden had aangelegd. Er waren pistolen, geweren, jachtgeweren en zelfs een grond-luchtgranaatwerper. Het leek James Bond-achtig, maar was in feite heel gewoon voor mensen zoals Robie. Hij pakte wat hij dacht nodig te hebben en zette het tegen één muur.

Hij opende een la van een werkbank en stopte een paar elektronische transmitters in zijn zak. Daarna was hij nog eens tien minuten bezig om allerlei dingen te verzamelen die van pas konden komen en stopte alles in een grote sporttas. Die nam hij mee naar boven, sloot het luik, schoof het stro er weer overheen en zette de tas in de kofferbak van de Audi.

Vijf minuten later reed hij snel terug naar het oosten. Hij nam een kamer in een motel en laadde zijn spullen uit. Hij kleedde zich om en belde Julie. Robie had haar toevertrouwd aan Vance en de FBI. Vance had haar bazen alleen verteld dat Julie een mogelijke getuige was en bescherming nodig had. Twee agenten uit de stad waren opgebeld om te helpen haar te bewaken. Op dat moment vertrouwde Robie niemand in D.C.

Julie zei opgewonden: 'Ik had iets bedacht. Ik heb de Broomes gebeld met de telefoon die je me hebt gegeven. En ik kreeg een sms'je terug,' zei ze. 'Ze willen me zien.'

'Je weet toch dat het waarschijnlijk níét de Broomes zijn?' vroeg Robie kalmerend. 'Misschien hebben zij hun telefoon wel afgepakt en jou gewoon een sms'je gestuurd toen ze jouw telefoontje kregen. Als het de Broomes wel waren, hadden ze je waarschijnlijk gewoon teruggebeld.'

'Moet je altijd zo negatief doen?' vroeg Julie.

'Waar en wanneer?'

Dat vertelde ze hem.

'Kun je me komen halen?' vroeg ze.

'Julie, je komt daar niet eens in de búúrt!'

Hij kon haar gezicht bijna zien betrekken.

'Wát?!'

'Dit is zeer waarschijnlijk een val. Je gaat niet. Ik regel het wel.'

'Maar we zijn een team. Dat heb je zelf gezegd.'

'Ik ben niet van plan je aan meer gevaar bloot te stellen dan nu al het geval is. Ik regel het en daarna neem ik weer contact met je op.'

'Dat is klote!'

'Ik geloof meteen dat jij het klote vindt, maar het is wel het verstandigste.'

'Ik kan best voor mezelf zorgen, Will.'

'In de meeste situaties zou ik dat met je eens zijn. Maar dat is nu niet het geval.'

'Dankjewel, voor niets.'

'Graag gedaan.'

Maar ze had al opgehangen.

Robie stopte zijn telefoon weer in zijn jaszak en bereidde zich in gedachten al voor op de komende ontmoeting. Op een bepaald moment zou degene die hierachter zat het niet meer belangrijk vinden dat hij in leven bleef. Hij vroeg zich af of dat algauw het geval zou zijn.

Hij pakte zijn wapen en stopte een paar andere dingen in zijn jaszak. Daarna belde hij Vance en stelde haar op de hoogte.

'Ik ga met je mee,' zei ze.

'Zeker weten?' vroeg hij.

'Vraag me dat niet weer, Robie. Want misschien heb ik me dan wel bedacht.'

•69•

De officiële opening van het Martin Luther King Jr. Memorial was vertraagd door een orkaan die met een bijzonder slechte timing langs de oostkust had geraasd. Maar nu was het Memorial open. Het belangrijkste object was de Stone of Hope, een tien meter hoog standbeeld van dr. King. Het beeld bestond uit 159 granieten blokken die eruitzagen alsof het één brok steen was. Het officiële adres was 1964 Independence Avenue, in dezelfde stijl als de 1964 Civil Rights Act. Het monument stond op ongeveer dezelfde afstand van het Lincoln- en het Jefferson-monument, en stond langs de *line of leadership* tussen de beide andere monumenten. Hij stond vlak bij het FDR-monument en was het enige gedenkteken op de National Mall dat gewijd was aan een niet-blanke en een niet-president.

Robie wist dit allemaal en was zelfs aanwezig geweest bij de opening van het Memorial. Maar vanavond was zijn aandacht alleen gericht op overleven.

Toen hij naar het monument keek, zei hij zacht in zijn headset: 'Sta jij op je plek?'

Vance' stem kwam in zijn oor: 'Inderdaad.'

'Iemand gezien?'

'Nee.'

Robie liep door en bleef kijken. Hij had een nachtbril op, maar daarmee kon hij niet zien wat er niet was.

'Julie?'

De stem kwam van links, vlak bij het standbeeld.

Het was een man. Robie greep zijn pistool steviger vast en zei in zijn headset: 'Hoorde je dat?'

Vance zei: 'Ja, maar ik kan de bron nog niet zien.'

Een seconde later kon Robie dat wel.

De man kwam achter het standbeeld vandaan. In het maanlicht en met behulp van zijn speciale bril kon Robie zien dat het inderdaad Leo Broome was. Hij herkende hem van een foto die hij in het appartement van de man had gezien.

Vance vroeg: 'Is dat Broome?'

'Ja. Blijf waar je bent en dek me.'

Robie liep door tot op drie meter van de andere man.

'Meneer Broome?'

De man dook meteen weer achter het standbeeld.

'Waar is Julie?' vroeg Broome.
'We wilden niet dat zij hier naartoe ging,' riep Robie. 'We waren bang dat het een hinderlaag was.'
'Nou, dat denk ik nu dus ook,' zei Broome. 'U moet weten dat ik een pistool heb en dat ik weet hoe ik daarmee moet schieten.'
Vance zei hardop: 'Meneer Broome, ik ben special agent Vance van de FBI. We willen alleen maar met u praten.'
'Dat u dat zegt, betekent niet dat u echt van de FBI bent.'
Vance kwam tevoorschijn, hield haar wapen in de lucht en liet haar badge zien. 'Ik ben van de FBI, meneer Broome. We willen alleen praten. Om uit te zoeken wat er aan de hand is.'
'En die andere man?' vroeg Broome. 'Hoe zit het met hem?'
Robie zei: 'Ik weet dat Julies ouders dood zijn, meneer Broome. Ik probeer hun moordenaars te vinden.'
'Zijn Curtis en Sara dood?'
'Net als Rick Wind en zijn ex-vrouw. Allebei vermoord.'
Broome kwam achter het gedenkteken vandaan. 'We moeten hier een einde aan maken.'
'Dat ben ik helemaal met u eens,' zei Vance. 'En met uw hulp kunnen we dat misschien ook. Maar eerst moeten we naar een veilige locatie gaan. Uw vrouw ook.'
'Dat gaat niet lukken.'
'Hebben ze uw vrouw te pakken?' vroeg Robie.
'Ja, ze is dood.'
Robie vroeg snel: 'Was u erbij toen dat gebeurde?'
'Ja, ik kon maar net...'
Robie rende op volle snelheid naar Broome. 'Liggen, nu! Liggen!'
Maar hij wist dat hij al te laat was.
Hij hoorde de knal van het schot. Broome draaide zich snel om, maar viel ter plekke neer. Hij kwam met een luide bons op het zand terecht, stuiptrekte nog even toen zijn hart een laatste keer sloeg en bleef stil liggen.
Robie was al bij hem, bukte zich en checkte de omgeving. Het schot was van links gekomen. Dat riep hij tegen Vance, die al aan de telefoon was.
Robie realiseerde zich dat dit een geplande val was.
Het was nooit de bedoeling geweest dat hij welke informatie dan ook van Broome zou krijgen. Ze speelden nog steeds een spelletje met hem. Hielden hem een worst voor en trokken die zodra hij te dichtbij kwam snel terug. Zijn tegenstanders wisten veel meer dan hij. Zij waren aan beide fronten in het voordeel, en hij niet.

Vance knielde naast Robie. 'Is hij dood?'
'De kogel is dwars door zijn hoofd gegaan. Die praat met niemand meer.'
Ze ademde diep uit en keek naar de dode man. 'Het lijkt wel alsof ze ons steeds één stap voor zijn.'
'Daar lijkt het wel op,' zei Robie.
'Je zei al vóór het schot dat hij moest gaan liggen. Hoe wist je het?'
'Zij hadden zijn vrouw vermoord, maar ze lieten hem ontsnappen? Onwaarschijnlijk. Datzelfde is met Julie gebeurd. Ze laten niemand zomaar ontsnappen.'
'Maar wat had het voor nut om Broome te laten leven? Hij had informatie voor ons.'
'Die kans wilden ze hem niet geven, Vance.'
'Maar waarom kon hij hier dan helemaal naartoe komen? Als ze hem volgden, hadden ze hem op elk moment kunnen doden.'
'Dit lijkt wel een spelletje voor hen.'
'Een spelletje! Mensen gaan hier dood, Robie. Wat een spel!'
'Wat een spel!' zei hij.

•70•

Robie zat in het donker in zijn appartement.

Vance en vier FBI-agenten bewaakten Julie. Hij had de tiener verteld dat de Broomes waren vermoord. Ze had het rustig aangehoord; ze had niet gehuild, maar het kennelijk geaccepteerd als iets wat bij het leven hoorde. *Misschien was dat nog wel erger*, dacht Robie. Het deugde niet dat een meisje van veertien emotioneel zo ongevoelig was geworden dat een gewelddadige dood haar niets meer deed.

Hij was hier weer naartoe gegaan, omdat hij ergens moest zijn waar geen andere mensen waren. En hoewel hij een kamer in dat motel had, was hij toch hier naartoe gegaan. Hij was niet bang dat de moordenaars achter hem aan kwamen, in elk geval nog niet.

Ze willen dat ik leef, om een bepaalde reden. En daarna willen ze dat ik dood ben.

Hij had diep nagedacht over de missies die hij in het recente verleden had uitgevoerd. Het leek logisch dat veel mensen wraak zouden willen nemen op iemand met zijn beroep, te veel om zelfs maar nader onderzoek naar te doen. Maar hij was nog nooit níét geslaagd in een opdracht en dat betekende dat zijn doelwit het nooit had overleefd. En hij had elke keer kunnen verdwijnen, wat betekende dat zijn identiteit geheim was gebleven. Maar zijn begeleider was overgelopen en dat betekende dat Robie bekend kon zijn bij iedereen die bereid was te betalen.

Hij stond op en keek naar buiten. Het was twee uur 's nachts. Er reden een paar auto's op straat, maar er waren geen voetgangers. Maar toen zag hij wel iemand en hij liep dichter naar het raam om beter te kunnen kijken.

Annie Lambert stapte van haar fiets voor het flatgebouw en reed hem de lobby in.

Toen ze op haar eigen verdieping kwam, stond Robie op haar te wachten. Ze leek verbaasd hem te zien, maar zag toen kennelijk dat hij verdriet had.

'Gaat het wel?' vroeg ze bezorgd.

'Heb me weleens beter gevoeld. Lange dag gehad?'

Ze glimlachte en worstelde met haar tas. Robie nam hem van haar over, hing hem aan zijn schouder.

'Dank je,' zei ze. 'Ik heb er een puinhoop van gemaakt vandaag,' bekende ze. 'Moest overwerken om de boel op te ruimen.'

'Wat is er dan gebeurd?'

'Officiële reglementen overtreden. Ik heb mijn directe leidinggevende gepasseerd om antwoord op een vraag te krijgen, omdat mijn directe leidinggevende er niet was. Werd op het matje geroepen.'
'Dat klinkt oneerlijk. Eerlijk gezegd zelfs een beetje kinderachtig.'
'Tja, als je niet veel betaald krijgt om belangrijke dingen af te handelen, hecht je misschien meer belang aan titels en hiërarchische lijnen dan je zou moeten.'
'Ik vind je wel heel erg begripvol.'
'Misschien ben ik gewoon moe,' zei ze lusteloos.
'Wacht, ik loop wel even mee naar je huis, dan kun je daarna slapen.'
Toen ze samen door de gang liepen, zei ze: 'Zelf zie je er ook niet geweldig uit.'
'Lange dag gehad, net als jij.'
'Ook kinderachtige regeltjes?'
'Het ligt iets anders.'
'Ja, het leven is soms klote,' zei Lambert.
'Inderdaad.'
Toen ze bij haar flat waren, vroeg ze: 'Toen ik zei dat ik moe was, bedoelde ik niet dat ik wilde gaan slapen. Wil je nog even binnenkomen om wat te drinken?'
'Weet je zeker dat je daar zin in hebt?'
'Zo te zien kunnen we dat allebei wel gebruiken. Geen lekkere wijn, zoals jij had. Ik kan je alleen bier aanbieden.'
'Oké.'
Ze gingen naar binnen. Ze zette haar fiets weg en wees Robie de keuken. Hij pakte twee biertjes en nam ze mee naar de woonkamer. Hij voelde zich schuldig over het feit dat hij dankzij zijn telescoop de indeling van haar appartement kende.
De inrichting paste bij het beeld van een jonge ambtenaar wiens salaris niet in overeenstemming was met haar hersenen en haar capaciteiten. Alles was vrij goedkoop, maar Robie zag een olieverfschilderij van een haven en een paar kwaliteitsmeubels die waarschijnlijk van Lamberts ouders waren geweest.
Toen ze uit haar slaapkamer kwam, droeg ze een ruime spijkerbroek en een T-shirt met lange mouwen, en ze had haar haar in een paardenstaart gebonden. Ze was op blote voeten. Hij gaf haar een biertje. Ze liet zich in een stoel vallen en trok haar benen onder zich op.
Robie zat tegenover haar op een leren tweezitsbankje.
Lambert zei: 'Fijn om even uit de werksfeer te zijn.'
'Tot morgenochtend, en dat is het al bijna.'
'Eerlijk gezegd ben ik morgen vrij,' zei ze. 'Of vandaag, zoals je zei.' Ze nam een slok bier. Robie ook.

'Hoezo?'
'De president is de stad uit met het grootste deel van zijn persoonlijke staf. Als hij terugkomt is er een belangrijk diner in het Witte Huis. Dan moet ik werken. Dus ga ik lekker van mijn vrije dag genieten.'
'Zou ik ook doen.'
Ze glimlachte berustend. 'Vooral omdat ik deze maand elk weekend heb gewerkt. En de werksfeer is niet goed.'
'Hoe komt dat?'
'De president staat laag in de peilingen. Het gaat bar slecht met de economie. De volgende verkiezingen lijken niet gemakkelijk of aangenaam te worden.'
'Het land is echt in twee partijen verdeeld. Geen enkele verkiezing is nog gemakkelijk.'
'Klopt,' zei ze. 'Ik zou nooit politicus kunnen zijn. Het doet gewoon te veel pijn, weet je? Je wordt elke seconde van elke dag beoordeeld. En niet alleen om je standpunt over bepaalde onderwerpen. Maar om hoe je praat, kijkt, loopt. Belachelijk gewoon!'
'Heb je nog eens nagedacht over hoe je leven eruit zal zien na het Witte Huis?'
'Misschien zit ik nu in de fase van mijn leven waarin ik elke dag neem zoals die komt.'
'Niet eens zo slecht eigenlijk.'
'Sommige mensen zouden dat lui noemen.'
'Wat kan het jou schelen wat andere mensen denken?'
'Precies!'
'Verstandige mensen denken hetzelfde.'
Ze boog zich naar voren en toostte met hem. 'Op verstandige mensen.'
'Op verstandige mensen,' zei hij grijnzend.
'Dus dit is officieel ons eerste afspraakje?'
'Eigenlijk niet,' zei Robie. 'Het was meer een spontane actie. Maar we kunnen ervan maken wat we willen. Het is een vrij land.'
'Ik vond het echt leuk in het W.'
'Het is lang geleden dat ik zoiets heb gedaan.'
'Geldt ook voor mij.'
'Op jouw leeftijd zou je heel vaak uit moeten gaan.'
'Misschien ben ik wel ouder dan ik eruitzie,' zei ze plagend.
'Dat betwijfel ik.'
'Ik vind je aardig, Will, heel aardig.'
'Je kent me nog niet echt.'
'Ik kan mensen goed en snel beoordelen. Altijd al gekund.' Ze zweeg even, nam een slokje bier. 'Jij geeft me, ik weet het niet, een goed gevoel over mezelf.'

'Jij hebt onafhankelijk van mij heel veel redenen om een goed gevoel over jezelf te hebben, Annie.'
Ze zette haar flesje neer. 'Ik ben weleens depressief.'
'Ach, wie niet?'
Ze stond op en ging naast hem zitten. Ze raakte Robies hand even aan. 'Ik heb een paar slechte ervaringen met mannen gehad.'
'Dat zal je met mij niet overkomen, dat beloof ik.' Robie kon dat natuurlijk niet beloven, maar toen hij het zei dacht hij echt dat hij het meende.
Op hetzelfde moment bogen ze zich naar elkaar toe. Hun lippen raakten elkaar. Daarna lieten ze elkaar los.
Toen Lambert haar ogen weer opendeed, keek hij naar haar.
'Vond je het niet lekker?' vroeg ze.
'Nee, ik vond het héél lekker.'
Ze kusten elkaar weer.
'Ik ben veel ouder dan jij,' zei hij toen ze elkaar weer loslieten.
'Zo zie je er niet uit.'
'Misschien zouden we dit niet moeten doen.'
'Misschien moeten we gewoon doen wat we allebei kennelijk willen doen,' mompelde ze in zijn oor. Ze kusten elkaar weer. Niet zacht deze keer, maar gulzig, snel ademend.
Robies hand ging naar haar bovenbeen. Hij streelde haar. Ze sloeg haar armen om hem heen en drukte hem tegen zich aan. Ze drukte haar lippen op zijn oor.
'De slaapkamer is misschien comfortabeler.'
Hij ging staan, tilde haar op en droeg haar naar de deur van de slaapkamer. Met haar voet drukte ze de deurkruk naar beneden en duwde hem open. Robie schopte de deur achter hen dicht. Ze namen er alle tijd voor om elkaar uit te kleden.
Ze keek naar zijn tatoeages en zijn littekens en de wonden op zijn arm. Ze raakte ze zacht aan. 'Doet dat pijn?'
'Niet meer.'
'Hoe is dat gekomen?'
'Gewoon iets stoms.' Hij trok haar naar zich toe.
Een minuut later glipten ze tussen de lakens, hun kleren lagen in een warboel op de vloer.

•71•

Het was zes uur in de ochtend en het was nog donker. Robie zat alweer in zijn huurauto.

Meteen nadat hij Annie Lambert in haar bed had achtergelaten, had hij er al spijt van dat hij met haar naar bed was geweest. De seks was geweldig. Hij was er zwak en warm en helemaal ontdaan van. Het was een bevrijdend gevoel.

Toch was het een vergissing geweest.

Hij had immers een dode man achtergelaten bij het Nationaal Monument en met een werknemer van het Witte Huis geneukt. Hij had niet eens aan de zaak gedácht toen hij bij haar in bed lag. Nou, daar zou nu verandering in komen.

Hij belde Vance. Ondanks het vroege uur nam ze meteen op.

'Ik ben op kantoor,' zei ze. 'Eigenlijk ben ik hier niet eens weggeweest. Waar zit je?'

'Achter het stuur.'

'Waar ga je naartoe?'

'Weet ik niet zeker.'

'Waar wás je opeens gisteravond? Je was zomaar verdwenen nadat we Julie hadden weggebracht.'

Hij zei niets.

'Robie?'

'Ik moest even afstand nemen, mijn hoofd leegmaken.'

'Is dat nu leeg dan? Want we moeten aan een zaak werken.'

'Ja.'

'Ik heb gisteravond niets gegeten. En ik heb nog niet ontbeten. Er is een tent die dag en nacht open is, om de hoek bij het WFO. Weet je welke ik bedoel?'

'Ik zie je daar over tien minuten,' zei Robie.

Hij was er eerder dan zij en had al koffie voor hen besteld toen ze binnenkwam.

'Ik dacht dat je zei dat je niet thuis was geweest. Toch heb je je omgekleed,' zei hij.

'Ik heb een stel kleren op kantoor,' antwoordde ze. Ze ging zitten, pakte haar koffie en nam een slokje. 'Je ziet er niet goed uit,' zei ze.

'Zou ik er wel goed uit moeten zien?' snauwde hij. Hij vroeg zich even af of ze kon zien dat hij bij een andere vrouw was geweest.

Even hing er een ongemakkelijke stilte. Toen vroeg Robie: 'Hoe is het met Julie?'

‘Nerveus, in de put. Volgens mij denkt ze dat je haar in de steek hebt gelaten.’

‘Hoe heb je je baas deze hele situatie uitgelegd?’

‘Dat heb ik omzeild. Een paar dingen heb ik hem wel verteld, maar andere niet.’

De serveerster kwam bij hun tafeltje en ze gaven hun bestelling op. Nadat ze hun koffiekopjes weer had bijgevuld, ging ze weg.

Robie keek naar Vance. ‘Ik wil niet dat je je carrière hiervoor op het spel zet, Vance.’

‘Weet je, noem me maar Nikki als je wilt.’

Door dat aanbod voelde Robie zich nog schuldiger. ‘Oké Nikki, als dit allemaal voorbij is, mag niet je hele leven overhoop zijn gehaald.’

‘Volgens mij kan dat niet, Robie.’

‘Ik bedoel, je hoeft me niet te dekken. Het was oneerlijk van me je dat te vragen.’

‘En ik bedoel, als ik je niet dek, valt de hele FBI over je heen. Te veel vragen, niet genoeg antwoorden.’

‘Ik heb wel enige professionele dekking.’

‘Niet genoeg. En als ik heel eerlijk ben, doe ik dit niet alleen voor jou. Als alles bekend wordt, word ik waarschijnlijk van deze zaak gehaald en wordt het zo’n puinhoop dat de waarheid misschien nooit boven tafel komt. En daar heb ik dus echt moeite mee.’

‘Als we elkaar maar begrijpen,’ zei Robie.

‘Ik weet niet zeker of ik je helemaal begrijp, maar dat geeft niet. Ik ben je psychiater niet. Ik werk gewoon met je samen om te proberen een paar moordenaars achter de tralies te krijgen.’

‘Leo Broome,’ zei hij. ‘Al iets ontdekt waarmee we verder komen? Hij zei dat ze zijn vrouw hadden?’

‘We weten niets over hem. We proberen te achterhalen waar hij vandaan kwam. Er stond geen geparkeerde auto in de omgeving van een onbekende eigenaar. Zo laat op de avond kunnen we de metro waarschijnlijk ook wel schrappen. We doen navraag bij de taxibedrijven om te zien of we kunnen ontdekken waar hij is opgepikt.’

‘Of misschien is hij komen lopen,’ zei Robie. ‘Maar had hij geen sleutelkaart van een hotel of iets anders waaruit bleek waar hij logeerde?’

‘Helemaal niets. Maar we hebben wel iets anders ontdekt.’

‘Wat dan?’

‘Een hoplitische tatoeage op zijn onderarm, dezelfde als op Rick Winds arm. En dus waarschijnlijk ook dezelfde als Julies vader op zijn arm had.’

‘Dan moeten ze elkaar dus in het leger hebben gekend,’ zei Robie.

'Stel dat dit alles uiteindelijk helemaal niets mee jou te maken heeft? Zij hebben samen in het leger gezeten, deelden misschien een geheim. Dat hen nu achtervolgt.'
'Dat verklaart nog altijd niet dat Julie en ik uit die bus konden komen. Of dat ze jou en mij voor Donnelly's hebben gemist.'
'Nee, dat is waar. Je zei dat ze hem hadden láten ontsnappen nadat ze zijn vrouw hadden vermoord. Hoort bij het spel, zei je. Ze spelen misschien een spelletje met jou, maar dit doen ze toch zeker allemaal niet voor niets?'
'Daar ben ik ook absoluut van overtuigd. Ik weet alleen niet wat het uiteindelijke doel is.'
'Als het een soort wedstrijd is tussen jou en hen, dan moet het met iets uit je verleden te maken hebben. Heb je daar weleens over nagedacht?'
'Een enkele keer. Maar ik zal er nog eens goed over nadenken.'
'Wat voor soort werk deed je, Robie? DCIS is niet je echte werkgever, maar wel een afdeling van de federale overheid.'
Hij dronk zijn koffie op, maar hij zei niets, omdat hij niets kón zeggen.
'Ik ben geen ingewijde, is dat de reden dat je niets zegt?'
'Ik maak de regels niet. Soms zijn de regels klote, zoals nu, maar toch zijn het de regels. Het spijt me, Nikki.'
'Oké. Je hoeft geen antwoord te geven, maar luister nu even naar mij, oké?'
Robie knikte.
'Ik denk dat jij in Jane Winds appartement was om haar te doden, een soort officieel goedgekeurde moordaanslag. Alleen heb je de trekker niet overgehaald. Maar iemand anders wel, van grote afstand. Jij hebt haar jongste kind in veiligheid gebracht en bent vertrokken. Daarna werd je gestrikt om onderzoek te doen naar een misdaad waar je zelf bij aanwezig was geweest onder het mom van je DCIS-badge.' Ze zweeg even, keek naar hem. 'En, hoe doe ik het?'
'Jij bent een FBI-agent. Ik had niets minder verwacht.'
'Vertel me meer over die moordaanslag op Wind.'
'Die was niet echt officieel goedgekeurd. Ik had nooit gebeld mogen worden, maar dat gebeurde wel. Degene die dat deed is nu een hoopje verbrande botten.'
'Losse eindjes opruimen?'
'Volgens mij wel.'
'Dus iemand speelt een spelletje met je. Zo te zien is het begonnen toen je naar Jane Wind ging. Haar man was al dood. Dus sterft zij. De Winds zijn opgeruimd. Punt één.'
Robie dronk zijn koffie op en ging rechtop zitten, leek aandachtiger. 'Ga door.'
'Punt twee. Julies ouders zijn vermoord. We weten dat ze bevriend waren met

de Broomes. En Rick Wind en Curtis Getty hadden dezelfde tatoeage op hun arm. Dat moet zijn gebeurd toen ze samen in het leger zaten. Hebben jouw mensen ze al met elkaar in verband gebracht?'
'Wordt nog steeds aan gewerkt.'
'Punt drie. Dus Getty, Broome en Wind, inclusief hun vrouwen - of in Winds geval zijn ex-vrouw - zijn allemaal dood.'
Robie knikte en pakte de draad op. 'Ik probeer met die bus te ontsnappen. Dat lukt. Ze weten dat me dat zou lukken. Julie wordt naar diezelfde bus gestuurd door een berichtje dat zogenaamd van haar moeder afkomstig is. We stappen de bus uit, de bus ontploft.'
'Die aanval voor Donnelly's waar jij en ik zouden moeten zijn gedood?'
'Nog meer misleiding, weer een spelletje.'
'En wat voor spelletje. Heel veel onschuldige mensen zijn daar gedood, Robie.'
'Degenen die hierachter zitten maken zich absoluut niet druk om wat extra doden. Dat zijn niet meer dan schaakstukken voor hen, meer niet.'
'Nou, mensen die zo denken zou ik heel graag een paar handboeien omdoen.'
'Maar wat is het einddoel? Waarom doen ze dit allemaal?'
Ze nam nog een slokje koffie. 'Waar heb je vannacht geslapen?'
Het beeld van de naakte Annie Lambert die schrijlings op hem zat, schoot door zijn hoofd, zelfs al voordat Vance was uitgesproken.
'Ik heb niet veel geslapen,' zei hij naar waarheid.
Hun borden met eten werden gebracht, eieren, bacon, geroosterd brood en wat gebakken geraspte aardappel. Ze zaten een tijdje zwijgend te eten.
Toen ze klaar waren, schoof Vance haar bord van zich af en vroeg: 'Hoe wil je dit aanpakken?'
'Onze eerste prioriteit is Julie beschermen. Wij hadden kennelijk een mol binnen onze operatie en dus moet ik op het Bureau kunnen rekenen.'
'Wij zullen al het mogelijke doen om ervoor te zorgen dat haar niets overkomt, Robie. Wat is de tweede prioriteit?'
'Ik moet te weten komen wie uit mijn verleden mij zo graag te grazen wil nemen.'
'Je hebt mogelijkheden te over.'
'Te veel. Maar ik moet ze beperken en snel ook.'
'Denk je dat hier tijdsdruk achter zit?'
'Eerlijk gezegd denk ik dat er bijna geen tijd meer over is.'
'Wat ga je nu doen?'
'Op reis, ver hier vandaan.'
Vance keek verbaasd. 'Ga je weg?'
'Nee, dat niet.'

•72•

Robie zat in het kamertje dat hij de afgelopen vijf jaar als kantoor had gebruikt. Maar er kwam niet nog een keer een mollige man van middelbare leeftijd in een verkreukeld pak hem een USB-stick brengen. Hij was hier niet voor een nieuwe missie. Hij was hier om te kijken wat er hiervoor was gebeurd.

De reis waar hij het met Vance over had gehad, was een reis in zijn hoofd. Hij staarde naar het beeldscherm. Daarop waren de rapporten te zien van zijn laatste vijf missies die hem een vol jaar terug in de tijd brachten.

Hij had er drie geëlimineerd, in elk geval voorlopig. De laatste twee trokken om een aantal redenen zijn aandacht: die twee waren de meest recente, en in beide gevallen was het doelwit invloedrijk en had veel vrienden.

Hij drukte een paar toetsen in, waarna er een foto van wijlen Carlos Rivera verscheen. De laatste keer dat Robie deze latino had gezien was in het ondergrondse Edinburgh; de man had Robie obscene verwensingen toegeschreeuwd. Robie had Rivera en zijn bodyguards vermoord en was daarna, dacht hij, ongezien ontsnapt.

Rivera had een jongere broer, Donato, die een groot deel van de karteloperaties van zijn broer had overgenomen. Van Donato was bekend dat hij even meedogenloos was als zijn overleden broer, maar veel minder ambitieus. Hij stelde zich tevreden met het leiden van zijn drugsimperium zonder zich te bemoeien met de politieke situatie in Mexico. Wellicht kwam dit deels door wat zijn broer was overkomen. Toch wilde hij zich misschien wreken voor de dood van Carlos. En als hij via Robies begeleider Robies identiteit had ontdekt, had hij daarvoor misschien wel de noodzakelijke informatie.

In gedachten ging Robie alle gebeurtenissen voorafgaand aan de moord op Carlos en zijn mannen nog eens na. Daarna dacht hij: *Zal ik naar Mexico vliegen en proberen Donato te vermoorden?*

Maar iets zei Robie dat de familieleden van de man absoluut geen interesse hadden in het antwoord op de vraag wie Rivera had doodgeschoten. Het kleine broertje leefde en deed het prima zonder zijn grote broer om zich heen.

Dus concentreerde Robie zich op de volgende zaak.

Khalid bin Talal, een van de Saoedische prinsen op de Forbes-400-lijst; hij was zelfs nog rijker dan Rivera.

Weer sloot Robie zijn ogen en deze keer ging hij in gedachten terug naar de Costa del Sol.

In de derde nacht was zijn doelwit zomaar in zijn vizier gelopen, in gezelschap van de Palestijnen en de Russen, in geopolitiek opzicht een vreemd groepje. Talal had de stoet auto's verlaten en was de trap naar het grote vliegtuig op gelopen. Robie was hem een paar seconden kwijt geweest. Maar daarna was Talal tegenover zijn collega-samenzweerders gaan zitten.

Robies schot had de man midden in zijn hoofd geraakt. Geen enkele kans op overleving. Daarna had Robie zijn twee bodyguards doodgeschoten, had het vliegtuig onklaar gemaakt, was ontsnapt en had nog geen uur later op de langzame boot naar Barcelona gezeten.

Schone moord, schone ontsnapping. En de waarheid was dat Talal niet geliefd was in de islamitische wereld. Zijn ideeën waren te radicaal voor de gematigde moslims. De regerende familie was zich er goed van bewust dat hij hen wilde afzetten en het was grotendeels op hun verzoek dat Robie op deze missie was gestuurd. Zelfs de islamitische fundamentalisten liepen het liefst met een wijde boog om Talal heen, omdat ze zijn nauwe banden met westerse kapitalisten niet vertrouwden.

Robie leunde achterover in zijn stoel en wreef over zijn slapen. Als hij nog zou roken, had hij nu een sigaret opgestoken. Hij had behoefte aan iets wat hem afleidde van een diep gevoel van mislukking. Hij wist dat hij het wist. Misschien was het de waarheid, misschien het antwoord dat hij nodig had. Maar hij kon er niet opkomen.

Hij bekeek nog een keer de drie missies voor Rivera en bin Talal. Elke stap, net als hij bij de latino en de moslim had gedaan.

En als het niet een van hen was, wie was het dan wel?

Hij pakte zijn pistool en legde hem voor zich op het bureau, met de loop naar zich toe. Hij keek naar de Glock. Een prima wapen, hij functioneerde meestal perfect. Dit was geen massaproduct. Dit wapen was op maat gemaakt, afgestemd op zijn hand, zijn greep en zijn manier van schieten. Elk onderdeel was zorgvuldig gemaakt om succes te verzekeren. Maar succes hing niet alleen af van goed richten. Elke missie bestond uit een miljoen onderdelen en als een ervan mislukte, dan mislukte de hele missie. Robie vond het doden op zich het eenvoudigste onderdeel. Daar was hij goed in; het had iets van controle hebben over gebeurtenissen. De overige onderdelen van de puzzels waren vaak afhankelijk van anderen die hun werk moesten doen, waar hij totaal geen controle over had.

Hij had niet altijd namens de Amerikaanse regering gemoord. Hij had voor anderen gewerkt, allemaal bondgenoten van de Amerikanen. Dat had hun aandacht getrokken. De betaling aan deze kant van de Atlantische Oceaan was beter, maar als het alleen om het geld zou gaan, zou Robie al heel lang geleden ander werk zijn gaan doen.

Er was een reden voor dat hij deze opdrachten steeds weer aannam, de trekker steeds weer overhaalde en het ene monster na het andere doodde. Daar had hij nog nooit met iemand over gepraat, en hij betwijfelde of hij dat ooit zou doen. Niet omdat de herinneringen te pijnlijk waren, maar omdat hij dat deel van zijn hersenen had bevroren. Hij was niet in staat om er zelfs maar één woord over te zeggen. Zo wilde hij het. Als het anders was, zou hij niet kunnen functioneren.

Hij stond op, de geur van mislukking was nu heel sterk.

Zijn telefoon zoemde toen hij bij zijn auto was.

Het was Blauwe Man.

Ze hadden de band ontdekt tussen Curtis Getty, Rick Wind en Leo Broome. Ze hadden inderdaad tegelijk in het leger gezeten.

'Ik kom eraan,' zei Robie.

•73•

'Zelfde sectie,' zei Blauwe Man.

Hij en Robie zaten in het kantoor van Blauwe Man.

'Ze hebben samen gevochten gedurende de hele campagne, maar ook tijdens andere opdrachten na de Golfoorlog.'

'Het was ook geen wonder dat Julie dat niet wist,' zei Robie. 'Toen was ze nog niet eens geboren.'

'En haar vader hield zijn mond stijf dicht over zijn diensttijd,' zei Blauwe Man. 'Misschien had hij het zijn vrouw niet eens verteld.'

'Ik weet dat sommige soldaten niet praten over hun tijd op het slagveld, maar meestal houden ze niet geheim dát ze in het leger hebben gezeten. Staat er iets in dit verslag wat deze geheimzinnigheid rechtvaardigt?'

'Misschien.'

Blauwe Man pakte een ander dossier uit de stapel op zijn bureau. 'Zoals je weet, zijn de geallieerde strijdkrachten tijdens de Golfoorlog nooit echt Bagdad binnengetrokken. De missie was Saddam Hussein uit Koeweit te verdrijven, en die missie was volbracht.'

'Honderd dagen,' zei Robie. 'Dat weet ik nog.'

'Juist. Wel, de Irakezen hadden een groot deel van Koeweit geplunderd. En Koeweit is een van de rijkste Golfstaten: geld, goud, kostbare sieraden, dat soort dingen.'

'Ga je me vertellen wat ik denk dat je me gaat vertellen?'

'Het kon niet worden bewezen, maar Getty, Wind en Broome hebben misschien gestolen toen ze in Koeweit waren. Ze hebben allemaal eervol ontslag gekregen.'

'Je hebt Julie verteld dat haar vader om medische redenen is ontslagen.'

'Dat klopt. Dat heb ik gedaan.'

'Als ze bij die diefstallen betrokken waren, denk je dan dat ze die spullen naar de VS hebben kunnen krijgen? Geen van drieën leek erg rijk,' zei Robie. 'De beide Getty's hadden een waardeloos baantje en woonden in een waardeloos huis. De Winds waren niet rijk. En ik heb het appartement van de Broomes gezien. Niks bijzonders.'

'Curtis Getty heeft het meeste waarschijnlijk in zijn neus gestopt. Uit Rick Winds financiën bleek dat hij nooit veel heeft verdiend, maar hij had wel een eigen huis en het pandjeshuis. Maar nogmaals, we hebben niet kunnen ontdekken hoe hij die zaak heeft kunnen kopen.'

'Maar hij heeft de hele rit uitgezeten. Hoe is dat mogelijk als ze dachten dat hij een dief was?'

'Je verwoordt het prima: ze dáchten dat hij een dief was, maar ik neem aan dat ze niets konden bewijzen. Maar dat hij is ontslagen spreekt boekdelen.'

'Dus ze hebben hem uiteindelijk wel te pakken gekregen?'

'En kennelijk heeft hij zijn ontslag niet aangevochten. Ook dat spreekt boekdelen. Als hij heeft gestolen en toch zijn volle loon en zijn pensioen kreeg en niet de bak in hoefde en de vruchten van zijn diefstal kon houden, heeft Wind waarschijnlijk gedacht dat hij er nog goed van afkwam.'

'En als hij rijk was dankzij die diefstal, waarom zou hij dan in het leger blijven?'

'We weten niet met hoeveel ze mogelijk zijn weggekomen. Misschien beschouwde hij het als zijn appeltje voor de dorst en besloot hij toch zijn salaris te blijven incasseren.'

'En Leo Broome?'

'Daar was het bingo. Zijn appartement in D.C. stelde niet veel voor, maar ze hadden een woning aan de oceaan in Boca Raton en we ontdekten een investeringsportefeuille onder een andere naam. Zat ongeveer vier miljoen in.'

'Oké, het lijkt in elk geval alsof hij van de Koeweiters heeft gestolen. Jij denkt dus dat iemand hen na al die jaren te grazen wil nemen? En waarom hebben ze mij er dan middenin gezet?'

'Dat baart ons inderdaad zorgen, Robie. Die drie ex-soldaten passen misschien in een patroon. Jij niet.' Blauwe Man sloeg het dossier dicht en keek naar Robie. 'Heb jij je laatste missies nog eens doorgenomen?'

'Vijf stuks. Doorsneezaken. Geen duidelijke reden waarom iemand mij te pakken zou willen nemen. En ook geen duidelijke reden waarom ze dat niet zouden doen. Ik heb dus geen mogelijke verdachten kunnen vinden.' Hij dacht even na. 'Julie vertelde dat haar moeder tegen de moordenaar zei dat Julie van niets wist.'

'En?'

'Wat wist ze dan niet? Over de militaire diensttijd van haar vader? Ik kan je wel vertellen dat die vent die Julie in de bus wilde doden niet uit het Midden-Oosten kwam.'

'Dat zegt niets. Jij ook niet, en toch heb je klusjes voor ze opgeknapt. Ze hadden ook een lokaal talent kunnen inhuren om dat karwei te klaren. Is gemakkelijker dan iemand het land binnen te moeten smokkelen, zeker tegenwoordig.'

Robie keek naar hem. 'Dus waarom heb je Julie niet verteld dat haar vader verdacht werd van diefstal?'

'Ik heb besloten me op de medailles te richten. En er is nooit iets bewezen. Misschien was Curtis Getty wel onschuldig.'
'Ja, maar toch...'
'Wat heeft het voor zin?'
'Waarom?' vroeg Robie weer.
'Ik heb kleindochters.'
'Oké,' zei Robie. 'Dat kan ik begrijpen.'
'Maar we lijken nog geen stap dichter bij de goede antwoorden,' zei Blauwe Man.
'Misschien wel.'
'Wat bedoel je?'
Robie stond op. 'Ze willen me hier op een bepaalde manier bij betrekken, om welke reden dan ook.'
'Mee eens, maar wat schieten wij daarmee op?'
'Ik zal het hun moeilijker moeten maken om mijn aandacht te trekken.'
'Wat bedoel je daarmee?'
'Ik ga ervoor zorgen dat ze beter hun best moeten doen. En als mensen beter hun best moeten doen, gaan ze fouten maken.'
'Nou, zorg dan maar dat ze niet zo erg hun best moeten doen dat je straks dood bent.'
'Nee, maar ik wil dat ze zich op *míj* richten. Er zijn al veel te veel onschuldige doden gevallen.'
Robie draaide zich om en verliet het vertrek.
Hij wilde naar Julie toe. Hij kon haar niets vertellen. En zoals Blauwe Man had gezegd, het had geen enkele zin haar iets te vertellen over de dingen die haar vader in het verleden misschien had gedaan. Robie was ervan overtuigd dat wat die drie soldaten meer dan twintig jaar geleden ook hadden gedaan, dit niets te maken had met de huidige situatie. Zij waren niet meer dan handige stukken op het schaakbord.
Dit gaat om mij, dacht Robie. *Het is met mij begonnen en het zal op de een of andere manier ook wel met mij eindigen.*

•74•

'Dus meneer Broome en Rick Wind zaten samen met mijn vader in het leger?' vroeg Julie.

Robie zat bij haar op het schuiladres van de FBI. Hoe veilig het was, wist Robie niet zeker, maar hij had niet veel keus meer. De FBI-agenten die Julie bewaakten leken professioneel en alert, en toch hield hij zijn hand bij zijn Glock en was hij erop voorbereid ze dood te schieten als ze aanstalten maakten het meisje iets aan te doen.

'Ze hebben meegevochten in de Golfoorlog, maar ze zijn niet allemaal tegelijk het leger uit gegaan. Het ziet ernaar uit dat een aantal soldaten uit hun sectie die tatoeage op hun arm had.'

'Ik kan nog steeds niet geloven dat mijn vader een held was.'

'Geloof het maar wel, Julie.'

Ze speelde met de rits van haar jasje. 'Heb je verder nog iets ontdekt?'

'Niet echt,' zei Robie.

'Mijn vader moet wel heel jong zijn geweest toen hij het leger verliet. Ik vraag me af waarom hij daar niet is gebleven.'

'Is niet te zeggen,' zei Robie zacht. 'Sommige jongens doen hun plicht en gaan dan andere dingen doen.'

'Als hij daar was gebleven, dan was het, je weet wel...'

'Als hij daar was gebleven, had hij je moeder ook nooit ontmoet.'

'Dat is zo,' zei Julie langzaam. Ze keek Robie aandachtig aan. 'Waarom denk ik nou dat je iets voor me verzwijgt?' Iets in haar blik herkende hij. Dat was dezelfde blik waarmee hij mensen aankeek die alleen maar iets tegen hem zeiden omdat hij dat wilde horen.

'Omdat je van nature argwanend bent, net als ik.'

'Is er iets wat je me niet vertelt?'

'Ik vertel heel veel dingen niet tegen heel veel mensen. Maar altijd om een goede reden, Julie.'

'Dat is geen echt antwoord.'

Hij keek haar strak aan. Als hij haar nu niet aankeek, zou dat regelrecht een bevestiging zijn van zijn bedrog. 'Dat is het enige antwoord dat ik je kan geven. Het spijt me.'

'Je hebt dus nog niet ontdekt wat er aan de hand is?'

'Niet echt.'

'Heb je mijn hulp nodig? En zeg niet dat je wilt dat ik veilig ben. Een veilige plek bestaat niet, zelfs niet met allemaal geweldige FBI-agenten in de buurt.'
Robie was van plan geweest om met dat argument haar aanbod af te slaan, maar bedacht zich.
'Jouw moeder zei dat je van niets wist, toch? Tegen die vent in jullie huis?'
'Ja, dat zei ze.'
'Dus dat betekent dat je ouders wél iets wisten. Dat je moeder waarschijnlijk wist waarom die vent daar was. Waarom hij hen wilde vermoorden.'
'Dat kon inderdaad weleens zo zijn. Maar dit hebben we al besproken, Will.'
'En Leo Broome liet, vlak voor zijn dood, doorschemeren dat hij ook iets wist.'
Julie veegde een traan uit haar rechteroog. 'Ik kende hem niet zo goed, maar hij leek een aardige man. En ik mocht Ida echt heel graag. Ze was altijd heel aardig tegen me.'
'Ik weet het. Het is echt verschrikkelijk. Goed, Cheryl Kosmann zei dat je ouders op de dag voordat ze werden vermoord in het restaurant hadden gedineerd met de Broomes. Volgens haar zagen ze eruit alsof ze een spook hadden gezien.'
'Dat is zo.'
'Wanneer was de laatste keer dat je met je ouders hebt gesproken voordat je die avond naar huis terugging?'
'Kort voordat ik weer naar dat pleeggezin ging. Ik kreeg nooit de kans om weg te glippen om naar het restaurant te gaan en mijn moeder te spreken.'
'En hoe kwam je moeder op je over toen je haar de laatste keer zag?'
'Prima. Normaal. We hebben gewoon zitten kletsen.'
'En dan komt er een vent naar hun huis om hen te vermoorden en je moeder is niet verbaasd?'
Julie knipperde met haar ogen. 'Bedoel je dat er iets gebeurd moet zijn na de laatste keer dat ik haar zag en voordat die vent bij ons thuis kwam?'
'Nee, tussen het moment dat jij haar de laatste keer zag en dat etentje van je ouders met de Broomes, toen het volgens Cheryl leek alsof ze allemaal een spook hadden gezien.'
'Maar we weten niet wat iets is.'
'Maar het is nuttig als we ongeveer weten in welk tijdsbestek iets heeft plaatsgevonden. Ik heb het idee dat je ouders iets is overkomen, dat ze iets hebben ontdekt en dat aan de Broomes hebben verteld. Of de Broomes hebben iets ontdekt en hebben dat aan je ouders verteld.'
'En de Winds dan?'
'Dat is een soort joker. Zij waren niet bij dat etentje, maar ze moeten er op de een of andere manier bij betrokken zijn. Waarom zouden ze anders ook dood zijn?'

'Denk je dat het iets te maken heeft met hun tijd in het leger?'
'Mijn gevoel zegt me dat het niet anders kan. Maar de feiten wijzen daar niet op. Namelijk, mijn betrokkenheid hierbij. Als ik gelijk heb dat ik de reden ben dat dit alles is georganiseerd, waarom zouden ze jouw ouders, de Winds en de Broomes er dan bij betrekken? Ik kende hen helemaal niet.'
'Jij denkt dus echt dat dit allemaal iets met jou te maken heeft?'
Robie wist gewoon welke vraag ze niet stelde.
Ben ik de reden dat haar ouders zijn vermoord?
'Ja, volgens mij wel. Anders zijn er te veel toevallige samenlopen van omstandigheden.'
Julie dacht hier even over na. 'Dus de Winds, mijn ouders of de Broomes hebben iets ontdekt. Omdat ze samen in het leger hebben gezeten, hebben die mannen dat misschien aan elkaar verteld. De slechteriken zijn daarachter gekomen en moesten hen wel vermoorden.'
'Dat klinkt logisch.'
'Ja, misschien wel,' zei Julie, maar ze keek hem niet langer aan.
Er hing even een gespannen stilte. Toen zei Robie: 'Julie, ik weet niet wat er aan de hand is. Als dit echt om mij gaat en je ouders en die anderen er per ongeluk bij betrokken zijn geraakt, dan vind ik dat verschrikkelijk.'
'Ik geef jou de schuld niet van wat er met mijn ouders is gebeurd, Will,' zei ze, hoewel het niet erg overtuigend klonk.
Robie stond op en begon heen en weer te lopen. 'Nou, misschien zou je dat wel moeten doen.'
'Door jou de schuld te geven, komen ze niet terug. En wat ik wil is niet veranderd. Ik wil degenen die dit hebben gedaan te pakken nemen. Allemaal!'
Robie ging weer zitten en keek haar aan. 'Volgens mij zat er niet meer dan vierentwintig uur tussen het moment waarop de reden dat je ouders zijn vermoord werd gecommuniceerd tussen Wind, Broome en jouw vader. Als we een telefoongesprek, een handeling, of welke vorm van communicatie ook tussen deze groep kunnen traceren, krijgen we misschien een beter beeld van dit alles.'
'Kun je dat?'
'We kunnen het in elk geval proberen. Het probleem is dat niets uit hun verleden de katalysator voor dit alles lijkt te zijn.'
'Nou, zij waren toch niet de enige soldaten in hun sectie? Een sectie bestaat uit negen soldaten onder leiding van een korporaal.'
'Hoe weet je dat?'
'Amerikaanse geschiedenisles. We bestuderen de Tweede Wereldoorlog. Mijn vader, Wind en Broome zijn er drie en dat betekent dat je nog zes of zeven anderen moet opsporen.'

Robie schudde zijn hoofd. Hij vroeg zich af hoe hij iets wat zo voor de hand lag had gemist. Daarna keek hij naar Julies borst.
Het laserpuntje was precies op haar hart gericht.

•75•

Robie reageerde niet fysiek op het laserpuntje. Hij wist dat het van een scherpschuttergeweer was. Hij keek niet door het raam naar buiten, maar realiseerde zich dat de luiken gedeeltelijk open waren. Het geweer en de schutter waren ergens buiten, waarschijnlijk binnen een afstand van duizend meter van het schuiladres dat zojuist zo onveilig was geworden als maar mogelijk was.

Inwendig vervloekte hij zichzelf omdat hij de open luiken niet had opgemerkt.

Hij stak zijn hand onder de tafel die tussen hem en Julie in stond. Hij glimlachte.

'Wat is er zo grappig?' vroeg ze verbaasd.

'Ken je het spelletje "Wees een verrader te slim af"?'

'Eh, voel je je wel goed, Will?'

Hij voelde aan de onderkant van het tafelblad. Massief hout, geen goedkope rommel. Dat was goed. Ongeveer drie centimeter dik. Dat was misschien dik genoeg. Het moest dik genoeg zijn. Hij zou twee bewegingen moeten uitvoeren, met elke hand één. Hij haalde adem en zijn glimlach werd breder, want als Julie een plotselinge beweging maakte, was ze dood.

'Ik dacht opeens aan iets wat me lang geleden is overkomen...'

Met één hand duwde hij de tafel omver zodat hij Julie afschermde van de scherpschutter, en met de andere trok hij zijn Glock.

Julie gilde toen Robie de trekker overhaalde en de plafondlamp kapot schoot.

Het geweerschot verbrijzelde het raam. De kogel drong in het hout en ging erdoorheen, maar het obstakel had de vuurlinie afgebogen. De kogel drong in de muur links van Julie.

'Ga liggen!' riep Robie. Julie ging meteen op haar buik liggen. Robie hoorde snelle voetstappen in de gang.

Robie kroop achter de tafel.

Hij keek naar Julie die plat op de vloer lag met haar handen beschermend over haar hoofd.

'Alles goed?'

'Ja,' zei ze met een trillende stem.

'Heb jij die luiken opengedaan?'

Ze keek naar hem en antwoordde: 'Nee, dat was al zo toen ik hier kwam.'

De deur ging open. Iemand riep: 'Robie, zijn jullie oké?'

Robie herkende de stem. Het was een van de agenten die hen bewaakten. Hij

riep: 'Leg je pistool op de grond en schuif hem met je voet naar me toe.'
De man riep: 'Wat is er verdomme aan de hand, Robie?'
'Dat wilde ik jou net vragen. Wie heeft de luiken in deze kamer opengezet?'
'De luiken?'
'Ja, de luiken. Een scherpschutter heeft net een kogel door die opening geschoten. Dus tenzij je daar een verklaring voor hebt, schiet ik op de eerste die door die deur naar binnen komt. Het kan me niets schelen of jij het bent of iemand anders.'
'Robie, wij zijn de FBI.'
'Ja, en ik ben een ontzettend woeste vent met een Glock. Weet je wat dat betekent?'
'Is er een scherpschutter buiten?'
'Dat zei ik toch! Heb je dat schot niet gehoord?'
'Blijf waar je bent.'
Hij hoorde de voetstappen weer wegrennen.
Robie keek naar Julie omlaag en toen weer naar het raam. Hij wachtte niet. Hij haalde zijn telefoon uit zijn zak en toetste Vance' nummer in. Ze nam op.
Hij zei: 'Scherpschutter bij het schuiladres. Dus is er een verrader. Heb back-up nodig. Nu!'
Hij hing op en pakte Julies hand. 'Liggen blijven,' waarschuwde hij.
'Gaan we dood?'
'Blijf laag en volg me.'
Hij leidde haar het vertrek uit, checkte de gang en daarna zetten ze het op een lopen. Niet naar de voordeur of de achterdeur, maar naar een kamer aan de andere kant van het huis dan waar het schot vandaan was gekomen. Binnen gingen ze op hun hurken zitten en Robie keek even uit het raam. Hij kon de hele omgeving onmogelijk met het blote oog scannen, maar hij zag nergens een reflectie van een telescoop, hoewel dat met de moderne apparatuur ook niet per se het geval hoefde te zijn. Hij had geen idee of de man die had gezegd dat ze moesten wachten een bondgenoot of een vijand was. Daarom leek het hem geen goed idee om te wachten tot hij dat wél zeker wist.
Ze zouden verwachten dat hij door de achterdeur of door het raam aan de andere kant van de scherpschutter naar buiten zou gaan.
Daarom wilde Robie het huis via de voordeur verlaten.
Maar eerst moesten ze daar zien te komen.
Ze liepen terug naar de gang en met Robie voorop liepen ze langzaam naar de voordeur van het huis. Het huis stond in een buurt met één toegangsweg. Er stonden geen huizen vlakbij. Hier kwamen alleen mensen die hier echt wilden zijn. Kennelijk had de schutter dat gewild. En wel met behulp van iemand binnen.

Toen Robie in de voorkamer om de hoek keek, zag hij het lichaam van een van de agenten op de grond liggen, met zijn voeten naar de deur gericht en een bloedplas bij zijn hals. Geen kogelwond. Robie zou het schot hebben gehoord, en alleen een jachtgeweer zou zo'n gapende wond maken. Het was dus een mes geweest. Hand voor de mond, messnee langs de hals, niet veel geluid. Dood trad snel in.

Hand voor de mond. De moordenaar had dus heel dichtbij gestaan.

Nog een verrader in hun midden.

'O mijn god.'

Hij keek achterom naar Julie. Ze had het lijk net ontdekt.

'Niet naar kijken,' zei Robie.

Hij belde nog een keer. Vance nam op. Robie kon haar automotor horen. Ze reed waarschijnlijk honderdvijftig.

'Eén dode agent. Weet niet waar de anderen zijn. De dode heeft een wond die van dichtbij is toegebracht. Moet hebben gedacht dat het een vriend was.'

'Shit!' riep Vance.

'Hoe ver ben je hier vandaan?'

'Drie minuten.'

Hij stopte zijn telefoon in zijn zak en wendde zich tot Julie.

'We gaan via de voordeur naar buiten, maar we moeten de aandacht op iets anders vestigen.'

'Oké,' zei ze. Haar blik dwaalde van Robie naar de dode man. 'Hoe?'

Robie haalde de patroonkamer van zijn Glock leeg, drukte het magazijn eruit, haalde de twee voorste kogels eruit, stopte de twee kogels die hij uit zijn zak had gehaald erin, sloeg het magazijn weer op zijn plek en trok de slede naar achteren waardoor de nieuwe kogels in de kamer werden geduwd.

Hij liep naar de deur en maakte hem met zijn voet open.

'Wat ga je doen?' vroeg Julie. 'Je een weg naar buiten schieten?'

'Stop je vingers in je oren.'

'Wat?'

'Stop je vingers in je oren en kijk niet naar de deur.'

Robie wachtte tot ze dit deed. Daarna richtte hij en schoot.

De brandkogel raakte de benzinetank van de dienstauto die op de oprit stond en door de luchtdruk werd de wagen compleet van de grond getild.

Zijn tweede schot was gericht op de tweede dienstauto die naast de eerste stond. Een seconde later veranderde ook die in een vuurzee.

Robie pakte Julies hand en ze renden door de deuropening. Ze hielden de muur van vlammen en rook tussen hen en, hopelijk, de man die zojuist had geprobeerd Julie te doden, en renden bij het huis vandaan naar de weg. Robie had

zich afgevraagd of hij zou proberen bij zijn eigen auto te komen, maar dan zou hij net zo goed een schietschijf op hun hoofd kunnen schilderen.
Een auto reed de straat in en gaf gas. Robie zag de blauwe zwaailichten. Hij zwaaide naar Vance. Ze trapte op de rem en de BMW kwam slippend tot stilstand. Robie trok het portier open, duwde Julie achterin en sprong zelf op de passagiersstoel.
'Rijden, nu!' zei hij tegen Vance.
Ze zette de auto in de achteruit en reed met rokende banden de straat door. Ze maakte een J-bocht en zodra de motorkap van haar auto de andere kant op wees, gaf ze gas. Aan het einde van de straat sloeg ze links af.
Ze keek naar Robie en vervolgens naar Julie die in elkaar gedoken achterin zat.
'Zijn jullie allebei oké? Niet gewond?'
'Wij zijn oké,' zei Robie gespannen.
'Vertel op, wat is er gebeurd!'
Robie zei: 'Doorrijden!'

76

Robie zat voorin, keek achterom en daarna weer naar Vance. Hij was argwanend en legde zijn hand op de kolf van zijn Glock. Het was kantje boord geweest, ongelooflijk gewoon. Als hij niet naar beneden had gekeken en dat rode vlekje niet had gezien, dan zou Julie nu net zo dood zijn als haar ouders. Het was wel duidelijk dat de tegenpartij een van hen of hen allebei niet langer levend nodig had.

Hij leunde achterover in zijn stoel, maar zijn houding bleef gespannen. Hij dacht niet dat het gevaar al was geweken.

Vance hield haar blik overwegend op de weg gericht. Maar af en toe keek ze even naar Robies Glock en dan dwaalde haar blik naar zijn gezicht. Als ze elkaar toevallig even aankeken, keek ze snel een andere kant op.

Nadat ze ongeveer drie kilometer hadden gereden, zei ze iets.

'Hou je met een speciale reden de loop van je pistool op mij gericht?'

'Daar heb ik minstens tien redenen voor, maar die heb je waarschijnlijk ook zelf al bedacht.'

'Ik heb je niet verraden, Robie. Ik zit hier niet achter.'

'Goed om te weten. Dat zal ik in gedachten houden.'

'Ik begrijp heel goed waarom je het gevoel hebt dat je niemand kunt vertrouwen, inclusief de FBI.'

'Nogmaals, goed om te weten.' Zijn stem klonk vlak, doods. Robie herkende zijn eigen stem niet eens.

'Waar wil je naartoe?'

Hij keek naar haar, met een ondoorgrondelijke blik. 'Kies jij maar een plekje. We zien wel hoe het loopt.'

'Is dit een test?'

'Waarom zou het een test zijn?'

'Hou op jullie! Hier hebben we niets aan!'

Ze keken allebei in de achteruitkijkspiegel en zagen dat Julie naar hen keek.

'Iemand heeft ons net verraden terwijl we onder de hoede van de FBI waren,' zei Robie, met een rustige en vlakke stem. Hij zei nog een keer: 'Kies jij maar een plekje, agent Vance. Breng ons daar maar naartoe, dan zien we wel hoe het afloopt.'

'Wat dacht je van het WFO?'

'Wat is daarmee?'

'Robie, ik sta aan jouw kant.'
Hij keek naar buiten. 'Die jongens van buiten de stad die je hebt opgetrommeld?'
'Die heb ík niet opgetrommeld. Dat hebben anderen van het Bureau gedaan.'
'Welke anderen?'
'Dat weet ik niet precies. Ik heb een verzoek ingediend voor agenten van buiten de stad.' Ze keek hem strak aan. 'Op jouw aandringen. En deze mannen zijn gestuurd.'
'Een is vermoord,' zei Robie. 'Ik geloof niet dat hij hier naartoe is gekomen om te sterven. Hem kunnen we dus buiten beschouwing laten. Maar iemand heeft de luiken opengelaten in de kamer waar Julie werd ondergebracht.' Hij keek naar haar. 'Welke agent heeft je daar naartoe gestuurd?'
Julie zei: 'De man die naar de deur kwam nadat dat schot was afgevuurd. Ik herkende zijn stem.'
'De man die niet was teruggekomen. De man die zijn partner heeft gedood,' voegde Robie eraan toe. 'De man die tegen ons zei dat we moesten wachten.' Hij keek naar Vance. 'Hetzelfde wat jij tegen me zei: blijf waar je bent.'
Vance trapte midden op de weg keihard op de rem.
'Oké, schiet me dan maar dood. Als je me niet vertrouwt, kan ik je toch niet helpen. Zet je pistool maar tegen mijn hoofd en haal die verdomde trekker over!'
Robie zei: 'Met dat hysterische gedoe bereik je niets.'
'Wat wil je dán dat ik doet?'
'Dat zei ik net. Doorrijden.'
'Waar naartoe?'
'Kies maar een richting en rijd die kant op.'
'Shit,' mompelde Vance met trillende stem. Ze zette de auto in de versnelling en reed snel door.
Ze zei: 'Ik hoorde explosies voordat ik die straat in reed. Heb jij dat gedaan?'
'Ik heb twee auto's van de FBI opgeblazen. Vergeet niet me daar een factuur voor te sturen.'
'Heb je ze opgeblazen?'
'We hadden een afleidingsmanoeuvre nodig,' zei Julie. 'Dat was de enige manier om levend uit dat huis te komen.'
Robie leunde achterover in zijn stoel. 'Dus ik heb verraders in mijn eigen organisatie. Verraders in de FBI. Een puzzel die ik niet snel zal oplossen. En de tijd raakt op.'
'Wat ben je nu van plan?' vroeg Vance zenuwachtig.
'Hergroeperen en heroverwegen. Wij drieën blijven bij elkaar. Maar we hebben een nieuw vervoermiddel nodig.'

'Wat is er niet goed aan mijn auto?'
'Voornamelijk dat iedereen weet dat het jouw auto is.'
'Ga je weer een auto stelen, Will?'
'Weer?' vroeg Vance op scherpe toon.
'Dat kan hij echt heel goed,' zei Julie. 'Het lijkt heel gemakkelijk.'
'En ik hoop dat je net zo goed kunt rijden,' zei Robie tegen Vance.
'Hoezo?' vroeg Vance.
Hij hief zijn wapen en drukte op het knopje zodat zijn raampje naar beneden ging.
'Omdat er op zes uur een SUV aankomt en snel ook!'

•77•

Vance keek in de achteruitkijkspiegel. Een SUV, zwart en groot, haalde hen veel te snel in. Hij leek op een enorm vliegtuig op de startbaan vlak voor het opstijgen.

Ze gaf plankgas en de BMW schoot naar voren.

'Wacht even,' riep ze. 'Denk je dat dit de politie is of de FBI?'

De kogel verbrijzelde de achterruit van de BMW. Julie gilde en dook weg. De kogel vloog tussen Vance en Robie door en verbrijzelde de voorruit.

'Nee,' zei Robie gespannen. 'Ik denk niet dat het de politie is of de FBI.'

Vance draaide het stuur naar links, maakte met de BMW een bocht van negentig graden en racete een zijstraat in.

'Dóé iets!' snauwde ze.

Hij draaide zich om, keek naar Julie die in elkaar gedoken op de achterbank zat. 'Maak je gordel los en ga op de grond liggen,' zei hij.

'Stel dat we een ongeluk krijgen en ik geen riem om heb?' vroeg ze.

'Dat is je minste probleem, volgens mij.'

Julie maakte haar gordel los en ging tussen de voor- en de achterbank liggen.

Robie richtte zijn Glock en vuurde één keer door de verbrijzelde achterruit. Hij raakte de voorkant van de SUV. Robie had op de radiateur gericht. Zijn schot was precies raak geweest, maar hij hoorde de kogel afketsen.

'Gepantserd,' zei hij tegen Vance.

Daarna schoot hij op de linkervoorband. Het rubber had aan flarden moeten gaan. Dat gebeurde niet.

'Lekvrije banden,' zei Robie. 'Leuk. Heel leuk.'

'Als dat een gepantserde wagen is, kunnen wij misschien wel harder rijden dan zij.'

'Hangt af van het aantal pk's.'

Hij schoot nog een keer, op de voorruit. Er ontstond een barst in het glas, maar de SUV ging niet langzamer rijden.

'Nou, ze zijn gelukkig niet volmaakt,' zei Robie.

Hij zag de loop van het geweer uit het zijraampje komen. Robie zag meteen dat het niet zomaar een geweer was. Als die doel trof, was het afgelopen.

Hij greep het stuur beet en liet de auto een scherpe bocht naar rechts maken zodat hij van de weg, over de stoep en in iemands voortuin vloog.

Een fractie van een seconde later brulde het geweer dat uit de SUV stak, twaalf

keer op volautomatisch. De kogels misten de BMW, maar achter hen explodeerde de auto die bij de dichtstbijzijnde kruising stond.
De SUV kon die bocht niet zo snel maken en reed met dezelfde snelheid door. Daarna werd er vol op de rem getrapt en werd hij in z'n achteruit gezet.
Robie trok opnieuw aan het stuur en de BMW sprong van de stoep en landde weer op de weg. Hij liet het stuur los en keek achterom.
'Wat wás dat verdomme?' vroeg Vance met trillende stem.
'Dat heet een Sledgehammer,' zei Robie. 'Een aanvalsgeweer. Ik herkende hem aan het grote trommelmagazijn. Ik denk dat de benzinetank van die auto verderop daardoor is geraakt.'
Hij wees naar voren. 'Neem de eerste weg links en daarna rechts. Geef dan gas. Tegen de tijd dat zij weer achter ons zitten, zijn wij weg.'
Vance deed wat hij had gezegd en algauw reden ze alleen op een weg naar het westen. Ze hoorden van alle kanten sirenes aankomen.
Julie ging weer zitten en maakte haar gordel vast, nadat ze de brokjes autoglas van haar stoel en uit haar haar had geveegd.
Robie keek naar haar. 'Gaat het?'
Ze knikte, maar zei niets.
Hij keek om zich heen. 'Heb je je rugzak op het schuiladres laten liggen?'
Ze knikte weer.
Vance vroeg: 'Wat is er veranderd, Robie?'
Hij stopte zijn wapen in de holster en keek haar aan.
'Wat vroeg je?'
'Ze wilden ons eerst niet doden, ons alleen maar doodsbang maken of ons intimideren of god mag weten wat. Maar nu is wel duidelijk dat ze ons dood willen hebben. Dus wat is er veranderd?'
'Dat kunnen heel veel dingen zijn,' antwoordde hij. 'Als we het einddoel niet kennen, is het lastig te weten waar deze jongens opgewonden van worden. Of welke rol wij in dit alles spelen.'
'We moeten dus zien uit te vinden wat het einddoel is,' zei Vance.
'Gemakkelijker gezegd dan gedaan,' zei Julie.
'Wat is er veranderd?' Deze keer was het Robie die deze vraag stelde.
Vance en Julie keken naar hem. 'Dat vroeg ik net,' zei Vance.
Hij gaf geen antwoord. Hij keek strak voor zich uit.
Hij had willen glimlachen, maar hij deed het niet omdat het misschien nergens op sloeg.
Maar eindelijk, éíndelijk, had Robie misschien iets.

•78•

Robie liet Vance naar zijn afgelegen boerderij rijden. Hij had geëist dat ze de gps-chip in haar mobieltje uitschakelde. Vance had onderweg haar baas opgebeld en hem verteld wat er was gebeurd. Eén FBI-agent was ter plekke gedood; dat was de man die Robie en Julie hadden gezien. De andere man was nergens te vinden. Het was zelfs zo dat het Bureau niet kon bevestigen dat dit de man was die naar Virginia was gestuurd om Julie te beschermen.

Vance liet haar mobieltje in haar schoot vallen en zei vol afschuw: 'Verdomme! Als je de kleine dingen nou maar goed doet, dan gebeuren er ook geen rampen.'

'Je moet van het netwerk af,' zei Robie. 'Vind je dat goed?'

'Betekent dit dat je me nu echt vertrouwt?'

'Ze waren zonet maar al te bereid jou ook te vermoorden.'

'Ik heb er geen bezwaar tegen, als je maar een plan hebt.'

'Daar wordt aan gewerkt. Maar ik moet iets weten.'

'Wat dan?'

Hij keek naar Julie, die vanaf de achterbank naar hem zat te kijken.

'Wat er is veranderd, komt doordat Julie het goede antwoord heeft gevonden.'

'Welk antwoord?' vroeg Julie.

'Het had met de timing te maken. Zodra je het zei, verscheen dat rode stipje op je borst. Op dat moment zijn we waarschijnlijk allebei waardeloos geworden.'

Vance keek naar Julie. 'Wat heb je dan gezegd?'

Ze zei: 'Dat mijn vader en meneer Broome en Rick Wind deel uitmaakten van een sectie. En dat een sectie uit negen of tien soldaten bestaat. Dus misschien hebben ze met iemand anders van die sectie gepraat. En dat dit alles toen is begonnen. Ik bedoel, als drie van hen contact met elkaar hadden, gold dat misschien ook voor de anderen.'

Robie knikte en keek naar Vance. 'Dat schuiladres was dus niet alleen onveilig, maar ook voorzien van afluisterapparatuur. Ze konden alles horen wat we zeiden. Zodra Julie dat zei, verscheen dat puntje.'

Vance vroeg: 'Denk je echt dat dat het is? Die andere leden van hun sectie?'

'Volgens mij moeten we uitzoeken of dat wel of niet het geval is, en snel ook.'

'Die informatie kun je vrij snel krijgen van de DCIS.'

'Dat is zo, maar omdat DCIS geïnfiltreerd is, wil ik mezelf niet blootgeven.'

Vance dacht hierover na. 'En het Bureau is misschien ook geïnfiltreerd.'

'Misschien!' riep Julie uit. 'Waar heb je vanavond gezeten, superagent Vance?'

Vance vertrok haar gezicht. 'Oké, wás geïnfiltreerd.' Ze keek naar Robie. 'Wat doen we nu?'
'Ik ken iemand die ons misschien kan helpen,' zei hij. 'Een oude vriend.'
'Weet je zeker dat je deze persoon kunt vertrouwen?'
'Dat vertrouwen heeft hij verdiend.'
'Oké.'
'Maar om hem te spreken, moet ik jullie alleen laten.'
'Denk je dat het een goed idee is om uit elkaar te gaan?' vroeg Vance zenuwachtig.
'Nee,' antwoordde Robie. 'Maar dat is de enige manier.'
'Hoe lang blijf je weg?' vroeg Julie ongerust.
'Niet langer dan nodig is,' zei hij.

Robie installeerde hen in de boerderij, liet Vance zien waar alles was, schakelde het alarm in en om het huis in, en beende naar de schuur. Hij stapte op zijn motor, zette zijn helm op en startte de motor. Het geluid van de sterke motor troostte hem, het gaf hem iets anders om zich op te richten dan wat hij hierna zou moeten doen.
Hij reed eerst naar het oosten en daarna naar het noorden. Hij bereikte de Beltway en volgde die lange, bochtige weg naar het noorden. Hij racete over de Woodrow Wilson-brug, met de fonkelende lichtjes van D.C. links van hem en de groene heuvels van Virginia naar Mount Vernon rechts van hem.
Het gebouw dat hij bijna dertig minuten later bereikte, was van baksteen en klein, en er stond een hoog hek omheen. Er stond een geüniformeerde bewaker voor. Robie had van tevoren gebeld. Robie stond op de lijst. Hij had de juiste papieren. De bewaker liet hem doorrijden nadat hij hem grondig had gefouilleerd.
Even later liep hij door de enige gang van het gebouw. Deuren links en rechts waren allemaal dicht. Het was al laat. Hier zouden niet veel mensen zijn.
Maar er was er minstens één. De man die hij wilde. De man die Robies baan had gehad, Robies voorganger.
Robie bleef bij de deur staan, klopte aan.
Voetstappen kwamen zijn kant op. De deur zwaaide open.
Voor hem stond een man van midden vijftig met wit stekeltjeshaar. Hij en Robie waren ongeveer even lang. De man was in goede conditie, had brede schouders; hij leek niet veel van zijn jeugdige kracht kwijt te zijn.
Toen hij Robies hand schudde, was die kracht voelbaar. Hij nodigde hem binnen en deed de deur dicht, maar pas nadat hij eerst in de gang had gekeken, alert op mogelijke gevaren. Zelfs hier. Robie zou hetzelfde hebben gedaan. Op

dit niveau was dat nu eenmaal je tweede natuur.
Het vertrek was klein, efficiënt ingedeeld. Er waren geen persoonlijke bezittingen. De man ging achter zijn bureau zitten waar een kleine laptop op stond. Robie zat tegenover hem, vouwde zijn handen voor zijn platte buik.
'Dat is al even geleden, Will,' zei de man.
'Ik heb het nogal druk gehad, Shane.'
Shane Connors zei: 'Dat weet ik. Goed werk.'
'Misschien, misschien ook niet.'
Connors hield zijn hoofd schuin. 'Leg dat eens uit?'
Het kostte Robie tien minuten om hem de recente ontwikkelingen te vertellen. Toen hij uitgesproken was, leunde de andere man achterover in zijn stoel en hield zijn blik strak op Robie gericht.
'Ik kan de samenstelling van die sectie meteen opvragen. Maar wat ben je dan van plan?'
'Ze opzoeken. Er zijn er hoogstens zeven over. Degenen die hier in de buurt wonen, zal ik natuurlijk eerst nemen.'
'Dat begrijp ik.'
Connors toetste wat in op zijn laptop en leunde daarna weer achterover. 'Duurt een minuutje of tien.' Hij keek weer naar Robie. 'Je doet dit al twaalf jaar.'
'Dat weet ik. Ik heb de jaren ook geteld.'
Alsof het zo moest zijn, hoorde Robie ergens in het kantoor een klok tikken.
Connors vroeg: 'Denk je weleens aan de toekomst?'
'Al sinds dag één.'
'En?'
'En er zijn zeker mogelijkheden. Maar meer ook niet.'
Dit antwoord leek Connors teleur te stellen, maar hij zei niets. Zijn blik ging weer naar zijn laptop. De volgende acht minuten bleven de beide mannen ernaar kijken.
Toen de e-mail in het elektronische postvakje viel, toetste Connors een paar commando's in. Een printer op de rand van het bureau begon te zoemen. Er gleden een paar vellen papier uit. De man pakte ze, maar keek er niet naar voordat hij ze aan Robie gaf.
'Ik moet een nieuwe auto hebben. Onherkenbaar,' zei Robie. 'Ik kan mijn motor hier wel achterlaten als onderpand.'
Connors knikte. 'Duurt twee minuten.'
'Bedankt.'
Hij belde iemand op. Er verstreken twee minuten. De computer piepte. Connors knikte weer.
'Geregeld.'

Ze stonden op.
Robie zei: 'Ik stel dit erg op prijs, Shane.'
'Dat weet ik.'
Robie gaf hem een hand. Toen hij zich omdraaide om te vertrekken, zei Connors: 'Will?'
Robie draaide zich om.
'Ja?'
'Als je de volgende keer weer vooruitkijkt, kijk dan wat verder dan hier.'
Robie keek om zich heen in het kantoor, liet zijn blik weer op de man rusten en knikte even. Daarna liep hij door de gang, met de papieren in zijn hand geklemd.

•79•

Voordat Robie de auto startte, een keurige donkere Chevy, keek Robie de papieren door. Er stonden maar drie namen op, omdat vier van de zeven andere sectieleden al waren gestorven, jaren geleden al. Dat maakte Robies werk er een beetje gemakkelijker op. Dat leek in elk geval zo. Er was nog iets wat het gemakkelijker maakte. Ze woonden allemaal in de buurt. Op de papieren stond ook hun huidige adres en een korte beschrijving van hun militaire loopbaan. De personeelsdossiers van het leger werden nauwkeurig bijgehouden.

Hij stopte de papieren in zijn zak, startte de auto en reed snel langs de bewaker. Terwijl hij terugreed naar Virginia dacht hij aan Connors in zijn kleine kantoor in het regeringscomplex. Connors had Robie bijna alles geleerd wat hij wist. De man was een legende op het gebied van moordaanslagen in opdracht van de regering. Nadat Connors officieel met pensioen was gegaan en Robie zijn werk volledig had overgenomen, hadden ze geen contact meer met elkaar gehad. Toch kon Robie zich de eerste missie die ze samen hadden uitgevoerd nog levendig herinneren. Nadat de moord was gepleegd, had Connors de loop van zijn geweer gekust. Toen Robie hem vroeg waarom hij dat deed, had Connors gezegd: 'Omdat dit wapen het enige is wat tussen mij en de dood in staat.'

Er waren maar weinig mannen die absoluut niet konden worden omgekocht en Shane Connors was daar een van.

Robie controleerde of hij niet werd gevolgd door de laatste kilometers een zigzagkoers te volgen.

Vroeg in de ochtend was hij weer bij de boerderij. Vance was wakker, had een wapen in de hand en een ernstige uitdrukking op haar gezicht. Julie lag te slapen op de bank in de achterkamer op de begane grond.

Vance had de auto zien aankomen. 'Waar heb je die vandaan?' vroeg ze toen hij het huis binnenkwam.

Hij liet haar de papieren zien. 'Waar ik deze ook heb gekregen.'

Terwijl ze in de deuropening naar de slapende Julie stonden te kijken, zei Vance: 'Ze wilde niet naar boven. Volgens mij wilde ze bij me in de buurt blijven.'

Hij liep naar de keuken met Vance in zijn kielzog.

Ze gingen zitten en bekeken de namen en de huidige adressen.

'Drie personen. Twee mannen en een vrouw,' zei Vance. 'Hoe wil je dit aanpakken? Zullen we ons opsplitsen?'

'Nee, dat lijkt me geen goed plan. Ze zijn al gewaarschuwd door Julies opmerkingen. Ze weten waarschijnlijk al wat we gaan doen.'
'Ze rekenen er dus al op dat we achter deze mensen aan gaan en wachten ons daar op?'
'Misschien pakken ze het iets efficiënter aan.'
'Hoe dan?'
'Door die drie mensen te laten verdwijnen.'
'Je bedoelt, door hen te vermoorden?'
'Als ze er twee vermoorden, hebben ze ons werk voor ons gedaan. Dan laten ze degene die echt belangrijk is in leven. Als ze alle drie doden, dan zijn we nog steeds even ver.'
Vance legde haar wapen op de tafel en wreef in haar ogen.
'Je moet gaan slapen,' zei Robie.
'Dat moet jij nodig zeggen,' snauwde ze.
'Ik neem de eerste wacht. Ga jij maar een paar uur slapen.'
'Dan is het acht uur 's ochtends. Dan ga jij heus niet meer slapen.'
'Ik voel me eerlijk gezegd redelijk uitgerust.'
Ze kneep in zijn arm.
'Waarom deed je dat?'
'Gewoon, om te controleren of je wel een echt mens bent. Hoewel je wel kunt bloeden.'
Hij zei: 'We zoeken deze drie mensen een voor een op, ook al weten we dat ze ons zullen opwachten.'
Vance zei: 'Dan zijn ze dus echt in het voordeel. Zoals je al zei, ze zouden hen ook kunnen laten verdwijnen.'
'Dat zouden ze kunnen doen, maar daar is één bezwaar tegen.'
'Wat dan?'
'Als ze om de een of andere reden een van hen nodig hebben om iets te doen.'
'Wat dan?'
'Als ik dat wist, zou ik hier niet zitten te raden.'
'Wat doen we met Julie? We kunnen haar hier niet laten. En het zou echt stom zijn haar mee te nemen.'
'Misschien is het stom, maar ik ga toch mee.'
Ze keken allebei op en zagen Julie in de deuropening staan. Ze keek hen met slaperige ogen aan. Ze leek boos en alsof ze zich verraden voelde.
Vance zei: 'Wauw, jij kunt écht goed luistervinkje spelen!'
Julie antwoordde vinnig: 'Dat is de enige manier om van jullie iets te horen te krijgen.'
Robie zei: 'Het is gevaarlijk.'

'Nou en?' vroeg Julie op vlakke toon. Ze ging bij hen aan tafel zitten. 'Ik ben beschoten, bijna opgeblazen, heb gezien dat mijn ouders vermoord werden. Ben achtervolgd, te voet en met een auto. Veel gevaarlijker kan het dus niet worden.'

Vance keek naar Robie en glimlachte. 'Op een bepaalde manier klinkt dat best logisch.'

'Omdat je al een paar keer bijna bent vermoord, is het volgens jouw redenering dus wel slim om je opnieuw in een situatie te manoeuvreren waarin de kans groot is dat je wordt vermoord?' vroeg Robie.

'Jij hoeft je niet verantwoordelijk voor mij te voelen, Will, want dat ben je niet,' snauwde Julie. Ze stopte haar haar achter haar oren en keek hem aan.

Vance' glimlach verdween van haar gezicht. 'Hou op jullie, het laatste waar we nu behoefte aan hebben, is dat jullie elkaar in de haren vliegen.'

Robie zei: 'Ik bén verantwoordelijk voor jou. Ik ben al verantwoordelijk voor jou sinds we uit die bus zijn gestapt.'

'Dat is jouw keus, niet de mijne. Ik ben een slachtoffer van de omstandigheden.'

'Maar nog steeds een slachtoffer.'

'Ik wil te weten komen waarom mijn ouders zijn vermoord. Dat is alles. De rest kan me niets schelen.' Ze keek eerst naar Vance en daarna naar Robie. 'Je hoeft dus niet het gevoel te hebben dat je verantwoordelijk bent voor wat er met mij gebeurt. Want dat ben je niet.'

'We willen je alleen maar helpen, Julie,' riep Vance.

'Ik ben toch geen liefdadigheidsproject, of zo? Een pleegkind van de straat waar je voor wilt zorgen? Daar gáát dit helemaal niet om.'

'Je zit aan ons vast, Julie, of je dat nu leuk vindt of niet. En als wij er niet waren geweest, zou je nu dood zijn.'

'Ik heb het gevoel dát ik al dood ben.'

'Dat begrijp ik. Maar je dood voelen en echt dood zijn, zijn twee totaal verschillende dingen.'

'Waarom zou ik ook maar iemand vertrouwen?'

'Volgens mij hebben we je vertrouwen wel verdiend,' snauwde Robie.

'Nou, volgens mij niet,' snauwde Julie terug.

Ze stond op en liep de keuken uit.

Robie vroeg aan Vance: 'Dit gelóóf je toch niet?'

Vance keek naar hem. 'Ze is nog maar een kind, Robie. Haar ouders zijn dood en ze is bang.'

Robie kalmeerde meteen en zei met een schuldige blik: 'Dat weet ik.'

'We moeten dit maar met z'n drieën doen.'

'Dat is misschien gemakkelijker gezegd dan gedaan.'
'Hoezo?'
'De gebeurtenissen dwingen ons misschien uit elkaar te gaan.'
'Gebeurtenissen?'
'Jouw loyaliteit zou bij de FBI moeten liggen, Vance. Niet bij mij.'
'Dat bepaal ik zelf wel.' Ze legde haar hand op de zijne. 'En het feit dat ik hier ben, bewijst waar mijn loyaliteit ligt, Robie.'
Robie keek haar even aan, stond op en liep de keuken uit. Vance keek hem verbaasd na.

•80•

Robie liep naar de schuur, pakte een doos van de werkbank en haalde er een pakje Winston-sigaretten uit. Hij tikte er eentje uit, stak hem op, inhaleerde de kankerverwekkende stoffen en blies de rook uit.

Langzame longkanker of een snelle kogel. Wat is het verschil eigenlijk? Tijd?

Wie kan dat verdommen?

Robie nam nog een trekje, blies de rook uit en nadat hij nog een laatste trekje had genomen, drukte hij de sigaret uit op de werkbank. Hij liep de schuur uit en deed de deur achter zich op slot.

Hij keek omhoog naar de boerderij. Binnen brandden twee lampen.

Eén kamer waar Julie was.

Eén kamer waar Vance was.

Hij stond ongeveer vijftien meter van hen af.

Hij bevond zich eigenlijk ongeveer vijftien lichtjaren van hen af.

Ik ben een moordenaar. Ik haal de trekker over. Ik beëindig levens. Dat is wat ik doe.

Opeens draaide hij zich om en trok zijn wapen zo vlug dat ze haar handen voor haar gezicht sloeg.

Langzaam liet Vance haar handen zakken en keek hem aan.

Langzaam liet hij zijn wapen zakken en zei: ‘Ik dacht dat je binnen was.’

‘Ik wás ook binnen. Maar ik besloot naar buiten te gaan om te kijken hoe het met je gaat.’

‘Het gaat uitstekend met me.’

Ze keek naar het wapen. ‘Prima, een beetje gespannen, misschien?’

‘Ik noem het liever professioneel.’

Ze sloeg haar armen over elkaar, haalde diep adem en ademde langzaam weer uit. Ze keek naar haar adem die in de kille lucht condenseerde. ‘We zitten hier met z’n allen in, weet je.’

Hij stopte zijn wapen in de holster, maar zei niets.

Ze liep naar hem toe. ‘Weet je, ik begrijp mannen die alles opkroppen wel. De zwijgende, stoïcijnse vechter. Daar heb je er heel veel van bij de FBI. Maar na een tijdje gaat dat vervelend worden. Een beetje irritant ook, vooral in dit soort situaties.’

Robie wendde zijn blik af. ‘Ik lijk niet op wie dan ook bij de FBI, Vance. Ik dood mensen. In opdracht. En die opdrachten voer ik uit. Zonder wroeging.

Zonder iets.'
Ze vroeg: 'Waarom heb je Jane Wind en haar zoon dan niet gedood? Waarom heb je dan de tijd genomen om haar andere kind in veiligheid te brengen? Terwijl iemand probeerde jou te vermoorden? Leg me dat eens uit?'
'Misschien had ik hen gewoon moeten doden.'
'Als ik dacht dat je dat meende, dan schoot ik je nu dood.'
Hij draaide zich om en zag dat Vance haar pistool op hem gericht had.
'Jij bent dus alleen maar een moordenaar, Robie? En je trekt je van niks en niemand iets aan?'
'Wat kan jou dat schelen?'
'Dat weet ik niet precies. Maar het is gewoon zo. Misschien stom van me. Ik heb je zojuist verteld dat mijn loyaliteit bij jou ligt. Ik verwachtte niet dat je zou gaan staan juichen toen ik jou boven de FBI en mijn professionele carrière stelde, maar ik had toch wel een positieve reactie verwacht. En je liep gewoon weg!'
Robie draaide zich om en liep naar de boerderij.
'Loop je altijd gewoon weg als iemand je lastige vragen stelt?' snauwde ze. 'Ga je altijd zo met dingen om als het lastig wordt? Als dat zo is, is dat klote. Ik had meer van je verwacht.'
Hij draaide zich weer om, stak zijn handen in zijn zakken en wiegde naar voor en achter. Hij haalde een paar keer oppervlakkig adem en keek naar een plek vlak boven Vance' schouder.
Ze liep naar hem toe en stopte haar pistool weer in de holster aan haar riem. 'Ik dacht dat ik ergens deel van zou uitmaken als ik met je meeging. Zeg alsjeblieft niet dat ik me heb vergist.'
Robie keek naar het huis. 'Ze is nog maar een kind. Ze zit er ongelooflijk diep in. Zij zou hier niet bij betrokken mogen zijn.'
'Dat weet ik wel, maar ze is ook een bijzonder flinke meid. En slim. En vastbesloten.'
Robie vertrok zijn mond. 'Dit is geen spelletje op het schoolplein. Of een scheikunde-examen waar je voor kunt slagen of zakken. Een van ons zal het er waarschijnlijk niet levend van afbrengen, misschien wij allebei niet. Hoeveel kans heeft zij dan?'
Vance zei: 'Je bent immers een moordenaar, Robie. Meer niet, dat zei je zelf. Dus wat kan het jou schelen wat er met mij of met haar gebeurt? Dit is gewoon een klusje. Als we doodgaan, gaan we dood.'
'Maar zij zou niet mogen sterven. Zij verdient het om te leven.'
'Nogal een vreemde opmerking uit de mond van een meedogenloze moordenaar.'
'Oké Vance, ik begrijp je wel.'

Ze wees naar het huis. 'Laten we het plan bespreken. Met z'n drieën.'
Robie zei niets, maar liep naar het huis. Vance liep achter hem aan.
Hij zei: 'Wat er ook gebeurt, Julie moet dit overleven.'
Vance zei: 'En ik zal alles op alles zetten om ervoor te zorgen dat dit ook voor jou geldt.'

•81•

Jerome Cassidy.
Elizabeth Claire Van Beuren. Haar meisjesnaam was Elizabeth Claire en na haar huwelijk had ze die aan de achternaam van haar man gekoppeld.
Gabriel Siegel.
Dat waren de drie namen op de lijst.
Robie keek naar deze namen terwijl hij aan de keukentafel zijn koffie dronk.
Het was halfnegen. De zon was al op. Hij hoorde de douche boven en dacht dat Vance eronder stond. Julie was al op. Ze was in de achterkamer en zat waarschijnlijk te broeden op hun laatste gesprek.
Een kwartier later zat Vance tegenover hem. Haar haar was nog nat, haar broek en blouse gekreukt maar toonbaar.
'Als we ons nog langer moeten verstoppen,' zei ze, 'heb ik misschien wel een paar dingen nodig.'
Hij knikte, stond op en schonk koffie voor haar in.
Ze draaide de papieren om en om, en keek naar de lijst met namen.
'Wie gaan we als eerste opzoeken?' vroeg ze.
Robie gaf haar een kop koffie op het moment dat Julie de keuken binnenkwam. Haar ogen waren gezwollen en haar kleren waren zelfs nog meer gekreukt dan die van Vance. Zo te zien had ze niet de moeite genomen zich uit te kleden voordat ze ging slapen.
Robie hield het kopje omhoog. 'Wil je ook wat?'
'Ik pak zelf wel,' zei ze geïrriteerd.
Ze pakte een kopje en schonk koffie voor zichzelf in.
Ze zaten aan de keukentafel, zonder elkaar aan te kijken.
Robie schoof de papieren naar Julie toe en vroeg: 'Herken je een van deze namen?'
Ze nam rustig de tijd om de lijst te bekijken.
'Nee. Mijn ouders hebben het nooit over hen gehad. Heb je foto's van hen?'
'Nog niet,' zei Robie. 'Zeker weten? Komt geen enkele naam je bekend voor?'
'Niet een.'
Hij pakte de lijst en bekeek hem.
'Gabriel Siegel woont het dichtst in de buurt, in Manassas. Daar gaan we eerst naartoe en we gaan proberen zo veel mogelijk te weten te komen.'
Vance zei: 'Als we het zo doen, is Van Beuren de volgende en Cassidy de laatste.

Maar misschien zijn ze wel naar hun werk. Ik neem aan dat dit hun huisadressen zijn.'

'Dat heb ik ook bedacht. Maar als ze niet thuis zijn en iemand anders wel, kunnen we met onze badges zwaaien en hun werkadres krijgen.'

'Zodra we bij een van deze adressen komen, kunnen we worden gevolgd, Robie,' zei Vance. 'En dan kunnen ze ons tot hier achtervolgen.'

'Nou, dan moeten we ervoor zorgen dat ze dat niet doen.'

'Is het een idee om de mensen op die lijst eerst op te bellen?' vroeg Julie. 'Op die manier hoeven we ons niet bloot te geven.'

'Of zal ik het Bureau bellen en hen laten ophalen voor verhoor?' vroeg Vance. 'Ze kunnen niet iedereen bij de FBI hebben omgekocht.'

'Dat dachten we de vorige keer ook,' zei Robie. 'Dat pakte niet echt goed uit.'

'Toe nou, je snapt heus wel wat ik bedoel.'

'Ik vind het prettiger als we dit alleen doen.'

'Oké, dan beginnen we dus met die Siegel,' zei Vance. 'Ik heb zijn militaire cv bekeken. Wat zegt ons dat over hem?'

'Hij was kolonel. De leider van de sectie. Is nu vijftig. Al jaren uit dienst. Weet niet wat hij nu doet. Dat wist mijn bron niet.'

Julie pakte de telefoon die Robie haar had gegeven. 'Ik googel zijn militaire verleden en zijn adres wel even.'

Ze keek naar Robies papieren en toetste wat gegevens in op haar minitoetsenbord. Ze wachtte tot de gegevens zichtbaar werden.

'Meneer Siegel heeft een Facebook-pagina.' Ze draaide de telefoon om, zodat de anderen het zelf konden zien. Ze zagen een foto van een man met een onderkin en grijs haar.

'Weten we wel zeker dat dit de juiste man is?' vroeg Vance.

Julie zei: 'Op Facebook staat dat hij tijdens de Golfoorlog in het leger zat en hij heeft zelfs de naam van zijn sectie opgegeven.'

Ze liet dit aan Robie zien, die knikte. 'Dit is de juiste Siegel.'

Julie vertelde: 'Volgens zijn profiel werkt hij als filiaalmanager bij de SunTrust Bank.'

'Hier zijn heel veel SunTrust-filialen,' zei Vance. 'Staat erbij welke het is?'

'Nee, maar zijn hobby's zijn wapens, voetbal en kookwedstrijden. Hij heeft negenentwintig vrienden, wat niet veel is, maar ik weet ook niet hoe lang hij al op Facebook zit. Maar hij is natuurlijk al heel oud.'

'Hij is nog maar vijftig,' zei Vance.

Julie haalde haar schouders op. 'Zoals ik zei, hij is heel oud. En ik zie niets op zijn pagina waaruit blijkt waarom al deze mensen dood zijn.'

'En Cassidy?' vroeg Robie.

Julie tikte zijn gegevens in. 'Er zijn heel veel Jerome Cassidy's.' Ze scande de pagina en scrolde naar beneden. 'Op het eerste gezicht zie ik niemand die in dienst heeft gezeten of op dat adres woont, in elk geval niet op deze Google-pagina. Ik kan ze wel stuk voor stuk bekijken.'
'Probeer Van Beuren. Die naam komt niet zo vaak voor,' zei Vance.
Dat deed Julie. 'Veel vaker dan je zou denken,' zei ze. 'Het kost wel tijd om deze door te nemen.'
'We hebben geen tijd,' zei Robie. 'We moeten er nu op af.'
Hij had de auto in de schuur gezet. Hij had al eerder de spullen die hij nodig dacht te hebben uit de bunker onder de schuur gehaald en in de auto geladen. Hij liet Vance de wapens zien. Ze raakte een MP-5 aan en keek naar een Barrett-geweer waarmee je een gat in een gepantserde Hummer kon schieten.
'Hoe kom je aan die dingen?' vroeg ze. 'Laat ook maar, dat wil ik niet weten,' voegde ze er vlug aan toe.
Robie haalde drie kogelvrije vesten uit de kofferbak en trok Julie eentje aan. Vance deed het zelf; ze trok de klittenbandsluiting aan zodat hij strak om haar lichaam viel en trok haar jasje eroverheen aan.
Julie vroeg: 'Is dit echt nodig?'
'Wel als je wilt blijven leven,' zei Robie.
'Hij is zwaar,' zei ze.
'Beter dan de kogel die hij tegenhoudt,' zei Vance.
Robie reed, Vance zat naast hem en Julie achterin. Robie had de auto weer in de schuur gezet, maar haalde hem er nu weer uit. Daarna deed hij de schuurdeur dicht en sloot hem af.
Toen hij terugkwam, zei Vance: 'Dit is misschien de laatste keer dat we hier zijn.'
'We zien wel,' zei Robie. 'Goed, laten we maar eens gaan kijken naar wat meneer Siegel ons te vertellen heeft.'
Hij gaf gas en reed naar de weg.

•82•

Het was een rustige, met bomen omzoomde straat. Er stonden niet al te grote huizen met een garage die twee tot drie keer zoveel opbrachten als de huizen in de meeste andere delen van het land. De percelen waren klein en slecht onderhouden, en de struiken waren zo hoog dat ze het grootste deel van de voorgevel verborgen. Op de straat stonden geparkeerde auto's en in een paar voortuinen waren kinderen aan het spelen onder het toeziend oog van hun moeder of oppas.
Robie nam gas terug en zocht het adres. Vance zag het als eerste.
'Derde rechts,' zei ze. 'Er staat een busje op de oprit. Hopelijk is er iemand thuis.'
Robie parkeerde de auto langs de stoep en schakelde de motor uit. Hij zette zijn zonnebril af, pakte een verrekijker en scande de omgeving. Hij ontdekte verschillende aanvalspunten, te veel om goed te kunnen afdekken.
'We geven ons hier wel heel erg bloot,' zei hij.
'Verbaast me niets,' zei Vance. 'Ik klop wel even aan. Dek jij me vanaf hier.'
'Zullen we het andersom doen?' vroeg Robie.
'Ik heb mijn FBI-badge, Robie. Die is beter dan de jouwe.'
'Een FBI-badge jaagt iedereen angst aan.'
Vance had het portier al geopend.
'Als iemand gaat schieten, schiet dan terug,' zei ze. 'En raak ook!'
Robie en Julie zagen Vance naar de voordeur lopen en aanbellen.
Robie haalde zijn pistool uit de holster, drukte op het knopje om het zijraampje te openen en keek van links naar rechts, maar zijn blik keerde steeds weer terug naar de vierkante meter rondom Vance.
'Heel moedig van haar om daar zomaar naartoe te lopen,' zei Julie.
'Ze is een super speciale FBI-agent; dat hoort bij haar vak.'
'Probeer me maar niet te paaien, Robie.'
'O, heet ik nu Robie? Wat is er met Will gebeurd?'
Ze gaf geen antwoord.
De voordeur ging open en Robie keek naar de vrouw die daar stond. Vance liet haar badge zien en was daarna een paar minuten aan het woord. Ze vertelde de vrouw wat ze wilde. De vrouw – Robie nam aan dat het Siegels vrouw was – keek verbaasd. De twee vrouwen praatten nog een minuut met elkaar, waarna de deur dichtging en Vance snel terugliep naar de auto.
Vance stapte in en Robie startte de motor.

'Gabriel Siegel werkt bij een filiaal van SunTrust ongeveer tien minuten hier vandaan. Zijn vrouw gaf me het adres.'
'Ze leek verbaasd.'
'Ze wás verbaasd. Volgens mij dacht ze dat het iets te maken had met een probleem op de bank.'
'Misschien steelt haar man wel geld,' opperde Julie. 'Misschien wast hij geld wit voor terroristen. En hebben mijn ouders en die anderen dat ontdekt.'
'Misschien,' zei Robie en hij keek naar Vance. 'De vrouw keek je na toen je terugliep naar de auto.'
'Dat kan ik me voorstellen. Nu belt ze haar man waarschijnlijk op. Laten we dus maar opschieten.'
'Ik ga met hem praten,' zei Robie. 'Jij blijft in de auto met Julie.'
'En wanneer ga ik iets anders doen dan in de auto zitten?' vroeg ze.
'Jouw tijd komt nog wel,' zei Robie. 'Voordat dit voorbij is, is iedereen aan de beurt geweest.'

Nog geen tien minuten later waren ze bij de bank. Robie liet hen achter in de auto en liep het kleine bakstenen gebouw binnen. Het stond aan een drukke straat in Manassas. Hij vroeg naar Gabriel Siegel en werd naar een glazen hokje van ongeveer drie bij drie meter gebracht.
Siegel was ongeveer één meter tweeënzeventig, gedrongen en bleek. Robie vond dat hij er op zijn Facebook-foto veel beter uitzag.
Siegel zat aan zijn bureau, maar stond op en vroeg: 'Waar gaat dit over?'
Zijn vrouw had hem dus gebeld.
Robie liet zijn badge zien en zei: 'U zat tijdens de Golfoorlog in het leger?'
'Ja, en? Willen ze me weer terug hebben? Gaat niet gebeuren. Ik heb mijn plicht gedaan. En ik ben veel te veel uit vorm om met een geweer door de woestijn te rennen.'
Hij ging weer zitten, maar Robie bleef staan. 'Ik heb meer belangstelling voor de mensen met wie u hebt gediend. Hebt u nog contact met ze?'
'Met een paar wel, ja.'
'Met wie precies?'
'Waar gaat dit eigenlijk over?'
De bankier laat zijn tanden zien, dacht Robie.
'Het gaat om een zaak van nationale veiligheid. Maar ik kan u wel vertellen dat het verband kan houden met de busexplosie en de dood van een aantal mensen in dat restaurant op Capitol Hill.'
Siegel werd nóg bleker. 'Jezus. Was daar iemand van mijn oude sectie bij betrokken? Ongelooflijk!'

'U kent hen dus goed?' vroeg Robie meteen.
'Nee. Ik bedoelde dat, nou ja, we hebben allemaal voor ons land gevochten. En je er dan tegen te keren...' Zijn stem ebde weg. Hij zat daar maar. Met zijn mollige handen op zijn bureaublad leek hij op een kleine jongen die zojuist te horen had gekregen dat zijn puppy onder een auto was gekomen.
'Met wie van hen hebt u contact onderhouden?'
Siegel kwam uit zijn trance en zei langzaam: 'Doug Bidle, Fred Alvarez, Bill Thompson en Ricky Joners zijn dood. Jaren geleden al.'
'Dat weet ik. Maar zij woonden niet hier in de buurt. Zij woonden allemaal verder weg.'
'Ja, maar we belden elkaar af en toe. Mailden elkaar. Doug is hier een keer geweest en toen heb ik hem een paar monumenten laten zien. Fred heeft een auto-ongeluk gehad. Billy heeft verdomme een pistool in zijn mond gestoken en de trekker overgehaald. Doug en Ricky hadden allebei kanker. Jonger dan ik. Volgens mij kwam dat door al die troep waaraan we daar zijn blootgesteld. Je weet wel, het Golfoorlogsyndroom. Ik zou dood kunnen gaan en het niet eens weten. Elke keer als ik een migraineaanval heb, denk ik dat het afgelopen is.'
Hij leunde achterover in zijn stoel.
Robie ging tegenover hem zitten en vroeg: 'Hebt u nog contact met uw kameraden die hier in de buurt wonen?'
'Ik heb Leo Broome een paar keer gezien. Al een tijdje geleden.'
'Hoe lang geleden?'
'Ruim tien jaar. Kwam hem tegen in een bar in Seattle, nota bene! Hij was daar voor zaken en ik had net een andere baan en was er voor een seminar. Het leek goed met hem te gaan. Volgens mij werkte hij voor de regering of zo. Kan het me niet precies herinneren.'
'Nog iemand anders?'
'In het Midden-Oosten had ik het meeste met Curtis Getty. Maar die heb ik niet meer gezien sinds we terugkwamen in de States. Weet niet eens waar hij nu is.'
Dood dus, dacht Robie.
'Heeft Leo Broome het weleens over Getty gehad?'
'Kan ik me niet herinneren. Ik weet niet waarom, maar ik had het idee dat ze geen contact meer hadden. Maar zoals ik al zei, is het al ruim tien jaar geleden.'
Tien jaar geleden, misschien is dat het, dacht Robie.
'Nog iemand anders? Rick Wind bijvoorbeeld?'
'Ik las dat hij is vermoord. Gaat het daarom?'
'Had u contact met Wind?'

'Nee. Al jaren niet. Vroeger zag ik hem wel, maar hij was veranderd. Kocht dat pandjeshuis in die achterbuurt. Ik weet niet... Het was gewoon anders geworden.'
'En Jerome Cassidy?'
'Nee. Van hem heb ik niets meer gehoord sinds we uit dienst zijn.'
'Hij woont in de buurt. Niet ver hier vandaan.'
'Wist ik niet.'
'En Elizabeth Van Beuren? Zo heet ze nu, haar meisjesnaam was...'
'Elizabeth Claire. Dat weet ik.'
'In die tijd was het toch heel bijzonder, een vrouw in het leger?'
'Ja. Tegenwoordig is dat natuurlijk anders, maar ik heb het altijd belachelijk gevonden dat vrouwen niet bij het leger mochten. Zij kunnen net zo goed vechten als mannen. En in een unit laten ze hun kracht meer zien. Mannen zijn meer macho. Vrouwen maken meer deel uit van het team. En weet u, ook al deelden ze de vrouwen wel in bij de ondersteunende strijdkrachten, toch gingen ze ervan uit dat ze niet terugschoten. Maar dat deden ze verdomme wel! In elk geval tijdens de Golfoorlog. En Lizzie was een van de besten! Zij was een betere soldaat dan ik, dat kan ik u wel vertellen!'
'Maar ze zit niet meer in het leger,' zei Robie.
'Nou, daar is een goede reden voor,' zei Siegel.
'Hebt u contact met haar gehad?'
'Zeker.'
'Waarom zit ze dan niet meer in het leger?'
'Kanker. Het begon met borstkanker, maar het is uitgezaaid. Nu zit het in haar hersenen, longen, lever. Ze is terminaal natuurlijk. Als dat spul eenmaal begint uit te zaaien is het afgelopen. Daar hebben ze geen tovermiddeltje voor. Ze zit in een hospice in Gainesville.'
'Hebt u haar opgezocht?'
'Ging regelmatig op bezoek, tot een maand geleden ongeveer. Ze was vaak buiten bewustzijn. Morfine. Ik weet niet eens of ze nog wel leeft. Ik had natuurlijk contact moeten houden, maar ik vond het gewoon te moeilijk om haar te zien.'
'Hoe heet het daar?'
'Central Hospice Care. Aan Route 29.'
'Oké.'
Siegel riep uit: 'Weet u, dat komt door al die rotzooi die we daar hebben ingeademd. Verarmd uranium, giftige cocktails van al die artillerieaanvallen. Overal branden, waardoor de lucht zwart werd, brandende rotzooi waarvan we niet wisten wat het was. En wij ademden alles gewoon in. Ik zou nu net zo goed in dat bed kunnen liggen wachten op het einde.'

Robie gaf Siegel zijn kaartje. 'Als u nog iets anders te binnen schiet, bel me dan.'
'Waar gaat dit écht over? Hoe kan iemand van mijn oude sectie bij dit soort dingen betrokken zijn?'
'Dat proberen we uit te zoeken.' Robie zweeg even. 'Heeft uw vrouw u gebeld om te zeggen dat we eraan kwamen?'
'Inderdaad,' bekende Siegel.
'Maakt ze zich ergens zorgen over?'
'Ze is bang dat ik mijn baan kwijtraak.'
Robie dacht aan Julies theorie dat hij geld zou witwassen voor terroristen.
'Waarom? Problemen hier?'
'Ik heb niets verkeerd gedaan, als u dat bedoelt. Maar wie gaat er tegenwoordig nog naar een bank? Alles gebeurt online. Ik ben hier ongeveer acht uur per dag en zie dan misschien twee mensen. Hoeveel langer denkt u dat ze me nog zullen betalen? Er is een reden voor dat banken zoveel geld hebben. Ze zijn ongelooflijk gierig. Het is onvermijdelijk. De wereld is veranderd. En ik ben waarschijnlijk niet snel genoeg mee veranderd. Misschien moet ik straks echt wel met een geweer door de woestijn rennen. Wat kan iemand van mijn leeftijd anders doen? Ik kan wel een dikke huurling worden. Maar dan ga ik op de eerste de beste dag dood.'
'Nou, bedankt voor uw hulp.'
'Ja,' zei Siegel afwezig.
Robie vertrok en liet Siegel achter, die eruitzag alsof hij al ter dood was veroordeeld.

•83•

Twintig minuten later reden ze de parkeerplaats van het Central Hospice Care op. Er stonden ongeveer vijftien auto's op de parkeerplaats en Robie reed erlangs om te zien of er iemand in zat.

Hij zette de auto in een parkeervak en keek Vance aan. 'Wil jij dit doen of zal ik gaan?'

Julie zei: 'Ik wil naar binnen.'

'Waarom?' vroeg Robie.

'Zij heeft samen met hem gevochten. Misschien wist ze iets over mijn vader.'

'Ze is misschien niet in staat om te praten,' zei Vance.

'Waarom zijn we hier dan?' vroeg Julie.

Robie zei: 'Ik neem haar wel mee. Jij houdt de wacht.'

'Weet je het zeker?' vroeg Vance.

'Nee, maar ik ga het toch doen.'

Hij en Julie liepen naar binnen. De hospice was een bakstenen gebouw van twee verdiepingen met heel veel ramen. Binnen hing een opgewekte sfeer. Het léék niet op een plek waar mensen naartoe kwamen om te sterven. Misschien was dat wel de reden.

Nadat Robie zijn badge had laten zien, werden ze naar Elizabeth Van Beurens kamer gebracht. Die was net zo vrolijk als de rest van het gebouw. Er stonden bloemen op tafeltjes en in de vensterbanken. Het daglicht stroomde naar binnen. Een verpleegkundige was Van Beuren aan het verzorgen. Toen ze klaar was, verdween Robies hoop dat de ernstig zieke vrouw hem welke informatie dan ook kon verstrekken.

Ze leek wel een skelet en lag aan de beademing; de machine voorzag haar longen via een buisje in haar keel van zuurstof en via een ander buisje werd de giftige kooldioxide afgevoerd. Via weer een ander buisje in haar buik kreeg ze sondevoeding, en via enkele andere buisjes verschillende infusen.

De verpleegkundige vroeg: 'Kan ik iets voor u doen?'

'We zijn hier om mevrouw Van Beuren een paar vragen te stellen,' zei Robie. 'Maar dat lijkt niet mogelijk.'

'Zes dagen geleden is ze aan de beademing gelegd,' zei de verpleegkundige. 'Ze is af en toe bij bewustzijn. Ze krijgt sterke pijnstillers.' Ze gaf een klopje op Van Beurens hand. 'Het is zo'n lieve vrouw. Ze heeft in het leger gezeten. Vreselijk dat dit haar overkomt.' Ze zweeg even. 'Wat had u haar willen vragen?'

Robie liet zijn badge zien. 'Ik werk bij het ministerie van Defensie. We doen onderzoek in een militaire kwestie en haar naam werd genoemd als een mogelijke bron van informatie.'
'Ik begrijp het. Nou, ik denk niet dat ze u echt kan helpen. Ze is in de terminale fase van haar ziekte.'
Robie keek naar het beademingsapparaat en de monitoren boven het bed van de uitgeteerde vrouw. 'Dat apparaat houdt haar dus in leven?'
'Ja.'
Hij keek naar Julie die Van Beuren verbijsterd aankeek.
'Maar dit is een hospice,' zei Robie.
De verpleegkundige zei ongemakkelijk: 'Er zijn allerlei soorten hospices. Het hangt er maar van af wat de patiënt of de familie wil.' Ze keek op de vrouw neer. 'Maar het duurt niet lang meer, beademingsapparaat of niet.'
'Dus de familie wilde dat ze aan de beademing werd gelegd?' vroeg Robie.
'Dat mag ik u echt niet vertellen. Dat is een kwestie van privacy. Bovendien zie ik niet wat dit met een militair onderzoek te maken kan hebben,' zei ze enigszins geïrriteerd.
Julie was naar de vensterbank gelopen en pakte een foto. 'Is dit haar familie?'
De verpleegkundige keek nieuwsgierig naar Julie en daarna naar Robie. 'U zei dat u bij het ministerie van Defensie werkt. Maar waarom is zij bij u?'
'Dat mag ik u echt niet vertellen,' antwoordde Robie.
De verpleegkundige kneep haar lippen op elkaar.
Julie liep met de foto in haar hand naar Robie. Ze zei tegen de verpleegkundige: 'Mijn vader zat in dezelfde sectie als mevrouw Van Beuren. Ik had gehoopt dat ze mij een paar dingen uit zijn verleden zou kunnen vertellen.'
De strakke blik van de verpleegkundige verdween. 'O, ik begrijp het, liefje. Dat wist ik niet. Ja, dat is zij met haar gezin. Eerst stonden er nog meer foto's in de kamer, maar haar dochter en echtgenoot hebben er al een paar meegenomen. Ze weten dat het bijna afgelopen is.'
Robie pakte de foto aan. Het was een foto van Van Beuren toen ze nog gezond was. Ze droeg haar uniform en had heel veel medailles op haar borst. Naast haar stond een man, waarschijnlijk haar echtgenoot. En er stond een meisje op, ongeveer even oud als Julie.
'Dus dat is haar man?' vroeg Robie.
'Ja, George Van Beuren. En dat is hun dochter, Brooke Alexandra. Ze is nu ouder natuurlijk. Die foto is al een paar jaar geleden gemaakt. Ze studeert nu.'
'U kent haar dus?'
'Ze heeft haar moeder heel vaak bezocht. Daar ken ik haar van. Brooke is een lieve meid. Ze vindt het vreselijk van haar moeder.'

‘En haar echtgenoot?’
‘Hij komt hier regelmatig. Ik weet dat hij ook wanhopig is. Ze zijn amper vijftig en nu moeten ze dit al meemaken? Maar ja, het leven is niet eerlijk.’
‘Komen er ook weleens andere mensen op bezoek?’
‘Een paar. Voor zover ik weet. Ik werk niet altijd op deze afdeling.’
‘Hebt u een gastenboek?’
‘Dat ligt bij de receptie. Maar niet iedereen schrijft zich in.’
‘Waarom niet?’
‘Omdat dit gebouw niet zwaar bewaakt wordt,’ zei de verpleegkundige boos. ‘Mensen die hier komen om hun vrienden en familieleden te bezoeken, zijn meestal heel emotioneel. Soms vergeten ze zich in te schrijven. Of één persoon schrijft zich in voor de hele groep. U kunt zich wel voorstellen dat we daar niet al te streng mee omgaan. Ze komen hier naartoe om hun liefde en steun te tonen. Maar dit is niet bepaald een plek waar mensen graag naartoe gaan.’
‘Begrepen. Hoe lang is ze hier al?’
‘Vier maanden.’
‘Is dat niet heel lang voor een hospice?’
‘Mensen zijn hier niet allemaal even lang. En tot een paar weken geleden was mevrouw Van Beuren er veel minder erg aan toe dan nu. Ze is opeens slechter geworden.’
‘Maar het beademingsapparaat houdt haar in leven zolang hij aanstaat, ja toch? Ik bedoel, ze kan niet eens zelf ademen?’
‘Daar mag ik echt niet met u over praten. Dat is me verboden door federale en staatswetten.’
‘Ik probeer de situatie te begrijpen.’
De verpleegkundige leek alweer niet op haar gemak. ‘Weet u, normaal gesproken zou iemand die aan een beademingsapparaat ligt, niet worden opgenomen in een hospice. Een hospice laat een patiënt waardig sterven. Dit is geen plek waar iemand geneest of kunstmatig in leven wordt gehouden.’
‘Dus het gebruik van een beademingsapparaat in een situatie als deze is ongebruikelijk?’
‘Om die reden zou een patiënt kunnen worden weggestuurd en naar een ziekenhuis of een andere instelling worden overgeplaatst.’
‘Waarom wordt ze dan beademd?’ vroeg Robie. ‘Is er een kans dat ze opknapt?’
‘Nogmaals, zelfs als ik dat wist, zou ik u dat niet mogen vertellen. Wat ik u wel kan vertellen, is dat de familie soms een punt bereikt waarop ze valse hoop koestert. Of dat ze besluiten naar de hospice te gaan en daarna op dat besluit terugkomen.’
‘Ik begrijp het,’ zei Robie.

Julie zei: 'Het is heel moeilijk om iemand van wie je houdt te zien sterven.'
De verpleegkundige zei: 'Ja, dat is zo. Heel moeilijk. Maar tenzij u nog andere vragen hebt, moet ik verder met de behandeling van deze patiënt.'
'U zei dat haar man regelmatig op bezoek komt?'
'Ja, maar op verschillende tijdstippen. Brooke zit op een universiteit in een andere staat en komt dus minder vaak.'
'Hebt u enig idee waar haar man werkt?'
'Nee.'
'Daar kan ik misschien heel gemakkelijk achter komen.'
De verpleegkundige keek even naar Julie die naar Van Beuren stond te kijken.
'Het spijt me dat ze je niets over je vader heeft kunnen vertellen.'
'Ja, mij ook.'
Julie raakte Van Beurens hand even aan. 'Het spijt me,' zei ze tegen de stervende vrouw.
Daarna draaide ze zich om en vertrok. Robie gaf de verpleegkundige zijn kaartje. 'Als haar man komt, wilt u hem dan vragen me te bellen?'
Robie keek nog een laatste keer naar de terminaal zieke, voormalige soldate, draaide zich om en liep achter Julie aan naar buiten.

•84•

Robie hield het portier voor Julie open en stapte vervolgens ook in. Hij deed zijn gordel om en keek naar Vance.

'Elizabeth Van Beuren kan ons niet helpen. Ze kan niet praten. En ze zal niet lang meer leven.'

'Hoe zit het met Siegel? Je hebt niet veel gezegd nadat je uit die bank kwam.'

'Hij vertelde dat hij met Leo Broome had gepraat, maar al ruim tien jaar geleden. Zei dat hij niet wist dat Curtis Getty en Jerome Cassidy in de buurt woonden. Het lijkt net alsof hij zit te wachten tot hij ook kanker krijgt, of zijn baan kwijtraakt. Tenzij hij iets heel goed verbergt, weet ik niet goed hoe hij in dit plaatje past.'

'Dan blijft dus alleen Jerome Cassidy over,' zei Vance.

'Hij woont in Arlington, hè?'

'Volgens die papieren wel.'

'Heb je iets verdachts gezien?'

'Niets.'

'Kom, we gaan.'

Het kostte een uur om in Arlington te komen, omdat het heel druk was op de weg, of eigenlijk omdat er een normale verkeersdrukte heerste richting D.C. Het was al bijna lunchtijd toen Robie een parkeerplekje vond en daar stopte. Hij vroeg aan Vance: 'Weet je zeker dat het hier is?'

Ze hield het vel papier omhoog zodat hij het adres kon zien.

Ze keken alle drie naar het gebouw.

'Het is een bar en grillrestaurant,' zei Julie.

Robie keek omhoog. 'Maar het lijkt alsof daarboven kamers zijn. Misschien woont Cassidy in een van die kamers.'

Vance maakte haar gordel los. 'Mijn beurt.'

Robie keek naar de overkant en toen weer naar haar. Het was een drukke buurt, zoals vrijwel overal in Arlington. Er waren te veel woningen en bedrijven en niet genoeg land om ze op te zetten. Het gevolg was smalle straten met weinig parkeerruimte, en heel veel verborgen plekjes waar vandaan ze konden worden bespied.

'Laten we maar met z'n drieën gaan,' zei Robie.

Vance schudde haar hoofd. 'En de auto dan? Die kunnen we hier niet zomaar laten staan. Ik moet er niet aan denken dat we hier terugkomen en dat er dan een bom onder het chassis zit.'

'Ik heb deze auto van een speciale bron gekregen. Dat betekent dat hij speciale afweermechanismen heeft.'

'Zoals?'

'Zoals dat als iemand probeert in te breken of een boobytrap aan te brengen, dat geen pretje voor hem zal zijn en wij het zullen weten.'

Ze stapten allemaal uit. Robie scande de hele omgeving.

'Wat is er?' vroeg Vance nerveus. 'Zie je iets?'

'Nee, maar dat betekent niet dat er niets is.'

'Op die andere locaties leek je niet zo gespannen.'

'Dat komt doordat dit de láátste locatie is.'

Vance haalde snel adem en knikte. 'Inderdaad. Ik begrijp het.'

De bar heette Texas Hold 'Em Saloon. Om tien voor twaalf waren er al ongeveer twintig mensen binnen. De bar was in westernstijl ingericht, met veel zadels, hoofdstellen, cowboyhoeden en cowboylaarzen, en met wandschilderingen van ruiters, kuddes koeien en uitgestrekte Texaanse prairies. Helemaal achterin was een enorme bar over de hele breedte van het vertrek. Ervoor stonden barkrukken met nepstierenhoorns als rugleuning. Aan de muur achter de bar hing een grote Texaanse vlag. Rondom de vlag stonden honderden drankjes die bedoeld waren om je dronken te laten worden, je portemonnee lichter te maken en je zintuigen te verdoven.

'Iemand heeft heel veel geld uitgegeven aan deze kroeg,' zei Robie.

Een jonge vrouw, helemaal in het zwart op haar witte cowboyhoed en witte laarzen na, kwam met een stapel menukaarten naar hen toe.

'U bent met z'n drieën?' vroeg ze.

'Misschien,' zei Robie. 'We hebben dit adres gekregen van een vriend van ons. Jerome Cassidy. Kent u hem?'

'Meneer Cassidy is de eigenaar.'

Robie en Vance keken elkaar even aan.

'Is hij hier?'

'Kan ik hem vertellen wie dit vraagt?' vroeg de vrouw beleefd.

Vance liet haar badge zien. 'FBI. Kunt u ons naar hem toe brengen?'

De vrouw keek onzeker. 'Zal ik eerst even kijken of hij er is?'

'Zolang u dat maar doet terwijl wij u kunnen zien en horen,' zei Robie.

De beleefde houding van de vrouw verdween. Ze keek hen zenuwachtig aan. 'Zit meneer Cassidy in de problemen of zo? Hij is een geweldige baas.'

'We willen alleen maar met hem praten,' zei Robie. 'Dus, ís hij hier?'

'Achter, in zijn kantoor.'

'Ga maar voor,' zei Robie.

Ze draaide zich om en kwam aarzelend in beweging. Ze liep langs de bar en een korte gang door. Daarna sloeg ze rechts af, deed een deur open met een bordje ALLEEN VOOR PERSONEEL. Daarachter was een gang met aan weerszijden twee deuren. Ze bleef staan en klopte aarzelend op een deur met een bordje KANTOOR erop.

Ze hoorden geluiden in deze kamer.

Robies hand vloog naar zijn wapen. Vance zag dit en deed hetzelfde.

Uit de kamer kwam een stem. 'Ja?'

'Meneer Cassidy? Ik ben het, Tina. Hier zijn een paar mensen die met u willen praten.'

'Hebben ze een afspraak?'

'Nee.'

'Zeg dan maar dat ze die moeten maken.'

Robie liep langs Tina en probeerde de deur te openen. Hij zat op slot.

'Hé!' riep Cassidy. 'Wat is er verdomme aan de hand? Ik zei dat ze een afspraak moesten maken!'

Robie bonsde op de deur. 'Cassidy, dit is de FBI! Doe de deur open! Nu!'

Robie hoorde nog meer geluiden, geschuifel, en een la die werd dichtgeklapt. Hij stapte achteruit en gaf met zijn rechtervoet een trap tegen de deurknop. De deur vloog naar binnen open, Tina schreeuwde en sprong achteruit.

Robie en Vance hadden hun wapen getrokken. Vance duwde Julie opzij. 'Blijf daar,' zei ze.

Robie liep als eerste naar binnen, terwijl Vance hem dekte.

Cassidy stond achter zijn bureau naar hen te kijken. Hij was ongeveer even lang als Robie, maar dunner. Hij had brede schouders en smalle heupen. Zijn haar was vrij lang, grijs met bruin. Hij had een smal maar knap gezicht, en hij had een driedagenbaardje. Hij droeg een verschoten spijkerbroek en een open wit overhemd.

Toen Robie verder liep, vroeg Cassidy: 'Ga je me nog vertellen waarom je mijn deur hebt ingetrapt en een wapen op me gericht houdt?'

'Gaat u me nog vertellen waarom u de deur niet openmaakte toen we zeiden dat u dat moest doen?'

Cassidy keek naar Robies pistool. Daarna keek hij naar Vance die nu ook het kantoor inliep. 'Ik wil jullie badge, nu!'

Robie en Vance lieten ze zien.

Cassidy bekeek ze aandachtig, pakte een pen en schreef hun namen en badgenummers op het witte vloeiblad op zijn bureau. 'Ik wil gewoon de juiste info hebben als mijn advocaten jullie voor de rechter slepen.'

'U hebt de deur niet opengemaakt, meneer Cassidy,' zei Vance.
'Dat wilde ik net doen toen jullie hem openbraken. En ik wist niet of jullie echt van de FBI waren.'
'Uw medewerkster vertelde u dat we van de FBI waren.'
'Ik betaal haar tien dollar per uur om er leuk uit te zien en mensen een tafeltje te wijzen. Ik ga er niet van uit dat zij het verschil kan zien tussen een FBI-agent en een postbode of iemand die me wil beroven.' Hij keek naar Tina die in de deuropening stond. 'Het is al goed, Tina. Ga maar weer aan je werk.' Ze liep snel weg en Cassidy keek naar Robie die zijn wapen weer in de holster had gedaan. 'En jij bent niet eens van de FBI, jij bent van DCIS.'
'Kent u de DCIS?'
'Ik heb in het leger gezeten. Nou en?' Hij ging achter zijn bureau zitten, haalde een dun sigaartje uit het borstzakje van zijn overhemd en stak hem op.
'U mag niet roken in een restaurant of een bar in Virginia,' zei Vance.
'Hoewel het inderdaad zo is dat de goede regering van Virginia het juist acht om haar inwoners het recht te ontzeggen te roken in een gelegenheid als deze – ook al heeft het ministerie van Gezondheid, die deze wet zou moeten handhaven, geen echte macht en hoewel mensen op heel veel locaties nog altijd een sigaretje opsteken als ze daar zin in hebben – zijn dit mijn privévertrekken en er is een speciaal afzuigsysteem, dus kan ik mezelf longkanker bezorgen als ik daar zin in heb. Wil je gaan zitten en toekijken?'
'We hebben een paar vragen voor u,' zei Robie.
'En mijn advocaten zullen géén antwoord hebben op je vragen.' Hij pakte een kaartje uit een ouderwetse Rolodex en gaf hem aan Robie. 'Hun contactgegevens staan hierop, meneer DCIS.'
'Haalt u uw juridische jachthonden er altijd zo snel bij?' vroeg Robie.
'Ik ben tot de conclusie gekomen dat ze elke cent van hun belachelijke tarief waard zijn.'
'U hebt dus heel vaak juridisch advies nodig?' vroeg Vance.
'Mevrouw, dit is Amerika. Als een zakenman zijn kont wil afvegen, kan hij maar beter een advocaat achter de hand hebben.'
Robie keek om zich heen. Het kantoor was duur ingericht. En een plank aan de muur stond boordevol zakelijke prijzen.
'U lijkt behoorlijk veel succes te hebben. De bar draait zeker goed.'
'Deze bar is een van de twintig zaken die ik bezit. Ze zijn allemaal bijzonder winstgevend, en ik heb geen cent schuld. Hoeveel van die Fortune-500-klojo's kunnen me dat nazeggen? Ik heb verdomme zelfs een eigen vliegtuig.'
'Fijn voor u,' zei Robie. Hij legde het kaartje van de advocatenfirma op Cassidy's bureau.

'We zijn hier om u vragen te stellen over uw oude legersectie.'
Cassidy leek hier oprecht verbaasd over. Hij haalde de sigaar uit zijn mond.
'Waar hébt u het over?'
'Hebt u nog contact met ze?'
Cassidy keek langs hem heen en zag dat Julie om het hoekje van de deur keek.
Cassidy stond langzaam op en zei: 'Kom binnen, meisje.'
Julie keek naar Robie die knikte. Ze liep het kantoor in.
'Dichterbij,' zei Cassidy.
Julie liep naar het bureau.
Cassidy drukte zijn sigaar uit in de asbak en wreef over zijn kin. 'Verdomme.'
'Wat is er?' vroeg Vance.
'Jij bent Julie, ja toch?'
'Inderdaad. Maar ik ken u niet.'
'Ik heb je ouders goed gekend. Hoe gaat het met ze?'
Robie vroeg: 'Hoe goed hebt u hen gekend?'
'Zoals ik al zei, de sectie. Curtis Getty en ik zaten samen in dienst. Heeft in de Golfoorlog mijn leven een paar keer gered.'
'Ik weet nog maar net dat mijn vader in het leger heeft gezeten,' zei Julie.
Cassidy knikte, maar het leek hem niet te verbazen. 'Hij is niet zo'n prater.'
'Hoe wist u dat ik Julie ben? Volgens mij hebben wij elkaar niet eerder gezien.'
'Omdat je op je moeder lijkt. Zelfde ogen, zelfde kuiltje, alles. En we hebben elkaar wel gezien. Maar toen was je nog maar een baby. Heb je luier een paar keer verschoond. Misschien niet al te best. Ben niet zo goed met kleine kinderen.'
'Dus u hebt nog steeds contact met hen?' vroeg Robie.
'Al heel lang niet meer. Niet sinds Julies eerste verjaardag.'
'Wat is er gebeurd?'
Cassidy sloeg zijn blik neer en haalde zijn schouders op. 'Mensen krijgen het druk. Groeien uit elkaar.' Hij keek naar Julie. 'Gaat het goed met je moeder?'
'Slecht, ze is dood.'
'Wat?' vroeg Cassidy snel. 'Wat is er verdomme gebeurd?' Hij hield zich vast aan zijn bureau.
Robie zei: 'Zij en Curtis zijn vermoord.'
'Vermoord!' Cassidy liet zich in zijn stoel vallen. De vragen rolden uit zijn mond. 'Waarom? Hoe? Wie heeft dat gedaan?'
'We hoopten dat u ons kon helpen die vragen te beantwoorden.'
'Ik?'
'Ja, u.'
'Zoals ik al zei, ik heb de Getty's al heel lang niet meer gezien.'

'Wist u niet dat ze in D.C. woonden?' vroeg Robie.
'Nee. Ze woonden hier vroeger niet. De laatste keer dat ik hen zag, zaten ze in Pennsylvania.'
'Pennsylvania?' riep Julie. 'Dat wist ik niet. Ik dacht dat ze uit Californië kwamen.'
'Curtis misschien wel. Maar toen we terugkwamen in de VS woonden ze in de buurt van Pittsburgh. Dat was de laatste keer dat ik hen heb gezien, weet je. Wist niet dat ze hier naartoe waren verhuisd.'
Vance vroeg: 'U woonde toen dus ook in Pennsylvania?'
'Ja. Ik heb zelfs een tijdje bij hen ingewoond. Lang geleden. Probeerde mijn leven weer op de rails te krijgen. Ik kende je moeder al voordat ze je vader leerde kennen. Ze trouwden toen hij nog in dienst zat. Ik was bij hun bruiloft.'
Robie keek naar Julie en zag dat ze met grote ogen naar al dit nieuws over haar ouders stond te luisteren.
Cassidy vertelde verder. 'Maar goed, na de Golfoorlog ging het niet zo goed met me. Kwam in de problemen. Zij hebben me eruit gehaald.'
'Drugs?' vroeg Robie.
'Nee, ik was niet degene die drugs gebruikte,' zei Cassidy zacht, met een blik op Julie.
'Ik weet dat mijn ouders een drugsprobleem hadden,' zei Julie. 'Vooral mijn vader.'
'Hij was een goede man, Julie,' zei Cassidy. 'Zoals ik al zei, hij heeft in de woestijn mijn leven gered. Kreeg een *Bronze Star with Valor*. En een *Purple Heart*. Toen we nog in het leger zaten, dronk hij geen druppel. Maar toen we eruit kwamen, werd alles anders. De oorlog duurde niet eens zo lang. Niet zoals 'Nam of de Tweede Wereldoorlog. Maar we hebben daar afschuwelijke dingen gezien. Heel veel doden, vooral burgers, vrouwen, kinderen. En heel veel jongens kwamen in de war of ziek terug. Hoe dan ook, jouw vader begon te gebruiken. Marihuana. Coke. Meth. Je moeder probeerde hem van de drugs te krijgen, maar dat lukte niet. En daarna begon zij die troep ook te gebruiken. Het is verdomd moeilijk om daar vanaf te komen als je er eenmaal aan bent.'
'En wat was uw probleem?'
'Ik was een dronkaard.'
'En toch bezit u een bar?'
'Beste manier om jezelf elke dag weer te testen. Er staat allemaal fantastische drank om me heen en toch heb ik al ruim tien jaar geen druppel meer gedronken.'
'Julie is veertien. Het is dus dertien jaar geleden dat u de Getty's voor het laatst hebt gezien?' vroeg Vance.

'Dat zei ik ja.'
Robie keek om zich heen in het grote kantoor. 'De Getty's waren er financieel beroerd aan toe. Misschien had u iets terug kunnen doen.'
Cassidy zei: 'Had ik graag gedaan. Als ik hen had kunnen vinden.' Hij trok de la van zijn bureau open en drukte op een knopje in die la. Op de muur achter zijn bureau klikte de foto open van een vrouw op een paard, waardoor een safe zichtbaar werd.
Hij maakte de kluis open, haalde er een stapel brieven uit en hield ze omhoog. 'Brieven die ik aan je ouders heb geschreven, Julie, in de loop der jaren. Kwamen allemaal ongeopend retour, adres onbekend. Ik heb heel veel tijd en geld gespendeerd om jullie te zoeken. Nooit gedacht om hier in de buurt te kijken.'
Hij smeet de brieven op zijn bureau en ging weer zitten. 'Ik kan niet geloven dat ze dood zijn,' zei hij met trillende stem. Hij wreef in zijn ogen en schudde zijn hoofd.
Robie keek naar de brieven. 'U hebt heel veel moeite gedaan.'
'Zoals ik al zei, ze waren mijn vrienden. Curtis heeft mijn leven gered. Ze hebben me geholpen toen ik hulp nodig had.' Hij keek naar Julie. 'Nu je ouders dood zijn, bij wie ga je wonen? Wie gaat er voor je zorgen?'
'Zij, voorlopig,' zei Julie en wees naar Robie en Vance.
'Is ze voor haar eigen veiligheid gearresteerd of zo?' vroeg Cassidy.
'Of zo,' antwoordde Robie.
Cassidy keek naar Julie. 'Ik kan je helpen. Ik *wíl* je graag helpen, net zoals ik je ouders had willen helpen.'
'Daar kunnen we het later over hebben,' zei Robie. 'Is er niets anders wat u ons over Getty kunt vertellen, of over de andere leden van uw sectie?'
'Zoals ik al zei, ik heb geen contact gehouden.'
'Herinnert u zich Gabriel Siegel en Elizabeth Claire nog?'
'Ja, natuurlijk. Hoe gaat het met hen?'
'Niet zo geweldig, eerlijk gezegd. En Rick Wind?'
'Ja, hij was een goeie vent. Goede soldaat.'
'Hij is nu ook dood. Net als Leo Broome.'
Cassidy stond op en gaf een klap op zijn bureaublad. 'Zijn alle mensen van mijn oude sectie vermoord?'
'Niet allemaal, maar het sterftecijfer is hoger dan wenselijk is,' zei Vance droog.
'Moet ik me zorgen maken?' vroeg Cassidy.
'Ik denk dat iedereen zich zorgen moet maken,' antwoordde Robie.

•85•

Terwijl ze terugliepen naar de auto zei Robie: 'We hebben hen alle drie opgezocht en er is niets gebeurd.'
'Wat betekent dat ze niet laten merken wie van hen belangrijk is.'
'Wel slim.'
'Misschien was het niet belangrijk. Siegel wist niets, alleen dat Van Beuren in die hospice lag. Van Beuren kon niets vertellen omdat ze terminaal is. Cassidy was wel een beetje vreemd.'
Julie zei: 'Ik vond hem aardig. Hij deed me een beetje aan mijn vader denken.'
Robie zei: 'Hij heeft echt geprobeerd je ouders te vinden. Maar het is vreemd dat hij niet wist dat die anderen in de buurt woonden. Als die vent het zich kon permitteren om op zoek te gaan naar de Getty's, waarom heeft hij dan niet een paar van de anderen geprobeerd te vinden?'
'Mijn ouders hebben hem geholpen, zoals hij zei,' antwoordde Julie. 'En mijn vader had zijn leven gered. De anderen waren gewoon soldaten die in dezelfde sectie hadden gezeten.'
'Misschien,' zei Robie. 'Maar ik ben niet overtuigd.'
Vance keek naar zijn auto. 'Denk je dat het veilig is om in te stappen?'
'Ik vertelde je toch over die speciale voorzieningen? Maar als het je een beter gevoel geeft, stap ik eerst wel in en start de motor.'
'Robie, dat hoef je niet te doen. We zitten hier met z'n allen in.'
'En omdat dat zo is, moet ik het doen. Het heeft geen enkele zin dat we met dezelfde vuurbal de lucht in gaan.'
Ze wachtten op de hoek terwijl Robie de auto opende en instapte. Vance en Julie wachtten gespannen tot hij de motor startte en slaakten een diepe zucht toen er niets gebeurde.
Robie reed naar de hoek en ze stapten in.
'Waar gaan we nu naartoe?' vroeg Vance.
'Terug naar ons kleine hoofdkantoor, aantekeningen vergelijken, alles doordenken en nieuwe aanwijzingen vinden.'
'Ik zie niets waarover we kúnnen doordenken,' bromde Julie.
'Dat zal je nog verbazen,' zei Robie.
'Nou, laten we hopen dat we ons verbazen,' zei Vance. 'Want ik zie helemaal geen lichtpuntjes meer.'

Het was even druk op de weg toen ze weer naar het westen reden en ruim anderhalf uur later zaten ze aan de keukentafel van de boerderij elkaar aan te kijken.
Op de terugweg hadden ze hamburgers en friet gehaald en in de auto opgegeten. Maar hoewel hun maag nu vol was, was hun hoofd leeg. Ze hadden geen enkele goede aanwijzing.
'Oké, laten we alles nog eens doornemen,' zei Robie.
'Moet dat?' vroeg Julie. 'Het lijkt zo'n tijdverspilling.'
'Het meeste recherchewerk kan tijdverspilling zijn. Maar je moet het doen om de stukjes te vinden die echt belangrijk zijn,' snauwde Vance.
Robie keek naar Vance. 'Jouw beurt.'
Vance zei: 'Oké, we hebben enkele scenario's gecontroleerd die op niets zijn uitgelopen. Laten we opnieuw beginnen en enkele mensen uitsluiten. Over wat jij over Van Beuren vertelde; ik kan me niet voorstellen hoe zij hierbij betrokken kan zijn. Ze is al maanden in die hospice. Ze ligt aan een beademingsapparaat. Haar man en dochter moeten in feite toekijken terwijl ze sterft.'
Robie knikte. 'Siegel lijkt even onwetend. Hij maakt zich drukker over eventueel ontslag. En hij leek oprecht verbaasd toen ik hem vertelde waarom ik met hem wilde praten.'
'Dus misschien heb je je vergist, Robie,' zei Vance. 'Je zei dat het kwam door wat Julie zei, over die andere sectieleden, dat ze daarom probeerden haar te vermoorden. Maar daar lijkt het nu niet op.'
Robie vroeg: 'En Cassidy?'
'Wat is er met hem?'
'Hij kende de Getty's. Persoonlijk geloof ik niet dat hij hen niet kon vinden. Of dat hij niet wist dat die andere sectieleden in de buurt woonden. Die man heeft geld en met geld krijg je resultaten. En hoewel hij oprecht verbaasd leek toen hij hoorde dat Curtis en Sara dood zijn, vond ik het toch bijzonder vreemd.'
Julie zei: 'Mijn vader en moeder hebben het nooit over hem gehad. Dat is ook heel vreemd, als je nagaat hoe goed ze volgens hem bevriend waren. Ik bedoel, waarom hebben ze zijn brieven niet beantwoord?'
'Het klopt niet,' zei Robie.
Vance wilde iets zeggen toen haar telefoon zoemde. Ze keek naar het nummer. 'Onbekend nummer. Maar het kengetal is van Noord-Virginia.'
'Neem maar op dan,' zei Robie.
'Hallo?' zei Vance.
De persoon aan de andere kant van de lijn begon snel te praten.
'Wacht even, rustig aan.' Vance klemde haar mobieltje tussen haar oor en haar schouder, pakte een pen en papier en begon te schrijven.

'Oké, oké, ik kom er zo aan.'
Ze verbrak de verbinding en keek naar Robie.
'Wie was dat?' vroeg hij.
'Misschien had je toch gelijk,' zei Vance.
'Waarover?'
'Dat was Gabriel Siegels vrouw. Ik had haar mijn kaartje gegeven.'
'Waarom belde ze?'
'Haar man werd vlak nadat je hem had verlaten opgebeld. Meteen daarna verliet hij de bank en is niet teruggekomen. Hij heeft een afspraak gemist met een klant en een gezamenlijke lunch op de bank. Hij is gewoon verdwenen.'

•86•

Ze reden niet eerst naar de bank, maar rechtstreeks naar Gabriel Siegels huis. Zijn vrouw stond bij de deur op hen te wachten toen ze op de oprit stopten. Robie stapte als eerste de veranda op. De vrouw keek verbaasd naar hem, tot ze zag dat Vance achter hem aan liep.

'Wij zijn partners,' zei Vance kortaf. 'Robie, dit is Alice Siegel.'

'Mevrouw Siegel, wij zijn hier om u te helpen uw man terug te vinden.'

Alice Siegel knikte, met betraande ogen. Maar toen ze Julie zag, leek ze nog verbaasder. 'Wie is zij?'

Robie zei: 'Dat kunnen we nu niet bespreken, mevrouw. Mogen we binnenkomen?'

Alice stapte achteruit en liet hen binnen. Ze liepen naar de woonkamer en gingen zitten.

Robie keek om zich heen. De meeste meubels waren goedkoop. Maar het was netjes, schoon en functioneel. De Siegels hadden duidelijk niet veel geld. Zo te zien betaalde de bank niet veel. Maar de Siegels gingen zo zuinig mogelijk om met hun teruglopende inkomsten, net als miljoenen andere gezinnen op dit moment.

Vance opende het gesprek. 'U zei dus dat hij een telefoontje kreeg en daarna de bank verliet. Enig idee wie hem heeft gebeld?'

'Niemand bij de bank weet dat. Ik hoopte dat het telefoongesprek getraceerd kon worden.'

'Kwam het gesprek binnen op de vaste lijn van de bank of op zijn mobiele telefoon?'

'Op zijn kantoornummer. Daarom wisten ze ook dát hij was gebeld.'

'Maar als het gesprek op de bank binnenkwam, heeft dan niemand gevraagd wie uw man had gebeld?'

'Ik denk dat ze de telefoontjes gewoon doorverbinden. Het is immers een bank. Ik neem aan dat degene die het gesprek aannam ervan uitging dat Gabe het gesprek wilde aannemen. Ze hebben geen echte receptioniste of zo. Dat hebben banken niet meer tegenwoordig. Ze zijn aan het bezuinigen.'

'Dat heeft uw man me verteld,' zei Robie. 'Heeft die persoon bij de bank gezegd of het een man of een vrouw was?'

'Een man. Gaat u ernaartoe? Ik bedoel, is het spoor niet allang koud?'

'Dat probleem lossen wij wel op, mevrouw Siegel,' zei Vance. 'Maar er is geen

misdaad gepleegd. En uw man is technisch gezien niet vermist. Hij leek uit vrije wil te zijn vertrokken.'
'Maar hij is niet teruggekomen. Hij is zomaar de bank uitgelopen. Dat is niet normaal.'
'Kan hij een auto-ongeluk hebben gehad?'
'Zijn auto staat nog steeds op de parkeerplaats.'
'Dan is hij misschien te voet vertrokken,' zei Robie. 'Of hij heeft een lift gekregen van degene die hem belde. Hebt u geprobeerd hem op zijn mobieltje te bereiken?'
'Twintig keer. Ik heb hem ook sms'jes gestuurd. Geen antwoord. Ik ben vreselijk ongerust.'
Robie keek aandachtig naar haar. 'Kunt u bedenken waarom hij zomaar weggelopen kan zijn?'
'Door dat telefoontje. Dat móét wel!'
Vance voegde eraan toe: 'Maar we weten niet of die twee gebeurtenissen met elkaar in verband staan. Misschien was hij toch al van plan weg te gaan. De timing van dat telefoongesprek kan toeval zijn.'
'Maar waarom dan?'
Robie zei: 'Tegen mij zei hij dat u beiden bang was dat hij zijn baan bij de bank zou kwijtraken.'
'Nou, weglopen is een uitstekende manier om ervoor te zorgen dát je wordt ontslagen,' snauwde Alice.
'En u weet zeker dat hij niet heeft geprobeerd contact met u op te nemen? Op uw mobieltje? Misschien op uw vaste telefoon?'
'We hebben geen vaste telefoon. Die hebben we de deur uit gedaan nadat Gabe vorig jaar een salarisvermindering kreeg.'
'Kunt u een reden bedenken waarom uw man zomaar zou weglopen?'
Ze keek hem argwanend aan. 'Nou, ú hebt met hem gepraat. En daarna is hij verdwenen. Misschien kunt u me die reden vertellen.'
Ze heeft wel een punt, dacht Robie.
'Uw man zat in het leger tijdens de Golfoorlog,' begon hij.
'Heeft dit daarmee te maken? Maar hij is al jaren geleden uit dienst gegaan.'
'Hij maakte deel uit van een bepaalde sectie,' vervolgde Robie. 'We hebben belangstelling voor die sectie.'
'Waarom?'
Robie aarzelde even en keek naar Vance. Ze zei: 'We zijn gewoon geïnteresseerd, mevrouw Siegel. We wilden uw man vragen of hij contact had onderhouden met iemand van zijn oude sectie.'
'Ik weet dat hij Elizabeth Claire kende. Haar achternaam is nu Van Beuren.'
'Dat weten we.'

'Ze is stervende.'
'Dat weten we ook,' zei Vance. 'Heeft hij ooit iemand anders genoemd?'
'Af en toe noemde hij weleens een naam. Kan ik me niet herinneren.'
'Leo Broome? Rick Wind? Curtis Getty? Jerome Cassidy?' drong Robie aan.
'Getty, ja, die naam herinner ik me. Gabe zei dat ze goed bevriend waren geweest, maar hij heeft hem sinds ze terug zijn in de VS niet meer gezien. Rick Wind klinkt bekend. Weet u, Gabe praatte niet veel over zijn diensttijd. Hij was heel bang dat hij dood zou gaan door de giftige omstandigheden daar. Er zijn allemaal soldaten dood neergevallen en het leger weigert zelfs maar te erkennen dat er zoiets als het Golfsyndroom bestaat. Toen Elizabeth ziek was geworden, werd hij ontzettend depressief. Hij dacht heel veel aan haar. Hij was ervan overtuigd dat hij de volgende zou zijn.'
Julie vroeg: 'U zei dat hij en Curtis Getty bevriend waren. Had hij foto's van hen samen?'
Robie en Vance keken naar Julie. Robie voelde zich meteen schuldig. Hij stond er niet steeds bij stil wat dit alles bij de tiener teweeg moest brengen.
Alice leek even van de wijs, maar toen ze Julies ernstige blik zag, stond ze op. 'Volgens mij wel. Wacht even.'
Ze liep de kamer uit en kwam een paar minuten later terug met een envelop. Ze ging naast Julie zitten, maakte een envelop open en haalde de foto's eruit. 'Gabe had deze meegenomen van overzee. Je mag ze wel bekijken, hoor.'
Vance en Robie kwamen erbij zitten en met z'n allen bekeken ze de foto's. Julie zei: 'Dat is mijn vader!'
Alice keek naar Robie en toen naar Vance. 'Haar vader?'
'Dat is een lang verhaal,' zei Robie.
Hij nam de foto van Julie aan en bekeek hem aandachtig.
De groep stond voor een uitgebrande Irakese tank. Iemand had op de achterkant van het gepantserde voertuig de woorden *Saddam Kabob* gespoten.
Curtis Getty stond helemaal rechts, in uniform, met zijn overhemd open en een pistool in zijn rechterhand geklemd. Hij zag er heel jong en heel gelukkig uit, waarschijnlijk omdat hij leefde. Naast hem stond Jerome Cassidy. Zijn haar was bruin en kortgeschoren. Hij droeg geen overhemd en was gebruind, mager en gespierd. Naast hem stond Elizabeth Claire. Ook al was ze kleiner dan de anderen, ze zag er toch stoerder uit. Haar uniform was smetteloos schoon en elke knoop zat precies waar hij moest zitten. Ze droeg haar wapen in haar zijholster en ze keek met een ernstige blik in de lens.
Toen Robie naar de foto keek, dacht hij eraan dat het op dat moment waarschijnlijk niet bij haar was opgekomen dat ze twintig jaar later in een hospice op de dood zou liggen wachten.

Alice zei: 'Dat is Gabe, helemaal links.'
Siegel was dunner, had meer haar. Hij leek zelfverzekerd, eigenwijs zelfs, zoals hij in de lens keek. Hij was nu nog maar een schim van de man op de foto, dacht Robie.
Alice wees naar twee andere mannen die naast elkaar in het midden stonden. Ze waren langer dan de anderen. 'Ik weet niet wie dat zijn.'
'Rick Wind en Leo Broome,' zei Robie. 'Wij weten wie ze zijn.'
'Denkt u dat zij weten waarom mijn man is verdwenen?'
'Misschien,' zei Robie. Maar hij dacht: *het heeft niet zoveel zin hun dat te vragen.*
Vance, die Robies gedachten kennelijk kon lezen, zei: 'Dat gaan we na.'
'Ik begrijp niet waarom we het nu over mijn mans diensttijd hebben, het is al zo lang geleden.'
'Heeft uw man nog andere zaken die met zijn tijd in het leger te maken hebben?'
'Niet dat ik weet. Hij had een paar dingen mee teruggenomen. Zijn helm, laarzen en wat andere dingen. Maar die heeft hij weggegooid.'
'Waarom?' vroeg Vance.
Alice Siegel leek verbaasd toen ze dat vroeg. 'Omdat hij dacht dat ze giftig waren natuurlijk!'

•87•

Toen ze terug waren in de boerderij belde Vance haar baas op en kreeg de wind van voren omdat ze zonder toestemming was verdwenen. Zodra de man was uitgeraasd, kon Vance hem vragen het telefoontje te traceren dat Gabriel Siegel op de bank had ontvangen.

Twintig minuten later belde hij terug met het antwoord.

Wegwerptelefoon, dood spoor. Hij gaf Vance opdracht naar kantoor te komen, en wel meteen.

Robie hoorde dit deel van het gesprek. Toen Vance wilde weigeren, pakte hij haar bij de arm en zei: 'Ga maar, en neem Julie mee.'

Ze keek naar boven, waar Julie naar de badkamer was gegaan.

'Waarom?' vroeg Vance.

'De zaak wordt binnenkort bijzonder gevaarlijk.'

Vance legde haar hand op de telefoon. 'Hoe weet je dat?'

'Dat weet ik gewoon.'

'Een reden te meer om bij elkaar te blijven.'

'Maar zonder Julie. We mogen haar hier niet bij betrekken. Breng haar naar het WFO en zorg dat ze wordt bewaakt. Daarna kun je weer terugkomen.'

Ze keek hem vol argwaan aan.

Uit haar telefoon kwam een krijsende stem.

'Ja, meneer,' zei Vance in de telefoon. 'Ik kom er nu aan. En ik neem Julie Getty mee. Ik hoop dat we haar deze keer beter kunnen beschermen dan de vorige keer.'

Ze verbrak de verbinding en keek Robie onderzoekend aan. 'Als je me verneukt...'

'Waarom zou ik dat doen?'

'Omdat je die neiging hebt. Alsof je het edele idee hebt dat jij de enige mens ter wereld bent die dit kan oplossen, of dat jij me op de een of andere manier van gevaar kunt afschermen...'

'Jij bent een FBI-agent. Jij hebt je hiervoor aangemeld. Ik heb geen edele ideeën. Ik probeer alleen maar mijn werk te doen en daarna in leven te blijven. Als ik al bepaalde waanideeën heb, dan komt dat doordat ik geloof dat deze twee doelen niet even exclusief zijn.'

'Je probeert de zaak ingewikkeld te maken.'

'Stap in je auto en neem Julie mee. Installeer haar daar en kom dan terug.'

'En dan zit jij hier op me te wachten?' vroeg ze sceptisch.
'Als ik hier niet ben, heb je mijn telefoonnummer.'
'Ik geloof dit niet, Robie. Je sluit me buiten nu het...'
Robie draaide zich om en liep weg.
'Is dat je antwoord? Loop je weer weg?' riep ze hem na.
'Wat is er aan de hand?' Julie boog zich over de trapleuning heen.
Vance keek naar Robie en zuchtte. 'Kom mee, Julie. We moeten hier weg.'
'Waar gaan we naartoe?'
'Een aanwijzing checken.'
'Wat gaat Will doen?'
'Een andere aanwijzing checken.'
'Waarom gaan we uit elkaar?'
'Omdat onze onverschrokken leider dat wil. Ja toch, Robie?' voegde ze er luider aan toe.
Hij was nu in de kamer ernaast en reageerde niet.
Robie keek naar de BMW met de barst in de voorruit en de verbrijzelde achterruit. Vance reed achteruit, zette hem hardhandig in de vooruit en terwijl ze wegreed, maakte ze een diep bandenspoor in het grind van de oprit.
Robie haalde diep adem, hij voelde zich bevrijd. Hij had nooit goed kunnen samenwerken. De laatste twaalf jaar had hij bijna volledig geïsoleerd gewerkt. Zo had hij het het liefst. Hij werkte beter alleen dan met een team. Zo zat hij nu eenmaal in elkaar.
Hij voelde zich meteen vrij. Niet meer verantwoordelijk voor anderen.
Hij verdrong de herinnering aan zijn belofte aan Julie dat hij haar zou laten meehelpen uitzoeken wat er met haar ouders was gebeurd. Dat was toch een valse belofte. Het zou stom zijn om zich aan die belofte te houden. Als hij dat wel deed, dacht hij, zou het erop neerkomen dat het meisje zou sterven.
Toch maakte het niet veel verschil voor Robie. Dat herhaalde hij in gedachten, terwijl hij zich klaarmaakte om af te maken waar hij aan was begonnen.
Over één ding had hij zich niet bedacht: *dit ging om hem*. Ondanks hun omweg naar de sectie waar Curtis Getty deel van had uitgemaakt.
Dit gaat om mij. En het gaat ook om iets groters.
Nu moest hij uitzoeken wat dat iets was.
Dit was een schaakwedstrijd en de andere kant had zojuist een zet gedaan.
Robie moest beslissen of het een legitieme zet was of iets anders.
Hij bewapende zich en vertrok om dat te gaan doen.

88

De eerste stop was de bank. Robie praatte met de medewerkers die helaas geen nuttige informatie konden verstrekken. Gabriel Siegel had zijn aktetas laten liggen, maar daar zat niets in waar Robie iets aan had. Toch betekende dit dat Siegels vertrek niet gepland was en niets te maken had met bankzaken. Dat had hij eigenlijk al geweten, maar nu werd dat vermoeden bevestigd.

Zoals Alice Siegel had verteld, stond de auto van haar man nog steeds op de parkeerplaats. Het was een tien jaar oude Honda Civic. Robie maakte het slot open en doorzocht de auto, maar hij vond niets nuttigs. Hij stapte in zijn auto en reed weg, terwijl hij zich afvroeg waarom Siegel zomaar de bank was uitgelopen.

De volgende stop was de hospice. De vorige keer dat hij daar was, was hij iets vergeten.

Het gastenboek.

De receptioniste liet hem erin kijken. Terwijl zij met andere dingen bezig was, maakte hij foto's van de bladzijden van de afgelopen maand. Daarna liep hij door de gang naar de kamer van Elizabeth Van Beuren.

Er was niet veel veranderd. Ze lag nog steeds in het bed met een grote slang in haar keel. De zon scheen nog steeds door de ramen naar binnen. Er stonden nog steeds bloemen, en de foto van haar gezin.

En ze ging nog steeds dood. Ze klampte zich vast aan het leven, misschien omdat ze een soldaat was en het gewoon haar karakter was. En de beademing kon geen kwaad. Op een bepaald moment zou haar familie daarover een besluit moeten nemen.

Zoals de verpleegkundige had gezegd, was de hospice niet bedoeld om iemand te genezen of om iemands leven te verlengen. Het was bedoeld om iemand waardig te laten sterven, comfortabel, vredig.

Hij keek naar Van Beuren en vond dat ze er helemaal niet vredig uitzag.

Ze zouden haar gewoon moeten laten gaan. Haar gewoon laten vertrekken naar een betere plek dan deze.

Hij pakte de foto en keek ernaar. Een leuk gezin. Brooke Alexandra Van Beuren was knap, had zacht bruin haar, een speelse glimlach. Robie vond het leuk zoals de camera de energieke blik in haar ogen, het leven daarin, had gevangen. De vader leek onbuigzaam, maar bezorgd en opgejaagd, alsof hij al vermoedde welk lot zijn vrouw binnen niet al te lange tijd zou treffen.

Op een bepaald moment in zijn leven had Robie gedacht dat hij misschien ook zo'n gezinnetje kon hebben. Dat was natuurlijk al lang geleden. Maar soms dacht hij daar nog steeds aan. Op dat moment dacht hij aan Annie Lambert, maar schudde die gedachte van zich af. Hij zag niet in hoe zoiets mogelijk kon zijn.
Hij liep naar buiten waar de zon al onderging en reed weg. Naar Arlington, naar de bar die Jerome Cassidy had opgebouwd.
Robie schoot lekker op en stopte iets voor vijven voor de bar.
Hij liep naar binnen, bestelde een biertje en vroeg naar Cassidy. De man kwam er een paar minuten later aan en liep met een onzekere blik op zijn gezicht naar Robie toe. Hij keek naar Robies biertje alsof het een staaf dynamiet was die elk moment kon exploderen.
'Ik wil met je praten,' zei Robie.
'Waarover?'
'Julie.'
'Wat is er met haar?'
'Ga je haar nog vertellen dat jij haar vader bent?'
'Laten we gaan zitten.'
Cassidy liep voor hem uit naar een zitje in de hoek. Er waren ongeveer vijftien andere klanten.
Toen ze waren gaan zitten, zei Cassidy: 'De eerste golf komt om een uur of halfzes. Tegen zevenen zit het vol. Om acht uur zijn alle stoelen bezet en kun je alleen nog staan. Om halftwaalf wordt het leger. D.C. werkt hard. Mensen staan vroeg op. Vooral de mensen in uniform.'
Robie hield zijn bierglas vast, maar dronk niets. Hij wachtte tot Cassidy zijn vragen zou gaan beantwoorden.
De man leunde eindelijk achterover, legde zijn handen plat op de tafel en keek naar Robie.
'Ten eerste, hoe wíst je dat verdomme?'
'Mannen schrijven geen stapels brieven aan hun "vrienden". Vooral niet als het een man is. Ze stoppen er geen tijd en geld in om ze op te sporen. En ik zag hoe je gezicht oplichtte toen Julie binnenkwam. Je had haar niet gezien sinds ze een baby was, maar je wist meteen wie ze was. Zo moeilijk was het natuurlijk niet om dat te snappen. En kortgeleden zag ik een foto van je toen je in uniform was, twintig jaar geleden. Julie lijkt misschien erg op haar moeder, maar ze heeft ook iets van jou.'
Cassidy ademde langzaam uit en knikte. 'Denk je dat ze het weet?'
'Nee, dat denk ik niet. Vind je dat belangrijk?'
'Misschien wel.'

'Dus, ga je het haar vertellen?'
'Denk jij dat ik dat zou moeten doen?'
'Waarom vertel je me niet eerst wat er is gebeurd?'
'Zoveel is er niet te vertellen. En ik hoef me nergens voor te schamen. Ik hield van Sara. Dit was al voordat ze met Curtis trouwde. En zij hield van mij. En toen kwam Curtis. Ze vielen meteen op elkaar. Liefde op het eerste gezicht. Ik hield niet op dezelfde manier van Sara als Curtis. Ik vond het niet erg. En zoals ik al zei, hij had mijn leven gered. Hij was een goeie vent. Waarom zou ik hem geen geluk gunnen?'
'Maar Julie?'
'Stomme laatste vrijpartij. Curtis dacht dat Julie van hem was. Sara wist wel beter. Ik wist wel beter. Maar ik heb nooit iets gezegd.'
'Zo te horen ben je wat dat betreft een ongelooflijk goede vent,' zei Robie.
Cassidy zei: 'Ik ben geen heilige, dat heb ik nooit beweerd. Heb in mijn leven heel veel mensen gekwetst, vooral toen ik nog dronk. Maar Sara en Curtis hoorden gewoon bij elkaar. En ik kon absoluut niet voor een kind zorgen. Het was een gemakkelijke oplossing voor me, weet je. Niets edels aan.'
'Nu is het niet meer zo gemakkelijk zeker?'
Cassidy keek naar het volle bierglas.
Robie vroeg: 'Wil je wat?'
Cassidy wreef in zijn handen. 'Nee, nee, dat niet. Ik wil het wel, maar nee.'
Robie nam een slok bier en zette zijn glas weer neer. 'Nu is het niet zo gemakkelijk meer?' vroeg hij weer.
'Hoe ouder je wordt, hoe meer dingen je betreurt. Ik ben nooit van plan geweest Julie af te pakken. Nooit! Ik wilde haar alleen maar zien. Kijken wat voor meisje ze was geworden. Maar toen was ik al uit Pennsylvania vertrokken. Tegen de tijd dat ik hen begon te zoeken, waren zij ook vertrokken. Heb overal gezocht, behalve hier.' Hij zweeg en keek naar Robie. 'Wat is er aan de hand? De FBI is erbij gehaald. Er worden mensen vermoord. Julie zit er middenin.'
'Kan ik je niet vertellen. Wat ik je wel kan vertellen, is dat Julie als dit allemaal voorbij is wel een vriend kan gebruiken.'
'Ik wil haar helpen.'
'Laten we maar even afwachten hoe het uitpakt. Ik kan je niets beloven.'
'Ik ben haar vader.'
'Haar biologische vader in elk geval.'
'Geloof je me niet?'
'Ik geloof niemand meer.'
Cassidy wilde iets zeggen, maar bedacht zich en glimlachte. 'Verdomme, ik ook niet, Robie.' Hij keek door het raam naar buiten. 'Ik heb je mijn kant van het

verhaal verteld. Wat denk je, moet ik het aan Julie vertellen?'
'Ik ben waarschijnlijk niet de beste persoon aan wie je dat moet vragen. Ben nooit getrouwd. Heb geen kinderen.'
'Nou, laten we eens aannemen dat je wél de beste persoon bent. Wat zou je me dan adviseren?'
'Ze hield van haar ouders. Ze wilde dat hun leven beter werd. Ze wil uitzoeken waarom ze zijn vermoord. Ze wil hen wreken.'
'Jij zegt dus dat ik het haar niet moet vertellen?'
'Ik zeg dat mijn antwoord morgen misschien anders is dan vandaag. Maar jij bent de enige die dit kan beslissen.'
Robie stond op en keek naar zijn glas bier. 'Het gaat je lukken.'
Cassidy keek naar hem. 'Waarom denk je dat?'
'Als je onder deze omstandigheden een uitstekend glas bier kunt afwijzen, kun je dat ook onder andere omstandigheden. Ik hou contact.'

•89•

Robie wist niet waarom hij hier weer naartoe was gegaan.
Het was het appartement aan de overkant van de straat. Hij opende de deur, schakelde het alarm uit en keek om zich heen. Hij had dit huis. Hij had het appartement aan de overkant en de boerderij. Elke plaats zou veilig moeten zijn, maar was het niet. Dus voelde Robie zich dakloos. Het zou hem niets verbazen als er iemand binnenkwam die hem vroeg wat hij hier deed.
Hij keek op zijn horloge. Het was bijna zeven uur.
Hij had Vance gebeld, maar was meteen doorgeschakeld naar haar voicemail. Ze kreeg waarschijnlijk op haar kop van haar baas omdat ze zomaar was verdwenen. Hij betwijfelde of ze op korte termijn bij hem terug zou komen. En dat luchtte hem eigenlijk op. Hij had Julie een sms'je gestuurd en een kort antwoord teruggekregen. Ze was natuurlijk woedend dat ze was belazerd en weer voor haar eigen veiligheid was opgesloten. Maar nu zou ze in elk geval opgroeien en iets geweldigs gaan doen met die fantastische hersenen van haar.
Na zijn bezoek aan Cassidy had hij rondgereden. Hij was naar de plek gegaan waar de bus was geëxplodeerd en vervolgens naar Donnelly's dat nog steeds gesloten was. Robie betwijfelde óf het ooit weer open zou gaan. Wie zou iets willen drinken of een hapje willen eten op de plek waar zoveel mensen waren gedood?
Nu was hij hier en hij wist niet goed waarom.
Hij keek naar de telescoop en liep ernaartoe. Na een tijdje bukte hij zich en keek erdoorheen. Meteen zag hij zijn flatgebouw. Hij zoomde in en keek naar de ramen van zijn eigen appartement. Het was donker. Dat hoorde ook zo. Hij bewoog de telescoop naar links en zijn blik gleed langs de verlichte gang voor alle appartementen op die verdieping.
Zijn blik gleed, zoals hij wel wist, naar Annie Lamberts flat. Haar ramen waren ook donker. Ze was waarschijnlijk nog aan het werk. Hij vroeg zich af of ze een goede dag had gehad. Hij hoopte van wel. Dat verdiende ze.
Terwijl hij stond te kijken, zag hij haar door de straat fietsen. Hij bleef kijken toen ze met haar fiets aan de hand het gebouw binnenliep. Terwijl hij in gedachten de seconden telde, richtte hij de telescoop op de liftdeuren op zijn verdieping. Een paar seconden later gingen de liftdeuren open en stapte Lambert eruit, met haar fiets aan de hand. Ze draaide de voordeur van haar appartement van het slot en liep naar binnen.

Robie bewoog de telescoop en zag dat ze haar fiets tegen de muur zette, haar jas en tennisschoenen uittrok en op haar sokken door de gang liep. Ze ging even naar de badkamer. Toen ze eruit kwam liep ze verder door de gang. Robie was haar even kwijt, maar zag haar een minuut later weer. Ze had haar blouse uitgetrokken en droeg nu een trui. Ergens wilde hij naar haar toe. Toen zag hij dat ze een lange zwarte jurk pakte die aan een knaapje hing met een plastic hoes erover. Hij had over een stoel gehangen. Ze haalde het plastic eraf en hield de jurk voor haar lichaam. Het was een strapless jurk, zag Robie. Ze pakte nog een kledingstuk. Een bijpassend jasje. Als laatste pakte ze een paar pumps.

Annie Lambert ging die avond de stad in, leek het. *En waarom zou ze dat niet doen?* dacht Robie. Maar hij was wel een beetje jaloers. Dat was een onbekend gevoel voor hem. Onprettig.

Hij ging zitten, legde zijn voeten op de leren poef en keek naar het plafond. Hij was ontzettend moe, hij kon zich niet herinneren wanneer hij had geslapen. Hij viel in slaap en schrok na een tijdje weer wakker. Opeens dacht hij ergens aan. Hij pakte zijn telefoon en bekeek de foto's die hij van het gastenboek in de hospice had gemaakt.

Hij scrolde van het ene scherm naar het andere, zonder dat hij verwachtte iets belangrijks te vinden. En dat gebeurde ook niet. De enige naam die hij herkende, was Gabriel Siegel, ongeveer een maand geleden. En dat kon wel kloppen, want Siegel had gezegd dat hij toen ongeveer voor het laatst bij Van Beuren was geweest.

Hij scrolde naar een andere pagina. Er was niets.

Hij bekeek een andere pagina. Weer niets.

Maar toen viel zijn blik ergens op.

Het was geen naam.

Maar een datum.

In het gastenboek ontbrak een hele dag. Hij vergrootte het scherm zo groot als mogelijk was. Hij keek heel goed. Helemaal onder in de linkerhoek van het scherm zag hij het.

Een driehoekje papier. Dat zou niemand opvallen die naar het gastenboek keek. Het was te klein. Maar nu de pixels tot een onnatuurlijk formaat waren vergroot, wist Robie wel wat het was. De restanten van de bladzijde die uit het boek waren gescheurd. Misschien toen de receptiebalie even onbemand was geweest.

Waarom zou iemand een pagina uit het gastenboek van een hospice halen?

Er was maar één antwoord mogelijk. Ze wilden niet dat de naam van iemand bekend werd. Ze wilden de naam vernietigen van degene die Elizabeth Van Beuren had bezocht.

Was het Broome? Getty? Wind? Twee van hen? Alle drie?
Siegel had hem verteld dat hij Broome al tien jaar niet had gezien, en Wind en Getty niet sinds de Golfoorlog. Cassidy had gezegd dat hij na de oorlog alleen Getty had gezien.
Maar stel dat Broome of Getty of Wind hadden gehoord dat Van Beuren hier was en haar hadden opgezocht toen ze nog bij bewustzijn was? Siegel had gezegd dat ze af en toe bewusteloos was, wat betekende dat ze ook af en toe bij bewustzijn was. En had zij iets gezegd? Iets wat ertoe had geleid dat die drie mannen het zwijgen moest worden opgelegd? Het leek een vreemd idee, maar niet vreemder dan alle andere ideeën die Robie de laatste tijd had bedacht.
Robie keek naar de datum voor en na de ontbrekende pagina. Acht dagen geleden. Dat klopte wel met de tijdbalk. Siegel was geen doelwit geweest omdat hij al een maand niet meer was langs geweest. Rick Wind was de eerste geweest die was gedood. Terugrekenend leek het erop dat Wind was vermoord kort nadat hij misschien bij Van Beuren op bezoek was geweest.
En als Curtis Getty naar de hospice was geweest, dan zou dat de verklaring kunnen zijn van de verhitte discussie die de serveerster van het restaurant, Cheryl Kosmann, had gezien. Broome had het Getty verteld. Daarna had hij het misschien aan Wind verteld. Of andersom. Robie kon dat niet zeker weten als hij niet kon zien wie de vrouw had bezocht. Getty had geen auto, dus was het twijfelachtig dat hij helemaal naar Manassas was gereden.
Er kon geen risico worden genomen. Echtgenoten, echtgenotes en een exvrouw, die bovendien een potentieel gevaarlijke advocaat was, moesten worden gedood.
De Broomes waren erin geslaagd te ontsnappen. Een tijdje. Maar dankzij Robies onvrijwillige hulp hadden ze ook hen te pakken kunnen nemen.
Robie dacht weer aan het moment waarop het beademingsapparaat was aangesloten.
Dat apparaat hield een terminaal zieke vrouw in leven.
Maar het deed ook iets anders.
Het voorkwam dat ze, als ze bij bewustzijn was, iets zou zeggen.
Dat ze nog meer zou zeggen!
Ze hadden die buis in haar keel gestopt om haar het zwijgen op te leggen!
Maar wat ze een of meer van haar vroegere sectieleden had verteld, was de reden geweest dat ze waren vermoord.
Robie rende zijn appartement uit en nam de lift naar beneden.
Hij moest een bezoek brengen aan de hospice.

90

Het bezoekuur was voorbij. Maar nadat Robie een paar keer op de glazen voordeur had geklopt, kwam er iemand aan. Robie liet zijn badge zien en werd binnengelaten.

'Ik moet Elizabeth Van Beuren zien,' zei hij. 'En wel nu!'

'Dat is niet mogelijk,' zei de vrouw die hem had binnengelaten, een vrouw van in de dertig met kort blond haar.

'Ze is toch niet overgeplaatst of zo?' vroeg Robie.

'Nee.'

'Wat dan?'

De vrouw wilde net iets zeggen toen de verpleegkundige met wie Robie had gepraat verscheen.

'U bent dus terug?' vroeg ze. Daar was ze duidelijk niet blij mee.

'Waar is Elizabeth Van Beuren? Ik moet haar zien.'

'Zij kan u niet zien.'

'Dat zei zij ook al. Maar waarom niet?' vroeg Robie en keek de vrouw doordringend aan.

'Omdat mevrouw Van Beuren ongeveer drie uur geleden is overleden.'

'Wat is er gebeurd?'

'De beademingsbuis is verwijderd. Een uur later is ze vredig ingeslapen.'

'Wie had daar opdracht voor gegeven?'

'Haar arts.'

'Maar waarom? Had hij daar geen toestemming van de familie voor nodig?'

'Daar mag ik niets over zeggen.'

'Met wie kan ik daar dan wel over praten?'

'Met haar arts, neem ik aan.'

'Dan wil ik zijn naam en telefoonnummer hebben, nu meteen.'

Robie belde de arts op. De dokter had niet veel zin de zaak met Robie te bespreken tot Robie zei: 'Ik ben een FBI-agent. Er gebeuren hier dingen die we proberen uit te zoeken. De enige gemeenschappelijke factor is Elizabeth Van Beuren. Kunt u me iets vertellen? Dat is ontzettend belangrijk, anders zou ik het u niet vragen.'

De dokter zei: 'Ik zou die buis nooit hebben verwijderd als de familie er niet om had gevraagd.'

'Wie heeft het gevraagd?'

De dokter zweeg even, maar zei toen: 'Meneer Van Beuren.'
'Dus hij heeft u opdracht gegeven de buis te verwijderen. Waarom was hij van gedachten veranderd?'
'Ik heb geen idee. Ik heb gewoon gedaan wat hij ons vroeg.'
'Heeft hij het telefonisch gedaan of is hij hier zelf naartoe gekomen?'
'Telefonisch.'
'Wel vreemd dat hij hier niet wilde zijn toen zijn vrouw overleed,' zei Robie.
'Eerlijk gezegd, agent Robie, dacht ik dat ook. Misschien had hij belangrijker dingen te doen, hoewel ik me niet kan voorstellen wat dat zou kunnen zijn.'
'Weet u waar hij werkt?'
'Nee, dat weet ik niet.'
'Hebt u hem ooit persoonlijk ontmoet?'
'Ja, talloze keren. Hij leek een volstrekt normale man. Hij hing heel erg aan zijn vrouw. Hij was heel erg betrokken bij haar verzorging. Ik mocht hem.'
'Maar niet betrokken genoeg om tot het einde toe bij haar te zijn?'
'Nogmaals, daar heb ik geen verklaring voor.'
Robie verbrak de verbinding en keek naar de verpleegkundige. 'Is haar lichaam hier nog?'
'Nee, de mensen van de uitvaartonderneming hebben haar al opgehaald.'
'En haar man is niet langs geweest? Weet haar dochter het wel?'
'Ik heb geen idee. Ik neem aan dat meneer Van Beuren het haar wel heeft verteld. Hij heeft ons dat niet gevraagd, en daarom hebben we haar niet zelf kunnen bellen.'
Robie belde Vance, maar kreeg nog steeds de voicemail. Daarna belde hij Blauwe Man, maar die nam ook niet op.
Robie rende door de gang naar Van Beurens kamer. Hij duwde de deur open en zag het lege bed. Hij liep ernaartoe, pakte de foto en keek naar George Van Beuren. Kort haar, gespierd lichaam. Robie vroeg zich af of hij een militair was of was geweest.
De verpleegkundige was achter hem aan gelopen en stond nu in de gang.
'Is dit echt nodig?' vroeg ze.
'Ja, echt.' Hij draaide zich vlug om. 'George Van Beuren. U zei dat u hem had ontmoet. Droeg hij weleens een uniform?'
'Een uniform?'
'Ja, een legeruniform of zo?'
'Nee, dat heb ik nooit gezien. Hij droeg gewone kleren.' Ze liep naar hem toe. 'We moeten mevrouw Van Beurens persoonlijke bezittingen verzamelen en naar haar huis sturen.'
'Ik moet haar huisadres hebben.'

'Dat soort informatie mogen we niet verstrekken.'
Robie beende naar haar toe en bleef vlak voor haar staan.
'Ik gedraag me liever niet als een klootzak, maar in dit geval moet ik wel. Dit is een zaak van nationale veiligheid. En als u informatie bezit die misschien kan voorkomen dat er een aanval op dit land plaatsvindt en u die niet verstrekt aan een federale agent die hierom heeft gevraagd, dan gaat u de gevangenis in, voor een heel lange tijd.'
De vrouw snakte naar adem en zei toen: 'Kom maar mee.'
Een minuut later zat Robie al in zijn auto en scheurde weg.

91

De Van Beurens woonden ongeveer twintig minuten van de hospice vandaan. Robie was er binnen een kwartier.
De huizen waren goede middenklassenwoningen. Basketbalringen. Een busje of een Amerikaanse auto op de korte geasfalteerde oprit. Zelf ontworpen tuinen. Geen butler of Rolls-Royce te zien.
Robie richtte zijn aandacht op het huis van de Van Beurens. Het stond aan het einde van de straat. Er brandde geen licht, maar er stond wel een auto op de oprit.
Robie parkeerde zijn auto langs de stoep, trok zijn pistool en sloop naar het huis. Hij klopte niet op de voordeur. Hij gluurde door een van de ramen naar binnen. Hij kon niets zien.
Snel liep hij achterom. Met zijn elleboog drukte hij de ruit in de achterdeur in, stak zijn hand naar binnen en draaide de sleutel om. Hij haalde een zaklamp uit zijn zak en liep door het huis. Dat kostte niet veel tijd. Nadat hij alle vertrekken had gecontroleerd, liep hij naar de woonkamer.
Hij scheen met zijn zaklamp in het rond en bescheen verschillende objecten aan muren en op planken. Hij bescheen het ene object na het andere en vond wat hij zocht. Hij liep er snel naartoe en pakte hem op.
Het was een foto van de Van Beurens.
Moeder, dochter en vader.
Moeder was in haar uniform.
Robies blik vloog naar vader.
George Van Beuren droeg ook een uniform, een heel opvallend uniform. Wit overhemd, donkere broek. Donkere pet.
Dit was het uniform van de geüniformeerde afdeling van de Amerikaanse Secret Service.
George Van Beuren hielp met het bewaken van de president van de Verenigde Staten.
En opeens wist Robie wat het verband was.
Hij dacht eraan dat hij naar Annie Lambert keek die door de gang liep. Hij had haar ongeveer dertig seconden niet gezien. Maar toen wel weer. In die paar seconden had ze zich omgekleed.
Daarna dacht Robie niet meer aan Annie Lambert, maar aan die hangar in Marokko. Door zijn telescoop had hij Khalid bin Talal de trap naar zijn jet zien

op lopen. Daarna had hij de man heel even niet meer kunnen zien. Vervolgens zag hij hem weer toen Talal door het gangpad van het vliegtuig liep en tegenover de Rus en de Palestijn ging zitten.
Op dat moment had Robie de riemen om het middel van de prins gezien. Hij had aangenomen dat dit de riemen van zijn kogelvrije vest waren. Maar voordat de prins in het vliegtuig was gestapt, droeg hij helemaal geen kogelvrij vest. Robie had heel goed naar hem gekeken. Hij had de omtrek van het kogelvrije vest onder het gewaad van de prins moeten zien. En het duurde langer dan een paar seconden om dat aan te trekken, vooral als je een lang gewaad droeg en een dikke maag had.
Wat er was gebeurd, was nu wel duidelijk.
Talal was gewaarschuwd voor een mogelijke moordaanslag. Hij had iemand, misschien een dubbelganger die hij vaker inschakelde, zijn plaats bij de bespreking laten innemen. Misschien vermoedde hij dat zich een verrader bevond in zijn kring van vertrouwelingen of dat er een sluipschutter was, zoals Robie, die wachtte tot hij kon schieten. Hij had hen allemaal om de tuin geleid. Hij had zijn dubbelganger in zijn plaats laten sterven.
Nu dacht Robie terug aan het gesprek dat hij die avond had afgeluisterd. Nu kreeg dat opeens heel veel belang.
Iets wat volkomen zinloos was om te proberen.
De zwakste schakel.
Bereid zijn te sterven.
Het kon maar één mogelijk doelwit zijn.
De president van de Verenigde Staten.
Nu had de diefstal van de SUV van de Secret Service opeens zin. Ze hadden iemand binnen. Ze hadden George Van Beuren.
En doordat ze Elizabeth Van Beuren hadden laten sterven, wist Robie dat de aanslag nu zou plaatsvinden.
Talal had met zijn miljarden mensen in dit land omgekocht die zijn opdrachten zouden uitvoeren.
Daarna herinnerde Robie zich iets wat Annie Lambert hem had verteld. Zodra de president terugkwam in D.C. zou er een belangrijk evenement plaatsvinden in het Witte Huis.
Hij haalde zijn telefoon uit zijn zak en zocht iets op op internet.
Hij kreeg de resultaten en rende het huis uit.
Vanavond zou de president van de Verenigde Staten de kroonprins van Saoedi-Arabië ontvangen.
Talal had het druk vanavond.
Die klootzak wilde beide mannen vermoorden.

•92•

Robie was al halverwege D.C. toen hij Blauwe Man eindelijk te pakken kreeg. In korte zinnen vertelde hij hem zijn laatste conclusies.

De reactie van Blauwe Man was al even kortaf. Hij zou Robie in het Witte Huis treffen en back-up meenemen. En hij zou de aangewezen partijen inlichten.

Twintig minuten later trapte Robie op de rem, sprong uit zijn auto en zette het op een lopen.

Hij was op Pennsylvania Avenue en rende naar de voorhekken van het Witte Huis. Hij keek op zijn horloge. Bijna elf uur. Hij dacht dat het feest nu wel bijna afgelopen zou zijn. En als de moordaanslag nog niet had plaatsgevonden, zou dat heel snel gebeuren.

Hij ontdekte Blauwe Man en een groepje mannen voor het hek van het Witte Huis. Robie kon zien dat het een mix was van FBI, Secret Service en DHS. Hij zag nergens geüniformeerde agenten van de Secret Service. Hij nam aan dat men had geconcludeerd dat onbekend was hoever de samenzwering ging en dat ze de uniformdienst hier maar het beste buiten konden laten.

Robie rende naar hen toe. 'Weten ze waar Van Beuren is?' vroeg hij.

Blauwe Man zei: 'Hij heeft dienst. We hebben met agenten van de Secret Service binnen gesproken. Ze zijn nu naar hem op zoek. Het probleem is dat we niet willen laten merken dat we iets vermoeden. Van Beuren is misschien niet hun enige handlanger binnen.'

Een man in pak keek naar Robie. Hij was ongeveer één meter zevenentachtig, had grijs haar en een gezicht met zo te zien een zorgenrimpel voor elke nationale crisis die hij had meegemaakt. Robie herkende hem, hij was de directeur van de Secret Service. Robie herinnerde zich dat de vader van deze man Reagan had beschermd toen deze werd neergeschoten. Men zei dat de huidige directeur op aandringen van deze oude man agent was geworden. En dat hij had gezworen dat zolang hij de leiding had geen enkele president zou sterven.

De directeur vroeg: 'Heb jij opgebeld?'

'Inderdaad.'

'Ik hoop verdomme dat je gelijk hebt. Zo niet...'

'Als ik me vergis, gebeurt er niets ergs. Als ik gelijk heb...'

De directeur keek naar Blauwe Man.

'We gaan via de bezoekersingang naar binnen. Dan vallen we het minste op. Hopelijk hebben ze Van Beuren te pakken voordat we zelfs maar binnen zijn.'

‘En de president?’ vroeg Robie.
‘Normaal gesproken met dit soort dreigementen zouden we hem al hebben overgebracht naar zijn privévertrekken of naar de bunker onder het Witte Huis. Maar als Van Beuren hierbij betrokken is, weet hij dat dit het protocol is en heeft hij daar misschien ook een hinderlaag gelegd. Daarom hebben we besloten de president naar een atypische plek te brengen, de Family Dining Room, samen met de kroonprins, een paar stafleden van de president en een paar geselecteerde vips van wie we zeker weten dat ze geen bedreiging vormen. De bewaking wordt niet door uniformen gedaan, alleen door pakken. Van Beuren kan niet bij hem in de buurt komen. We hebben het onopvallend gedaan. Nu moeten we alleen Van Beuren nog vinden.’ Hij sloot af met: ‘Ik hoop verdomme dat je je vergist.’
‘Het feit dat u Van Beuren nog niet hebt kunnen vinden, zegt me dat ik gelijk heb,’ zei Robie.
Ze renden naar de bezoekersingang en liepen snel door de daar aanwezige controlepost. Alle geüniformeerde agenten van de Secret Service waren van hun interne bewakingstaak gehaald en hadden zich in de hal verzameld. Hun was niet verteld waarom. Ze waren allemaal verhoord. Geen van hen wist waar Van Beuren was. Hij was ingeroosterd op de begane grond, vlak bij de bibliotheek. Daar was hij niet.
Alle kamers op de begane grond waren doorzocht.
Robie en de anderen renden door de hal en vervolgens de trap op naar de belangrijkste verdieping van het Witte Huis. Terwijl ze vlug door de Cross Hall naar de State Dining Room liepen die naast de Family Dining Room gelegen was, kreeg een van de agenten die bij hen was een bericht via zijn oortje.
‘Ze hebben Van Beuren gevonden,’ zei hij.
‘Waar?’ vroeg de directeur van de Secret Service meteen.
‘In een opslagruimte in de West Wing.’
Ze sloegen een andere richting in en waren algauw bij de West Wing. Daar werden ze naar het vertrek gebracht waar Van Beuren was gevonden.
De agent die vooropliep gooide de deur open. Van Beuren was binnen. Hij lag op de grond, bewusteloos en gekneveld. Er zat bloed in zijn haar.
Een van de agenten knielde naast hem neer en voelde zijn pols. ‘Hij leeft, maar iemand heeft hem een harde klap gegeven.’
Blauwe Man zei: ‘Ik begrijp het niet. Waarom zou je je huurmoordenaar bewusteloos slaan en vastbinden?’
Robie was de eerste die het zag. ‘Zijn pistool is weg.’
Alle ogen gingen naar de holster van de man. Het 9mm-pistool dat daar had moeten zitten, was verdwenen.

Robie zei: 'Hij was de huurmoordenaar niet. Ze hadden alleen zijn wapen nodig. Op die manier hoefden ze niet te proberen een wapen door de controle te krijgen. Van Beuren kon er gewoon mee naar binnen lopen. Deel van het plan.'

En toen herinnerde Robie zich het laatste deel van het afgeluisterde gesprek in de hangar in Marokko.

Toegang tot wapens.

Geen westerling.

Er is tientallen jaren aan gewerkt.

Bereid zijn te sterven.

Hij zei: 'De schutter heeft zijn wapen. Ze moeten nu bij de president en de kroonprins zijn.'

De directeur werd bleek. 'U bedoelt een staflid? Of een van de gasten?'

Robie gaf geen antwoord. Hij rende de gang al in.

•93•

De Family Dining Room was een van de qua afmetingen meest intieme vertrekken op de voornaamste verdieping van het Witte Huis. De eetkamer werd aan een kant geflankeerd door het kantoor van de *chief usher* en kon ook worden betreden via de veel grotere en belendende State Dining Room. Hier lunchten de president en vice-president regelmatig samen. Het vertrek was veel minder gedetailleerd versierd dan de veel grotere East Room, of de veel sierlijker gedecoreerde Green, Blue en Red Rooms.

Maar als Robie en de anderen vanavond niet op tijd waren, zou dit vertrek voor altijd bekend blijven als het vertrek waar de president was vermoord.

Ze stonden bij elkaar voor de deur van de State Dining Room.

De directeur zei: 'We zullen de agenten in de eetzaal waarschuwen dat de schutter waarschijnlijk bij hen binnen is. Ze hebben al een muur om de president gevormd en wachten op mijn opdracht hem de eetzaal uit te brengen.'

Blauwe Man zei: 'Als ze dat doen of mensen gaan fouilleren, zal de huurmoordenaar gaan schieten. In een dergelijke kleine ruimte en ondanks de muur om de president heen, zou de kogel weleens doel kunnen treffen.'

'We kunnen niet gewoon blijven wachten tot die man wel of niet iets gaat doen,' zei de directeur. 'Het protocol schrijft voor dat we in actie moeten komen, en snel ook. Ik had die opdracht al moeten geven.'

Robie zei: 'Hoeveel mensen zijn daarbinnen?'

'Ongeveer vijftig,' zei een van de agenten.

'Dit zou weleens in een bloedbad kunnen eindigen,' zei Blauwe Man.

De directeur zei kortaf: 'Dat wil niemand. Maar ik richt me alleen op de president. We willen hem er uithalen via het kantoor van de chief usher en van daaruit naar de entreehal.'

Een andere agent zei: 'En hoe langer we wachten, hoe kleiner de kans wordt dat we hem er veilig uit krijgen.'

Blauwe Man zei: 'En als er meer dan één schutter is? Je leidt hem misschien rechtstreeks naar een hinderlaag.'

Robie zei: 'De schutter moet iemand zijn die hier werkt.'

'Dat is onmogelijk,' zei de directeur.

'Degene die had samengezworen met iemand die we kennen, werkte hier. Dat is onweerlegbaar. Dat kon geen buitenstaander zijn. En veel van de mensen die nu bij de president en de kroonprins zijn, zijn stafleden, nietwaar?'

De directeur schrok. 'Het zou een staflid van de kroonprins kunnen zijn! Het is een enorme vergissing geweest om hen in datzelfde vertrek te laten. Shit!'
Robie schudde zijn hoofd. 'Van Beuren is in de West Wing gevonden. Kon een van de stafleden van de prins vanavond in de West Wing komen? Want Van Beurens hoofdwond was nog vers.'
De directeur keek naar een van zijn mannen. 'Weet jij dat?'
'Geen enkel staflid van de prins is vanavond zelfs maar in de buurt van de West Wing geweest.'
'Verdomme!' riep de directeur.
Robie zei: 'Mensen van alle niveaus zijn in dit geval omgekocht, meneer. Degene die hierachter zit, bulkt van het geld. We kunnen niemand uitsluiten. Misschien is een van de agenten van de Secret Service in de eetzaal wel omgekocht.'
'Dat kan ik niet geloven,' zei de directeur. 'Het is nog nooit voorgekomen dat een agent de boel heeft verraden.'
'Datzelfde geldt voor de uniformdienst,' zei Blauwe Man. 'Maar toch is dat gebeurd. Een van de mannen die nu een muur om de president vormen, zou de reserveschutter kunnen zijn, terwijl de eerste schutter het pistool van Van Beuren heeft.'
'Maar als er een agent van de Secret Service is omgekocht, waarom zouden ze dan de moeite hebben genomen Van Beurens wapen te stelen?'
'Voor een situatie als deze moet je nu eenmaal een noodplan hebben, meneer,' zei Robie. 'De inzet is veel te hoog. Ik zég niet dat er twee schutters binnen zijn, maar wel dat we daar rekening mee moeten houden.'
'Dus wat doen we nu?' vroeg de directeur.
Robie zei: 'Laat mij naar binnen gaan. Een staflid zal wel de interne veiligheidsagenten kennen, maar mij niet. Ik ga naar binnen, gekleed als een ober, en doe net alsof ik iets kom brengen. Koffie of zo.'
'En dan?' vroeg de directeur.
'Dan kijk ik wie de schutter is of wie de schutters zijn en schakel ze uit.'
'Hoe wilt u de huurmoordenaar er uitpikken, tussen al die mensen in dat vertrek?' snauwde de directeur.
Blauwe Man zei snel: 'Agent Robie is daar heel bedreven in, meneer.' Hij liep naar de man toe en fluisterde in zijn oor: 'Toevallig werkt hij zelf als huurmoordenaar voor dit land. Eerlijk gezegd is hij de allerbeste. Als u iemand zoekt die onder druk in een kamer vol mensen iemand kan doodschieten, dan is hij uw man.'
De directeur keek Robie strak aan. 'Dit gaat in tegen elk protocol en elke procedure die de Secret Service heeft.'

'Ja meneer, dat is zo,' beaamde Robie.
'Als u faalt, sterft de president.'
'Ja meneer, maar ik ben bereid te sterven om te voorkomen dat de president sterft.'
'Als ik de agenten die daar zijn niet kan vertellen wat we van plan zijn en u uw wapen trekt, dan zullen ze op u schieten.'
'Alles is een kwestie van timing, meneer.'
De directeur en Robie bleven elkaar strak aankijken. Toen zei de directeur: 'Verdomme, geef hem het uniform van een ober en een dienblad met koffie.'

•94•

Robie trok het oberjasje strakker om zich heen. Het jasje dat ze hem hadden gegeven, was te groot. Op verzoek van Robie zelf. Hij wilde absoluut niet dat de omtrek van een wapen onder zijn jasje te zien was. Hij had twee pistolen, een in zijn holster en een verborgen onder de doek op zijn serveerkarretje. Hij droeg ook een kogelvrij vest, hoewel minstens een paar agenten op zijn hoofd zouden schieten als ze dachten dat hij een bedreiging vormde voor de president.

De agenten binnen was verteld dat het gevaar was geweken, maar dat ze wel een muur om de president moesten blijven vormen. De kroonprins en zijn staf stonden in de hoek schuin tegenover de president, omringd door andere agenten. De ongeveer dertig stafleden van het Witte Huis en andere gasten stonden in het midden van het vertrek tussen de prins en de president.

De deur ging open en Robie reed het koffiekarretje naar binnen. Hij had geen oortje. Hij kon met niemand communiceren. De mensen achter de deur stonden klaar om achter hem aan naar binnen te rennen. De directeur hield zijn walkietalkie in de aanslag om zijn agenten opdracht te geven niet op Robie te schieten zodra deze zijn wapen trok. Toch wist de directeur dat het een opdracht was die onmogelijk kon worden opgevolgd. De directeur had het idee dat Robie al dood was zodra hij dat vertrek in liep.

De deur achter Robie ging dicht en hij bleef het karretje voor zich uit duwen. Hij scande het vertrek zonder dat het opviel.

De Family Dining Room was ingericht door James Madison. Hier had het gezin van veel presidenten gegeten totdat Jacky Kennedy in de privévertrekken boven een eetkamer had gecreëerd. Het vertrek was ongeveer negen bij zeven meter. Een blauw-wit oosters tapijt bedekte het grootste deel van de vloer. Er was een blauw-witte marmeren open haard met aan weerszijden van de schoorsteenmantel een muurkandelaar. Daarboven hing het portret van een vrouw in negentiende-eeuwse kledij. De lange eettafel stond meestal in het midden van de kamer, maar was nu naar de muur geschoven met de eettafel ervoor. Eén deur werd geblokkeerd door een kast. Boven een kast in chippendalestijl hing een spiegel en midden in het vertrek hing een kristallen kroonluchter. De wanden waren geel geschilderd.

Hoewel de vips en de stafleden niet te horen hadden gekregen dat er sprake was van een bedreiging, bleek uit hun gespannen gezicht wel dat enkelen zich reali-

seerden dat de verhuizing naar dit vertrek niet gebruikelijk was.
Robie dacht terug aan het gesprek in de hangar.
Geen westerling.
Er is tientallen jaren aan gewerkt.
Dat kon Van Beuren dus niet zijn. Hij had zich moeten realiseren dat er een tweede persoon moest zijn.
Robie zag dat de kroonprins zenuwachtig in zijn hoek stond. Hij en zijn stafleden waren omringd door een muur van bewakers. Robie bekeek alle stafleden snel. Sommigen droegen, net als de prins, een traditioneel gewaad. Anderen droegen een pak. De kroonprins leek op zijn neef, het zwarte schaap Talal. Allebei te dik en allebei te rijk. *Met zoveel geld kun je heel veel schade aanrichten*, dacht Robie. *De wereld zou een stuk veiliger zijn als mensen niet zo stinkend rijk waren.*
Daarna dwaalde zijn blik naar de andere kant van het vertrek.
Hij kon de president in het midden van de muur agenten zien staan. Zijn haar was donker geweest toen hij de presidentsverkiezingen had gewonnen. Nu, drie jaar later, was een groot deel van zijn haar grijs geworden. Misschien was dat de echte reden dat dit gebouw het Witte Huis werd genoemd, dacht Robie. Je werd heel snel oud als je hier woonde.
De muur rondom de president bestond uit zes agenten. Maar ondanks dat waren er ongedekte vuurlinies als je dichtbij genoeg was. Iedere agent stond met zijn rug naar de president toe, bedacht op mogelijke gevaren. Robie keek of er een agent was die dit niet deed, die naar de president of naar de andere agenten keek. Zelfs als ze dachten dat er geen gevaar meer was, zouden ze hun waakzaamheid niet laten verslappen, omdat het gevaar natuurlijk nooit voorbij was. Iedere agent keek voor zich en om zich heen. Misschien was er toch maar één schutter. Robie kon nu wel een beetje geluk gebruiken, en het zou echt een gelukje zijn als hij inderdaad maar één man hoefde uit te schakelen.
Hij reed het karretje verder het vertrek in. Hij keek nog een keer naar de hoek van de kroonprins. Als het gevaar daar vandaan kwam, zou het heel moeilijk zijn de president te raken.
Hij keek naar de laatste groep.
De stafleden en de andere aanwezigen stonden midden in de eetzaal. Ze waren allemaal formeel gekleed. Robie zag heel veel zwart. Veel vrouwen droegen een sjaaltje, een jasje of een omslagdoek over hun blote schouders. Sommigen hadden een minuscuul tasje bij zich, te klein voor het wapen van Van Beuren.
De mannen groepten bij elkaar. De meesten droegen een smoking. Een pak met zakken met misschien het gestolen 9mm-pistool van een argeloze bewaker erin.

De meesten waren blank. De meeste mannen leken westerlingen, maar dat wist Robie niet zeker. Maar er waren zeker tien mensen die uit verafgelegen gebieden kwamen.
Robie richtte zijn aandacht nog meer op deze groep mensen. Ze stonden precies tussen de twee nationale leiders in, een uitstekende locatie als je van plan was beide mannen te doden. Je zou een fantastische schutter moeten zijn, maar voor iemand die zijn vak verstond, was het niet onmogelijk. De afstand was in beide gevallen niet groot.
Ik zou het kunnen doen, dacht Robie.
Het eerste schot zou paniek veroorzaken. Als hij daarmee zijn doelwit zou raken, zou de aandacht tijdelijk gericht zijn op het slachtoffer van dat schot. Zodra de man op de grond viel, zouden de mensen die om hem heen stonden gaan gillen, rennen en wegduiken.
Maar het was moeilijk om in deze kleine ruimte nog een keer te schieten en ongezien weg te komen. Iemand zou de schutter zien. Agenten zouden naar hem toe rennen. Mensen zouden proberen hem vast te grijpen. Maar de schutter kon misschien nog een keer schieten. Dat was zeker haalbaar.
Op dat moment wist Robie welke volgorde zou worden aangehouden.
Eerst de president.
Dan de kroonprins.
Als het je was gelukt om tot hier door te dringen, schoot je niet eerst op je tweede doelwit. De president zou het belangrijkste doelwit zijn. Als de schutter nog een tweede schot kon afvuren, zou hij op de prins schieten.
Toen de mensen naar voren kwamen om een kop koffie te pakken, scande Robie het vertrek nog een keer om te kijken welke positie voor de schutter het gunstigst zou zijn.
Een groep gasten en stafleden bleef achter, bij de tafel. Enkelen hadden een stoel omgedraaid en stonden tegen de rugleuning geleund.
Vooral vrouwen, zag Robie.
Het hogehaksyndroom. Hun voeten deden waarschijnlijk verschrikkelijk pijn na al dat staan.
Robie bekeek elke aanwezige aandachtig, tot hij bij de vrouw kwam.
Toen keek hij niet verder.
Annie Lambert keek hem aan.
Ze was in het zwart gekleed. Ze droeg een jasje over haar strapless jurk.
Ze had geen tasje.
Ze had haar handen voor haar borst gevouwen en die staken in haar jasje.
Haar haar was opgestoken en een paar strengen krulden om haar lange hals.
Ze zag er prachtig uit.

Dus dit was de reden voor de zwarte jurk en de hoge hakken die Robie door zijn telescoop had gezien. Ze had Robie verteld dat ze tijdens deze gebeurtenis moest werken, maar om de een of andere reden had hij deze link niet gelegd. Hij sprak met zichzelf af dat hij haar, wat er ook gebeurde, koste wat het kost zou beschermen. Zij zou vanavond niet sterven.

Ze had haar lippen stijf op elkaar geklemd. Ze had Robie duidelijk herkend. Maar ze glimlachte niet. Ze was waarschijnlijk bang, dacht hij. Heel even vroeg hij zich af of ze alarm zou slaan. Zij dacht dat Robie een investeerder was. Waarom zou hij als een ober zijn gekleed? Misschien dacht ze dat hij hier was om de president te doden. Hij vroeg zich af hoe hij haar een seintje kon geven, maar hij kon geen enkele manier verzinnen. Hij moest er maar op vertrouwen dat ze niet in paniek zou raken nu ze hem zag.

Toch straalde ze een kalmte uit die Robie in andere omstandigheden jaloersmakend vond. Hij kreeg zelfs nog meer respect voor haar. Ze keek hem met grote ogen aan en leek hem in één blik helemaal in zich op te nemen.

Daarna zag hij dat haar pupillen vergroot waren. En toen glimlachte ze naar hem zoals ze nog nooit tegen hem had geglimlacht. En op dat moment zag Robie een kant van Annie Lambert die hij nooit verwacht had te zullen zien.

Een fractie van een seconde kon Robie niet meer nadenken, alsof hij door de bliksem was getroffen. Daarna gingen zijn hersenen meteen weer aan het werk. Hij schreeuwde 'Schutter!' en trok zijn wapen.

Maar Annie Lambert trok verbijsterend snel het wapen uit haar jasje, richtte en schoot, zo te zien in één vloeiende beweging.

De president stond ruim een meter bij haar vandaan. Haar schot raakte hem in de arm in plaats van in zijn borst. Een agent had hem vastgepakt toen Robie schreeuwde. Als de president niet had bewogen, zou de kogel zijn hart hebben geraakt in plaats van zijn arm.

Ze richtte haar wapen op de prins. Maar dat mislukte.

Robies kogel raakte Lambert in haar hoofd en kwam er aan de achterkant weer uit. De kogel sloeg in de muur achter haar, samen met wat hersenweefsel en schedelsplinters. De gele verf kleurde rood.

Ze viel achterover, tegen de tafel en zakte op de grond.

De agenten van de Secret Service duwden de president zo snel het vertrek uit dat zijn bloed amper tijd had de vloer te raken.

Robie hoorde geschreeuw, merkte dat mensen het vertrek in en uit renden. Maar hij stond daar maar, met zijn pistool op de grond gericht.

Vol ongeloof keek hij naar Annie Lamberts lichaam.

95

Robie zat in een kamer in het Witte Huis. Hij wist niet welke kamer en dat kon hem ook niets schelen. Hier was hij door een paar mensen naartoe gebracht en had te horen gekregen dat hij daar moest blijven wachten.
Hij zat in een stoel naar de grond te staren. De plafondlampen verspreidden een zacht licht. Ergens buiten dit vertrek hoorde hij geluiden. Mensen stonden in de gangen te praten. Af en toe hoorde hij een sirene.
Niets maakte indruk op hem.
Het enige wat hij zag, was Annie Lamberts gezicht. Of eigenlijk haar ogen. De pupillen waren groot en zacht, ze hadden te groot geleken voor zo'n kleine ruimte.
In gedachten zag hij dat de kogel uit zijn Glock haar hoofd raakte, haar hersenen liet exploderen en een einde aan haar leven maakte.
Dat zag hij honderd keer. Hij kon dat beeld niet uitschakelen. Het beeld bleef zich herhalen, als een video. Even overwoog hij zijn pistool tegen zijn slaap te zetten en er voorgoed een einde aan te maken.
Maar ze hadden zijn pistool van hem afgenomen, zodat het niet echt een optie was.
Dat was misschien maar goed ook, dacht Robie. Op dit moment wist Robie niet zeker of hij wel wilde leven. Hij snapte er niets meer van.
De deur ging open en Robie keek op.
'Agent Robie?'
Hij zag de directeur van de Secret Service. Achter hem stond Blauwe Man.
'Ja?' vroeg Robie.
'De president zou u persoonlijk willen bedanken.'
'Hoe gaat het met hem?'
'Goed. Het ziekenhuis heeft hem ontslagen. Goddank dat die kogel door zijn arm ging. Meer bloed dan schade. Hij is zo weer de oude.'
'Dat is goed,' zei Robie. 'Maar het is helemaal niet nodig dat hij me bedankt. Deed gewoon mijn werk. Zeg dat maar tegen hem.' Hij keek weer naar de grond.
'Robie,' zei Blauwe Man en liep naar hem toe. 'Het is de president. Hij is in het Oval Office. Hij verwacht je.'
Robie keek op naar de man. Altijd even keurig. Of het nu twaalf uur 's middags was of twaalf uur 's nachts.
Blauwe Man leek verbaasd. Hij had wel geweten dat Annie Lambert in Robies

flatgebouw woonde, maar wist niets van hun relatie. En Robie had geen zin hem dat te vertellen.

Robie zei: 'Oké. Laten we dan maar gaan.'

De wandeling naar het Oval Office duurde een paar minuten en daarvoor moesten ze naar buiten en langs de Rose Garden. Voordat Teddy Roosevelt de West Wing had laten bouwen, hadden hier een paar glazen kassen gestaan. Toen ze erlangs liepen, herinnerde Robie zich dat Roosevelt was beschoten toen hij campagne voerde voor de presidentsverkiezingen. Hij was in leven gebleven dankzij de dikke toespraak die hij in zijn zak had gestopt. De kogel had de dikke stapel papier geraakt en was daardoor iets van zijn kinetische energie kwijtgeraakt. Roosevelt had zijn toespraak inderdaad kunnen houden, hoewel zijn borstwond hevig bloedde, en hij had zich pas na zijn toespraak naar het ziekenhuis laten brengen.

Zulke presidenten had je niet meer, dacht Robie.

En dus was Roosevelt blijven leven. Net als de huidige president.

Hij leefde nog, dankzij een beetje vakmanschap van Robie.

En heel veel geluk.

Net zoals die opgerolde toespraak.

De president zat achter zijn bureau, zijn linkerarm stevig in een mitella. Hij stond op toen hij Robie zag. Hij had zich omgekleed. De smoking was vervangen door een wit overhemd en een zwarte broek. Hij leek nog steeds geschrokken, maar hij gaf Robie een stevige handdruk.

'U hebt mijn leven vanavond gered, agent Robie. Daar wilde ik u persoonlijk voor bedanken.'

'Ik ben gewoon blij dat u in orde bent, meneer de president.'

'Ik kan gewoon niet geloven dat een van mijn stafleden hierbij betrokken was. Mevrouw Lambert, meen ik. Ze hebben me verteld dat niets in haar verleden hierop wees.'

'Ik weet zeker dat het iedereen heeft verrast,' zei Robie suf.

Mij in elk geval!

'Hoe zag u zo snel dat zij het was?'

'Ze had iets kalmerends geslikt, tegen de zenuwen. Dat doen mensen die een zelfmoordaanslag plegen vaak voor ze hun bom laten afgaan. Ze had vergrote pupillen door deze drugs.'

'Ze was gedrogeerd, maar kon toch nog goed schieten?'

'Er zijn middelen die de zenuwen kalmeren, meneer, zonder de andere zintuigen te beïnvloeden. En je kunt er zelfs beter door schieten. Zenuwen doden het doelwit sneller dan wat ook. En ik neem aan dat zelfs de meest getalenteerde huurmoordenaar vanavond zenuwachtig zou zijn geweest.'

'Omdat ze wist dat ze niet kon ontsnappen. Dat ze zou sterven,' zei de president.
'Ja meneer. En ze stond vlak bij u, iets meer dan een meter bij u vandaan. Haar schietvaardigheid was natuurlijk wel belangrijk, maar haar snelheid was belangrijker.'
Ze was zelfs sneller dan ik, dacht Robie. Ze had in een fractie van een seconde haar wapen tevoorschijn gehaald. Ze had gericht, gevuurd en zich op haar tweede doelwit gericht voordat hij zelf een schot had kunnen lossen. Alleen dankzij zijn kreet had de agent die het dichtst bij de president stond snel genoeg in actie kunnen komen om hem weg te trekken, zodat een fataal schot iets veel minder dodelijks werd.
Alsof hij Robies gedachten kon lezen, zei de president: 'Ze hebben me verteld dat ik dood zou zijn als iemand me niet opzij had getrokken. En dat dit zonder uw waarschuwing niet zou zijn gebeurd.'
'Ik wilde dat ik haar had kunnen tegenhouden voordat ze kon schieten.'
De president glimlachte en tilde zijn gewonde arm op. 'Ik geef hier verre de voorkeur aan boven de dood, agent Robie.'
'Ja meneer.'
Robie wilde nu weg. Hij wilde alleen zijn. Hij wilde in zijn auto stappen en gaan rijden en door blijven rijden tot de benzine op was.
'We zullen u op een passend moment huldigen. Maar nogmaals, eerst wilde ik u persoonlijk bedanken.'
'Nogmaals meneer, dat is niet nodig. Maar dank u wel.'
'De First Lady zal u ook willen bedanken.'
Alsof ze was geroepen kwam op dat moment de echtgenote van de president binnen, bleek, met de doorstane angst van die avond nog steeds in haar ogen. Anders dan de president had zij zich niet omgekleed. Ze liep snel naar Robie toe en nam zijn hand in de hare.
'Dank u wel, agent Robie. Wij zullen altijd bij u in het krijt staan.'
'U bent me niets verschuldigd, mevrouw. Ik wens u beiden het allerbeste.'
Een minuut later liep Robie snel door de gang. Hij had het gevoel dat hij hier niet kon ademhalen, alsof hij zich onder water bevond.
Pas bij de voordeur haalde Blauwe Man hem in. Deze snelheid had Robie niet van hem verwacht.
'Waar ga je naartoe?' vroeg hij.
'Naar een andere plek dan deze,' antwoordde Robie.
'Nou, het is in elk geval voorbij,' zei Blauwe Man.
'Denk je dat?'
'Jij niet dan?'

'Het is niet voorbij,' zei Robie. 'Op een bepaalde manier is het eigenlijk nog maar net begonnen.'
'Waar héb je het over?'
'Dat zal ik in mijn volgende rapport zetten.'
'De kroonprins wil je ook bedanken.'
'Zeg maar dat het me spijt.'
'Maar hij wacht nog op je, hij wil met je praten.'
'Dat geloof ik graag. Zeg maar dat hij me een e-mail mag sturen.'
'Robie!'
Robie liep door de voordeur van het Witte Huis naar buiten en bleef doorlopen.
Het is nog niet voorbij.

96

Het was nog vroeg in de ochtend.

Robie was in het andere appartement. Hij tuurde door de telescoop naar de flat waar Annie Lambert had gewoond. Het zou er algauw krioelen van de FBI. Ze zouden haar hele leven doorspitten. Ze zouden ontdekken waarom ze had geprobeerd de president te vermoorden. Ze zouden ontdekken waarom ze de wensen uitvoerde van een fanaticus uit de woestijnwereld die ongelooflijke hoeveelheden oliedollars bezat.

Robie dacht aan wat ze hem had verteld over haar verleden.

Ze was geadopteerd. Enig kind. Ouders woonden in Engeland. Maar waren het ook Britten? Hoe was haar jeugd geweest?

Weer dacht hij aan de woorden van de Palestijn: *we hebben die persoon in onze macht. Er is tientallen jaren aan gewerkt.*

Hadden ze jou in hun macht, Annie Lambert?

Is er tientallen jaren aan jou gewerkt?

En nu ben je dood. Lig je op een metalen tafel een paar kilometer hiervandaan. Dood door een kogel die ik in je hoofd heb geschoten.

En ik ben met haar naar bed geweest, aan de overkant. Ik heb iets met haar gedronken. Ik vond haar aardig. Ik had medelijden met haar. Misschien was ik wel van haar gaan houden.

Robie wist dat het geen toeval was dat Annie Lambert in hetzelfde gebouw had gewoond als hij.

Dit gaat nog steeds om mij. Ze kwam hier wonen omdat ik hier woonde.

Prins Talal wilde wraak nemen. Hij wilde me gek maken, mijn leven overhoop halen. En dat zal hij nóg meer willen nu ik zijn plan heb verijdeld.

De telefoon ging.

Hij keek naar het scherm.

Het was Nicole Vance' mobiele telefoon.

'Hallo?'

'Het pakje zal over dertig seconden bij je worden afgeleverd.'

'Oké,' zei Robie op vlakke toon.

'Je zult doen wat hij zegt dat je moet doen.'

'Ik hoor je.'

'Je zult alle instructies opvolgen.'

'Uh-huh.'

De verbinding werd verbroken.

Hij legde zijn telefoon weg.

Blauwe Man had het hem al verteld, hoewel Robie dat zelf ook al had bedacht.

Vance en Julie hadden het WFO nooit bereikt.

Ze waren ontvoerd. Dat was Talals noodplan. Alle echt goeden hadden zo'n plan.

In gedachten telde hij de seconden af. Bij dertig werd de envelop onder zijn deur door geschoven. Hij rende er niet naartoe. Hij zou niet proberen de brenger te vangen. Die persoon zou hem niets kunnen vertellen.

Langzaam liep hij naar de deur, bukte zich en raapte de envelop op.

Met zijn wijsvinger scheurde hij de envelop open en haalde de pagina's eruit.

De eerste tien waren foto's.

Hij die iets dronk met Annie Lambert.

Hij die voor het Witte Huis door Annie Lambert werd gekust.

Ten slotte hij die seks had met Annie Lambert in haar bed. Even vroeg hij zich af waar de camera voor die foto was geplaatst.

Robie liet de foto's op de salontafel vallen en bekeek de andere pagina's.

Hij nam ze even door. Niets verrassends. Het meeste, zo niet alles, had hij verwacht.

Het gaat nog altijd heel erg om mij.

En Talal wil mij. Hij wil dat ik terugga naar waar het allemaal is begonnen.

Het aanbod was glashelder.

Hij in ruil voor Julie en Vance.

Hij vond het een eerlijke ruil. Als Talal te vertrouwen was. Wat natuurlijk niet het geval was.

Toch zou Robie het aanbod aannemen. Dit had één voordeel. Hierdoor zou hij niet in de hele wereld op zoek hoeven gaan naar Talal. De prins ontbood hem naar de plek waar hij zou zijn.

Robie had altijd een troef achter de hand. Hij betwijfelde of dat ook voor Talal gold. En hoe graag Talal ook een einde aan Robies leven wilde maken, Robie wilde nog liever een einde aan Talals leven maken.

Doordat Talal Annie Lambert had gebruikt, had hij iets van Robie afgepakt, iets kostbaars, misschien wel iets ongerepts.

Hij heeft me de mogelijkheid ontnomen om mezelf ooit weer te vertrouwen.

Robie nam de foto's mee naar een plekje waar het licht beter was en bekeek ze nog eens, beter deze keer. Annie Lambert zag eruit als wat ze onder totaal andere omstandigheden misschien had kunnen zijn: een prachtige vrouw met een schitterende toekomst. Een aardige vrouw die iets goeds wilde doen voor de wereld.

Ze was geen geboren moordenaar. Ze was opgevoed om dat te worden. Een bijzondere moordenaar, omdat Robie dit nooit had verwacht, tot hij die vergrote pupillen had gezien.
Ik ben ook niet opgevoed om een moordenaar te worden, dacht Robie. *Maar dat ben ik nu wel.*
Hij pakte een aansteker uit een la, nam de foto's mee naar de keuken en verbrandde ze in de gootsteen. Hij liet er water overheen stromen, liet de rook opstijgen en langs zijn gezicht strijken. Hij keek toe terwijl Annie Lambert in zijn gootsteen verdween. Daarna spoelde hij de restanten door de afvoer.
Annie Lambert verdween.
Alsof ze nooit had bestaan.
En de Annie Lambert die hij nooit had gehad.
Robie verliet de keuken en begon te pakken.
De instructies waren heel duidelijk geweest. Hij was van plan ze op te volgen. In elk geval de meeste. Voor bepaalde strategische onderdelen ervan zou hij zijn eigen regels opvolgen.
Hij nam aan dat Talal dit verwachtte.
Hij had Robie in Marokko verslagen.
Robie had hem in Washington verslagen.
De volgende twee dagen zou blijken wie de winnaar van de derde en laatste ronde zou zijn.

97

Het was minder warm aan de Costa del Sol dan de laatste keer dat Robie hier was geweest. De wind was kil. De lucht was grijs. En er werd regen voorspeld.
De overtocht met de snelle ferry was ruw, de grote boot deinde op en neer tot hij volledig op snelheid was. Zelfs toen beukten de zware golven nog tegen de twee rompen van de catamaran.
Robie droeg een leren jas, een spijkerbroek en gevechtslaarzen. Als hij de strijd moest aangaan, had hij het juiste schoeisel nodig, vond hij. Hij had geen wapens bij zich. Zoals altijd moest hij erop vertrouwen dat hij wel zou vinden wat hij nodig had. Hij zat in een stoel bij een van de ramen en keek naar de zeemeeuwen die boven het woeste water vochten tegen de wind. De grijze Middellandse Zee beukte tegen de boeg en het schuim spatte tegen de ramen. Robie knipperde niet als dit gebeurde, maar de andere passagiers wel.
Hij reageerde niet op dingen die hem geen kwaad konden berokkenen.
Door de ruwe zee duurde de overtocht langer dan anders. Toen ze Tanger bereikten, werd het al donker. Robie liep de loopplank van de ferry af en liep samen met de andere passagiers naar de bussen.
Anders dan de laatste keer stapte Robie samen met een groep andere mensen in een touringcar. Toen de bus voor driekwart vol was, gingen de deuren sissend dicht en reed de chauffeur de weg op van de haven naar de stad. Robie keek nog één keer achterom naar de ferry en vroeg zich af of hij in leven zou blijven en de ferry terug zou kunnen nemen.
Op dit moment durfde hij daar niet om te wedden.
De bustocht duurde ongeveer twintig minuten en het regende al toen hij stopte en de deuren sissend opengingen. Terwijl de gids de leiding nam van de groep, liep Robie de andere kant op. Zijn bestemming was al ruim van tevoren gepland. Iemand zou hem opwachten.
Dat was ook zo.
De man was jong, maar hij had de bezorgde blik van een veel oudere man. Hij droeg een wit gewaad en een tulband, en hij had een rafelig litteken op de rechterkant van zijn hals.
Een messteek, wist Robie. Hij had ook zo'n litteken, maar dan op zijn arm. Een meswond genas meestal niet goed. Een getand mes beschadigde de huid en verscheurde de randen van de huid zo erg dat zelfs een fantastische plastisch chirurg de huid niet meer helemaal kon herstellen.

'Robie?' vroeg de jonge man.
Robie knikte.
'Je bent hier om te sterven,' zei de man nuchter.
'Of zo,' zei Robie.
'Deze kant op,' zei de man.
Robie ging die kant op. Ze liepen een steeg in waar een busje stond.
In het busje zaten vijf mannen. Ze waren allemaal langer dan Robie en leken even sterk en fit als hij was. Twee droegen een gewaad, drie niet. Ze waren gewapend.
Twee mannen fouilleerden Robie op elke manier waarop je iemand maar kon fouilleren.
'Je bent zonder wapens gekomen,' zei de jonge man vol ongeloof.
'Dat had toch geen zin?' antwoordde Robie.
'Ik dacht dat je vechtend ten onder zou gaan,' zei de jonge man.
Robie gaf geen antwoord.
Hij werd het busje ingeduwd en de stad uit gebracht.
Het begon harder te regenen. Robie vond regen niet erg. Wat hij wel erg vond was wind, maar het waaide niet meer. De regendruppels vielen recht naar beneden. Maar ze vielen snel. De storm verplaatste zich snel, dacht hij.
Het busje reed door.
Ongeveer dertig minuten later stopte hij en reed langs een controlepost.
Het was niet hetzelfde vliegveld. Dat zou te gemakkelijk zijn geweest.
De deuren van de hangar gingen open en het busje reed meteen naar binnen.
Binnen stond een andere jet. Hij was kleiner dan Talals 767. Robie dacht dat het misschien een Airbus A320 was. De man bezat twee vliegtuigen waarmee commerciële vliegmaatschappijen honderden mensen tegelijk vervoerden.
Robie werd ruw uit het busje geduwd. Hoe verder ze zich van spiedende ogen af bevonden, hoe ruwer ze hem behandelden. Hij was nu helemaal in hun macht, zodat de trap in zijn rug waardoor hij op de betonnen vloer viel niet helemaal onverwacht kwam.
De jonge man zei iets in het Farsi tegen de man die Robie de trap had gegeven.
Robie stond op en zei: 'Het is al goed. Zeg maar tegen hem dat hij ongeveer even hard schopt als mijn zus. En als hij een trap terug wil, dat hij het dan nog eens moet proberen, maar dan als ik hem kan zien.'
De jonge man zei: 'Dat zeg ik niet tegen Abdullah. Want dan vermoordt hij je.'
'Nee hoor, dat doet hij niet. Want als hij Talal zijn pleziertje ontneemt, is hij ook dood.'
'Denk je dat dit een pleziertje is?'
'Voor hem misschien. Voor mij niet echt.'

'Je hebt een geweldig plan gedwarsboomd.'
'Ik heb een maniak tegengehouden die chaos op de wereld wilde veroorzaken.'
'Ik kan je bewijzen dat je ongelijk hebt.'
'Het kan me niets schelen wat je kunt. Waar zijn special agent Vance en Julie Getty?'
'Misschien zijn ze wel dood.'
'Dat zou kunnen. Maar dat is niet zo.'
'Hoe weet je dat zo zeker?'
'Alweer, omdat het een pleziertje moet zijn. Ik weet dat Talal dat nu wil ervaren.'
'Ja, dat wil ik.'
Robie draaide zich om en zag dat prins Khalid bin Talal onder aan de trap van zijn jet stond.

98

Talal keek naar Robie. De lampen binnen waren automatisch aangesprongen, omdat het buiten donker was geworden. Robie hoorde de regen op het metalen dak van de hangar tikken. Door de grote ramen in de zijwanden op de bovenverdiepingen zag hij dikke regenwolken.

Talal bleef ongeveer drie meter voor Robie staan. Hij droeg geen gewaad, maar een stijlvol driedelig pak dat hem op de een of andere manier slanker deed lijken.

'Je lijkt slanker dan je dubbelganger, Talal,' zei Robie. 'Minder vet, eindelijk.'

'Je moet me prins Talal noemen.'

'Waar zijn Vance en Julie, *prins Talal*?'

Talal knikte waarop de twee vrouwen uit een verre hoek van de hangar werden geleid. Vance' gezicht was paars en zwart. Ze liep stijf alsof elke stap ontzettend pijn deed. Julies ogen waren gezwollen, haar rechterarm hing in een vreemde hoek en ze sleepte een beetje met haar linkerbeen. Robie werd woedend toen hij dat zag, maar hij dwong zichzelf kalm te blijven. Hij moest kalm zijn voor wat er straks zou gebeuren.

Toen ze vlak bij Talal waren, knipte hij even met zijn vingers, waarop de mannen die de twee vrouwen escorteerden hen dwongen stil te staan.

'Het spijt me,' zei Robie, en hij keek eerst naar Vance en daarna naar Julie.

Ze keken zwijgend terug.

Robie wendde zich tot Talal. 'Maar gelukkig is de enige die dood is jouw handlanger. De president is veilig.'

'De enige tot nu toe die dood is,' zei Talal. Hij glimlachte. 'Maar jij kende haar, nietwaar? Je kende haar heel goed als ik de foto's mag geloven.'

Vance vroeg op scherpe toon: 'Welke foto's?'

'Ik weet dat het voor jou een spelletje was, Talal,' zei Robie. 'Maar voor mij is het nooit een spelletje geweest.'

Talal hief zijn wijsvinger. 'Misschien zou ik je kunnen vergeven dat je hebt geprobeerd me te vermoorden. Misschien zou ik je kunnen vergeven dat je mijn plannen hebt verijdeld om de mannen te vermoorden die de wereld naar een ramp zullen leiden. Maar ik kan je niet vergeven dat je geen respect voor me toont. Mijn naam is prins Talal.'

Robie kreeg zo'n harde trap tegen zijn rug dat hij viel. Hij stond langzaam op, met pijnlijke ribben. Hij keek naar de man die hem een schop had gegeven.

Abdullah was de langste van allemaal, en de blik op zijn gezicht was het wreedst.
'Mijn vriend hier, Abdullah, houdt ook niet van je oneerbiedigheid.'
Abdullah maakte een lichte buiging naar Talal en spuugde toen naar Robie.
'Ja,' zei Robie. 'Dat merk ik.' Hij keek naar Vance en Julie. 'Maar nu heb je mij en kun je hen laten gaan.'
'Zodra je hier naartoe kwam, zodra je voet de grond van Tanger raakte, wist je dat dit onmogelijk was.'
'Dat is de reden dat ik hier ben. Ik verwacht dat je je aan onze afspraak houdt. Ik in ruil voor hen.'
'Dan ben je een idioot.'
'Je houdt je niet aan je woord?' Hij keek naar de anderen. 'Hoe kunnen zij je dan vertrouwen, Talal? Je zegt het een tegen hen en doet iets anders. Als een leider zich niet aan zijn woord houdt, wat is hij dan waard? Niets. Dan is hij niets waard.'
Talal was hier niet van onder de indruk. En zijn mannen leken niet eens te begrijpen wat Robie had gezegd.
'Je zou kunnen proberen dit tegen hen te zeggen in het Farsi, Dari, Pasjtoe of het oude betrouwbare Arabisch, maar ik betwijfel of dat hun mening over mij zou veranderen. Ze doen wat ze doen, omdat ik hun veel meer betaal dan ze elders zouden verdienen.'
Robie zei: 'Ik geef je een kans om je over te geven. Maar dat aanbod is eenmalig. Daarna trek ik het in en bied ik het niet weer aan.'
Talal glimlachte. 'Je wilt dat wij ons allemaal aan je overgeven?'
'Niet alleen aan mij.'
'Aan wie dan? Jullie zijn niet gevolgd onderweg hier naartoe. Dat weten we zeker.'
'Je hebt gelijk. Ik ben niet gevolgd toen ik hier naartoe kwam.'
Talal knipperde en keek toen om zich heen. 'Je spreekt wartaal. Ik had meer van je verwacht. Je bent schijnbaar verlamd van angst.'
'Geloof me, er is veel meer voor nodig dan jouw kont om me angst aan te jagen.' Voordat Talal hierop kon reageren, voegde Robie eraan toe: 'Ik doe je een aanbod. Het is aan jou om dat wel of niet te accepteren. Wijs je het af?'
'Wat ik ga doen, is toekijken terwijl jullie drieën sterven, en wel nu.'
'Dat is dus een nee,' zei Robie.
'Abdullah, dood hem!' zei Talal.
Abdullah trok twee wapens. Snel gaf hij één pistool aan Robie die hiermee drie mannen die het dichtst bij hem stonden doodschoot, ook de jonge man die hem had opgewacht. De kogel vloog dwars door het litteken van de messteek in zijn hals en doodde hem.

Abdullah schoot twee keer en doodde daarmee twee andere bewakers.
Toen de andere mannen hun wapen trokken, leegde Robie zijn magazijn op hen, greep Vance en Julie en duwde hen achter het voorste landingsgestel van de jet.
'Bedek je oren,' zei Robie tegen hen.
'Wat?' vroeg Vance.
'Doe het nou maar. Nu!'
'Abdullah?' riep hij, waarop de grote man zichzelf opzij liet vallen en achter het busje dook.
Even later werd het raam in de rechterwand van de hangar opgeblazen, verbrijzeld door de grote kogels van een 30mm-kettinggeweer. De kogels die daarna door de raamopening werden afgeschoten, doodden de twee overgebleven bewakers. De schoten werden zo snel en met zo'n accuratesse afgevuurd dat de mannen niet eens de kans kregen terug te schieten. Ze vielen een voor een op de grond. Daarna was de enige die nog stond Talal. Zodra er twee andere mannen bij de deur van de jet verschenen, werden ze meteen doodgeschoten. Hun lichamen vielen met een doffe plof op de grond.
Buiten hing de helikopter met zijn 30mm-kettinggeweer tussen het voorste landingsgestel stil. Het was een gevechtshelikopter. En de regen had alle geluiden die hij had gemaakt overstemd. Tot het kettinggeweer was gaan schieten in elk geval. Er waren niet veel dingen op de wereld die het lawaai van een 30mm konden overstemmen.
Shane Connors haalde zijn zelfladende sluipschuttergeweer van de metalen steun en drukte een kus op de hete loop, zijn oude ritueel. Hij groette Robie vanuit de heli en gaf daarna de piloot een teken. De helikopter vloog langzaam weg.
Robie kwam achter het landingsgestel vandaan en liep naar Talal. Abdullah die zich achter het busje had verscholen, kwam naast hem staan.
Talal keek ongelovig naar Abdullah. 'Heb jij me verraden?'
'Hoe denk je eigenlijk dat we je hebben gevonden, Talal?' vroeg Robie. 'Als jij onze mensen kunt omkopen, kunnen wij jouw mensen ook omkopen.'
Robie hief zijn geweer. Talal keek naar hem. 'Dus je gaat me nu vermoorden?'
'Nee. Dat is niet aan mij. Het spijt me.'
'Je biedt je excuses aan omdat jij me niet doodt?' vroeg Talal langzaam.
De hangardeuren gingen open en een goudkleurige SUV reed naar binnen. Er zaten vijf mannen in, allemaal in een gewaad. Allemaal gewapend. Ze stapten uit, tilden Talal op en droegen hem naar het busje. Hij schreeuwde en probeerde zich los te worstelen, maar hij was niet erg sterk en moest het algauw opgeven.

'Je gaat terug naar Saoedi-Arabië, Talal,' zei Robie. 'De Amerikanen hebben je officieel overgedragen aan je landgenoten. Ik denk dat je de voorkeur aan een kogel zou hebben gegeven.'
De SUV reed weg en Robie liep naar Vance en Julie.
'Een helikopter buiten zal ons naar ons vliegtuig brengen,' zei hij zacht. 'En er is een medisch team aan boord.'
Vance en Julie kropen achter het landingsgestel vandaan.
Vance omhelsde hem en zei: 'Ik heb geen idee hoe je dit allemaal voor elkaar hebt gekregen, Robie. Maar wat ben ik blij dát je dit hebt gedaan.'
Julie keek naar de wegrijdende SUV en vroeg: 'Wat gaan ze met hem doen?'
'Er is geen enkele reden om je dat af te vragen.'
'Waarom heeft hij mijn vader en moeder vermoord?'
'Zodra we hebben gecontroleerd of jij en agent Vance in orde zijn en we een paar kilometer hier vandaan zijn, zal ik al je vragen beantwoorden. Dat beloof ik, oké?'
'Oké, Will,' zei Julie.
Robie sloeg een arm om Vance heen om haar te ondersteunen en stak zijn andere hand uit naar Julie die hem pakte. Ze liepen naar de wachtende helikopter die voor de hangar stond. Nog geen uur later zouden ze naar huis vliegen.
Wat er daarna gebeurde, wist Robie niet. Maar hij had geen enkele behoefte meer om zo ver vooruit te kijken.

99

Toen Robie de vergaderzaal binnenkwam, zaten Blauwe Man en Shane Connors al aan de kleine tafel te wachten.
Connors en Robie keken elkaar aan en knikten elkaar even toe. Daarna ging Robie naast hem zitten.
Blauwe Man zei: 'Ik heb agent Connors zojuist gecomplimenteerd met zijn goed uitgevoerde missie.'
'Je hebt me achter mijn bureau vandaan gehaald,' zei Connors. 'Dat was voldoende beloning.'
Robie keek naar Blauwe Man. 'Wat heeft Van Beuren ons verteld?'
'Zo ongeveer alles.'
'Waarom heeft hij zijn land verraden?'
'Voornamelijk voor geld en normen.'
'Dat geld snap ik, maar dat van die normen moet je me uitleggen.'
'Nou, hij zou de ziektekostenrekeningen kunnen betalen, waarna er nog voldoende overbleef voor Van Beurens pensioen. Ze hadden zich weliswaar via de overheid verzekerd, maar die dekte niet de experimentele behandeling waarmee ze Elizabeth Van Beurens leven probeerden te redden. Zonder dat geld zouden ze failliet worden verklaard. En zonder dat geld zou ze die behandelingen niet hebben gekregen. Helaas hadden die geen effect.'
'En die normen?'
'George Van Beuren gaf de Amerikaanse regering de schuld van het feit dat zijn vrouw kanker had gekregen. Hij zei dat ze door haar blootstelling aan dat gif tijdens die oorlog kanker kreeg en nu dood is. Hij wilde wraak nemen. En de president en een van de leiders van Saoedi-Arabië waren een uitstekend doelwit voor zijn wraak.'
'Hij heeft zeker met Gabriel Siegel gesproken,' zei Robie. 'Hij is diezelfde mening toegedaan.'
'Dat is nog geen reden voor een samenzwering,' zei Connors.
'Nee, dat is zo,' zei Blauwe Man.
'En Van Beurens dochter?'
'Wist hier niets van, volgens haar vader. En wij geloven hem. Haar overkomt niets.'
'Maar nu is ze haar beide ouders kwijt,' zei Robie.
'Ja, dat is waar.'

'Waarom was Van Beuren bewusteloos?'
'Het oorspronkelijke plan was hem buiten schot te houden. Doordat jij had ontdekt wát je had ontdekt, was dit natuurlijk onmogelijk geworden, maar dat wisten ze niet. Dus Lambert slaat hem bewusteloos en steelt zijn wapen. Van Beuren wilde nog een tijdje blijven doorwerken, dan met pensioen gaan en daarna ergens anders gaan wonen.'
'En al die doden die hiervoor nodig waren?' vroeg Robie. 'George Van Beuren verknalde het. Hij vertelde zijn vrouw wat hij van plan was. Misschien dacht hij wel dat ze niet luisterde of niet bij kennis was. Misschien wilde hij het gewoon kwijt. Maar ze had hem wel gehoord en omdat ze zo'n patriot was, werd ze woedend. Toen Broome of Wind of Getty bij haar op bezoek kwamen, heeft ze het verteld. Dat ontdekte Van Beuren en toen moest er dus iets gebeuren. Doodde hen allemaal.'
'Je hebt behoorlijk goed uitgevogeld wat er is gebeurd,' zei Blauwe Man. 'Het was Leo Broome die haar had opgezocht. Broome confronteerde Van Beuren later met wat zijn vrouw had verteld. Van Beuren probeerde hem wijs te maken dat zijn vrouw hallucineerde. Maar Talals mensen schaduwden Broome. Broome vertelde het aan Rick Wind en de Getty's. Dat betekende hun doodvonnis. Zij waren het die je opbelden met de opdracht Jane Wind te vermoorden omdat ze doodsbang waren dat haar ex haar iets had verteld. En het was ook de katalysator om jou in actie te laten komen volgens het plan dat Talal met je had. '
'En zij stopten die buis in de keel van zijn vrouw zodat ze niet meer kon praten,' zei Robie.
'Ze wilden haar eigenlijk vermoorden, maar Van Beuren zei dat hij er niet mee doorging als ze dat deden. Toen het plan was uitgevoerd, haalde hij haar van de beademing en stierf ze een natuurlijke dood.'
'Hoe zit het met Gabriel Siegel?' vroeg Robie.
'Zij wilden dat wij dachten dat hij hierbij betrokken was. Ze belden hem op zijn werk, zeiden tegen hem dat zijn vrouw vermoord zou worden als hij niet naar hen toe kwam. Ik betwijfel of we zijn lichaam ooit zullen vinden. Ze hadden geen enkele reden hem in leven te laten.'
'En die aanslag op Donnelly's?'
'De Saoedi's ondervroegen Talal. Hij wilde dat je zou lijden. Hij wilde dat jij jezelf de schuld zou geven voor wat er was gebeurd. Hij was ervan overtuigd dat jij zou ontdekken dat jij het echte doelwit van dit alles was. Ze gebruikten een busje van de Secret Service dat Van Beuren voor hen had geregeld. Stom van Talal, omdat dit natuurlijk argwaan zou wekken. Maar ik vermoed dat hij dacht dat niemand slimmer was dan hij.'

'Broomes geld?'
'We zijn verder gaan graven. Dat geld bleek afkomstig van gestolen Koeweitse antiquiteiten. Hij en Rick Wind waren hierbij betrokken. Broome heeft dat wel goed geïnvesteerd, maar Wind niet. Curtis Getty had er niets mee te maken.'
Blauwe Man zweeg even en keek naar Robie. 'Maar ook al waren de president en de kroonprins de echte doelwitten, jij was het middelpunt van dit alles, Robie.'
'Ik had Talal niet vermoord en hij besloot dat hij wilde weten wie ik was zodat hij me daarna te pakken kon nemen. Toen Elizabeth Van Beuren begon te praten, zag Talal een manier om mij bij dit alles te betrekken. Mijn begeleider geeft me opdracht voor de moord op Jane Wind en ik ga op pad en ren van de ene geplande gebeurtenis naar de andere.'
Connors zei: 'Het was een win-winsituatie voor hen. Als je Wind en haar zoon vermoordde en later tot de ontdekking kwam dat ze onschuldig was, dachten ze waarschijnlijk dat je daar gek van zou worden. En als je zou weigeren op een moeder en haar zoon te schieten, dan hadden ze een reserveschutter klaarstaan. Ze hoorden dat je met de bus wilde vertrekken. En ze zorgden ervoor dat Julie daar ook in zou stappen.'
Robie zei: 'Ze hebben waarschijnlijk gedacht dat ik, of ik de trekker nu wel of niet zou overhalen, toch wel in die bus van Julie zou stappen nadat ik had ontdekt wie Jane Wind echt was.'
Blauwe Man zei: 'Maar toen ze hoorden dat Julie op het idee was gekomen om die andere sectieleden om informatie te vragen, werd hun spelletje opeens veel te riskant. Het spoor zou naar Van Beuren kunnen leiden. Ze wilden Julie vermoorden en zo nodig jou ook. Niets mocht die moordaanslag in gevaar brengen.'
'Klinkt allemaal wel logisch,' zei Robie langzaam.
Blauwe Man zei: 'En Annie Lambert was zelfs een nog gemakkelijker infiltrant. Nadat Talal was ontsnapt aan die aanslag op hem in Tanger en erachter kwam dat jij de dader was, liet hij haar naar jouw flatgebouw verhuizen. Dat was al voordat een van de vroegere sectieleden van Elizabeth Van Beuren had ontdekt wat haar man van plan was. Talal had kennelijk bepaalde plannen voor jullie beiden,' voegde hij er vlug aan toe.
Robie keek naar zijn handen. Hij had zichzelf gedwongen om na die avond dat hij haar had gedood niet meer aan Lambert te denken. 'Zij was beter dan ik,' zei hij ten slotte. 'Sneller, kalmer. Ik heb nooit eerder iemand zo rustig gezien in een dergelijke situatie.'
'Ze was ook gedrogeerd,' zei Blauwe Man. 'Heb jij jezelf ooit gedrogeerd voordat je een missie moest uitvoeren?'
'Nee, maar ik ben dan ook nog nooit aan een missie begonnen in de wetenschap dat ik daarbij zou sterven.'

Er viel een lange, ongemakkelijke stilte.
Connors vroeg: 'Hoe is het mogelijk dat een goed opgeleide jonge vrouw zich ontwikkelt tot een verrader die bereid is te sterven?'
Blauwe Man zei: 'Daar hebben we diepgaand onderzoek naar gedaan en de Saoedi's hebben wat informatie uit Talal gekregen. Haar adoptieouders waren Engels. Ze waren naar Iran geëmigreerd toen de sjah nog aan de macht was. Kennelijk zijn ze mishandeld door leden van de regering van de sjah en hebben daarbij zelfs familie verloren. Ze vroegen hun eigen regering en onze regering om hulp, maar die hebben dat kennelijk geweigerd. In die tijd kon de sjah in onze ogen niets verkeerd doen. Zoals jullie weten, hielpen wij hem om aan de macht te blijven. Na de revolutie eind jaren zeventig werd de sjah afgezet en raakten we onze invloed in dat land kwijt. De Lamberts haatten het westen dus, en vooral Amerika. Ze emigreerden naar Engeland, adopteerden Annie, verhuisden naar Amerika en voedden haar op als hun dochter.'
'Maar ze hebben haar de hele tijd gehersenspoeld, geprogrammeerd?' vroeg Connors. 'Voor zoiets als dit?'
'Kennelijk al haar hele leven. Er was natuurlijk geen garantie dat ze een baan in het Witte Huis zou krijgen. Maar je kunt ook proberen de president op andere plaatsen te vermoorden. Haar ouders waren rijk en politiek actief. Ze was een briljante studente en duidelijk een geweldige actrice. Niemand die we hebben ondervraagd, had ook maar enig vermoeden dat ze een wandelende tijdbom was. Niemand. Ze leidde het perfecte leven. Ze was in staat maatschappelijk goed te functioneren, ze leverde uitstekende prestaties op haar werk. Ze maakte geen enkele fout, er was niets wat alarmbellen deed rinkelen. Het lijkt wel alsof ze twee verschillende mensen was die in hetzelfde lichaam woonden.'
Dat was zo, dacht Robie. *Dat moet wel.*
Blauwe Man zweeg even en keek naar Robie. 'Ze heeft onze beste man voor de gek gehouden,' zei hij. 'Ze was de meest opmerkelijke mol die ik heb meegemaakt. Een supermol.'
Robie vroeg: 'Waar zijn haar ouders nu?'
'Dat wist Talal niet. Misschien in Iran. Als dat zo is, kunnen we niet bij hen komen.'
'Er is geen plek op aarde waar we niet bij kunnen komen,' zei Robie op scherpe toon. 'En er zijn ook nog een Rus en een Palestijn met wie we ons moeten bezighouden. Zij hebben dit allemaal voor Talal geregeld.'
'Dat weet ik. Daar zijn we mee bezig.'
De drie mannen zwegen. Robie zat te broeden, Blauwe Man leek ook te peinzen en Connors was vooral nieuwsgierig.
'Er zijn allerlei manieren om iemand te kwetsen, Robie,' zei Blauwe Man ten

slotte. 'Ik weet dat je dat weet.'
'Ja,' zei Robie kortaf.
'Ze is haar leven lang opgeleid voor dit werk. En we waren allemaal bang omdat ze niet in een van onze profielen paste. Stel eens dat er nog meer Annie Lamberts zijn?'
Connnors zei: 'We moeten hen zien te vinden en tegenhouden.'
Robie sloeg met zijn vlakke hand op tafel. 'Zij was een marionet, haar ouders hebben haar leven van haar afgenomen. Ze is dood en zij leven nog steeds. Vertel me eens wat daar niet aan klopt?'
'Ze was een koelbloedige moordenaar,' zei Blauwe Man.
'Onzin! Zij was wat zij van haar hebben gemaakt! Ze had geen enkele kans!'
'Jij bent niet bepaald de beste persoon om dat te kunnen beoordelen.'
'Wie dan wel, de een of andere analist die haar nooit heeft gekend? Bestaat daar een algoritme voor?'
Blauwe Man zei even niets. 'Misschien geeft het je een beter gevoel te weten dat Khalid bin Talal niet meer leeft.'
Robie zei niets, omdat hem dat niet interesseerde.
'Dan heb je nog de kwestie Julie,' zei Blauwe Man.
'Dat heb ik al geregeld,' zei Robie abrupt. Hij stond op.
'Hoe dan?'
'Het is gewoon zo.' Hij keek naar Connors. 'Ik sta bij je in het krijt, Connors. Meer dan ik ooit zal kunnen terugbetalen.'
'We staan quitte. Zoals ik al zei, kon ik daardoor even achter mijn bureau vandaan.'
Robie keek naar Blauwe Man. 'Ik ken misschien vijf mannen die de schoten hadden kunnen lossen die Shane die nacht afvuurde. En twee van hen zijn in deze kamer. Misschien wil je dat onthouden.'
'Regels zijn regels,' zei Blauwe Man.
'Nee, zoals we hebben gezien, zijn regels er om overtreden te worden.'
Hij draaide zich om en wilde vertrekken.
'Robie?'
Hij draaide zich om naar Blauwe Man die een dossier omhooghield. 'Dit is afgegeven door een bode. Volgens mij heb jij ook een exemplaar gekregen. Ik vind dat je deze moet meenemen en ermee moet doen wat je wilt. Wij hebben hier geen belangstelling voor.'
Robie pakte de map, sloeg hem open en keek naar de foto's die erin zaten. De eerste was van hem en Lambert in de bar op het dak. Op de tweede kuste ze hem voor het Witte Huis. Hij bekeek de rest niet. Hij sloeg de map dicht.
'Bedankt,' zei hij en hij vertrok.

•100•

Robie zat achter het stuur.
Deze keer zat Julie naast hem.
Vance zat achterin.
Ze waren grotendeels hersteld van hun verwondingen, hoewel Julie nog steeds een beetje mank liep en Vance nog altijd een opgezwollen gezicht had.
'Waar gaan we naartoe?' vroeg Julie.
'Ergens waar je al eens eerder bent geweest,' zei hij.
Hij had haar zo veel mogelijk verteld over de dood van haar ouders. Hij had haar zien snikken, haar zakdoekjes gegeven. Hij had zacht met haar gepraat, terwijl haar woede groter werd, een hoogtepunt bereikte, en daarna verdween in nog meer tranen. Het veertienjarige geharde kind had zich eindelijk en totaal overgegeven aan haar overweldigende ellende en verdriet. Maar in elk geval kon ze het nu eindelijk afsluiten.
Hij parkeerde de auto, waarna ze uitstapten en de bar in liepen.
Jerome Cassidy zat al op hen te wachten.
Zijn gezicht was roze geboend en zo te zien droeg hij een nieuw pak en glimmende zwarte schoenen. Zijn haar was kortgeknipt en lag plat op zijn hoofd. Robie rook de haarlak waarmee hij een paar losse slierten haar op zijn plek hield.
'Wat doen we hier, Will?' vroeg Julie toen Cassidy naar hen toe kwam om hen te begroeten.
Robie en Cassidy hadden het van tevoren al helemaal uitgedokterd.
Cassidy zei: 'Hij heeft je hier naartoe gebracht zodat ik je de waarheid kan vertellen.'
'Waarheid, welke waarheid?' vroeg Julie met een verwilderde blik.
'Ik was niet alleen maar bevriend met je ouders.' Hij zweeg even, keek naar Robie die even knikte.
'Ik was de halfbroer van je moeder. Dat betekent dat ik een soort oom ben. Nou ja, feitelijk bén ik je oom, denk ik.'
'Zijn wij familie van elkaar?' vroeg Julie.
'Ja, inderdaad. En het lijkt erop dat ik de enige familie ben die je nog hebt. Nou ja, ik weet dat je me niet kent en zo, maar ik heb een voorstel.'
Julie sloeg haar armen over elkaar en keek hem met een argwanende blik aan. 'Zoals?'

'Zoals dat we de tijd nemen om elkaar te leren kennen. Weet je, de reden dat ik heb geprobeerd jullie te vinden, was omdat je vader en mijn zus me echt hebben geholpen toen ik in de problemen zat. Ik sta diep bij hen in de schuld. Heb nooit de kans gekregen die schuld terug te betalen.'
'Ik begrijp al waar u naartoe wilt,' zei Julie. 'Maar u bent mij niets verschuldigd.'
'Nee Julie, het is een echte schuld. Ze hebben me geld geleend. Ik heb een schuldbekentenis ondertekend. Die schuldbekentenis was inwisselbaar voor een aandeel in het bedrijf dat ik met dat geld heb opgezet. Wanneer deze schuld niet voor een bepaalde datum zou worden afgelost, werd de lening plus de rente erover omgezet in aandelen. De lening is nooit afbetaald en de aandelen zijn uitgegeven. Jij bent voor veertig procent eigenaar van mijn bedrijf, Julie. Ik heb de documenten om dat te bewijzen, misschien wil je die zien. Dat had ik je moeten vertellen toen je hier de vorige keer was, maar ik was zo verbaasd je te zien dat ik dat niet heb gedaan. Maar ik ben een man van mijn woord. En wat je ouders voor me hebben gedaan, heeft mijn hele leven veranderd. Ze verdienden het om te delen in de opbrengst. Nou, en omdat zij dat niet kunnen, moet jij dat doen. Omdat alles wat van hen was, nu van jou is. Ik ben een man van mijn woord en zo zit het nu eenmaal.'
Hij zweeg en keek haar met een ongemakkelijke blik aan.
Julies argwanende blik verdween. Ze keek naar Robie. 'Is dit echt waar?'
'We hebben zijn verhaal gecontroleerd. Het is allemaal waar. Je kunt naar elke universiteit gaan, Julie, welke je maar wilt. Je kunt alles doen waar je maar zin in hebt.'
Ze keek weer naar Cassidy. 'En wat betekent dit voor u en mij?'
'Nou, dat betekent dat je bij mij mag wonen. Ik kan je zelfs officieel adopteren. Of als je dat wilt, heb je zelfs voldoende geld om een voogd aan te laten wijzen tot je achttien jaar wordt, en op jezelf gaan wonen. Dat hangt helemaal van jou af.'
'Bij u wonen?'
'Nou, dat zou flexibel zijn. Ik heb het vrij druk, maar ik heb een huishoudster die al heel lang bij me is. Zij heeft een dochter die bijna even oud is als jij. Volgens mij zou het wel goed kunnen gaan. Maar zoals ik al zei, het hangt helemaal van jou af.'
'Daar moet ik over nadenken,' zei Julie.
'Natuurlijk. Denk er maar zo lang over na als nodig is,' zei Cassidy snel.
Robie vroeg: 'Waarom gaan jullie nu niet meteen proberen elkaar beter te leren kennen? Volgens mij heeft meneer Cassidy zich niet helemaal opgedoft om een paar minuutjes met je te praten. Vind je dat goed, Julie? Dan kom ik je later wel weer ophalen.'

'Ja, dat is denk ik wel goed.'
Robie keek naar Cassidy en glimlachte. 'Veel plezier.'
'Dank u wel, agent Robie. Uit het diepst van mijn hart.'
Robie en Vance draaiden zich om en verlieten de bar.
Julie had hen al ingehaald voordat ze zelfs maar bij de auto waren.
'Oké,' zei ze. 'Dat is dus een compleet onzinverhaal. Wat is er echt aan de hand?'
Robie zei: 'Ik heb je de waarheid verteld. Je bént familie van hem. Hij hield heel veel van je ouders. Hij zal ook heel veel van jou houden. Hij is rijk. Je leven zal niet klote zijn.'
Julie begon te glimlachen. 'Haal me over twee uur maar weer op.'
'Zal ik doen.'
Ze hield iets omhoog. Een klein busje. 'Dit is de verdovingsspray die je me hebt gegeven. Voor het geval hij toch een griezel blijkt te zijn.'
Ze liep terug naar de bar.
Vance zei: 'Ik heb medelijden met iedereen die haar een uitbrander geeft.'
'Ik niet. Dan krijgen ze hun verdiende loon.'
Vance keek naar haar toen ze instapten. 'Ga je me nog een keer het echte verhaal van Cassidy vertellen?'
'Nee.'
'Oké.'
Robie zette de auto in de versnelling en reed weg.
Ze raakte even zijn schouder aan. 'Gaat het wel?'
'Ja hoor, prima.'
'Ik begin hier liever niet over, maar wat bedoelde Talal toen hij zei...'
Robie begon langzamer te rijden en keek haar aan.
Ze wendde haar blik af en zei: 'Laat ook maar. Dus we hebben twee uur voor onszelf. Zin om te lunchen?'
'Ja, best wel.'

Ze aten, praatten over de dingen die ze samen zouden kunnen doen, maar Robie was er niet helemaal bij. Ze namen afscheid.
Terwijl Vance uitstapte, zei ze: 'Als je doorgaat met het redden van mijn leven, ontwikkel ik misschien nog wel een minderwaardigheidscomplex.'
'Er is niets minderwaardigs aan jou, Nikki. Volgens mij ben je een supervrouw.'
'Ik begrijp je niet helemaal, Robie, maar ik wil je wel graag begrijpen. Klinkt dat logisch?'
Hij keek haar aan, glimlachte. 'Volgens mij krijg je daar de kans nog wel voor.'
'Daar hou ik je aan.'

Op het afgesproken tijdstip haalde hij Julie op en bracht haar terug naar het appartement dat de FBI tijdelijk voor haar had geregeld. Er hoorde een huishoudster bij die een pistool had en de meeste indringers de stuipen op het lijf kon jagen.
Voordat Julie uitstapte, wendde ze zich tot Robie.
'Is dit een afscheid voor altijd?'
'Wil je dat?'
'Wil *jíj* dat?'
'Nee, niet echt.'
'Maar je weet het niet zeker.'
'Ik wil niet dat jou vanwege mij ooit weer iets overkomt.'
'Het leven is zoals het is, Will. Je moet het nemen zoals het komt.'
'Dat is altijd mijn filosofie geweest.'
'Van wie denk je dat ik dat heb geleerd?' Ze kneep hem speels in zijn arm. 'Dankjewel. Ik meen het. Voor alles.'
'Volgens mij ben ik jou meer dank verschuldigd dan jij mij.'
'Zullen we het verschil delen?'
Ze stak haar armen naar hem uit en omhelsde hem. Eerst aarzelde hij, maar toen omhelsde hij haar ook.
Ze stapte uit en liep langzaam naar haar appartement. Ze draaide zich om, zwaaide naar hem en toen, ondanks haar nog altijd pijnlijke been, huppelde ze de laatste paar pasjes.
Als een kind.
Robie glimlachte en keek haar na tot hij haar niet meer kon zien.
Haar wonden zouden helemaal genezen. In elk geval haar fysieke wonden. En gezien haar leeftijd zouden haar emotionele wonden misschien ook wel genezen. Van zichzelf zou Robie dat niet kunnen zeggen.
Het beeld van Annie Lambert verscheen opeens in zijn gedachten, alsof het met een raketlanceerder was afgeschoten. Elk moment dat ze samen hadden doorgebracht. Alles wat ze tegen elkaar hadden gezegd. Elke kans die hij misschien had gezien van wat er tussen hen zou kunnen ontstaan.
En ze was een moordenaar geweest.
Net zoals hij een moordenaar was.
Hij was dat uit vrije wil geworden.
Zij had geen echte keus gehad.
Dus wie had meer schuld?
Het was zoals Julie had gezegd. Je moest het leven nemen zoals het kwam. Het schonk geen genade, spaarde geen gevoelens. Beperkte geen verdriet. Bepaalde geen maximum aan geluk.

Dit was zijn wereld.
Hij was wie hij was.
Dat kon hij niet veranderen.
Hij was geen onschuldige.
En de mensen die hij achtervolgde, waren niet onschuldig.
Misschien moest Robie de mensen beschermen die wél onschuldig waren.

Dank

Aan Michelle, omdat het veel voor me betekent dat je zo enthousiast bent over dit boek.

Aan David Young, Jamie Raab, Emi Battaglia, Jennifer Romanello, Tom Maciag, Martha Otis, Chris Barba, Karen Torres, Anthony Goff, Lindsey Rose, Bob Castillo, Michele McGonigle en iedereen bij Grand Central Publishing, omdat jullie me elke dag weer steunen.

Aan Aaron en Arleen Priest, Lucy Childs Baker, Lisa Erbach Vance, Nicole James, Frances Jalet-Miller en John Richmond, omdat jullie het beste team zijn dat een auteur zich maar kan wensen.

Aan Maja Thomas, omdat je vooroploopt op het gebied van e-books.

Aan Anthony Forbes Watson, Jeremy Trevathan, Maria Rejt, Trisha Jackson, Katie James, Aimee Roche, Becky Ikin, Lee Dibble, Sophie Portas, Stuart Dwyer, Anna Bond en Matthew Hayes van Pan Macmillan, omdat jullie me in Groot-Brittannië naar de top hebben gebracht.

Aan Ron McLarty en Orlagh Cassidy, voor jullie fantastische audio-optredens.

Aan Steven Maat van A.W. Bruna, omdat je me in Nederland naar de top hebt gebracht.

Aan Bob Schule, voor je vriendschap, je enthousiasme en je redactiekwaliteiten.

Aan de winnaars van de liefdadigheidsveiling: Jane Wind, Gabriel Siegel, Elizabeth en Brooke van Beuren, Diana Jordison, Cheryl Kosmann en Michele Cohen. Ik hoop dat jullie je personages leuk vonden.

Aan David en Catherine Broome, voor het gebruik van jullie achternaam, hoewel jullie veel cooler zijn dan de Broomes in het boek.

Aan Kristen, Natasha en Erin, omdat ik zonder jullie verloren zou zijn.

En als laatste, maar daarom zeker niet minder belangrijk, aan Roland Ottewell, voor alweer een geweldige redactionele prestatie.

Ze was erheen gegaan om hem te testen. Om te zien of ze herkend werd. Maar dat was onmogelijk, want ze had in ieder geval de aandacht getrokken – een onbekende jonge vrouw in de kerk van een klein dorpje. Hij had mooi gepreekt. Toen ze naar buiten ging, wist ze zeker dat het goed zou zijn om hierheen te komen. Maar nu weet ze het niet meer... Hij ziet er ontdaan uit.
'Ik...' zegt ze, zoekend naar de juiste woorden.
Hij leunt naar voren. Hij wil uitleg hebben, dat begrijpt ze.

ISBN 978 94 005 0026 6

Deon Meyer

Duivelspiek

Wie is de mysterieuze persoon die het recht in eigen hand neemt? De anonieme wreker die in de pers al snel de bijnaam Artemis krijgt, omdat een getuige een vrouw met een speer meent te hebben gezien op de plek waar een vermoorde pedofiel is gevonden? De politie kan uiteraard niet passief toekijken en zet de ervaren inspecteur Bennie Griessel op de zaak. Maar Griessel wordt geteisterd door zijn eigen persoonlijke problemen. Een kidnapping van een kind leidt tot de ontknoping en een schokkend einde...

'Een kijkje in de ziel van het nieuwe Zuid-Afrika in al zijn glorie en met alle smerige details.' – GUARDIAN

Ze ziet niets van de indrukwekkende schoonheid van de stad in het zachte licht van de opkomende zon. Haar ogen zoeken wild en bang naar beweging in het struikgewas achter haar. Ze weet dat ze er zijn, maar niet hoe dichtbij. Haar adem jaagt, van inspanning, ontzetting en angst. De adrenaline en de verschrikkelijke drang om te leven dwingen haar om door te rennen, om vol te houden ondanks haar verzuurde benen, de uitputting van een nacht zonder slaap en het gebrek aan richtinggevoel in een onbekende stad, een vreemd land, een ongenaakbaar werelddeel.

ISBN 978 94 005 0161 4

Deon Meyer

13 uur

Wanneer een Amerikaanse rugzaktoeriste in Kaapstad verdwijnt en politici in paniek raken over het beschadigde imago van de stad, krijgt inspecteur Bennie Griessel de taak om de jonge vrouw terug te vinden.
Bennie heeft slechts dertien uur de tijd om de jonge vrouw terug te vinden, om twee moorden op te lossen en om tussendoor zijn jarenlange ervaring over te dragen op de volgende generatie misdaadbestrijders, die afkomstig zijn uit alle etnische groeperingen die het nieuwe Zuid- Afrika rijk is.
Dertien uur om een complot te ontrafelen dat een bedreiging blijkt te vormen voor het hele land...

'Een van de scherpzinnigste thrillerschrijvers ter wereld.'

— THE TIMES